PERSEGUIÇÃO

O Fogo Amigo das Lembranças

Perseguição
(VOL. 1)

Inseparáveis
(VOL. 2)

Alessandro Piperno

PERSEGUIÇÃO

O fogo amigo das lembranças

ROMANCE

Tradução

Joana Angélica d'Avila Melo

Ilustrações

Werther Dell'Edera

BERTRAND BRASIL

Rio de Janeiro | 2012

Título original: *Persecuzione: il fuoco amico dei ricordi*

Capa: Retina 78

Foto de capa: Craig Hinton

Editoração: FA Studio

Texto revisado segundo o novo
Acordo Ortográfico da Língua Portuguesa

2012
Impresso no Brasil
Printed in Brazil

Cip-Brasil. Catalogação na fonte
Sindicato Nacional dos Editores de Livros-RJ.

P735p Piperno, Alessandro, 1972-
Perseguição: o fogo amigo das lembranças/Alessandro Piperno; ilustrações Werther Dell'Edera; tradução Joana Angélica d'Avila Melo. – Rio de Janeiro: Bertrand Brasil, 2012.
432p.: il.; 23 cm

Tradução de: Persecuzione: il fuoco amico dei ricordi
ISBN 978-85-286-1565-4

1. Romance italiano. I. Melo, Joana Angélica d'Avila, 1941-. II. Título.

CDD: 853
12-1664 CDU: 821.131.3-3

EDITORA BERTRAND BRASIL LTDA.
Rua Argentina, 171 – 2º andar – São Cristóvão
20921-380 – Rio de Janeiro – RJ
Tel.: (0xx21) 2585-2070 – Fax: (0xx21) 2585-2087

Atendimento e venda direta ao leitor:
mdireto@record.com.br ou (0xx21) 2585-2002

Para Simona

Este romance é fruto da imaginação. As atualidades jornalísticas e os personagens verdadeiramente existentes ou que existiram estão transfigurados pelo olhar do narrador. Quanto ao restante, qualquer referência a pessoas e fatos reais deve ser considerada casual.

Permaneceste em silêncio pela vergonha
ou pelo estupor?
BOÉCIO, *De consolatione philosophiae*

Sumário

Primeira parte

Era o dia 13 de julho de 1986 quando um embaraçoso desejo de nunca ter vindo ao mundo se apossou de Leo Pontecorvo.

Um segundo antes, Filippo, seu primogênito, estava entregue à mais mesquinha das lamentações infantis: contestar a exígua quantidade de batatas fritas que a mãe havia deslizado em seu prato, diante da inaudita generosidade demonstrada em relação ao irmão menor. E eis que, um instante depois, o âncora do telejornal das 20 horas insinua, diante de uma considerável fatia da nação, que o ali presente Leo Pontecorvo havia trocado cartas depravadas com a namoradinha de seu caçula de 13 anos.

Ou seja, aquele mesmo Samuel com o prato cheio do tesouro crocante e dourado, que jamais seria consumido. Presumivelmente, sem conseguir saber se a repentina celebridade a ele dada pela TV será arquivada pelos amigos no escaninho das fofocas divertidas ou naquele, ainda vazio, destinado a acolher o-mais-irredimível-papel-de-bobo já feito por um garoto de sua tribo mimada e indolente.

Não fazia sentido iludir-se de que a tenra idade impediria Samuel de intuir aquilo que, para os outros, ficara imediatamente claro: alguém na TV sugeria que o pai tinha trepado com sua garota.

E, quando digo "garota", refiro-me a uma cambaxirra de 12 anos e meio, cabelos cor de abóbora e cara de fuinha coberta de sardas. Mas, quando digo "trepar", quero dizer trepar. E, por conseguinte, uma coisa enorme, gravíssima, brutal demais para ser assimilada. Inclusive por uma esposa e dois filhos que, desde algum tempo antes, haviam começado a se perguntar se aquele marido e pai era de fato o cidadão irrepreensível de quem sempre havia sido natural se orgulhar.

A expressão "desde algum tempo antes" alude às primeiras complicações judiciais que o tinham acometido, imprimindo a desprezível marca da suspeita sobre a carreira exemplar de um dos nomes mais ilustres da oncologia pediátrica nacional. Um daqueles médicos-chefes que, quando a velha enfermeira o retratava para a colega recém-contratada, merecia comentários do tipo: "Um verdadeiro cavalheiro! Nunca se esquece de dizer 'obrigado', 'por favor' ou 'por gentileza'... e ainda por cima é um tremendo gato!" Por outro lado, nas abafadas salas de espera do hospital Santa Cristina, nas quais as mães das crianças doentes trocavam trepidantes impressões sobre o pesadelo em que a infância de seus filhos se transformara, não era raro topar com diálogos do gênero:

– É tão disponível... Você pode telefonar para ele a qualquer hora do dia. Até no meio da noite...

– Eu o acho tranquilizador. Sempre sorridente, positivo.

– E também sabe lidar com as crianças...

Enquanto os estrilos do telefone começavam a dar ritmo de frenesi a uma vergonha inconcebível até poucos segundos antes, Leo, no auge do aturdimento, sentiu que aquela refeição era a última que seus entes queridos lhe concederiam. Depois considerou os outros milhares de coisas que daquele momento em diante lhe seriam impedidas. E talvez tenha sido para não desmoronar, para não sucumbir ao peso do pânico e do sentimentalismo, para não explodir em lágrimas como um lactente diante dos filhos e da mulher, é que se refugiou num pensamento petulante e cheio de ódio.

Afinal, ela vencera: a namoradinha que, havia mais ou menos um ano, o filho apresentara em casa e que ele e Rachel – o casal mais aberto e moderado de seu ambiente – acolheram sem problemas, tinha conseguido lhe destruir a vida. A dele e a das três pessoas que ele mais amava.

Então, é assim que vai acabar?, Leo se flagrou pensando, debatendo-se cada vez mais no irreprimível desejo de jamais ter existido.

Pergunta equivocada, meu velho. Que sentido tem falar de fim, se estamos apenas no começo?

Tudo acontecia em uma hora propícia.

Aquela em que a Olgiata – exclusiva zona senhorial imersa em hectares de bosque, pontilhada de mansões, de jardins perenemente floridos e delimitada por muros maciços – se esvaziava de repente. Como uma praia ao pôr do sol.

Então era como ficar aprisionado num imenso parque de diversões minutos após o horário de fechamento. Os indícios da energia atlética despendida durante o dia se espalhavam por toda parte: a bola de couro Adidas engastada na sebe; a prancha de skate exausta, emborcada sobre as lajotas da alameda; a mesinha de plástico laranja boiando sobre o espelho oleoso e cintilante da piscina; duas raquetes respingadas pelos esguichos de água do temporizador acionado involuntariamente por um clique.

Claro, você ainda podia encontrar o fanático por footing metido num short de plush e com uma toalha nos ombros, à Rocky Balboa, ou o jovem pai que voltava esbaforido do supermercado – numa das mãos uma embalagem de fraldas, na outra a dos preservativos.

Mas, afora esses solitários em saída livre – esses desertores da sesta vespertina –, todos os outros tinham se entocado quase ao mesmo tempo em suas habitações: palacetes de arquiteturas incoerentes e ecléticas, alguns sóbrios, outros cafonas (nos últimos tempos, o estilo mexicano vinha suplantando a moda dos chalés alpinos). Ao ver de fora aquelas casas, você podia imaginar os semissubsolos. Onde tudo era como devia ser: a lareira, os rodapés corroídos pelo verde do mofo, os centros de mesa em crochê, as pilhas de revistas ilustradas, as caixas de madeira de bordo cheias de folhas de lavanda, a mesa de bilhar rigorosamente coberta por um pano como um cadáver no necrotério, um televisor pançudo de onde se espalhava o tentacular emaranhado de fios do VHS e do console Atari. Podia sentir o hipócrita perfume rural das achas de lenha, das pinhas, dos maços de jornais não menos amarelados do que as bolas de pingue-pongue escondidas na sombra, cautelosas e imóveis como detetives.

Era apenas um instante. Um instante fora da galáxia. Um instante de relax sobrenatural. O instante em que a epifania familista cotidianamente celebrada naquele bairro, distante uns trinta quilômetros do centro de Roma, alcançava seu ápice. Um momento realmente tocante, após o qual tudo recomeçaria a se mover e a definhar.

Mais alguns minutos e os habitantes da Olgiata, órfãos das domésticas filipinas em folga dominical, iriam derramar-se pela rua para ocupar militarmente, com seus automóveis polidíssimos e sua despudorada vitalidade, os estacionamentos das pizzarias dos arredores. Porque, apesar da sensação de saciedade inspirada pelo persistente odor de churrasco espalhado na atmosfera, todos pretendiam encerrar a jornada em grande estilo, empanturrando-se de *bruschette al pomodoro* e morangos com creme.

Mas, por enquanto, ainda estavam todos em casa. Os meninos menores brigando com a mãe porque não queriam tomar banho; aqueles um pouco maiores sendo repreendidos porque fazia alguns meses que passavam tempo demais no banheiro. No que se referia aos genitores, havia os que, de calção e camiseta, pernas cruzadas, relaxavam à beira da piscina com uma taça de chardonnay. Os que não paravam de atormentar as orelhas do labrador. Os que remanchavam em abandonar sua partida de canastra. Os que preparavam tira-gostos para os convidados, à base de azeitonas e minissalsichas. Os que arrumavam a mala com vistas a viagens longínquas. Outros, as roupas para o dia seguinte... Cada coisa era uma promessa, tudo era encerrado numa expectativa romântica. A única ansiedade era aquela produzida pelo temor de não conseguir curtir até o fim a luz acobreada e tépida daquele instante privilegiado. O qual, por acaso, dessa vez coincidira com a simultânea aparição, nos aparelhos ligados no mesmo canal (na época, a oferta televisiva era reduzida), da foto de Leo: granulada e impiedosa, suspensa como estava acima do ombro direito do embonecado âncora do telejornal.

Uma foto que não favorecia o nosso homem. Uma foto que nenhuma das pessoas diante da tela, que conheciam bem o professor Pontecorvo, considerariam fiel ao modelo. Meio foto de passaporte, meio de ficha de presidiário, nela Leo aparecia pálido e exausto. Em nada semelhante ao homem que, à idade de 48 anos, estava atravessando aquele período feliz da vida masculina no qual a natureza parece ter encontrado um acordo tão perfeito quanto efêmero entre energia juvenil e virilidade completa. Embora, depois de quase meio século de excesso de trabalho, estivesse se curvando sob os noventa quilos de um corpo alto e, a seu modo, solene, a espinha dorsal daquele belo senhor desconjuntado ainda estava suficientemente ereta para permitir à figura de Leo sobressair em toda a sua garbosa respeitabilidade.

Fora da Itália, a beleza de seu rosto seria dita "italiana". Na Itália, contudo, alguém a definiria como "médio-oriental". Cabelos crespos, em tudo semelhantes àqueles que um figurante de um filme sobre a vida de Moisés poderia exibir; pele azeitonada que, ao contato com a luz do sol, imediatamente assumia tons bronzeados; olhos de desenho alongado, guarnecidos por duas sedutoras pérolas verdes; orelhas não menos robustas do que o nariz (ambos pagavam um férvido tributo ao judaísmo); e aqueles lábios – ali estava todo o segredo, naqueles lábios – voluptuosos, irônicos, amuados.

Eis a maravilha de que aquela foto não soubera dar conta. (Conheci Leo Pontecorvo suficientemente bem para poder afirmar que o drama daquele aparecimento na TV também foi para ele uma tragédia da vaidade.)

Em última análise, porém, tal infidelidade representativa tinha um sentido. Exprimia uma ameaça. Um salto de qualidade na violência da agressão de que, havia algumas semanas, Leo era vítima. E sobretudo significava algo muito preciso e extremamente perturbador: dessa vez, Leo Pontecorvo não podia e não devia se iludir; convinha parar de ter esperanças, não contar com abatimentos. Iriam até ali para desentocá-lo, talvez naquela mesma noite. No auge de um verão esplêndido e enfurecido. Eis o sentido daquela foto. Eis o que aquela foto – surgida bruscamente na tela de TV – lhe prometia.

Iriam expulsá-lo da intimidade doméstica à força, como um camundongo de sua toca. Para entregá-lo ao voraz ressentimento público, tal como ele estava agora: descalço, de bermuda cáqui e camisa azul amarrotada, desastrosamente desajeitado no banquinho da elegante cozinha voltada para um jardim que, como todas as outras coisas lá fora, usufruía em santa paz dos últimos e caramelados retalhos do dia.

Não, não se deixariam intimidar pela residência que Leo, a seu tempo, mandara construir no exuberante ventre da Olgiata, à imagem e semelhança do ser humano que ele queria parecer: sóbria, moderna, eclética, irônica e, sobretudo, transparente. Uma casa de estilista, mais do que de luminar da medicina, cujas amplas e maciças vidraças, especialmente à noite, quando as luzes estavam acesas, deixavam entrever a vida cômoda que as pessoas levavam ali dentro: uma impudicícia que Rachel – mulher não equipada culturalmente para viver numa vitrine – fizera de tudo para neutralizar, mediante grandes panejamentos cuja instalação, no início de cada outono, era motivo para uma das muitas clássicas divergências conjugais.

Aliás, quando decidira ir morar ali, num lugar assim, numa casa daquelas, Leo havia encontrado resistências bem mais fortes do que as opostas pelas cortinas de sua jovem e, ao menos por enquanto, devotada consorte.

– Se pelo menos me acompanhasse... você perceberia que aquele lugar dá uma grande sensação de proteção.

Tais as palavras que Leo recordava ter dito à mãe vinte anos antes dessa noite fatídica, no dia em que lhe comunicara a intenção de vender o apartamento no centro que ela generosamente, além de incautamente, havia colocado no nome dele e de adquirir um lote na Olgiata para construir ali a “casa certa para nós”.

– E de quê, precisamente, vocês deveriam se proteger?

Leo tinha percebido na voz da mãe uma crispação de desapontamento, expressão da crescente intolerância daquela mulher em relação ao filho único: o *bekhor** que, em suas palavras, quanto mais crescia, menos sabia cuidar de si mesmo.

– Não será uma ideia de sua mulher? – reforçara a mãe. – Foi ela quem lhe meteu na cabeça isso de ir morar na estepe? Outra das maquinações dela para manter você a uma distância segura de mim? É ela quem joga tiro ao prato com meu dinheiro, com minha paciência, com meus sentimentos?

– Pare com isso, mamãe. Foi ideia minha. Rachel não tem nada a ver.

– Só quando você souber me explicar que raça de nome é Rachel! Parece saído diretamente das páginas da Bíblia...

Seria possível que ele, que conseguira ser levado a sério pelas rigorosas comissões que o julgaram idôneo para ocupar um posto de prestígio no hospital; ele, cuja profissão incluía o dever de anunciar a genitores arrasados e incrédulos que seus filhinhos estavam desenganados; ele, capaz de incutir temor em estudantes quase seus coetâneos e que muitos já confirmavam como herdeiro designado do feudo acadêmico do poderosíssimo professor Meyer; justamente esse *ele* ainda não conseguisse enfrentar uma mãe de mais de 60 anos?

Decerto, se conseguisse, não sentiria a exigência de comunicar a ela suas intenções de moradia. Se o apartamento no centro era seu, se a mãe o colocara em seu nome, por que complicar tanto? Por que não o vender e pronto? Por que buscar tão puerilmente a aquiescência materna? E por que, embora soubesse que não poderia obtê-la, ele se enfurecia agora, justamente quando ela lhe negava tal aprovação?

---

* "Macho primogênito" em hebraico. (N.A.)

A capacidade daquela mulher de exasperá-lo. O talento para acuá-lo. Para fazê-lo se sentir o filho caprichoso, que no fundo ele nunca havia sido. O carisma de sua mãe. A teimosia. A vocação para a ingerência. A inabalável convicção matronal de estar do lado certo. O conjunto, temperado por um sarcasmo que nos últimos tempos – desde quando o filho lhe informara, não sem dificuldade, que Rachel Spizzichino bem cedo viria a ser nora dela – se refinara terrivelmente.

E assim Leo se embaraçara nessa história da proteção e da segurança.

Apoquentado pela mãe, que continuava a exigir satisfações quanto àquela ideia extravagante de ir morar "na estepe", Leo começara a balbuciar alguma coisa enfática sobre a época perigosa em que viviam, todo aquele maldito antagonismo político, sobre o antigo sonho de viver num lugar cheio de verde, sobre como ele e sua jovem esposa já sentiam uma responsabilidade em relação aos filhos que iriam ter, e sobre como a ânsia de proteger os futuros bebês havia sido estimulada pela visita àquele condomínio dotado de check-point, vigias, altos muros, prados verdes e estruturas esportivas, tudo na mais absoluta segurança...

– Se você está querendo gente armada e altas redes de proteção, mais vale ir morar em Israel, como aquela exaltada da sua prima!

– Um autêntico paraíso terrestre, mamãe... – insistia Leo, fingindo não ter ouvido o comentário maldoso.

E, quanto mais Leo falava, mais balbuciava, e quanto mais balbuciava mais via o escárnio da mãe se compactar numa expressão facial a cada instante mais impaciente e aborrecida. Uma expressão cheia de altiva desconfiança, que dizia em letras claras e garrafais:

NÃO EXISTE LUGAR NO MUNDO QUE POSSA GARANTIR QUALQUER PROTEÇÃO, NEM A VOCÊ NEM A NINGUÉM!

E se agora Leo – enquanto o apresentador do telejornal, depois de lançar sua bomba suja na impecável cozinha da casa dos Pontecorvo, começava a falar dos incêndios que devastavam a vegetação mediterrânea na Sardenha – tivesse a lucidez de recapitular aquela discussão com a mãe ocorrida vinte anos antes, bem, talvez pudesse valorizar retrospectivamente o modo tácito e incontestável com que aquela mulher, já ausente de nosso convívio há muito tempo, tentara alertá-lo. Somente agora Leo – com um pé no buraco e o outro metido em um terreno incerto e ameaçador – poderia compreender quanto a mãe tinha razão: não existe no universo um só cantinho onde um ser humano, essa presunçosa e ridícula entidade, possa dizer-se em segurança.

Tanto é verdade que o telefone, implacável, não tem nenhuma intenção de desistir. Há um monte de gente lá fora que deseja falar com os Pontecorvo sobre o que está acontecendo aos Pontecorvo. Estranho, visto que, ali dentro, a única coisa sobre a qual todos estão de acordo é o desejo de interromper qualquer comunicação com o exterior, pela eternidade. Mas, se tudo o que se encerra no amplo e luminoso espaço demarcado pelas grandes vidraças da casa, pela sebe que delimita a propriedade dos Pontecorvo, pelos muros circundantes do condomínio, está onde (e como) deve estar, por que o resto do planeta parece enlouquecido?

Na realidade, se existe algo que já faz algum tempo não para de enlouquecer, bem, é justamente a vida dos Pontecorvo. Desde que o setor hospitalar fundado por Leo foi arrastado para um escândalo de propinas, superfaturamentos, vagas vendidas, pacientes (todos menores de idade em fim de vida) desviados para clínicas particulares com trapaças e por motivos fraudulentos, as coisas pioraram progressivamente. Sempre tomando um rumo imprevisivelmente sinistro e cada vez menos decoroso. A certa altura, foi até insinuado que a ascensão universitária de Leo derivava de suas simpatias craxianas (ou, para sermos mais precisos, da simpatia de Bettino Craxi por ele). E houve ainda o caso de um assistente, afastado da universidade por sua conduta negligente, o qual, por desforra, acusou Leo de ter lhe emprestado dinheiro a juros de agiota.

Ainda assim, todas aquelas imputações graves, que estão colocando em risco sua carreira, ao lado dessa última infâmia parecem pecados veniais. Talvez porque não exista nada pior do que Leo bancando o Cyrano de Bergerac com uma garota de 12 anos. Aquelas cartas nojentas! Recheadas com os *minha pequena* e *querida menina* com que os adultos costumam se dirigir a parceiras coetâneas e consensuais, mas que dessa vez, justamente porque adequados à idade e à estatura da destinatária, parecem repulsivos. Os amplos e indecorosos trechos daquela merda epistolar, que não demorarão a ocupar as páginas mais nobres dos cotidianos mais importantes.

Ao que parece, Leo, você violou o único tabu que as pessoas não perdoam. Uma garota de 12 anos, santo Deus. Desejar uma menina de 12 anos. Seduzir a namoradinha de 12 anos do seu filho. Não é nem um problema de sexo. Você bem sabe, hoje em dia ninguém se arruína por uma trepada. Pelo contrário, muitas vezes uma trepada está na origem de grandes fortunas. O problema é a idade da suposta deflorada. Nisso está toda a diferença.

A essa altura, à luz do crime que estão lhe atribuindo, nenhuma das suas qualidades de homem sóbrio e civilizado escapará de ser considerada uma culpa ou um agravante. De agora em diante, tudo o que você fez de bom até aqui será visto como esquisitice de um pervertido. Porque, lá fora, ninguém se interrogará sobre a plausibilidade da acusação. Pelo contrário, decidirão acreditar nessa história justamente em virtude de sua implausibilidade. É assim que as coisas funcionam por aqui. E justamente porque as pessoas não pedem nada melhor do que acreditar no pior, tudo o que for dito de ruim sobre um indivíduo (sobretudo se este último teve alguma mão sortuda nos Monopólios da vida) é imediatamente dado como certo. É assim que a fofoca assume uma forma homicida. E os capilares do organismo social incham até quase explodir.

Por outro lado, como você poderia pedir ao mundo que aceite aquilo que nenhuma dessas três pessoas arrasadas, que nesse momento o acompanham na cozinha, aprenderá jamais a lhe perdoar?

A respiração ofegante de Samuel. Um arquejo sincopado que em Leo provoca o efeito levemente aterrorizante que uma turbulência gera no passageiro com medo de voar. Leo pensa no croquete envenenado que serviu a esse garoto. A partir de amanhã, Samuel, a nação inteira se entregará aos mexericos sobre como seu pai comeu sua namorada. O tipo de coisa da qual ninguém se recupera.

A suspensão em que a cozinha está imersa naqueles longos instantes é quebrada pelo chiado da *moka*, ansiosa por anunciar aos presentes que o café está coado até a última gota, e que, se alguém não decidir tirá-la do fogão, ela não conseguirá se conter e explodirá.

– Mamãe, por que não apagamos o fogo? Hein, mamãe, por que não apagamos? Não é melhor apagar, mamãe?

É a voz de Filippo. Repugnantemente choramingante. Mais infantil do que a pessoa que a emite. Leo só queria que Rachel o fizesse se calar. E é o que Rachel faz, levantando-se como um autômato e girando o botão do gás. Rachel. Santo Deus, Rachel. É então que Leo se lembra.

É então que experimenta imaginar o que esvoaça na cabeça dela. E é nesse instante que o avião despenca.

Leo sente que a odeia como nunca odiou ninguém. Ele a culpa por tudo: por estar ali, por não ser suficiente, por não fazer nada, mas também por fazer tudo, por se calar, por respirar, por ter servido um jantar tão apetitoso, por ter ligado a TV justamente naquele canal, por seu vício de assistir a dez telejornais por dia, por não se levantar e atender ao telefone, por ter gerado dois filhos cuja presença agora, para ele, é tão insuportável, por não fazer Filippo se calar, por não correr em socorro ao catatônico Samuel...

Foi ela quem meteu na cabeça dos meninos a ideia de que ele é um grande homem. Como pode esse deus venerado denunciar a própria fragilidade? Como pode fazer a única coisa que tem vontade de fazer: desmanchar-se em soluços? Como pode se justificar recorrendo a desculpas banais, apresentando-se sob os incongruentes trajes de vítima de um gigantesco equívoco?

Porque é de um equívoco que se trata, não? Leo não sabe mais. Nesse momento, está confuso. Mas claro que sim, bastaria dar uma olhada nas cartas em questão – que ele escreveu e enviou a Camilla (é verdade, não pode negar) – para compreender que são o contrário daquilo que parecem. Não, meu filhinho, seu pai não fodeu com sua namorada. No máximo, ela é que fodeu seu paizinho!

Assim como bastaria dar uma olhada nos motivos das acusações para constatar que eles não são fruto da desonestidade, mas o resultado de uma mescla entre ingenuidade e irresponsabilidade. Pelo menos isso Rachel deve forçosamente saber. Ela conhece a inadvertência do marido. Vem reclamando disso a vida inteira, muitas vezes até com ternura. E, no entanto, conseguiu que Filippo e Samuel nem sequer chegassem a imaginá-la. Viu? A culpa é dela. É tudo culpa de Rachel.

O que Leo está fazendo? O que sabe fazer melhor: culpar os outros. Jogo de empurra. No fundo, trata-se da mesma técnica (revista e corrigida) que, muitos anos antes, ele adotava para se defender das repreensões da mãe.

Quando a senhora Pontecorvo se irritava, o pequeno Leo, por toda resposta, se ofendia. Exibindo um beicinho de briga. Até que a mãe, exaurida pela contenção chantagista de seu ursinho, acabava cedendo. Desmanchando-se num sorriso de reconciliação: "Ora, vamos, meu amor, não aconteceu nada. O que acha de fazermos as pazes?"

Só então o nosso estrategista dava provas de magnanimidade, aceitando as desculpas da mãe. Pois bem, Leo agiu de tal modo que essa ceninha também se tornasse um clássico conjugal.

Deviam ser muitos os que se perguntavam como um homem do charme e da extração de Leo Pontecorvo pudera desposar aquela judiazinha comum. Cuja reserva podia ser tomada por apatia, e cujo desejo de invisibilidade podia ser confundido com insipidez. Alguns não devem ter entendido como aquele pedaço de homem bonito e elegante, romântico como um pianista eslavo (cabelos rebeldes e dedos afuselados), médico em ascensão e professor no qual o jaleco branco caía tão bem quanto o fraque em certos diretores de orquestra, pudera se casar com a miúda e no máximo graciosa Rachel Spizzichino.

Vista de fora, a relação deles é tão desequilibrada... suas recordações (suas vidas!) falam línguas muito diferentes. As de Leo enlanguescem na solenidade de um apartamento de altos tetos em caixotões, cheio de móveis pesados e entalhados como mausoléus, e dotado de eletrodomésticos que, naquela época, ninguém podia se permitir.

No que se refere a Rachel, embora desde então tenha decorrido quase um quarto de século, o dormitório onde viveu os primeiros e estudiosíssimos 25 anos de sua vida, com a janela voltada para uma estreita viela do velho Gueto, continua a exalar (até na recordação) o odor de legumes cozidos e fritos, tão indigestos (e mais ainda na recordação) para ela.

No entanto, tudo o que então os separava é justamente o que os une hoje. Porque é esse o segredo dos matrimônios bem-sucedidos, dos casais felizes apesar de tudo: não parar de ser enfeitiçado, cada um, pelo exotismo do outro.

E, também, quem poderia suspeitar que entre aqueles dois as coisas não são como parecem? E que Leo teme a tal ponto o julgamento da mulher, e ao mesmo tempo é tão dependente dele, tanto no plano prático quanto no psicológico, que reproduziu com ela o encaixe emocional que, por muitos anos, regulou seu vínculo com uma mãe hipocondríaca e superprotetora? Ninguém lá fora poderia acreditar que essa nova senhora Pontecorvo exerce na vida de Leo uma função não muito diferente daquela exercida a seu tempo pela velha senhora Pontecorvo. Que a nova senhora Pontecorvo herdou da velha senhora Pontecorvo (a qual na verdade lhe era hostil, hostil como somente certas sogras judias sabem ser) um tipo de relação baseada na chantagem desenvolvida por um garoto talentoso e caprichosamente frágil.

Assim, quando Rachel se aborrece com o marido, ele não sabe fazer nada melhor do que se enfurecer, exibindo uma tromba apenas um pouco mais ridícula a cada ano, até que ela, cansada da obstinação emburrada de Leo, que pode durar ao máximo, até por semanas, encerra a disputa com uma tirada, uma carícia, um gesto deliciosamente diplomático, tal como lhe oferecer um pedaço de chocolate branco, que ele adora. Em suma: a mulher dá prova de força mostrando-se maleável, enquanto o marido trai debilidade mantendo-se fiel a seu amuo, deixando para ela a iniciativa (que só uma criancinha pode considerar humilhante) da reconciliação.

Aliás, a crise desencadeada pela televisão não era senão a última – que se revelaria insanável e definitiva – da série que havia escandido as últimas semanas. Desde quando, por culpa de toda aquela bela coleção de acusações, Leo tinha começado a sofrer de insônia, e Rachel a velá-lo e a tranquilizá-lo como uma mãezinha. Assim, a vida dos dois começara a mudar.

Justamente naquela noite, pouco antes de ligar a TV, Rachel havia encerrado uma briga iniciada na véspera, depois que Flavio e Rita Albertazzi – os amigos de sempre – deixaram a casa dos Pontecorvo.

Não era a primeira ocasião em que uma coisa *oficialmente* agradável como um jantar com os Albertazzi oferecia a Rachel e Leo o pretexto para uma briga. Mas, dessa vez, o tema da discussão parecia tão penoso, e deixou no ar um tal odor de amargura e hostilidade, que Rachel sentiu a exigência de sepultar a acha de guerra mais cedo do que habitualmente o fazia.

– Estou esquentando umas coisas na cozinha. Por que você não vem comer?

Assim disse Rachel, depois de ir ao encontro dele no estúdio do semissubsolo, onde o marido passara o domingo escutando velhos discos de Ray Charles. Leo havia levado algum tempo para forrar seu estúdio-refúgio com todos aqueles discos. O destaque da coleção era, justamente, o conjunto de elepês (inclusive os mais raros e inencontráveis) de Ray Charles, em relação ao qual Leo sentia uma gratidão mística. No mínimo porque era a única voz que, desde sempre, conseguia confortá-lo quando ele se sentia deprimido ou quando as coisas não iam bem.

– Acho que não, estou sem fome – respondeu Leo, baixando um pouco o volume do estéreo.

E então aquela mulherzinha, contando com uma sensualidade que você não lhe atribuiria, abraçou-o por trás com doçura e calor, começando a rir e a sacaneá-lo:

– Ora, Pontecorvo, não seja assim. Me bastam dois meninos, e já estão à mesa.

Na intimidade Rachel o chamava pelo sobrenome, como se usa entre colegas de turma. Ou então "professor", como lembrança do tempo em que ele fora seu docente na universidade. Isso mesmo, modalidades deliciosamente afetuosas que, para aquele tremendo sentimental, resultavam irresistíveis, não menos do que o epíteto "ursinho" que a mãe lhe dirigia outrora.

O calor da voz de Rachel estava significando que naquele momento seu amor por ele havia assumido a forma hipócrita da piedade. E, sabe-se lá por quê, uma coisa dessas, que deveria pelo menos ofendê-lo, tinha o poder de serená-lo instantaneamente.

– Tudo bem, vou botar o velho Ray para dormir e subo – disse ele, invadido pela doçura que só a concessão do perdão a quem acabou de concedê-lo a você pode dar.

Tal diálogo acontecia mais ou menos 45 minutos antes da hora H. Nem Rachel nem Leo podiam saber que aquele seria o último gesto de repacificação entre um homem e uma mulher que muitos anos antes, para ficar juntos, haviam desafiado a autoridade de duas famílias tão diferentes. Os Montecchio e os Capuleto de sua geração!

Sim, porque Leo e Rachel tinham superado obstáculos e desconfianças de todo tipo para coroar seu hostilizado sonho conjugal, que, com o tempo, a aquisição daquela bela casa, o nascimento dos meninos, os sucessos do trabalho dele e a impecável administração doméstica por parte dela, se tornara cada vez mais esplendoroso e exemplar. E também não podiam saber que o litígio que Rachel acabava de resolver encerrava para sempre (e com chave de ouro) a história de brigas e reconciliações entre os dois (a arqueologia secreta de todo casal). Muito menos podiam imaginar, enquanto se encaminhavam para a cozinha dando-se empurrões afetuosos como dois camaradas de folga, que aquilo que estavam para consumir mas não consumiriam até o fim fosse sua última refeição juntos, e que as palavras que iriam trocar fossem as últimas de sua vida em comum.

Mais alguns minutos e tudo iria por água abaixo. E, embora, daquele dia em diante, Rachel decidisse não falar com ninguém sobre o acontecido – sepultando a história de seu casamento no escaninho mental destinado a recalques e esquecimentos –, muitas vezes, depois da morte do marido, no colóquio onírico em que não conseguiria conter os protestos daquele fantasma longínquo, ela se perguntaria se, por acaso, tudo não teria começado na noite da véspera, durante o jantar com os Albertazzi: se não teriam acontecido então os primeiros esguichos de lama do lodoso maremoto que estava prestes a varrer tudo. E se os Albertazzi não estariam de algum modo implicados naquela calamidade.

Não podia ser por acaso que, justamente daquele dia em diante, e mais ainda depois da morte de Leo, Rachel viesse a decidir que nunca mais responderia aos telefonemas de Rita nem às cartas enfáticas de Flavio, cheias de exageradas e extemporâneas ofertas de ajuda e amizade. Era como se Rachel precisasse culpá-los pelo que lhe acontecera. Tendo carregado nos ombros por tanto tempo os deveres e as responsabilidades de um casamento que funcionava com altos e baixos (como todo casamento feliz), agora que ele acabara miseravelmente Rachel passava ao contra-ataque: identificando naquele casal de amigos do marido, tão emblemático e que no fundo ela sempre detestara, se não exatamente os culpados, ao menos as mais importunas testemunhas do grotesco enredo que transformara sua vida de castelã diligente, docemente alojada no belo palacete da Olgiata, numa verdadeira batalha pela sobrevivência.

Duas testemunhas, justamente.

Rita, que de início fizera tudo para que o marido rompesse definitivamente com aquele pervertido do Leo, mas que, depois da morte deste último, se propusera como a mais devota e feroz guardiã da memória dele.

E Flavio, que se deixara dominar pela calamidade natural com quem se casara.

Duas testemunhas a eliminar, junto com todos os elementos de acusação e todos os moventes de um crime com o qual Rachel não queria ter mais nada a ver. E com o qual só muitos anos depois acertaria as contas (de certas coisas ninguém escapa). Mas essa é outra história.

Flavio Albertazzi tinha sido colega de carteira de Leo por todos os cinco anos do liceu. E aprendera bem cedo que o melhor modo de exorcizar a sensação de inferioridade gerada nele pelo bem-estar em que nadavam seus companheiros de classe era lançar-lhes na cara, sem moderação, a sua indigência. Uma petulância que, se então o tirara de mais de um embaraço, agora que, graças ao empenho, à abnegação e às poderosas capacidades intelectuais, ele ganhara um posto de relevo na sociedade, robustecendo sua conta bancária e exaltando seu resgate social, tornara-se um vezo bastante indigesto. Ao menos assim o considerava Rachel, educada na ideia de que esconder a própria condição (fosse qual fosse a natureza desta) era sempre melhor do que ostentá-la.

Flavio se apresentara pela primeira vez à aula usando calça curta, tanto que Leo, vestindo um conjunto azul com pregas e rebordos, se sentiu no direito de lhe perguntar: "Por que você ainda anda de calça curta?", obtendo por resposta uma espécie de pergunta retórica que encerrou para sempre o contencioso: "E você, por que não vai cuidar da sua vida?" Uma troca de frases ocorrida no início dos anos 1950, e que os dois amigos, nas décadas seguintes, continuariam a narrar com grande divertimento. Uma história que gerava em Rachel uma série de interrogações sobre o marido: por que ele gostava tanto de um episodiozinho estúpido, que demonstrava quanto, naqueles anos, ele era um pequeno e insuportável esnobe, que o amigo havia sido tão hábil em enquadrar? Esse, para Rachel, era só um dos muitos mistérios daquela amizade do marido, a qual, como muitas outras esposas de sua geração, ela acabou por suportar.

É possível que Rachel visse o que Leo não via? Ou seja, que, apesar de todo o tempo transcorrido, Flavio continuava a tratá-lo como um babaca, um filhinho do papai? Havia na ingenuidade do marido alguma coisa que a exasperava. Uma exasperação acentuada pelo fato de que Leo, contra todas as evidências, se percebia como o homem mais esperto e desencantado do universo. Ao passo que, para sua mulher, parecia o mais inocente.

Convém dizer que, a seu tempo, para Flavio havia sido fácil deixar-se seduzir pelas boas maneiras de Leo. Na primeira vez em que pousou seus grossos e empoeirados sapatos sobre o crepitante parquê da casa dos Pontecorvo, ele quis acreditar que o fascínio suscitado nele pelo amigo não tinha nada a ver com o mármore, as tapeçarias, os lambris ostentados naquele apartamento, nem com os volumes apinhados na estante da entrada. Daquela jazida cultural derivava a graça dialética de que Leo dera prova precoce, a língua solta que Flavio tanto invejava, não certamente por ter vivido em um mundo onde a funcionalidade de uma decoração tinha o dever de encontrar um gentil compromisso com duas coisas tão imorais como a beleza e a elegância.

Depois de tantos anos, Flavio ainda vivia como uma vitória pessoal o fato de que o amigo tivesse querido desenvolver, ao lado da profissão médica, uma carreira de estudioso e de acadêmico que não seria de esperar daquele rapaz bonito, privilegiado e descomprometido.

"Incrível que você não tenha sido estragado por tudo aquilo que possuía", dizia-lhe sempre, com satisfação, "ainda por cima numa época em que ninguém tinha nada." E Leo se regozijava, com o deleite de quem no fundo jamais procurou ser diferente daquilo que, afinal, conseguiu ser.

Por sua vez, Leo havia seguido com igual satisfação o percurso com que Flavio, sexto e último filho de uma família operária, conseguira conquistar seu lugar ao sol. Depois de ter sido um dos primeiros diplomados italianos em engenharia informática (na época se chamava assim), agora era diretor-geral de uma empresa de vanguarda que elaborava sofisticados programas para a Olivetti.

Flavio, embora professasse uma adoração pelo progresso científico não menos fervente do que a de Leo, a despeito deste último considerava que a sociedade italiana daqueles anos estava em pleno *retrocesso*. Bem-estar. Vulgaridade. Desempenho. (A TV, como odiava a TV!) Eis as palavras de ordem das quais Flavio abusava e que lhe ofereciam o ponto de partida para longas e amenas discussões com Leo. Outra coisa que ele odiava era o mundial de futebol que a Itália vencera alguns anos antes na Espanha. Quando os alemães foram esmagados numa gloriosa final no Santiago Bernabéu de Madri. Flavio atribuía àquele evento esportivo uma força simbólica tão gigantesca quanto nociva.

"Iludiu as pessoas de que o essencial era vencer. Desenvolveu nelas um culto da competição e da vitória. Tornou-nos todos um pouco americanos. Ver um presidente da República, um socialista, alguém que participou da resistência para valer, que arriscou a pele para derrotar o nazismo, erguer aquela taça supercafona, o velocino de ouro... Um espetáculo pouco digno. Não me surpreende que a final de Madri tenha sido um dos eventos mais acompanhados pelo público na história da televisão italiana. Como vê, *tout se tient*!"

E assim Leo, torcedor de futebol tanto quanto era maníaco pela modernização do país, se via defendendo com unhas e dentes os heróis de Madri e as razões da TV. (Como poderia saber que esta última o recompensaria tão bem?)

Flavio, ao contrário de Leo, não levantava a voz. Derrubava você com calma, com todo o tempo que se dava para levar a termo raciocínios tão rotundos quanto sua cara satisfeita. Fiel aos princípios marxistas, suspeitava de tudo e dirigia ao interlocutor um monte de perguntas retóricas.

Mas também tinha um ponto fraco.

Rita, sua mulher. Que Flavio amava mais do que a matemática e do que aquelas ideias políticas marcadas por um pragmatismo de fachada e por um veleitarismo de substância. Uma mulher alta, cabelos crespos, angulosa, sempre à beira de um ataque de nervos, cuja magreza cruel destoava totalmente de sua voraz gulodice. Os cigarros finos que ela sempre trazia na mão combinavam esteticamente com os dedos ossudos e acuminados. Certas vezes, olhando-a contra a luz, você diria que se tratava de um esqueleto fumante. Outras vezes, sob as impiedosas lâmpadas fluorescentes da cozinha dos Pontecorvo, ela podia parecer uma daquelas cafetinas pintadas por Toulouse-Lautrec.

Para Rita, desposar Flavio tinha sido um dos mais exitosos escárnios dirigidos aos seus riquíssimos pais. Embora há muito não tivesse mais nenhuma relação com a família de origem – uma dinastia que, havendo tornado edificáveis enormes terrenos às portas de Roma, ganhara muito dinheiro –, Rita parecia ter herdado e aprendido daqueles especuladores imobiliários a arrogância e uma intolerável falta de tato. Seus urticantes argumentos, ao contrário dos do marido, eram sustentados sobretudo pelo vigor dos preconceitos e pela ferocidade dos nervos despedaçados. A xoxota, pensava Leo às vezes. É a xoxota, o organismo mais caprichoso criado pela mãe natureza, que a faz falar.

A indignação de Rita pela desigualdade era um pretexto para dizer coisas enormemente desagradáveis em tom estridulante, cheio de soberba. Para ela não havia limite, talvez porque, para combater a família da qual provinha, tivera de perder o controle, ou talvez porque sua família a ensinara, com o exemplo, a ser desmesurada. Havia frequentado a seu tempo, com não muita consistência, a faculdade de letras. E ainda se vangloriava impunemente de ter contestado um professor – um catedrático cheio de poeira e jactância – que infligira aos jovens um programa sobre Montale: poeta burguês, decadente, reacionário!

Rita recordava esses episódios com um gosto ácido... sinal de um ressentimento que acabara por devorá-la.

Rachel, menos sociológica do que o narrador desta história, tinha certeza de que a grande dor submersa que abalava o corpo ossudo de Rita se exauria na decepção por não ter tido filhos.

"Se ela tivesse tido filhos", dizia às vezes ao marido, "agora não estaria lembrando certas historinhas indignas."

Sim, os filhos. Os filhos, ao menos para Rachel, explicavam tudo. Era justamente essa a razão pela qual Rachel dava um jeito de que, quando os Albertazzi iam jantar com eles, Filippo e Samuel não aparecessem para cumprimentar e sequer fossem mencionados. Não queria infligir a Rita um sofrimento, nem queria ver sua autodenominada amiga exorcizar a própria dor fazendo comentários hostis sobre a leve adiposidade de Filippo ou sobre a efeminada paixão de Samuel pelos musicais. Era como se Rachel fizesse de tudo para sentir piedade por aquela mulher. A piedade era o caminho através do qual ela tentava manter sob controle a irritação que Rita lhe provocava a cada manifestação que fazia. E o modo como expiava seus maus pensamentos.

Para Rachel, tinha sido difícil habituar-se a essa gente, depois que Leo criou um deserto ao seu redor. Ficara traumatizada tanto pelo esnobismo cultural quanto pelo extremismo político daqueles dois. O pai de Rachel, o senhor Spizzichino, vivia ocupado demais em obter uma posição, para ainda por cima cultivar ideias políticas. Para ele, a religião dizia mais ou menos tudo o que era preciso saber sobre aquilo que é certo e sobre aquilo que não o é. E ela fora educada para acreditar que quem falava demais de certas ideias abstratas devia ser considerado um palhaço. A palavra "comunista", na família Spizzichino, era apenas um pouco mais tolerada do que a palavra "fascista", e só porque os comunistas, ao menos na Itália, não haviam perseguido os judeus (ou pelo menos os Spizzichino não tinham conhecimento de que eles houvessem feito isso), nem tiveram a desfaçatez de se aliar com Hitler.

Se essa desconfiança de Rachel valia para todos os amigos do marido, valia sobretudo para Rita. Havia naquela mulher incongruências hirsutas e demasiadas para não irritar um ser simples e leal como Rachel. E com frequência ela se irritava até com Leo por sua indulgência, por sua incapacidade de se indignar diante de certas contradições óbvias no caráter e no comportamento da amiga.

Rachel recordava a vez em que Rita fizera um escândalo num restaurante porque um sujeito se permitiu entrar com um cão. Rita, ao menos naquele tempo, não suportava cães. Ou melhor, tinha medo deles. E por isso aprontou uma cena: era uma indecência, mas como as pessoas podiam fazer aquilo, e o respeito?... Tudo foi muito desagradável, inclusive a reação não menos violenta do homem com o cão.

Rachel não suportava as situações de embaraço público. Era uma mulher tímida, reservada. Quando você a ofendia, não podia esperar um revide barulhento ou pelo menos explícito. Um maître a tratara com descortesia? Pois bem, não a veria mais em seu estabelecimento. Ela não perdoava a falta de educação. A tal ponto que, se o marido a levasse de novo a um lugar que figurava na lista negra, então, sim, ela fazia uma cena: mas para nem sequer entrar. Era essa a sua intransigência quanto a certas coisas. Essa era a sua memória.

Quanto ao resto, dispunha-se a aceitar qualquer abuso de um garçom, de um cliente ou do proprietário de um restaurante. Suportava serenamente os atrasos ou os descuidos no serviço. Qualquer conta injustificavelmente astronômica. Tudo era melhor do que reagir. Do que fazer polêmica. Do que lançar outro ser humano à condição de se sentir um réprobo.

Era forte demais a lembrança do pai que, depois de uma refeição em um restaurante, se demorava analisando a conta, item por item, com seus oculozinhos de lojista. Para não falar das vezes em que, ao encontrar algum erro, chamava o proprietário e mostrava a falha com certa grosseria. Desde então, Rachel havia jurado a si mesma: nunca mais. Nunca mais presenciarei essas cenas. Nunca mais sentirei toda aquela mortificação. Nunca mais serei humilhada e nunca mais humilharei.

Um juramento que ela pôde cumprir até que Rita entrou em sua vida. Uma espécie de facínora. Alguém que gostava de brigar. Que adorava enfatizar as inadimplências do próximo. Justamente como naquela vez, a do homem com o cachorro.

– Mas vocês acham possível? – dissera Rita em voz alta. – Acham possível que alguém seja tão mal-educado a ponto de entrar num restaurante com um animal? Que tipo de educação é essa? Não consigo entender o que passa pela cabeça das pessoas... Será possível que ninguém diga nada? – E, não contente, alguns segundos depois, aumentando estudadamente em alguns decibéis o tom de voz, acrescentou: – Aconselho todos os presentes a nunca mais botarem os pés neste restaurante!

O problema foi que, daquela vez, Rita havia topado com um seu semelhante (há um monte deles lá fora), que reagiu à altura:

– Em vez de fazer essa cena toda, a senhora não podia me pedir delicadamente para afastar o cão?

– Por acaso estou falando com o senhor? Não creio. Eu estava falando com meus amigos. Mas, já que me dirigiu a palavra, então saiba que o senhor não passa de um mal-educado. Um verdadeiro cafona. Como conheci poucos em minha vida.

Para não deixar a coisa degenerar, Flavio e Leo interferiram.

No fundo, em tudo isso não teria havido nada diferente do costumeiro.

Mas o destino quis que, alguns anos após o episódio no restaurante, Rita (já condenada pela vida a não ter filhos) ganhasse da irmã um filhote de *bobtail*. Depois do primeiro aturdimento, e sobretudo depois de alguns dias de intensa convivência com o carinhoso animalzinho, ela se apegou inteiramente àquela criatura. A ponto de superar de repente todo o antigo medo de animais em geral e de cães em particular. Daquele dia em diante, ela e Giorgia (era o nome da cadelinha) foram inseparáveis. Rita se preocupava com a comida de Giorgia, com o bem-estar de Giorgia, com a saúde de Giorgia, muito mais do que Rachel se preocupava com seus filhos. A morbosidade daquele afeto a induzia a levar consigo a cadela para onde quer que fosse. Não confiava em deixá-la sozinha, então a carregava até para os restaurantes.

Em geral, as pessoas lhe eram muito mais compreensivas do que ela com as pessoas, mas certa vez uma senhora alérgica a pelos de cachorro mandou um garçom perguntar a Rita se ela podia tirar Giorgia dali. Estavam no círculo da Olgiata, jantando na *guesthouse*. Lá fora chovia a cântaros. Ao ouvir o pedido de afastar Giorgia e ao ver a tempestade, Rita perdeu o controle. E, dando à voz o tom das grandes ocasiões, começou a salmodiar: "Como as pessoas podem ser tão cruéis? Eu seria capaz de deixar certa gente ao relento, embaixo de chuva. Ah, a crueldade das pessoas."

Giorgia já estava lá fora havia alguns minutos, languidamente encolhida sob a pérgula do restaurante, com o olhar dirigido para a dona que comia do outro lado da vidraça, e a dona não parava de comentar em voz alta a arrogância com que aquela mulher havia exigido que sua Giorgia – o ser mais excepcional, o melhor, o mais terno ("o mais limpo deste restaurante imundo") – fosse expulsa "como um judeu".

– Como essa mulher pode fazer sempre assim? – explodiu Rachel na mesma noite com Leo, enquanto ele vaidosamente se despia diante do espelho no pequeno closet junto ao quarto. – Até dois anos atrás, ela não conseguia nem imaginar que alguém pudesse ao menos pensar em levar um cão para dentro de um restaurante. Lembra-se da cena que fez? Agora, ao contrário, quem não deixa os cães entrarem é cruel. Só porque, agora, o cão que fica lá fora é o dela. Isso é coerência?

– Não há dúvida de que ninguém enfurece você como Rita. – Foi o comentário do seu contemporizante marido.

– Sim, o descaramento dela me enfurece. A arrogância. A falta de memória. A capacidade de adaptar qualquer situação à sua conveniência. Seu modo de negar sistematicamente a verdade. A pretensão de ter sempre razão... E aquela história dos judeus. Como ousa comparar a tragédia dos judeus ao cão mais mimado da galáxia?

Leo sabia que Rachel tinha razão. Ele conhecia Rita havia muitos anos! E sabia que ela pertencia àquela parte bastante conspícua da humanidade que plasma os princípios com base nas próprias conveniências, desprovida da força moral que impele as pessoas como Rachel a fazer exatamente o oposto. Você enchera o saco do mundo inteiro para que os cães não fossem levados ao restaurante? Pois bem, isso deveria dissuadi-lo de levar seu cão, desde que você tivesse um, a qualquer restaurante pelo resto de sua vida.

Mas não se você se chamasse Rita Albertazzi. Se você se chamasse assim, faria única e exatamente aquilo que lhe parecesse mais cômodo naquele preciso instante. E, na convicção de ostentar perante o mundo uma espécie de crédito universal, se sentiria com autoridade para julgar quem quer que se plantasse em seu caminho: um inimigo a insultar, a isolar, a destruir.

E, a propósito de convicções, quanto mais Rita enfatizava as próprias, conferindo-lhes o crisma da inviolabilidade, mais se mostrava desrespeitosa diante das dos outros.

Entre todas as pessoas (católicas ou laicas que fossem) que Leo havia constrangido a esposa a frequentar, e que encaravam o judaísmo deles com um sentimento suspenso entre curiosidade, ironia e suspeita, Rita era a mais inclinada a se permitir expressar, sobre a questão judaica, juízos de mérito.

Um dia telefonou a Rachel para perguntar se ela e Leo estariam livres na terça-feira à noite. Tinha convidado para jantar algumas pessoas que gostariam de conhecê-lo. Naqueles anos, Leo já conquistara uma pequena fama à qual Rita não era nem um pouco insensível, sendo atraída por qualquer forma de celebridade. Até pela mais obscura. Embora vivesse na ilusão de ter se livrado de toda atitude nela impressa por sua tão rumorosamente odiada família, na realidade havia herdado o prazer e o talento de reunir em casa aquelas a quem chamava, com ênfase, de "pessoas sérias". Pouco importa que as relações de seus detestados genitores fossem todas subordinadas a conveniências econômicas, ao passo que as dela o eram ao prestígio político, artístico e intelectual.

Aquela noite lhe era particularmente importante. Havia um renomado diretor de espetáculos. Um eminente editorialista. E sobretudo o embaixador húngaro ("uma pessoa magnífica, poliglota, um comunista culto e atormentado, não é como os nossos, frouxos". Assim o definira, com o estilo bombástico que sempre usava para descrever as "pessoas sérias"). Em suma: Rita desejava apresentar a Leo essas personalidades, e essas personalidades a Leo. Desde quando passara a manter no *Corriere* uma coluna intitulada "Prevenir é melhor do que remediar", Leo se tornara um astro para os doentes imaginários do país.

Rita sempre telefonava a Rachel para fazer esses convites. E Rachel tinha a impressão de ser tratada como uma espécie de assessora de imprensa, cuja única função consiste em barrar os que desejam se aproximar da celebridade. Rachel sabia que Rita estava no topo da lista das pessoas que, a propósito do casamento entre ela e Leo, se perguntavam como um homem daqueles podia ter desposado uma mulher daquelas. Se, por exemplo, Leo se apresentasse sem Rachel naquele jantar, Rita nem perceberia, mas, se acontecesse o contrário... bem, se acontecesse o contrário, Rita precisaria se conter para não a expulsar de sua casa. Teria o sentimento de um chefe de Estado que, havendo convidado ao seu país outro chefe de Estado, vai recebê-lo no aeroporto e vê descer da escadinha somente um obscuro secretário particular.

– Infelizmente, na terça-feira não podemos – disse-lhe Rachel daquela vez.

– E por que não podem? – perguntou Rita, com a voz de alguém que está prestes a se afogar num lago, implora ajuda e você a recusa porque está jogando cartas.

– É o *Kippur*.*

– E daí?

– Daí que não podemos sair, não podemos comer; em suma, não podemos fazer nada.

– Sim, mas desculpe... meu convite é para a noite.

– Eu sei. Mas o *Kippur* dura um dia inteiro. Por 26 horas.

Rachel nem sequer sabia por que estava dando tantas explicações. Sua religião não era uma coisa da qual ela gostasse de falar. O marido, sim. Leo tinha sempre a boca cheia de expressões bombásticas, tipo "o povo do Livro", "o matrimônio entre o povo eleito e a Revolução Francesa". Se pelo menos respeitasse a lei mosaica com a mesma

* "Expiação", cerimônia outonal de purificação. (N.A.)

convicção com que discorria sobre a importância da cultura hebraica, seu marido seria o homem mais pio do mundo. Mas Rachel preferia se abster de falar disso. Se havia uma lição que ela aprendera em família, que o pai lhe infundira, era que de certas coisas não se fala. Sobretudo com os que não pertencem ao "ambiente" (expressão eufemística com que o pai de Rachel se referia aos judeus). Mas dessa vez, sabe-se lá por quê (talvez pelo efeito que aquela mulher lhe provocava), Rachel estava *explicando* mais do que o necessário, e isso a deixava irritada consigo mesma. E estava para ser punida pelo excesso de explicações fornecidas.

– Ora, mas que bobagem é essa? É só por uma vez! É uma coisa importante. Não creio que o *Kippur* de vocês interesse ao embaixador. Ele vem de um país comunista, onde certas tolices foram abolidas.

– Mas interessa a nós.

– A vocês? Melhor dizer que interessa a *você*. Pois se seu marido vive rindo de certas superstições... Pelo menos lhe dê o direito de viver a vida como ele quiser.

– Eu não o obrigo a fazer nada.

Viram? Aquela mulher sempre obrigava os outros a se colocar na defensiva. Seu modo inoportunamente inquisitorial os impelia a dar explicações que eles não queriam nem deviam dar.

– Não lhe parece uma coisa maluca, anacrônica, tribal?

– De que você está falando?

– Essa história do *Kippur*... Não terá chegado o momento de se livrar de certas...

– Escute aqui, Rita... – e dessa vez a voz de Rachel tremia. Sabendo-se uma daquelas pessoas que tomam todo o cuidado para não se enfurecer, e que, quando perdem a paciência, fazem-no de uma forma estridente e inoportuna, ela estava se esforçando ao máximo para não explodir. E, no entanto, já pelo tremor da própria voz, sentia que estava no limite. Mas, antes mesmo que pudesse dizer aquilo que sentia impulsos de dizer havia muito tempo – ou seja, que Rita não devia se permitir questionar as decisões dela e de Leo, que não devia se consentir falar daquele modo depreciativo de uma coisa fundamental para ela como o *Kippur*, que devia deixar de ser tão intrigante e inconveniente, que devia parar de tratá-la como uma troglodita –, eis que a outra, com a típica intuição das mulheres habituadas a tomar qualquer liberdade expressiva, mas capazes de perceber, pelo tom do interlocutor, quando avançaram o sinal, recuou. (Como todos os indivíduos realmente arrogantes, Rita era pusilânime.) Naturalmente, não pediu desculpas, mas começou a se justificar de um modo que, aliás, resultou até mais molesto:

– Tudo bem, não venham. Eu entendo. Se é importante para você e Leo... Mas eu lamento pelos dois. Seria uma grande oportunidade para seu marido. Não digo que organizei o jantar para ele, mas é quase isso. Não basta ter fama de ser um grande médico, sabe? Não basta ter nos jornais *certas* colunas um tanto populares demais, ao menos para meu gosto. É preciso cultivar vínculos (Rita jamais usaria a palavra "relações", e menos ainda "amizades"). Acho que o embaixador húngaro ofereceria a ele novas possibilidades. Tipo ir fazer um ciclo de conferências em Budapeste. Coisa grande. Uma coisa que pode mudar a carreira de um homem.

Aí está o repertório de Rita em seu melhor momento: suscitar sentimentos de culpa em você. Lançar as dores e as falhas dela sobre seus ombros. Colocar você em dificuldade por uma sua suposta inobservância. Tentar persuadir você (com que cara de pau!) que era ela a lhe fazer um favor, logo quando era você quem devia fazê-lo. Vestir os trajes da benfeitora desinteressada, justamente no momento em que o oportunismo dela estava batendo um novo recorde.

E também Rachel não suportava toda aquela escancarada prevenção. A postura suspeitosa de Rita era desgastante. Embora viesse de um mundo no qual reinava uma desconfiança difusa em relação ao próximo, Rachel não conseguia entender como uma mulher da extração de Rita podia ser sempre tão precavida. Rita vivia no terror de que alguém quisesse tapeá-la. Como naquela vez em que Rachel se deixara envolver numa tarde de shopping: em janeiro, no período das liquidações. Um pesadelo. Não houve uma só vez em que Rita não se saísse com uma de suas reações desagradáveis: "Eu me lembro", disse a um vendedor, "de que estes sapatos, sem desconto, tinham o mesmíssimo preço no mês passado." Ao perceber a consternada irritação em que Rachel mergulhara depois daquela enésima discussão, defendeu-se: "É uma questão de princípio. Não suporto que as pessoas queiram me enrolar."

O fato é que ela partia do pressuposto de que o país em que lhe coubera nascer e a cidade onde vivia eram o emblema de tudo o que é sujo e trapaceiro. Tanto que seria possível dizer que as questões de princípio eram para ela uma espécie de *parti pris* pelo qual pudesse defender-se de toda a violência pela qual se sentia assediada desde o nascimento.

Essa desconfiança perante o próximo parecia a Rachel em insanável contraste com a sentimental nota de comoção que aquecia a voz de Rita quando, durante suas discurseiras políticas, ela falava do "povo". Como se o termo "povo" não incluísse o enorme número de pessoas por ela desprezadas e vilipendiadas, como se aqueles garçons e aqueles vendedores de sapatos a quem acusava de torpeza e ganância não fizessem parte do "povo". Para ela, o "povo" era uma espécie de abstração metafísica a idolatrar, e não alguma coisa da qual existia um correspondente terreno, frequentemente asqueroso e inconfiável.

– Por que ela fala sempre com tanta empolgação do povo em geral, e tão mal de todas as pessoas em particular? – perguntava Rachel ao marido, exacerbada pelos longos jantares com os Albertazzi.

– Porque é comunista – respondia ele, lapidar.

Afinal Rachel, por amor a Leo e pela modéstia que a induzia a amar o que ele amava e a desejar o que ele desejava, se afeiçoou também a Rita e ao seu pedante consorte. Impelida mais pela tolerância do que pela estima, mais pela compreensão do que pela simpatia, acabou por considerar aqueles amigos do marido um dos tranquilizadores convívios com os quais todo casal burguês pode contar. A certa altura, não conseguindo encontrar qualidades realmente admiráveis naquela dupla, afeiçoou-se aos defeitos de cada um.

Claro, continuava a conter os bocejos sempre que Flavio se aventurava em suas divagações filo-humanitárias, assim como se obstinava em achar insuportáveis as broncas de Rita em maîtres e vendedores de sapatos, mas aceitava esses fatos com a despreocupação com que suportava certos defeitos do marido, dos filhos, da vida, do mundo. Com o tempo, aprendeu a evitar alguns assuntos, sobretudo políticos: não, não ouviria mais a acusação de ser reacionária só porque dizia coisas sensatas.

Sempre que os Albertazzi iam jantar lá, Rachel encarregava Telma (depositária, naquela época, das receitas da família Pontecorvo) de preparar a *torta caprese* pela qual Flavio era alucinado, assim como a *concia** e os tomates recheados com arroz que Rita adorava. Impedindo, contudo, aquela mesma doméstica de aparecer na sala de jantar, para não ouvir Rita dizer: "Como você consegue se fazer servir assim por outro

* Prato da tradição hebraico-romana à base de abobrinhas e vinagre. (N.A.)

ser humano? Como pode não a convidar para se sentar à mesa?" Sabendo que jamais se habituaria a frases desse tipo, Rachel dava um jeito de não provocá-las.

Justamente na esteira de tudo isso, naquele sábado, a poucas horas da derrocada definitiva, e talvez até por uma espécie de antevidência, Rachel fizera de tudo para impedir que os Albertazzi viessem jantar. Não que estivesse com raiva deles por algum motivo em especial. Mas sentia certo desconforto ante o risco de enfrentar o assunto das notificações judiciais que haviam chegado para Leo, isso sem falar dos artiguetes sobre ele nos jornais. Não podia ser por acaso que Rita, nos últimos dias, ao retornar do habitual mês transcorrido na América do Sul com o marido, havia telefonado mais do que de costume. Era evidente que desejava se imiscuir: a razão pela qual ficava ao telefone por tanto tempo, até mesmo em silêncio – depois de receber todas as confidências que podia, menos aquela que realmente a interessava –, era a esperança de que Rachel quebrasse o silêncio e contasse tudo. Era evidente que Rita esperava que a amiga desse ao menos uma pequena prova de seu mal-estar, começando a se lamentar ou mesmo a chorar. Satisfação que Rachel, naturalmente, tomara o cuidado de não lhe dar.

Mas aquela noite? Deus do céu, aquela noite se anunciava como um pesadelo. Ela seria capaz de ocultar a própria angústia diante de Rita, aquela hiena? Conseguiria não cair na armadilha? Bem, ela talvez sim. Mas e Leo? Nele não se podia confiar. Admitamos que Leo se controlasse e que Flavio (o amigo de confiança) respeitasse sua opção pela reserva: como esperar que Rita conseguisse se conter? Era típico de sua natureza malévola deixar escapar um comentário molesto.

Rachel recordava uma historieta que Leo lhe contara, divertido. Sobre a vez, muitos anos antes, em que Rita convidara para um restaurante um grupo selecionado de amigos a fim de comemorar a primeira condenação penal do pai. "Deram três anos a ele, àquele filho da puta", não parava de repetir, cada vez mais bêbada. E reforçava a dose: "Talvez este país esteja começando a compreender alguma coisa. Talvez este país esteja começando a se redimir!" Até que convidou os amigos para o brinde: "Finalmente eles estão percebendo de que raça de criminosos se trata."

– E por que – perguntava Rachel, a cada vez – vocês se prestaram a um espetáculo tão repulsivo?

– Pois é, meu amor, naqueles anos o clima era esse. Os inimigos eram os pais. Os grandes opressores. À parte sua família anacronicamente gerontófila, cheia de piedosos judeus a respeitar, no resto do mundo ser velho era considerado uma culpa gravíssima. Paris, Berkeley, Valle Giulia: era para isso que estávamos nos preparando, não sei se você me entende... Rita havia tomado ao pé da letra essas bobagens. E sem dúvida os pais dela se prestavam a ser demonizados.

Essa história, tão engraçada para Leo, jamais havia divertido Rachel. Ela até podia ser uma judia cabeça-dura, proveniente de uma família "gerontófila" como Leo dizia, mas realmente não conseguia compreender como alguém era capaz de comemorar o fato de um pai ter ido parar na cadeia. Rachel até podia adorar o dela, e tinha feito todo o necessário para deixá-lo feliz, mas a ideia de que uma filha que no fundo recebera dos genitores tantas oportunidades pudesse nutrir por eles sentimentos mesquinhos e odiosos, e os exibisse com tanto despudor, parecia-lhe de uma morbidez da qual ela queria distância.

Eis por que, considerando-se tudo isso, assim como a avalanche de telefonemas dos dias precedentes, o mínimo que se podia esperar naquela noite, de alguém que havia brindado com os amigos à prisão do próprio pai, era que fizesse alguma pergunta impertinente.

Uma das coisas às quais Rachel não podia se habituar, desde que conseguira chegar, através do casamento, a um ambiente mais destacado do que o seu, era a ausência quase absoluta de reserva. Aquela gente não conhecia limites nem pudores. Não havia nenhum assunto sobre o qual não se sentisse autorizada a brincar. Nos primeiros anos do casamento, Rachel acreditara na fábula de que semelhante ausência de hipocrisia fosse o modo de afirmar a própria liberdade perante certas convenções pequeno-burguesas na qual ela fora engastada por uma educação tradicional. Chegava a se perguntar se aquele dizer-tudo e aquele não-esconder-nada não seriam um refinamento que sua extração não lhe permitia captar. Com frequência observava estupefata o marido, enquanto este revelava tranquilamente um segredo de família. Outras vezes, ficava boquiaberta enquanto ele dizia ao interlocutor exatamente o que lhe passava pela cabeça.

Até que, por fim, compreendeu que nada disso combinava com ela. Que nunca se acostumaria com aquela atitude. Porque não lhe agradava. As coisas graves, por sua própria natureza, devem ser geridas com tato e circunspecção, em vez de se tornar o tema da enésima historinha engraçada a compartilhar com os amigos e a escancarar impunemente diante de estranhos, só porque nenhuma descrição terá jamais o fascínio de uma confissão espirituosa. Para Rachel, era melhor ter muitos segredos do que não ter nenhum. Por outro lado, aquela permanente confusão entre o que era importante e o que não o era, aquela promiscuidade entre o dizível e o indizível, fizera essa gente perder o senso das prioridades. Com muita frequência, tais pessoas, pelo gosto da tirada, não percebiam a suscetibilidade alheia.

Rachel recordava com aborrecimento e desprazer o episódio em que seu então futuro marido havia humilhado, sem se dar conta, a priminha da própria namorada. Leo e Rachel acabavam de se conhecer. Ele era o arrogante e irresistível assistente do professor Meyer, e Rachel a vivaz e empolgada aluna que Leo, depois de examiná-la academicamente e de lhe dar uma merecida nota máxima com louvor, tinha convidado para sair. Uma relação hostilizada no início sobretudo pelo pai de Rachel, que, fiel a uma prática já naqueles anos bastante anacrônica, exigiu que os encontros entre sua filha e aquele "professor" fossem presenciados por Sara, a prima caçula de Rachel, silenciosa e encabulada *chaperon*. Consequentemente, Leo se vira pagando os jantares e o cinema de sua namorada e da prima de sua namorada. Certa vez, ou pela irritação provocada pela situação ou por puro gosto da zombaria, depois de saldar a enésima conta num restaurante à beira-mar, em Fregene, Leo perguntou a Sara:

– Já percebi que você não faz nem o gesto de pagar. Você é apenas miserável ou é pobre mesmo?

O que a consternadíssima e trêmula Sara não podia saber era que, no vocabulário brincalhão dos Pontecorvo, a palavra "miserável" designava aquelas pessoas, muito numerosas no ambiente deles, que, mesmo podendo contar com um grande patrimônio, levavam uma vida no limite da indigência por pura sovinice. Não conhecendo essa nuança léxica, Sara caiu no choro. E Rachel por muitos dias não atendeu aos telefonemas de Leo. Para mais tarde lhe perguntar, algum tempo depois, tendo lhe concedido um suspirado perdão:

– Como você pôde dizer a ela uma coisa tão má? Como pôde humilhar uma pessoa daquele jeito?

– Era só uma tirada espirituosa. Puxa, como vocês do povão são suscetíveis! Por que levam tudo tão a sério? Se você quiser, eu peço desculpas a ela, mas juro que a última coisa que pretendi foi ofendê-la.

– Viu? É o que estou dizendo: nenhum peso nas palavras. Quer dizer que, para você, eu sou alguém do povão?

– Ora, vamos, querida, eu estava brincando.

– Chegará algum dia em que você vai parar de brincar?

Agora, vinte anos depois, esse dia havia chegado. Mas Rachel não estava segura de que Leo tinha percebido: desconfiava que, com o passar dos anos, aquela que no início se anunciara como uma simples vocação lúdica se transformara em um *modus operandi* do qual Leo e seus amigos se serviam para eludir os problemas, ou para redimensioná-los capciosamente.

Não haveria nisso nenhum mal se agora não tivesse despencado sobre a cabeça de Leo uma coisa realmente grave, e se, justamente em virtude daquele espírito falastrão, ele nem sequer a reconhecesse como tal (ou pelo menos fingia não a reconhecer).

Na verdade, embora soubesse quanto o marido ficara literalmente transtornado pelas notificações recebidas, Rachel o conhecia bem demais para se espantar com o fato de ele falar daquilo com displicência. Era assim que Leo administrava a angústia em público e em particular: menosprezando deliberadamente as razões que a suscitavam. E, se necessário, brincando a respeito. Por isso, nos últimos dias, mesmo percebendo que à noite Leo sofria de insônia e durante o dia se sobressaltava com qualquer rumor como se temesse ser agredido, Rachel tivera de fingir acreditar na desajeitada encenação do marido, que não fazia senão se professar alegremente indiferente e esperançoso. Só Deus sabe quanto ela gostaria de sacudi-lo. De lhe dizer que a situação era grave, sem dúvida, mas não irrecuperável. Bastava se comportar como homem. E não ficar ali bancando o espirituoso fora de hora.

Como naquela manhã de alguns dias antes, quando ele começara a ironizar desde a hora do desjejum à custa de Filippo, que, com os lábios sujos de leite com Nesquik, perguntava se cabia ao pai levá-lo à escola. E Leo, um dia depois de ter recebido a enésima notificação do tribunal, havia dito: "E então, malandrinho, tem coragem de andar de carro com um perigoso condenado?"

Tudo bem, provavelmente àquela altura os meninos sabiam, imaginavam, sobretudo Filippo. (Alguns dias antes, havia perguntado alguma coisa a Rachel. Evidentemente um colega de escola fizera comentários.) Embora, desde o princípio, Rachel tivesse se empenhado em mantê-los fora de toda aquela sujeira, era impossível que a coisa não os atingisse. Mas que necessidade havia de certas brincadeiras? Qual era o gosto de fazer dois garotos participarem daquelas desgraças judiciais, e, para piorar, mediante gracinhas de sentido intoleravelmente recôndito (e ainda por cima não divertidas) que, justamente por sua ambiguidade, poderiam perturbá-los? A verdade é que, a despeito das aparências e das intenções confessadas, Leo *queria* perturbá-los, assim como queria perturbá-la. E simplesmente porque, estando ele mesmo atormentado e não o admitindo, queria descarregar sobre os íntimos todo aquele nervosismo. Tanto que, quando Filippo lhe perguntou, preocupado: "Por que você diz isso?", ele se esquivou com uma daquelas frases que parecem feitas para tranquilizar, mas que surtem o efeito oposto: "Nada, nada, estou brincando. Vai tudo bem."

A má-fé do marido (que a irritava) se manifestava justamente por meio daquelas encenações. Ele que finge aliviar bem no momento em que torna insustentável a situação. Exatamente enquanto aumenta em um palmo o limite da insustentabilidade. Finge estar distanciado enquanto está dentro de corpo inteiro. Finge não pensar nunca naquilo, mas não faz senão ruminar o assunto. Finge não se envergonhar, mas à noite não dorme, de vergonha. Finge não ter medo e está se cagando todo.

Em suma, dadas as circunstâncias, só faltavam Flavio e Rita. Uma noitada com os amigos mais temíveis, mais imprevisíveis. Que se anunciava mefítica. E Rachel não sabia se deveria se acautelar mais contra Leo ou contra aqueles dois: fosse como fosse, estava certa de que alguém daria espetáculo, e isso ela devia evitar. Não, não estava preparada para uma noite daquelas. Eis por que, naquela mesma manhã de sábado, quando ainda havia tempo para desmarcar tudo, perguntou a Leo se não era o caso de adiar. Ela cuidaria disso. Não caberia a ele. Ela telefonaria a Rita para...

– Mas por quê?

– Bom, primeiro porque eu estou meio cansada, esta noite não dormi. E também porque Telma está se sentindo mal hoje. Não me animo a pedir a ela que cozinhe.

– O que ela tem? Febre? A costumeira dor de garganta? Quer que eu dê uma olhada? – perguntou Leo, como se Telma fosse um eletrodoméstico pifado ou um cavalo com tendinite.

– Não, não, está só indisposta... coisa de mulher...

– Ela é adulta, deve estar habituada. Certamente não é uma coisa que já a tenha impedido de cumprir suas tarefas.

– Bem, dessa vez...

– Dessa vez o quê?

– Parece mais cansada do que de costume.

– Ela lhe falou alguma coisa? Reclamou? Disse que não aguenta cozinhar?

– Imagine, você acha que ela diria isso?

– Mas você, com sua intuição extraordinária...

– Eu compreendo certas coisas. Telma está exausta. Você sabe quanto ela sofre com o calor. E também, convenhamos, você não está farto de ter gente para jantar quase todas as noites? Faz algumas semanas que não para de convidar pessoas. Se por essa vez...

– O que você quer dizer com isso?

– O que eu disse. Faz algumas semanas que você não para de convidar alguém para jantar. Até parece que não quer ficar sozinho comigo e com os meninos. Como se nós não lhe bastássemos.

– E por qual razão eu faria isso?

– Não tenho ideia. Talvez seja apenas a constatação de uma mulher que se sente ignorada... Esqueça, estou brincando. Sei que você adora ter gente em casa. E eu gosto de contentá-lo. Sei que no verão você gosta de comer lá fora, o vinho branco, os pêssegos com açúcar e canela... e eu, na medida do possível, tento fazer...

– Por favor, não comece com a lista das coisas que faz por mim. Qual é exatamente o problema? Diga logo. Por que nossos amigos mais queridos, que não vemos há um século, não podem vir hoje? Por que você não os quer aqui?

– Não sei do quê você está falando.

– Sabe muito bem. E sabe que não tem nada a ver com o calor, e muito menos com a menstruação da *khaver*.*

– Por favor, não seja vulgar. Não suporto isso. De qualquer modo, se quiser que eu lhe diga o que penso... bem, acho que o motivo pelo qual você quer ter gente jantando aqui todas as noites é mostrar a todo mundo que as últimas vicissitudes não o atingiram em absoluto... A mesma razão pela qual, durante esses jantares, você não faz senão falar disso, rir disso, brincar a respeito. Até começou a beber mais do que o habitual, coisa que nunca fez. A mensagem é: "Vejam, o professor Pontecorvo está bem. É o mesmo de sempre. É indestrutível..."

* "Camareira" em hebraico romanesco. O termo também pode assumir uma acepção depreciativa. (N.A.)

– Ou seja, a menstruação da *khaver* é apenas o pretexto inventado por uma esposa responsável para defender dele mesmo o marido desesperado e alcoolizado. Marido de quem, pelo que vejo, ela até se envergonha um pouco...

– Ora, não seja dramático.

– Você é quem inventa histórias fantasiosas para não me dizer o que pensa, e eu é que sou o dramaturgo?

– E se eu dissesse que não estou pensando só em você, mas também em mim? Esta noite, a última coisa que desejo é ter jantando aqui aquela mulher, que vai exultar pelo que está nos acontecendo.

– "Aquela mulher"? "Exultar"? Então, é isso que você pensa dela? Uma mulher qualquer, que exulta? Até me espanta que você tenha aceitado conviver com semelhante babaca durante todos esses anos.

– Não seria novidade, tratando-se de alguém que comemorou os primeiros três anos de cadeia do pai. Imagine que recepção maravilhosa ela faria, se o condenassem à prisão perpétua, coitado.

– Além de não existir palavra mais imprópria do que "coitado" para definir o pai de Rita, garanto que você se engana. Rita me quer bem, Rita nos quer bem. Para não falar de Flavio. É o único amigo em quem confio totalmente. Um amigo que faria qualquer coisa por mim. Seria ofensivo para ele se, num momento como esse, eu o mantivesse de fora.

– Ah, e essa seria sua maior preocupação? A indelicadeza de manter de fora um amigo...?

– Eu não disse *somente* por isso. Eu disse *também* por isso. Quanto a Rita, basta ela tentar...

– E se tentar?

– Eu a coloco na linha, caralho... mas não vai acontecer. Flavio e Rita me conhecem bem demais para ignorar que nenhuma das coisas das quais venho sendo acusado tem fundamento.

– É isso, justamente...

– É isso o quê?

– Se você de fato vê as coisas assim, se está tão certo de suas razões, e eu também estou, querido, juro, por que me dá a impressão de que não está fazendo todo o necessário?...

– O NECESSÁRIO PARA QUÊ?

– Não, se você começar a gritar, é melhor encerrarmos a conversa.

– Tudo bem, estou calmo. Não levanto mais a voz. Mas diga, me explique: eu não fiz o necessário para o quê?

– Você está encarando tudo com superficialidade, meu amor. Como sempre. Se você está se vendo nessa situação, é também porque confiou demais nos outros. E agora eu tenho a impressão de que não aprendeu a lição. E continua a confiar demais nos outros. O que é admirável. Faz de você um homem estupendo. Mas é também perigoso e nada prático. Você tem excessiva confiança no próximo. Excessiva confiança na verdade. Eu já lhe disse isso mil vezes. Você é o homem mais otimista que conheço. São elogiáveis sua benevolência, sua boa-fé...

– E, em sua opinião, de que jeito o homem cândido que você está descrevendo, essa espécie de simplório de bom coração, teria feito tudo o que fez na vida?

– Leo, querido, o que tem a ver? Eu sei que no seu trabalho você não tem igual. Compreendi isso pelo seu modo de ensinar, quando o conheci. Paixão, intuição, competência. Você nos deslindava os mistérios da fisiologia humana com um tal encanto... Minhas amigas eram todas apaixonadas. Ainda custo a crer que tenha sido eu a escolhida pelo jovem, belíssimo, inacessível professor Pontecorvo... E algo me diz que você me escolheu justamente porque eu era quem tinha menos a esperar. Mas isso não significa que você seja igualmente eficaz na gestão de todo o resto... E tenho mesmo a impressão de que, por algum motivo, está subestimando essa situação. E de que me excluiu dessa história. Por que não me deixa entrar? Por que não me deixa ajudá-lo? Qual é o problema agora? Eu sempre me ocupei de você em tempo integral, por que agora não? Por que, um dia desses, me impediu de ir ao advogado? Você não imagina quanto me angustia ser excluída. Quanto me angustia não saber.

– Escute, não importa o que você pense, eu não sou nem cretino, nem ingênuo, nem irresponsável. O advogado do Santa Cristina é um excelente advogado. E me tranquilizou de todas as formas.

– Mas é isso que estou dizendo! Como você pode não entender que seus interesses conflitam com os do hospital? E que, se for necessário, eles não só se livrarão de você, como também darão um jeito de lhe atribuir todas as responsabilidades?

– Viu como você é? A mesma de sempre. Implica tanto com Rita, mas quem é agora a mesquinha, a que pensa mal dos outros, a suspeitosa? Afinal, o que você sabe do assunto? Eu tenho o hospital inteiro do meu lado. Muitos pais de ex-pacientes se ofereceram para testemunhar a meu favor. Tenho o diretor de faculdade que assumiu publicamente minha defesa, em mais de um jornal... para não falar do colégio dos docentes, e até o reitor... Não é culpa minha se tudo isso me deixa tranquilo. Nem se nesse momento quero meus amigos por perto...

Sim, ali estava o seu Leo, o homem mais sem malícia que Rachel já conhecera. Que estranho dom aquele, o de alimentar tanta confiança nos outros! Mas era só um dom? Ou também um gravíssimo defeito? Algo do qual se precaver? A magnanimidade do seu marido (alguém lhe daria um nome diferente, bem mais trivial). A inconveniência de não saber o que é a derrota. De não ter estudado como perdedor. A confiança exagerada na benevolência do destino.

Tudo bem, ela havia sido educada no terror. A razão pela qual antipatizara tanto com Rita nas primeiras vezes em que a vira era que aquela mulher lhe parecia a versão exasperada dela mesma, ainda por cima traduzida nos bairros chiques. Toda aquela desconfiança, toda aquela circunspecção, todo aquele medo. Eram coisas que Rachel conhecia. Coisas que lhe haviam sido inculcadas desde o berço. A tal ponto que certas vezes ela se perguntava se, entre as muitas razões pelas quais amava tão imensamente o marido, não estaria também o fato de Leo parecer uma espécie de delicioso e fortificante antídoto contra todo o medo no qual ela crescera.

Era como se o marido, que por profissão travava uma batalha cotidiana contra os irracionais, perversos e quase sempre iníquos caprichos do corpo humano, depois, quando se tratava de tomar nas mãos as rédeas da própria vida, se abandonasse a uma espécie de idealismo filantrópico. Como era possível? Seu ofício não lhe ensinara nada? Existe uma lição mais dura do que aquela ministrada por um setor onde as crianças lutam para não morrer? Leitos sujos, vômito, sangue, toda aquela dor infantil e todo aquele desespero adulto... Mas, evidentemente, isso não ensinara nada a Leo. Evidentemente, nada disso o deixara mais esperto nem o revestira do cinismo que socorria a maior parte dos seus colegas.

E dizer que, no casal, era ele quem gostava de interpretar o papel do rude sem Deus: trazia sempre na boca palavras vazias de significado para Rachel e pomposas, como "laicismo", "iluminismo", "agnosticismo". No entanto, pensando bem, era ele o verdadeiro religioso da família. O único dos dois a acreditar realmente numa espécie de Ordem Superior, em geral benigna, capaz de colocar as coisas no lugar.

"No fundo, por fim os nazistas perderam. Os nazistas perdem sempre", observava Leo volta e meia, quando ela lhe dizia que havia ao redor muito mais antissemitas do que ele pensava. (E Rachel não podia deixar de se perguntar: É mesmo? Foram os nazistas que perderam? Mas como? Não fomos nós que perdemos?)

E agora, em relação às coisas horrendas que haviam escrito sobre ele e aos crimes que lhe atribuíam, era como se Leo se contentasse com a certeza de não os ter cometido. Ou, pelo menos, não deliberadamente. Para ele, isso era suficiente. Porque, no final, a verdade emergiria sem obstáculos.

Cada vez com mais frequência, a esposa se perguntava se essa confiança incondicional no mundo não teria a ver com uma vida que funcionara bem demais: fábula feita de sonhos realizados e promessas mantidas. Se existe uma coisa que está sempre em perigo, é a perfeição.

Os Pontecorvo eram os únicos judeus que Rachel conhecia que, enquanto os capangas de Hitler e seus estúpidos cães-lobo iam à caça de hebreus por toda a Europa, haviam se abrigado na Suíça, em segurança, no quentinho, sem morrer de terror como todos os outros, como o pai e a mãe dela. Na época, Leo tinha 3 anos. E, desde aquele afortunado início helvético da vida, as coisas não pararam de dar certo para ele. Uma infância e uma adolescência encantadas, protegidas por uma mãe idolatrante e consagradas por um fulgurante curso de estudos que lhe garantiu uma maravilhosa carreira no rastro da família, levando-o a alcançar, ainda por cima, um prestígio até então jamais aflorado por algum Pontecorvo. Tomando-se como amostra os Pontecorvo, a vida – com sua cordial e indolor passagem de uma geração a outra – parecia uma ascensão irrefreável para o bem-estar e a felicidade.

Era isso? O que o modelara havia sido essa vitória ininterrupta? Havia sido essa patinação sobre veludo, essa existência de Gastão, o primo do Pato Donald, que o deixara tão frágil diante das adversidades? O que agora o paralisava era a ideia, no fundo tão virtuosa, de que na vida basta fazer bem as coisas para obter o melhor? Era assim que o marido, depois de abolir da própria vida a ideia mesma de imprevisto, reagia àquilo que se anunciava imponderavelmente malvado?

A esse respeito, Rachel sempre contava a Filippo e a Samuel um episódio que lhe parecia emblemático, tanto do caráter de Leo quanto do dela mesma.

Na lua de mel, tinham feito uma excursão pela Escandinávia, aonde chegaram de carro. Rachel recordava aqueles dias com emoção. Tinha acabado de completar 25 anos, era a primeira vez em que saía da Itália. E fazer isso com o marido de 29, por quem era apaixonada, e que *todas* notavam pela estatura notável, pela beleza mediterrânea e por um ar professoral meio alheado... bem, era uma coisa que de repente fazia a vida daquela mocinha se assemelhar às comédias leves com Cary Grant que ela adorava. Finalmente, havia chegado também para ela um pouco de romantismo. Agora era a sua vez. Durante a viagem de núpcias, houve momentos nos quais Rachel se sentiu como Maria Callas, cujas peripécias ela não parava de acompanhar nas revistas ilustradas mundanas. Leo estava tão à vontade no inconsciente papel de Aristóteles Onassis – menos rico, certo, mas mil vezes mais magro – que, fiel ao exibicionismo megalômano da família, havia preparado as coisas de tal modo que tudo resultasse à altura da fábula: do decrépito esplendor dos hotéis aos ingressos reservados para a Ópera de Estocolmo, do minicruzeiro nos fiordes ao vestido de noite que ela encontrou à sua espera sobre a bergère Segundo Império na suíte do Grand Hotel de Oslo. Que maravilha!

E, no entanto, Rachel recordava não ter curtido até o fundo o cenário preparado pelo marido para ela. A ideia de que Leo tivesse esbanjado todo aquele dinheiro em coisas que ela fora educada para considerar fúteis, ou mesmo imorais, estragou sua festa. Rachel tinha certeza: no final, de algum modo, toda aquela prodigalidade seria punida por uma força superior. E a profecia se confirmou na volta da viagem, quando, já no hotel de Montecarlo, penúltima etapa antes do retorno a Roma, os dois recém-casados se viram sem um centavo sequer.

Naquela época ainda não existiam cartões de crédito, e para enviar dinheiro ao exterior eram necessários tempo e uma série infinita de precauções. Por isso, Leo decidiu mandar um telegrama pedindo ajuda à mãe, naquele momento em veraneio na casa de Castiglione della Pescaia, pertencente ao irmão, o fútil tio Enea.

Quando Rachel, apavorada, exclamou: "Mas você acha que é o caso de chamar sua mãe? Pretende que ela, sozinha, venha nos encontrar e pague a conta? Ela nem tem carteira de motorista!", Leo não demonstrou a mínima inquietação. "Você não conhece o tio Enea. Ele vai se oferecer para acompanhá-la. Jamais perderia a oportunidade de jogar umas mãos de *chemin-de-fer*."

E assim, de volta ao hotel meia hora mais tarde trazendo a cópia do telegrama, Leo disse: "Viu? Não havia nada com que se preocupar." E Rachel o encarou como se ele fosse doido. Como não havia nada com que se preocupar? Um telegrama era tudo o que ele tinha. A cópia de um telegrama ditado por ele, e não um telegrama de resposta. Uma esperança, digamos assim. O bilhete na garrafa do náufrago ou do apaixonado. Quem saberia quantos imprevistos poderiam se interpor entre aquele telegrama enviado e a chegada dos salvadores? Eles poderiam não o receber. Poderiam recebê-lo com atraso. Poderiam sofrer um acidente durante o trajeto para Montecarlo. Poderiam... No entanto, havia algo mais. Que Rachel, na versão edulcorada da narrativa destinada aos filhos, evitava confessar: ou seja, não lhe agradava a ideia de que quem os socorresse fosse justamente a mãe de Leo – aquela mulher que a hostilizara desde o princípio, sem disfarces. Rachel sentia que não iria aguentar o ar triunfante da sogra, assim como não toleraria a censura que ela certamente lhe dirigiria por não ter vigiado devidamente os impulsos hedonistas daquele perdulário do filho.

Justamente quando estava às voltas com o pensamento da iminente chegada da sogra, não menos angustiante do que uma eventual recusa desta, Rachel ouviu Leo perguntar:

– O que você acha de pedirmos o jantar no quarto? Não estou com vontade de sair.

– Mas se não temos um centavo...

– Bem, agora não, mas depois de amanhã, sim. Não vão exigir que paguemos imediatamente. Qual é sua preocupação?

– É só...

– É só o quê? Vamos, eu peço um coquetel de camarão, um copo de vinho e uma maravilhosa *crème brûlée*, e você?

– Nada, querido, estou sem fome... ou melhor, talvez tome um *café-au-lait* – respondeu ela, apertando nas mãos os poucos trocados remanescentes.

– Nem sequer um brioche? Tem certeza?

– Basta um *café-au-lait*, obrigada. – Para depois reiterar: – Estou sem fome.

Rachel contava aos filhos ter dito "estou sem fome", embora a tivesse, e muita. E alguns minutos depois ali estava ele, o marido, de roupão branco com o logotipo do hotel no bolsinho, mergulhando os camarões no molho rosa e continuando a perguntar: "Tem certeza de que não quer alguma coisa? Desde hoje de manhã você não comeu nada." E ela, olhando pela janela as célebres luminárias monegascas (que associava romanticamente a *Ladrão de casaca*), e agredida pelas lancinantes mordidas da fome, continuava a repetir: "Nada, obrigada, é verdade, não quero nada."

Naquela vez, Leo tinha razão. Os escrúpulos de Rachel se revelaram exagerados. Dois dias depois, o tio Enea e sua orgulhosa irmã chegaram, cheios de dinheiro para gastar. Mas não era garantido que as coisas seriam sempre assim. Não era garantido que sempre haveria um gênio da lâmpada capaz de consertar tudo.

Agora, por exemplo, a aposta era mil vezes mais alta. Não se tratava de uma conta a saldar nem de um papelão a fazer com algum *concierge* esnobe, mas da vida deles. E da de Filippo e Samuel. Ou seja, do mundo inteiro! Até aquele momento, nunca acontecera uma calamidade daquelas. O que não significava nada. Existem casais privilegiados que atravessam as décadas no mais cauto e equilibrado bem-estar para chegar incólumes à velhice. E por algum tempo Rachel tinha acreditado e esperado que um dia se pudesse dizer que eles haviam feito parte daquele clube exclusivo. Que seu percurso de obstáculos tinha sido, como se diz na gíria, "preciso".

As coisas correram de modo diferente. Na vida de uma família tão respeitável, aquelas acusações tinham um peso específico alarmante, e Leo exercia uma profissão na qual a respeitabilidade é um atributo decisivo. Eis por que aquela história devia ser tratada com particular cuidado. E tudo bem, talvez Leo tivesse razão: ao menos em primeira instância, todos haviam sido solícitos em se colocar ao seu lado, em defendê-lo. Mas como ele podia ter tanta certeza de que a situação não iria mudar? Era evidente que os promotores que cuidavam do seu caso queriam aniquilá-lo. Assim como era evidente que Leo, como todas as pessoas poderosas, mas não muito, não poderia contar com a benevolência da imprensa, e menos ainda com a do público.

O fato era que, se por acaso a situação tomasse um rumo ainda pior, não seria suficiente a intervenção de algum tio Enea (aliás, falecido havia alguns anos) para saldar a conta. Não, dessa vez era uma coisa muito mais complexa. Um assunto terrivelmente perigoso. Por mais incrível que pudesse parecer, existiam funcionários do Estado cujo ofício consistia em demonstrar que Leo era um tratante. Gente paga para levá-lo aos tribunais. Sabujos que não viam a hora de lhe morder o pescoço e não largar mais. Vampiros cujo sucesso consistiria em lançá-lo na cadeia depois de dessangrá-lo, depois de incinerar a respeitabilidade construída com tanto esforço ao longo dos anos. Sofistas de merda, ansiosos por deturpar a verdade em detrimento de Leo. Contra esses inimigos desleais, o otimismo certamente não era um recurso, talvez fosse até um obstáculo.

E se, em vez disso, Rachel estivesse enganada? E se o problema de Leo não fosse excesso de otimismo, mas justamente o contrário: excesso de pessimismo? Até podia ser. Com muita frequência ela havia constatado como, por trás de certas atitudes fanfarronas do marido, por trás do esplendoroso anteparo de toda aquela confiança, crescia emboscado, como uma toupeira nas vísceras de um jardim exuberante, o bem mais turvo sentimento que se chama medo.

Seria isso a explicar tudo? O medo? Seu marido vivia no medo. Podia ser que, como todas as pessoas não habituadas às dificuldades, como todas as pessoas mimadas desde o nascimento, Leo não dispusesse dos instrumentos necessários para exorcizar o medo. Porque, para fazer isso, deveria reconhecê-lo.

Era o medo que o tinha paralisado? Era o medo que o impedia de se ocupar dia e noite de seus problemas judiciais? Talvez sim. Àquela altura, uma pessoa menos apavorada do que ele passaria todo o seu tempo com o nariz metido na papelada que lhe concernia. E, no entanto, Leo adiava. Delegava. Sim, essas eram as duas coisas que ele mais fazia: postergar o momento em que deveria enfrentar os problemas e, por fim, deixá-los despreocupadamente nas mãos de outro. Toda aquela confiança em um advogado a serviço de um hospital que tinha todo o interesse em lançar quaisquer responsabilidades sobre um médico e sua equipe – um hospital que já divulgara diversos comunicados nos quais afirmava ser "parte lesada" – era um verdadeiro suicídio profissional.

Mas era também um modo de delegar algo que ele não era capaz de enfrentar. Leo se assemelhava cada vez mais àqueles hipocondríacos que só fazem alimentar fantasias angustiosas sobre as mais díspares e improváveis enfermidades, e no entanto não se dispõem (por uma espécie de inércia trêmula) a livrar-se do vício do fumo e do álcool. E que, quando aparecem sintomas preocupantes, não têm coragem de marcar consulta com um especialista nem de se submeter a exames acurados. Como se preferissem a ansiedade da incerteza ao desespero da verdade. Aquele tipo de doentes mais ou menos imaginários que preferem viver na ignorância.

Claro. Aquilo de que Leo estava tomado havia semanas era uma crise de terror rastejante. Rachel reconheceu os sinais inequívocos disso: a inapetência, volta e meia interrompida por um apetite feroz. A insônia, repentinamente vencida por longas dormidas dominicais. Uma ciclotimia angustiante e molesta.

É que seu Leo era um tipo tão impressionável, tão fácil de transtornar... Bastava uma ninharia para lançá-lo no terror.

Rachel recordou aquele dia, poucos meses antes, em que chegara uma carta de um sujeito encaminhada a ele pela direção do *Corriere della Sera*, o jornal no qual Leo mantinha sua acompanhadíssima coluna, "Prevenir é melhor do que remediar". Contrariando o hábito, Leo, num dos últimos textos, não entretivera os leitores com a descrição de patologias específicas, tampouco fornecera o catálogo de repisadas recomendações salutares. Dessa vez, impelido por um de seus impulsos idealistas, tomou partido, denunciando o "sorrateiro boicote" da Cúria a certas instituições científicas envolvidas havia anos no estudo de fundamentais questões genéticas. Leo escrevera (convém especificar: com a cautela imposta pela posição social e pela mansidão de temperamento) que *o pontífice talvez devesse mostrar-se mais indulgente com os apaixonados pesquisadores que estudam para o bem e não certamente para o mal da humanidade.*

A última frase – essa que se referia diretamente ao pontífice – enfurecera um leitor, o qual, cheio de indignação, enviou a Leo uma carta (não ousando informar-lhe que havia mandado um idêntico ao diretor do *Corriere*) no qual, em poucas e enxutíssimas linhas, cuspia todo o fel que trazia no corpo.

A conclusão da carta era a seguinte:

Como se atreve o professor Pontecorvo a discutir a postura de Sua Santidade? Por acaso o professor Pontecorvo sabe a qual Santa Instituição ousou dar seus preciosos conselhos? E o senhor, Ilustre Diretor, como pode permitir que esse autodenominado professor, esse cientista hipócrita, esse descrente de jaleco branco, tome a liberdade de apostrofar Sua Santidade assim, publicamente? Talvez o professor Pontecorvo fizesse bem se pensasse nos desequilíbrios de sua religião e nos crimes cometidos na Terra Santa pelos seus correligionários, em vez de tratar de Coisas que não lhe concernem.

No pé, no lugar da assinatura, estava escrito: *Saudações hostis de um ex-leitor.*

Leo não parava de perguntar a Rachel: "E de que modo eu o teria apostrofado? Você sabe me explicar?" Não se dava paz. E ainda: "Você acha, querida, que eu o apostrofei de algum modo? Se achar, por favor me diga. Talvez esse sujeito tenha interpretado a expressão 'sorrateiro boicote' como uma falta de respeito pelo papa. Mas você é testemunha de que não é verdade. Você sabe como eu o respeito... E também todo esse exagero de letras maiúsculas. Não lhe parece inquietante?"

Rachel ficou estupefata com a reação de Leo àquela carta. Era como se isso tivesse despertado nele o veemente caráter obsessivo que ninguém, exceto as poucas pessoas que o conheciam intimamente, jamais lhe atribuiria. Naquela tarde Leo não fez outra coisa senão girar em torno da grande mesa de vidro no meio da sala, numa das mãos a carta do mal-intencionado, na outra o recorte de jornal com o texto incriminado. De vez em quando se detinha para reler algum trecho de um ou do outro. Em seguida, recomeçava a girar. E não havia jeito de tranquilizá-lo. Nem de fazê-lo ficar parado. Não havia jeito de reconduzir a coisa às suas modestas proporções.

– Ora, não exagere. É só um maluco. Tem o tom de um maluco. O estilo de maluco. Por que dar tanta importância a ele? Por que fazer disso um assunto de Estado?

– É o ódio exagerado, querida. É o ressentimento. É esse tom de desprezo. A intimidação. Como se esse sujeito tivesse comigo uma questão pessoal. Esse papel esguicha muito ódio! Como se ele quisesse me ver morto. Não compreendo essas coisas.

– Não compreende justamente porque são incompreensíveis. Não compreende porque você é um homem bom. Não compreende porque não sabe quanto um antissemita pode chegar a odiá-lo. Não compreende porque jamais faria o que esse senhor fez.

– Como assim?

– Ler um artigo e se enfurecer a ponto de pegar caneta e papel e escrever essa carta infame.

A essa altura, Leo parecia ter se tranquilizado. Mas, um segundo depois, de novo aparecia em seu rosto aquele véu de pânico fremente.

– Sabe de que eu tenho medo?

– De quê?

– Como o jornal vai encarar isso?

– E como deveria encarar?

– Bem, graças a mim eles perderam um leitor. Ainda por cima um leitor papista.

– Devem estar desesperados!

– Não brinque, por favor. Não agora!

– Vamos, professor, raciocine! Você faz ideia de quantos leitores tem um jornal como o *Corriere*? E de quantas cartas desses malucos eles devem receber todos os dias? Devem estar com as cestas de lixo cheias dessa imundície!

– E se me tirarem a coluna?

– Por uma bobagem dessas?

– Sim, por uma bobagem dessas.

– Eu não sabia que você se importava tanto com a sua coluna. Vive reclamando. Dizendo que não tem mais nada para escrever, que ela o dispersa do seu trabalho. Não seria um drama. Afinal, você não é nenhum jornalista...

– É que na realidade eu a considero importante para minha carreira. Uma espécie de seguro de vida para o meu setor.

Rachel sabia que a carreira e o setor não tinham nada a ver. Que aquela coluna estava a serviço da vaidade. Mas não achava delicado sublinhar a má-fé e o narcisismo do marido. E também estava realmente preocupada com o pânico que o invadira diante de uma desventura tão inócua. O equilíbrio de Leo era tão precário assim?

Ela acompanhou o decurso daquela pequena crise. Por outro lado, o espanto por ver o marido em dificuldade se revelou apenas à altura da surpresa de constatar que, para se tranquilizar, bastara a ele receber o telefonema semanal do redator de sempre, o qual lhe perguntava, com a deferência devida a um prestigioso colaborador, se o novo texto já ficara pronto ou se ele ainda o estava escrevendo. Um instante depois de o marido desligar o telefone, Rachel o viu transfigurado: ali estava de novo o *seu* Leo, no auge da potência emotiva. Em forma, pronto a recomeçar. Parecia até mais alto.

Mas, agora, aquilo que estava lhe acontecendo (as investigações sobre ele e todo o resto) parecia cem vezes mais sério. Isso Rachel sabia. Ainda assim, as reações do marido se mostravam espantosas.

Como seria de esperar, dessa vez o jornal não pudera contemporizar. Depois das primeiras buscas no hospital e na clínica, Leo recebeu um telefonema do diretor de redação, que, muito gentilmente, lhe explicou que talvez fosse o caso de "suspender por pouco tempo, não de interromper" a colaboração. Rachel estava ali, diante do marido, olhando para ele, na hora em que o colocavam de castigo como um estudantezinho depois de uma traquinice. Leo repetia continuamente: "Entendo", "É claro", "Nenhum problema", "Certo, certo, é de praxe", "Sim, sim, não se preocupe", "Muito obrigado, também tenho certeza de que tudo vai se resolver", "Claro, irei encontrar o senhor com muito prazer". Mesmo depois de desligar, ele manteve seu *aplomb*, como se não tivesse ao seu lado a esposa, mas ainda aquele diretor que lhe suscitava tanta sujeição. Ou até mesmo uma plateia desejosa de submeter à prova sua resistência. Se não o conhecesse bem, Rachel pensaria que o marido estava perfeitamente tranquilo. Seguro de si.

Pena que ela o conhecesse. E, por conseguinte, soubesse que aquele controle tão razoável não era senão a outra face da angústia. O paradoxo estava todo ali. Se, diante de uma bobagem como a injuriosa carta de um anônimo, Leo tivera forças para exprimir sua angústia, agora, na presença de uma verdadeira ameaça, até a audácia expressiva lhe faltava. Pobre querido, devia estar tão aterrorizado que nem sequer conseguia se desafogar. Estava traumatizado. Dessa vez, as palavras de ordem eram esconder-se, subestimar, desviar a vista, não encontrar os olhos do monstro.

Tinha havido outro pequeno incidente que Rachel poderia interpretar do mesmo modo, se Leo tivesse tido a coragem de contá-lo a ela.

Acontecera na universidade, uns dez dias antes de ele receber do diretor do jornal o telefonema que o dispensava. Durante uma das últimas aulas do segundo semestre. Final de maio.

Leo gostava de ensinar. Saía-se bem, e o fazia com escrúpulo e ironia. Era dotado de eloquência natural, desejoso de comunicar aos estudantes todo o fogo sagrado que o animava e ao mesmo tempo dar provas da abnegação que o conduzira à cátedra. Tinha uma voz sensual. Que o microfone tornava radiofônica. E sem dúvida não era tão ingênuo a ponto de subestimar o peso da própria beleza. O que vocês acham? Ele as via, as moças na primeira fila, que arregalavam os olhos e apoiavam o queixo no dorso da mão, com expressão de êxtase. Sentia os olhos delas sobre sua figura, intuía os comentários, interpretava as sedutoras risadinhas que a cada vez abençoavam sua entrada na sala. Havia algo de teatralmente sensual naquelas aulas, cuja sacralidade era sancionada pelo fato de que, havia anos, elas aconteciam sempre no mesmo local, nos mesmos dois dias da semana, no horário de costume: terças e quartas às seis da tarde na sala P10, no térreo da faculdade de medicina.

Tudo se pode dizer de Leo Pontecorvo, menos que ele fosse um demagogo. Sabia lidar com os alunos, mas sem que isso violasse as chamadas formalidades acadêmicas. Deplorava a promiscuidade entre docentes e discentes, tão desastrosamente encorajada pela revolução de 1968. Mas, de igual modo, considerava anacrônica qualquer intemperança típica dos barões do saber. Se devia interpelar uma aluna, chamava-a de "senhorita". Com os rapazes, porém, usava a expressão ironicamente paternalista "caro jovem".

No que se referia ao comportamento que os estudantes deviam ter em sala, era inflexível. Havia décadas (mesmo na rebelde década de 1970), dedicava a primeira aula a ditar a lista das coisas que não eram toleradas. Proibido chegar atrasado. Proibido sair antes do final. Proibido mascar chicletes. Proibido fazer lanches. Proibido interromper a aula com perguntas e comentários. Proibido dirigir-se ao docente com locuções coloquiais tipo "oi". Proibido fazer perguntas sobre os exames fora do horário de atendimento aos alunos. E assim por diante... Em compensação, ele se empenhava em ser pontual, rigoroso, entusiástico.

Não havia como se entediar nas aulas do professor Pontecorvo. Com o tempo, ele aprendera a arte de reduzir ao mínimo possível qualquer tecnicismo e de estimular a atenção dos estudantes com adoráveis historinhas sobre mães hipocondríacas ou com ternos relatos sobre a criança enferma que, com tenacidade e espírito combativo, dera muita dor de cabeça a todos, a começar pelo seu médico titular.

Naquela tarde, durante a aula, o professor Pontecorvo foi muito hábil em esconder sua perturbação. De fato, quando se dirigia à universidade, fora chamado ao telefone do carro pela secretária da clínica para uma comunicação bastante desagradável: poucos minutos antes, irrompera no consultório a polícia federal, com um mandado. Leo atendeu quase com grosseria:

– Agora não, Daniela! Estou indo dar aula.

– Mas, professor...

– Eu já disse que estou indo dar aula. Mais tarde nos falamos.

Imaginem seu estado de apreensão ao transpor a soleira da sala. Imaginem como ele devia se sentir enquanto, de sua pasta de couro macio, tirava o bloco de anotações. E enquanto servia um pouco de água no copo e começava a bebê-la nervosamente, para postergar por um instante o momento em que deveria iniciar a aula. Para sua grande surpresa, quando ele começou a falar, a voz não deixava transparecer impaciências nem incertezas. Fluía normalmente. Ninguém poderia adivinhar sua ansiedade. Nem imaginar que, apenas 15 minutos antes, aquele fascinante docente fora informado de que o fisco estava prestes a lhe dar um belo aperto.

O fim de semana na praia com os meninos e com Rachel (o primeiro da temporada) tinha dado à pele do professor uma tonalidade esportiva. A qual, aliás, combinava esplendidamente com o terno de algodão cor de gelo, a camisa azul-clara com botões na gola, a gravata de praxe e os mocassins de couro graxo Alden, adquiridos na costumeira butique da Madison Avenue.

Em suma, um professor Pontecorvo no auge da eficiência e do charme. Havia até exibido alguns sinais de exuberância ao explicar como um excessivo e repentino aumento dos níveis de fosfatases alcalinas, constatado nos exames de sangue de uma criança de 8-9 anos, já pode autorizar um diagnóstico de raquitismo ou de alguma outra insuficiência óssea.

Até o momento em que viu um aluno, um tipo com cabeleira afro e uma armação de óculos no mínimo espalhafatosa, falando com uma moça. Os dois riam, na terceira fila. Por um instante, Leo achou que estavam rindo dele. Por um instante, foi tentado a não intervir.

Nada a fazer: ele tinha perdido a paciência.

– Querem compartilhar conosco suas confidências ou preferem se acomodar lá fora?

– Desculpe... professor... é culpa minha. Fui eu que pedi uma coisa a ela.

– Era de importância vital?

– Bem, perguntei se ela teria uma caneta e um papel.

– Ah, ou seja, o senhor está dizendo que compareceu à aula sem caneta e sem caderno.

– É que...

– Em sua opinião, o que é isto aqui? Um passeio no campo? Confundiu este local com um parque de diversões? A mim me parece uma sala universitária. E, caso o senhor não tenha percebido, está acontecendo uma aula.

Leo poderia ter parado por aqui. Poderia se considerar satisfeito. Mas algo o impeliu a insistir. A entrar nos trajes, que tão pouco lhe convinham, do catedrático petulante.

– Não acha que uma sala universitária é um lugar onde as canetas e o papel deveriam ser habituais? Ou não? Talvez eu esteja enganado. Talvez o senhor tenha deste lugar uma percepção completamente diferente. Será que tem razão? O que me dizem vocês outros? Seu colega está certo? Talvez se trate de um gramado onde as pessoas podem acampar e se divertir às gargalhadas.

Era a primeira vez em que os estudantes viam o professor Pontecorvo incorrer em tão ressentido pedantismo. Sim, todos sabiam que ele era exigente com certas coisas. Mas suas repreensões possuíam sempre o dom da leveza. Como naquela ocasião em que uma jovem que, bem à sua frente, beliscava impunemente um lanchinho havia sido interpelada assim: "Está satisfeita agora? Sente-se melhor? Alimentou-se bem? Precisa de mais algum conforto? Um café? Um *amaro*? Um charuto? Uma soneca?" E todos tinham rido (até mesmo o professor). Porque as repreensões do professor Pontecorvo jamais ultrapassavam o limite além do qual se encontram a mortificação e o insulto.

Dessa vez, porém, ele parecia desejoso de encabular o rapaz. Suas palavras eram ásperas e a voz transudava hostilidade. Como se aqueles cabelos horrendos e aquela armação ridícula tivessem solicitado sua já maltratada suscetibilidade.

– E então, não vai me responder? Como pode vir à aula sem caneta e papel? O que significa isso?

E Leo continuou. Não se conteve. Deixou escapar aquele tipo de comentário que jamais se deveria fazer. Porque o outro sempre pode dar uma resposta à altura. Ele esperou alguns segundos e, em tom peremptório, perguntou ao rapaz:

– Não se envergonha?

– E o senhor, professor, não se envergonha dos bilhões que afanou dos contribuintes?

Era essa a frase cuja lembrança incessante manteve Leo acordado por três noites consecutivas. Era esse o epílogo do incidente que ele não teve coragem de contar a Rachel. Sim, ele não disse nada a ela, mas não parou um só instante de pensar nisso. Aquele bastardinho cabeludo o nocauteara diante de todos. Tinha feito em sala de aula (ou seja, no reino encantado onde Leo havia exercido por vinte anos seu poder temporal com grande ironia) aquilo que bem cedo todos fariam em praça pública: julgara-o sumariamente e também sumariamente o condenara. Por isso, nos dias subsequentes, Leo não pôde se eximir de passar em revista todas as respostas que poderia ter dado àquele provocador, e não dera.

Contrariamente ao que costuma acontecer quando relembramos a oportunidade perdida para replicar adequadamente a uma provocação com uma tirada feliz, à altura do ultraje que nos foi infligido, afinal Leo se convenceu de que o controle por ele mantido naquela circunstância tinha sido a melhor atitude. Havia silenciado. Havia fingido não ter escutado e não ter ficado ofendido. Havia fingido que sua autoridade acadêmica não tinha sido escarnecida para sempre. Havia retomado o fio do discurso do ponto onde o interrompera. Exames de sangue e todo o resto...

O que mais poderia fazer?

Mas voltemos a Rachel e ao medo.

Rachel olhava o marido e espontaneamente o comparava ao pai: Cesare Spizzichino jamais se comportaria assim. Meu pai agarraria o touro pelos chifres. Ficaria furioso o meu pai. Faria tremer com seus gritos o escritório do advogado. Meu pai deixaria de pensar em todo o resto e elaboraria uma estratégia para escapar da voragem.

Mas Leo não se parecia em nada com o já falecido Cesare Spizzichino. E a ironia era que Rachel o desposara justamente por aquela clamorosa dessemelhança. Convencida, mesmo amando muitíssimo o pai, de que só existia uma coisa mais árdua do que ser Cesare Spizzichino: ser parente dele. Uma experiência que significava viver sempre na preocupação de que uma desgraça estivesse para acontecer.

De fato, assim vivia seu pai: esperando (ou invocando?) o raio que o pulverizaria. Não havia nada lá fora que ele não interpretasse como promessa de desventura. O universo inteiro estava cheio de presságios nefastos. Sua sovinice, por exemplo, derivava do fato de ele estar esperando a Grande Crise (assim a chamava) que mudaria a face do mundo conhecido. O mesmo estado de espírito com que certos ecologistas messiânicos aguardam o grande apocalipse que aniquilará o planeta.

Seria possível que só agora Rachel se desse conta – constatando a indolência com que Leo enfrentava as primeiras verdadeiras adversidades de sua existência de manteiga e mel – de que todo o medo atravessado pelo pai durante o perigoso curso de sua vida, escolhendo encará-la de frente, era justamente o que lhe permitira enfrentar com furor e virilidade as grandes dores às quais a vida o expusera?

Quando Stella, a primogênita, a irmã mais velha de Rachel, morrera naquele acidente grotesco (uma cama, uma colcha e um cigarro assassino), Cesare Spizzichino demonstrou que homem era ele. Diante do cadáver carbonizado da filha, gritou como um porco degolado. Perdeu o sono para sempre. Não se recuperou emocionalmente. Mas, à parte aquelas reações muito compreensíveis, desde o dia seguinte ao término do luto retomou as rédeas de sua vida para cuidar com todas as suas forças da filha sobrevivente. Sim, ele fez isso, embora a morte de Stella lhe tivesse fornecido a prova retrospectivamente inquestionável de que seu medo tinha pleno fundamento. E, no entanto, justamente por ter estudado durante toda a vida a melhor maneira de absorvê-lo, conseguiu reagir com coragem e determinação.

O medo produz comportamentos contraditórios: pode induzir a um excesso de reação, mas também a uma ausência de reação. Rachel estava descobrindo um modo de alguém ficar apavorado muito diferente. O pai usava o medo para se rebelar; o marido, evidentemente, se deixava dominar por ele.

Se ao menos Leo não escondesse de si mesmo o fato de ter medo... bem, decerto agora reagiria com mais veemência e senso de responsabilidade. No entanto ali estava, totalmente ocupado em negar aos outros e a si mesmo que se sentia aterrorizado e, ao mesmo tempo, tão em poder daquele terror. Era o terror que o impelia a se rodear de gente de quem não precisava. Não queria ficar sozinho, como aquelas crianças que à noite imploram à mãe que fique com elas enquanto adormecem. Como certos doentes terminais que fazem de tudo para encontrar a força de se levantar e encontrar os amigos em um restaurante, convencidos de que ali, naquele contexto convivial, a morte não terá a desfaçatez de alcançá-los.

E Rachel, que via tudo isso, só desejava defender Leo da irresponsabilidade à qual o otimismo o induzia, assim como da mordida do medo que o estava paralisando.

Eis por que a ideia daquela noitada com os Albertazzi a deixava horripilada e enfurecida. Eis por que Rachel estava tão preocupada. Fazia semanas que desejava ficar um pouco sozinha com Leo, quando ele voltava do hospital ou da universidade: para se falarem francamente, longe do olhar indiscreto e julgador de algum amigo.

Com os Albertazzi nos calcanhares, Rachel sabia que caberia a ela, e não a Leo, aparar os golpes de Rita, aquela mulher cujo único interesse na vida sempre havia sido o de demonstrar a si mesma e ao mundo o quanto ela era pura e o quanto todos os outros não o eram.

– Quanto quer apostar como esta noite aquela hiena da Rita não perderá ocasião de...? – gritara Rachel sarcasticamente ao compreender que o jantar com Flavio e Rita era inevitável. E depois de se dobrar mais uma vez aos desejos do marido.

– Aposto o que você quiser.

Com aquela aposta, encerrou-se o primeiro round. O segundo começou um instante depois que Flavio e Rita foram embora, após o costumeiro desafio de canastra mulheres-contra-homens do qual os varões tinham saído esmagados e durante o qual todos (com exceção de Rachel, a abstêmia) tinham exagerado no uísque. E agora a partida entre Leo e Rachel se destinava inteiramente a estabelecer qual dos dois vencera a aposta.

As aparências gritavam solenemente o nome de Leo: era ele o vencedor. Nenhuma alusão explícita às suas adversidades judiciais fora feita, nem por Flavio nem pela bem mais temível Rita. A impressão era a de que o plácido e afetuoso Flavio tinha dado, ao menos por uma vez, uma lição preventiva à mulher, intimando-a a se abster de comentários de qualquer tipo. Ele certamente lhe dissera que deixasse de lado ideias, indignações e intransigência, assim como aquela incorrigível paixão pelo mexerico, e se mostrasse compreensiva com dois amigos queridos, que estavam passando por um momento difícil.

E ela se subordinara às diretivas.

No início, tinha havido tensão. Sobretudo no modo como Flavio tentara evitar o tipo de pergunta com que em geral os dois velhos amigos quebravam o gelo. Dessa vez, havia tomado o cuidado de não começar com o clássico: "E então, professor, notícias do inimigo?" "Inimigo" era uma palavra genérica que, para Flavio, indicava todo tipo de assunto: o trabalho, os colegas da universidade, a administração do Santa Cristina, o rendimento escolar de Filippo e Samuel... em suma, a vida de todos os dias. Talvez temesse que semelhante pergunta pudesse ser mal interpretada pelo amigo em dificuldade. Era evidente que Leo tinha problemas no trabalho. Fingir ignorá-los não era menos inconveniente do que dá-los como certos. De modo que Flavio, por essa vez, se limitara a responder às perguntas sobre seu próprio trabalho feitas por Leo. Mas o fizera com verbosidade superior à de sempre.

Graças aos céus, naquele momento materializara-se na sala uma bandeja de prata, trazida diretamente da cozinha, cheia de torradinhas quentes com tomate e mozarela, cobertas de pimenta e manjericão, às quais Rita se atirou. Rita era uma daquelas grandes gulosas que não engordam nunca e que, quando você pergunta como é possível um tal milagre, dão respostas oraculares como: "É uma questão de metabolismo." Alguém mais malévolo poderia imaginar que seu corpo inteiro fosse uma indústria homicida de processamento de rejeitos. Todo o fogo que ela trazia no corpo, todo o ressentimento, toda a preocupação... Era isso que a devorava por dentro.

Por outro lado, naquela noite Rita parecia mais tranquila do que o marido. E, no geral, mais tranquila do que de costume. Rachel ficara calada, nem mais nem menos do que fazia sempre.

Somente por um instante, durante a refeição, no silêncio interrompido pelos talheres tilintando sobre os pratos e pelos dentes triturando o rosbife, pareceu que o espectro daquilo que estava acontecendo a Leo estivesse ali, no centro da mesa, marmóreo e zombeteiro. Mas, já chegados à sobremesa (a habitual *torta caprese*), o clima ficou mais leve e Leo e Rita (que não parava de colocar creme na torta) começaram a discutir política: a coisa que naquele momento lhes parecia mais neutra.

Era o verão de 1986. Um ano antes, consumara-se a grande batalha pelo enésimo referendo que desencadeou a luta fratricida entre os comunistas na oposição e os socialistas no governo. Os quais saíram reforçados pela vitória naquele referendo. Embora o assunto, em si, não fosse dos mais excitantes, Rita demonstrou um peculiar encarniçamento ao afirmar que os trabalhadores tinham sofrido, com a derrota naquele referendo, uma das mais clamorosas humilhações que um país "historicamente fascista como o nosso" já lhes infligira. Suas hipérboles ferozes abriram o contencioso. Atingindo o ápice da veemência quando a discussão chegou fatalmente à figura de Bettino Craxi – naquela época (quinze anos antes de morrer em seu exílio tunisino) próspero chefe do governo, de arrogante carisma sul-americano e teor de vida kuwaitiano –, suscetível de atrair tanto amor e tanto ódio, tanta veneração e tanto desprezo a ponto de se tornar, nas famílias de muitos de seus compatriotas, uma espécie de divisor de águas capaz de separar indivíduos pacíficos que até aquele momento haviam se respeitado, transformando-os em inimigos acérrimos.

O ódio homicida que Rita sentia por Craxi não era menos grotescamente exacerbado pela veneração de que Leo o fazia objeto.

– O fato de aquele merda do meu pai recebê-lo em casa um dia sim e outro não – trovejou Rita a certa altura – é uma prova inapelável do homem que ele é. Cinquenta anos atrás, meus avós acolhiam Benito Mussolini com a mesma deferência. O que posso fazer, se minha família é o sismógrafo deste país? Se tudo o que é arrogante, tudo o que é fascista, tudo o que é autoritário acaba, mais cedo ou mais tarde, jantando à mesa deles?

– Que saco, Rita. As mesmas coisas. Os mesmos argumentos. Há quanto tempo nos conhecemos? Vinte anos? Trinta? Enfim, desde que eu a conheço você odeia *tudo aquilo* que é inovação, combate tudo aquilo que procura ser saudavelmente audacioso.

– Não me parece que, para você, a audácia tenha sido algum dia uma coisa saudável. Ou será que você mudou de ideia recentemente?

Eis o comentário, feito de maneira retoricamente interrogativa e por isso grávido de subentendidos sarcásticos, sobre cuja interpretação Leo e Rachel, depois que os amigos foram embora, começaram a se trucidar.

Rachel estava furiosa, convencida não só de que o marido era responsável pelo comentário malévolo de Rita, mas também de que em certo sentido ele o merecera.

– Como você pôde embarcar naquela discussão? – apostrofou.

– Por que eu não deveria? Para permitir que ela dissesse certas besteiras?

– Bem, podia ter sido mais cauteloso. Podia ter ido devagar. Com sua defesa de Craxi, que nunca fez nada por você...

O amor por Craxi. Era outro daqueles desinteressados impulsos do espírito que Rachel não suportava no marido. No ambiente deles existiam muitas pessoas que haviam se valido profissionalmente, de maneira clientelista, de certas devoções políticas. Mas não Leo. Para ele, o nome Bettino Craxi era pura música melodiosa. Um poema da inteligência e da liberdade. Que o impelia a se expor publicamente, sobretudo em ocasiões conviviais, sempre tomando a defesa dele. Com um entusiasmo que, num ambiente igualmente cheio de refinadíssimos comunistas de boa família, devia resultar incompreensível a ponto de ser equivocado.

Como Leo não compreendia que nenhum de seus interlocutores era suficientemente equipado para acreditar que um homem inteligente pudesse amar, com tão desinteressado ardor, um personagem político considerado por eles um porco, um criminoso, um depravado? Se Rachel (pequena jesuíta, adoradora de discrição e hipocrisia) sempre detestara o modo como o marido se expunha diante de todas aquelas pessoas hostis, das quais Rita representava uma espécie de epítome, tanto mais não suportava que agora, com a acusação que lhe pairava sobre a cabeça de ter obtido um benefício acadêmico a partir de uma amizade com Craxi que na realidade não existia, Leo oferecesse a Rita uma tal vantagem dialética. Por que não ficar calado, ao menos dessa vez? Por que estender sempre o pescoço à guilhotina do adversário?

– Você conseguiu ser chamado de fascista.

– Você sempre vê nas palavras de Rita mais do que elas dizem.

– Notou como o encarava?

– Para não admitir que perdeu a aposta, você se sai com simples impressões. Estava tão ansiosa para que isso acontecesse que o viu acontecer. Mas lhe garanto que Rita se comportou da maneira habitual.

– E toda aquela cantilena sobre Mitterrand?

– Como assim?

Era mesmo necessária? Você não podia evitá-la?

– Não fui eu que comecei. Foi Rita quem puxou o assunto de Mitterrand e de todas aquelas fofocas escabrosas... Eu odeio fofocas!

– E foi logo mordendo a isca.

– Ela parecia mais ansiosa do que de costume por deplorar a desonestidade e a depravação dos socialistas no poder.

– Pois é. Por que será, hein?

– Por quê? Quer saber por quê? Vou lhe dizer. Porque "deplorar" é o verbo preferido dela. O que a comove mais. Porque a vida de Rita seria muito mais sombria e incolor se ela não tivesse alguém ou alguma coisa a deplorar...

– E você está cem por cento seguro de que, dessa vez, os objetos da deploração dela eram apenas os socialistas no poder? De que seus principais objetivos polêmicos eram só Craxi e Mitterrand?

– E quem mais seria?

– Bom, por exemplo, o mais desinteressado defensor da causa deles.

François Mitterrand. Outra paixão de Leo. Outro socialista que havia arrasado. E, se possível, de maneira ainda mais grandiloquente do que o seu Craxi. De maneira francesa: Napoleão, De Gaulle, em suma, aqueles caras, vocês conhecem os franceses... Aliás, a eficientíssima *grandeur* de Mitterrand era um dos argumentos preferidos de Leo, sobretudo nos últimos tempos. Desde quando, alguns meses antes, ele participara de um congresso organizado pelo Instituto Gustave Roussy – um dos polos oncológicos mais vanguardistas do planeta, onde, além disso, a seu tempo Leo havia estudado. Um encontro entre luminares hospedado pela Cité des Sciences, ou seja, uma das grandes obras inauguradas por Mitterrand durante seu septenato. No jantar de gala, Leo foi apresentado a Monsieur le Président, com o qual pôde exibir, durante uns dois minutos, seu francês superfluente. Daquele momento em diante, seu amor por Mitterrand assumiu a forma avariada da idolatria.

O problema é que a senhora Pontecorvo desaprovava a xenofilia do marido, tanto quanto desaprovava as idolatrias dele. Achava essas duas posturas ingênuas demais para um homem de seu calibre e, ao mesmo tempo, desagradavelmente sectárias. Certas vezes, Rachel tinha a impressão de que Leo corria o mundo com o único objetivo de constatar, na volta, o desacerto em que vivia seu país. Roma, no dizer de Leo, era o pior lugar do planeta. Não havia ocasião em que, tendo retornado de uma de suas viagens, ele não fizesse a lista de todas as coisas que na Inglaterra ou na Alemanha funcionavam melhor do que na Itália. Dizia frases tipo: "Aterrissar em Fiumicino, depois de uma semana no exterior, é sempre um trauma." Uma atitude que Rachel, em cujo peito batia um coração sobriamente chauvinista, não suportava. Aliás, em tais circunstâncias, não havia argumento de Leo que não soasse aos ouvidos da mulher como tendenciosamente desonesto. Uma tendenciosidade cheia de ingenuidade, tudo bem, mas, justamente por isso, ainda mais patética.

Como naquela vez, sim, naquela vez durante a maldita viagem a Nova York à qual ele conseguira arrastá-la (em geral ela resistia aos seus convites, nem que fosse para depois poder se lamentar de nunca fazer uma viagem). Rachel ficou estupefata quando certa manhã, logo após o desjejum, Leo, saindo do hall do Sheraton e vendo-se na Sétima Avenida, em pleno verão, no auge do calor e em meio a uma barulheira estonteante, sussurrou: "Adoro esse perfume!" Pois é. Naquela vez, diante de tanto descaramento, ela não conseguiu se conter.

– Qual perfume? Você está delirando; qual perfume? Não sente o fedor? Um fedor terrível. Não existe no mundo um lugar mais fedorento.

– Não, é o perfume de Manhattan. Você é que não tem a poesia para compreendê-lo.

– Posso não ser poética, mas isso é cheiro de imundície. E em Roma não nos falta imundície. Qual é o problema com a nossa imundície?

Assim se expressou Rachel, naquele dia em Nova York. Não tolerava o fato de o marido ser tão poético ao avaliar o fedor de Nova York. E tão prosaico em relação ao romano.

Além disso, Rachel tinha um problema com Paris. Sentia pelo período parisiense de Leo aquele tipo de terno e ainda assim ardente ciúme retrospectivo alimentado pelas esposas que não se sentem à altura diante da vida levada pelos maridos antes do casamento. Pelo modo como Leo falava dos tempos do Roussy, podia-se depreender que ele se divertira, e muito. Não que tivesse contado detalhadamente à mulher tudo o que aprontara em seu ano parisiense. Entre os dois não existia esse tipo de intimidade. Mas Rachel sentia que, por trás das reticências, aninhavam-se na lembrança do marido muitos episódios escabrosos, dos quais ele tinha saudade.

E Rachel não estava enganada.

É que em Paris, em 1963 – o ano em que Leo tinha vivido (Deus do céu, que verbo apropriado!) ali –, todo mundo transava. E Leo não soube resistir a toda aquela promiscuidade. Por outro lado, sexo à parte, não se privou de nada. O que não é de espantar. Ao menos se levarmos em justa conta que o pequeno Leo passara seus primeiros anos de vida na Suíça, a percorrer de calças curtas os prados do vilarejo pendurado nos Alpes no qual seus pais foram sensatamente se esconder em 1941. E que, uma vez retornado à base, vivera um pós-guerra bem mais próspero e confortável do que o da maior parte dos seus compatriotas. O qual poderia ter sido ainda mais agradável se não tivesse ficado insustentável por causa da atitude dos genitores.

Não o deixam em paz. Não lhe dão trégua. Não o largam nunca. Estão sempre em cima dele. Talvez queiram lhe oferecer, de forma invasiva, toda a proteção que os pais judeus da geração deles – ao menos na Europa – não conseguiram garantir à prole indiscriminadamente massacrada? É isso? Uma espécie de ressarcimento simbólico? Ou é apenas a síndrome hiperprotetora dos genitores de filho único?

Ora! Seja como for, isso explica a hipocondria do pai, o renomado e taciturno pediatra que não faz senão examiná-lo, auscultá-lo, administrar-lhe inúteis tratamentos (certa vez, quase o envia ao Criador com um fervente clister de camomila). Assim se explicam as asfixiantes atenções de que a mãe o cumula. Mas, sobretudo, assim se explica por que Leo escapole na primeira ocasião possível. E, tendo conseguido o diploma em medicina e recém-inscrito na especialização em pediatria, aceita sem hesitações a proposta de seu mestre, o professor Meyer, de ir a Paris para fazer residência no Instituto Gustave Roussy. E porque, uma vez em Paris, não se priva de nada.

Colocam-no em uma equipe que estuda em laboratório e em campo o neuroblastoma, o tipo muito particular de câncer que afeta somente as crianças, sobre o qual Leo escreveu sua tese brilhante (com "prerrogativa de publicação", claro).

Naquela época, Paris era extraordinária! Pode-se dizer que Leo não dormiu durante todo o ano de 1963. Como se um entusiasmo selvagem lhe permitisse reduzir ao indispensável as horas de sono. Todas as novidades que o rodeavam exigiam dedicação, porque então, em Paris, apesar do aspecto decrépito da cidade, embora tudo caísse aos pedaços, cada coisa insistia em declarar-se nova em folha. De manhã, você dava uma olhada nos jornais e era uma contínua autocelebração: era tudo um novo cinema e um novo romance e uma nova moral e uma nova política... Para não falar do jazz tão gélido e alcoólico quanto os martínis com gelo que Leo entornava nas escuras *caves* da Rive Gauche, as quais cheiravam a cortiça, mofo e vaso sanitário.

Convém esclarecer que a boemia de Leo, ao contrário daquela praticada por grande parte da jovem humanidade que justamente naquela década marcara encontro em Paris, havia sido, no mínimo, dourada. De fato, graças ao doutor Pontecorvo sênior, a carteira do nosso pimpolho no exterior sempre esteve à altura da situação. Portanto, nenhuma indigência. Nenhuma ascese. Nenhuma busca afanosa de verdade na miséria. Mas só muita diversão, e nem um pouco barata.

O que não o impediu de ter seus momentos de poesia. Às vezes – sobretudo aos sábados, quando ele podia se permitir prolongar a farra até o amanhecer –, no caminho de casa (se é que assim se podia chamar o conjugado de 15 metros quadrados à rue Jussieu), Leo, um tantinho bêbado, tinha a impressão de que Paris lhe falava. Depois de uma fulminante noite no Caveau de la Huchette, permaneciam demoradamente em seus olhos as bochechas de sapo de Dizzy Gillespie, que se inflavam a um ponto inverossímil, consentindo àquele peso-pesado do *bebop* soprar no trompete como um anjo no Dia do Juízo. Leo acabara de vê-lo se apresentar, e não acreditava. Você se dá conta, meu jovem? O grande Dizzy tocando para você e para uns poucos outros eleitos? E também o cheiro de Paris ao alvorecer – a manteiga dos brioches recém-saídos do forno e os humores adocicados do rio – favorecia pensamentos de verdadeira epifania.

E, a propósito de cheiros, havia um do qual Leo não se livraria tão facilmente, e sobre o qual tomara o cuidado de não falar com a esposa. Aquele que, a cada despertar, ele buscava na fervente concavidade entre o pescoço e a bochecha de Gisèle Bessolet. Era esse o nome da concubina de 19 anos que se mudara para dormir na casa dele, na onda da inércia que parecia empurrá-la sempre para a direção errada. Admitindo-se que "dormir" fosse a palavra exata.

Não há o que reclamar, aquela jovenzinha tinha realmente coragem na cama! Pelo menos esse era o juízo formulado sobre ela por alguém, no fundo, inexperiente como Leo.

Convém sublinhar, a essa altura, que a sensação de ter compreendido finalmente, na idade de 25 anos, o significado do termo "liberdade" (palavra com que seus pais se entretinham comovidos quando queriam comemorar a trolha infligida aos alemães alguns anos antes pelas tropas Aliadas, mas que tendiam a esquecer sempre que deviam levar em consideração o espaço de autonomia a conceder ao filho), toda aquela crocante sensação, dizia eu, de haver recém-descoberto a liberdade não teria o aspecto da palingenesia se nela não estivesse envolvida a xoxota.

Embora no sentido técnico, na verdade, não se possa sustentar que Leo perdeu a virgindade em Paris, decerto pode-se afirmar isso no sentido emocional. Digamos que a oprimente família da qual ele provinha e a puritana Roma dos anos 1950 tinham se aliado para cortar as asas de sua promissora masculinidade.

E Gisèle contribuiu para resolver o problema. E foi apenas a última na lista de suas salvadoras. Pouco depois de chegar a Paris, Leo parou de se espantar com o fato de que nenhuma das moças rebocadas de um bar, de um parque, da casa de um colega, do hospital, praticamente de todos os lugares, se recusasse no final da noitada a segui-lo à sua alcova. As primeiras palpitações de uma sexualidade sediciosa? Os primeiros indícios da grande depravação que contagiaria os jovens nos anos seguintes? O orgasmo feminino que finalmente retornava, depois de sabe-se lá quantos séculos de mortificação, ao centro da cena mundial? Chamem como lhes parecer melhor. Nosso Leo chamava isso de vida. Vida como deveria ser. Vida para não morrer nunca.

Durante o dia, o trabalho no hospital, no labirinto de corredores onde estagnava uma perene penumbra sob o neon: trabalho difícil, sujo, massacrante, fedorento, mas também, em certo sentido, entusiasmante. À noite, música e xoxota. Vocês conhecem algo melhor?

Os meses em Paris, Gisèle, o sexo, o jazz, os estudos, os experimentos, o setor de oncologia tão vanguardista... Aquele foi seu horário de recreio. Que, como todos os horários de recreio, se revelou surpreendentemente breve e zombeteiramente insuficiente.

Com a morte do pai de Leo, a mãe descobriu um pretexto para chamá-lo de volta à pátria. E depois da *shivah*, a semana de luto em que o cônjuge do defunto devia ficar encerrado em casa, Leo não teve coragem de retornar a Paris. Não teve coragem de abandonar a mãe.

Sentia sobre os ombros a responsabilidade do consultório pediátrico do pai. Não, não renunciou à oncologia, mas teve de dizer adeus a Gisèle, à cidade onde havia sido livre, à estrutura hospitalar na qual o que ele queria fazer na vida se desenvolvia da melhor maneira possível.

Depois, graças aos céus, chegou Rachel. Pequenina, viçosa e de extração modesta (tinha algo de Gisèle!). E, com o tempo, também o trabalho tomou um rumo interessante. Junto com seu mestre, o professor Meyer, e um punhado de colegas intrépidos, Leo contribuiu para estabelecer as bases daquela que um dia viria a ser a AIEOP – Associazione Italiana Ematologia Oncologia Pediatrica –, e foram elaborados os primeiro protocolos contra a leucemia... Então, com extraordinária precocidade, vieram a cátedra, o cargo no hospital e a oferta da clínica Anima Mundi de receber em suas luxuosas instalações o consultório de pediatria herdado por Leo do pai. E, enquanto isso, Rachel descobriu estar grávida.

No entanto, justamente quando tudo parecia ter se arranjado, eis que a sereia parisiense voltou a cantar: dessa vez, sob a sedutora aparência de um convite ao qual era quase impossível se negar. Não somente o queriam de volta ao Roussy, o hospital no subúrbio de Villejuif onde Leo havia trabalhado firme e com ardor, mas também se dispunham a lhe oferecer um cargo de responsabilidade e um belo salário. Era ele o homem que procuravam. A primeira opção.

Infelizmente, agora, além da velha senhora Pontecorvo, envolvia-se também a jovem senhora Pontecorvo. Sogra e nora, excepcionalmente aliadas, fizeram de tudo para impedi-lo. Rachel não tinha coragem de se afastar do pai viúvo. Sabia que ele, depois de perder a mulher e uma filha, considerava o casamento da caçula uma espécie de traição. Só faltava que ela agora se mudasse para Paris. A mãe de Leo, por outro lado, não podia tolerar que o filho voltasse a viver na França, provavelmente para sempre. A força irrefreável desses boicotes cruzados fez o resto: levando Leo, com a morte no coração, a renunciar a uma oportunidade tão vantajosa. O que representou para ele, e não só no plano profissional, algo mais que um simples pesar ou uma ocasião perdida.

O recente congresso parisiense, as quatro palavrinhas trocadas com Mitterrand, a visita aos colegas do Roussy, a nostálgica *tartare* devorada na varanda da *brasserie* à rue Jussieu ("Igualzinha a como era naquela época!")... Tudo havia oferecido a Leo o pretexto para um excitante *amarcord*. Durante dias, ele não fez senão falar disso. Suscitando na esposa um retorno do antigo ciúme de moça do povo que vê seu príncipe encantado fugir para lugares proibidos a ela.

Mas dessa vez, ao ouvir o marido tagarelar à mesa, diante dos insidiosos Albertazzi, sobre a Cité des Sciences, sobre *tartare* e todas aquelas outras bobagens parisienses, e com todo aquele entusiasmo apologético em defesa de Craxi, de Mitterrand, dos socialistas no poder, Rachel esqueceu o ciúme, concentrada como estava na própria raiva e na própria incredulidade. Por que o marido ainda perdia a ocasião de calar? Por que expunha o flanco à maledicência? Por que não se protegia? Por que não bancava o modesto? Por que não mudava de assunto? Por que oferecia tantos detalhes sobre os dias esplêndidos passados em Paris? Na maravilhosa Paris de Mitterrand? Por que se empolgava tanto com Mitterrand? Por que o defendia dos ataques capciosos de Rita? Por que, no momento em que deveria se manter mudo, esconder, redimensionar, em vez disso ficava ali deblaterando, mostrando, enfatizando? Afinal, que maldito programa suicida era aquele?

É verdade, tecnicamente a aposta fora vencida por Leo: nem Flavio nem Rita haviam de algum modo aludido aos problemas judiciais dele. Mas como podia o marido não perceber que, na realidade, não se falara de outra coisa durante todo o jantar? Como era possível que ele não compreendesse que, defendendo Craxi e Mitterrand com tanta paixão, não fizera senão acusar a si mesmo?

Por isso Rachel estava tão furiosa. Por isso o interpelava com tanta raiva:

– Havia necessidade de se inflamar tanto?

– Não tenho a menor vontade de me esconder. Não fiz nada que me obrigue a me esconder. Rita pode pensar o que quiser, mas eu não vou bancar o cauteloso só porque gente do tipo dela acredita em certas coisas sobre mim...

– O que eu esperaria, ao menos esta noite, era um pouco de discrição.

– Discrição. Aí está sua palavra predileta, à qual você devotou sua vida. Você e sua mentalidade vulgar. Não se fazer notar. Esconder-se como um camundongo de esgoto. Não dar na vista. Nunca dizer o que pensa, pelo risco de as pessoas a desancarem. Para mim, é diferente.

– Não, não é isso! É que...

– O que é, então? Como eu deveria ter me comportado?

Contrição. Prudência. Bico calado. Essa era a resposta. Era o que Rachel gostaria de dizer ao marido. Aquilo que lhe fora ensinado por aquele especialista em desgraças que era Cesare Spizzichino. Mas a única coisa que Rachel conseguiu foi perguntar:

– E a vergonha? Não sentiu nenhuma vergonha?

– De quê, caralho? Diga de quê!

De tudo isso! De tudo o que está nos acontecendo!, quis dizer Rachel, mas, de novo, não conseguiu falar nada.

– Você eu não sei, mas eu não tenho nada de que me envergonhar – retrucou Leo, cheio de raiva. E, pela primeira e última vez em sua vida, pouco faltou para ele bater na mulher com toda a ferocidade que trazia no corpo.

Entretanto, agora que a nação foi informada do mal cometido contra uma menina, ainda por cima ligada sentimentalmente (que expressão inadequada para definir o vínculo entre dois fedelhos!) ao seu filho... Bem, agora, meu velho, você tem mesmo algo enorme de que se envergonhar. Algo tão grande que ninguém nesta cozinha consegue sequer respirar. Agora que alguém teve forças para desligar a TV e o fogo embaixo da *moka* enegrecida, e tudo mergulhou em um silêncio embaraçoso, agora você se pergunta se o uso da técnica de sempre, ofendendo-se com eles como um garotinho, pode funcionar. E responde a si mesmo que não, dessa vez não funcionará. Que já se chegou longe demais para que uma coisa dessas possa funcionar. Que essa é uma prática boa para tempos de paz, mas não para a guerra que o espera. Dessa vez, nenhuma das pessoas que você ama ainda lhe reserva perfumados ramos de oliveira. Dessa vez, sua velha e testadíssima cara amarrada será totalmente ineficaz. Dessa vez, admitindo-se que não queira passar o resto dos seus dias em solidão, circundado por uma espessa hostilidade, caberá a você pedir desculpas, caberá a você tomar o caminho inóspito da distensão. Caberá a você reconquistá-los.

Aquelas cartas ridículas, aquelas cartas que não contam, aquelas cartas com que a pequena psicopata o chantageava e que agora usa desse modo indecente. Por que você não falou antes sobre isso com Rachel? Por que não falou com os meninos a tempo, quando ainda podia fazê-lo? Por que, também dessa vez, ficou imóvel, à espera de que tudo se precipitasse? Eu sei, agora você gostaria de dizer a eles que tudo sobreveio como as coisas acontecem na vida da maioria das pessoas: por uma concatenação de eventos equívocos e incontroláveis. E que a vida está lhe pregando uma sórdida peça. Que você corre o risco de ser destruído por aquilo que lhe pareceu, incapaz como você foi de avaliar as consequências, o comportamento de uma menina estranha. E que, se existe um engambelado, um seduzido, um ludibriado nessa feia história... bem, este tem seu nome e seu aspecto, dos quais, desde os tempos parisienses, você sempre se sentiu muito orgulhoso, e que agora, à luz de tudo o que está acontecendo, lhe parecem repugnantes. No entanto, você também sabe que a razão pela qual não lhes falou nada antes é a convicção de que eles não acreditariam.

Mas, se temia que não acreditassem então, como pode pensar que vão acreditar agora? Agora que o furúnculo explodiu. Agora, quando é totalmente óbvio que você procura se defender inventando verdades alternativas. Como pretender de Rachel, Filippo e Samuel que, a essa altura, não se contentem com as falsas aparências e prefiram crer nas suas verdades tão improváveis, se você, quando as coisas eram muito menos comprometedoras, foi o primeiro a não confiar na capacidade deles para compreender? E, se não pode esperar ser acreditado pelas únicas três pessoas que teriam interesse em fazê-lo, como espera que o resto do mundo lhe dê ouvidos e confiança? Como pode pedir indulgência aos indiferentes, aos hostis, a todos os que ficam lá fora como falcões, na expectativa de que o professor Pontecorvo, aquele grande homem, dê um passo em falso?

Aí está o passo em falso. A eles só resta dilacerar você, vingar-se de todo o sucesso que você teve, de toda a felicidade que conquistou.

Sente o calafrio de pavor agora? Compreendeu finalmente que deve temer por sua incolumidade? Sente o mundo inteiro se preparando para trucidá-lo? É um pensamento tão enorme (o mundo inteiro, quero dizer) que você sente o equilíbrio lhe faltar.

Lá fora há um monte de gente que odeia. O dado curioso é que, para odiá-lo, não precisam saber se você é inocente ou culpado. Odeiam-no e pronto.

Usarão esta história para saciar o pantagruélico ressentimento deles e para se comprazer da própria indignação. Para mexericar até um nível inverossímil. É a coisa que mais combina com as pessoas que odeiam. Destruir você com as armas leves da fofoca. Fazê-lo passar por um patético pervertido. Por um parasita que por tempo demais se fingiu benfeitor, mas que afinal foi desmascarado. Depois, passarão à artilharia pesada. Vão usar aquela garota. Aquela putinha precoce. Vão usá-la para atingi-lo. Não a mostrarão publicamente. Darão um jeito para que ela aja *in absentia*. Vão escondê-la, usando-a somente para desintegrá-lo. Ela será garantida pelo máximo de invisibilidade e de reserva, enquanto você será distinguido pela máxima exposição possível. Assim cancelarão tudo o que você construiu. Dirão que você é um ladrão. Um desonesto. Um dissoluto. E o farão para limpar a própria consciência, não menos suja do que a sua. Esse é o esporte preferido das pessoas que odeiam. Limpar a consciência de todos com o escalpo de algum poderoso caído em desgraça.

E você, o que tem a opor? Nada. Como pode se defender daquilo que parece incontestável? Das cartas a uma menor, do dinheiro emprestado, do dinheiro roubado, de todo o resto? O desequilíbrio entre você e aquela garota. Isso diz tudo. É a arma mais homicida de que eles dispõem. Sua potência social confrontada com a fragilidade de uma menina de 12 anos. Ou será que a força daquela garota reside na maior debilidade dela? Sim, é assim que funcionam as coisas para além destas confortáveis paredes saturadas de tapetes e de decoro burguês, os quais você acreditava ingenuamente que o protegeriam até o túmulo.

Mas agora o túmulo se aproxima cada vez mais. Pressiona-o tão de perto que você já sente fedor de cadáver.

Um compêndio de desculpas sordidamente semelhantes àquelas que um estuprador em série qualquer poderia alegar. É esse o seu curinga na manga? Você teme que sim. Suas justificativas – tão verdadeiras e irrefutáveis, em sua visão – são justamente as que os outros não estarão dispostos a escutar. Tudo o que as pessoas desejam ouvir pode ser pinçado nas entrelinhas da penosa e depravada correspondência da qual você foi um dos incautos redatores.

E aquela troca de cartas conta uma história totalmente diferente daquela que você gostaria de contar, e daquela que você está certo de ter vivido. A única história *verdadeira* – ou seja, na qual todos acreditarão – fala do assédio prepotente cometido por um cinquentão no auge do sucesso (e já acusado de uma série de crimes intoleráveis) contra uma garota de 12 anos que no máximo já teve a primeira menstruação. E que, aliás, era a namoradinha do filho dele. Uma coisa que dá engulhos em qualquer um.

E talvez tenha chegado o momento de constatar que não há nada a fazer, que tudo é inútil. Você está acuado contra a parede. Preso numa armadilha, como jamais imaginaria poder ficar. Cada vez mais certo de que gritar sua inocência, explicar à sua família que foi *ela* – ela, Camilla –, e não você, a começar, a continuar, e sobretudo a perseverar obstinadamente até quase chegar à tortura, de nada adiantará. A essa altura já nada poderá salvá-lo da condenação que, nas inexperientes e cândidas cabecinhas dos seus filhos e naquela, bem mais sensata, de sua mulher, seguramente já foi decidida e infligida. A única coisa que lhe resta é essa vontade de chorar. Uma vontade irrefreavelmente infantil de começar a se lamuriar, de derramar todas as lágrimas e não parar mais. Pelo menos disso, porém, você pode poupá-los.

Assim foi que Leo Pontecorvo, em vez de convidar a mulher e os filhos a considerar o que estava acontecendo em toda a sua complexidade, em vez de tranquilizá-los com frases genéricas como: calma, tudo vai se resolver, os equívocos existem justamente para ser esclarecidos, em vez de ostentar a olímpica tranquilidade que ao menos dois deles, até alguns minutos antes, consideravam sua qualidade distintiva, em vez de entrincheirar-se no proverbial otimismo, não conseguiu fazer nada melhor do que se levantar, abrir a porta da cozinha que dá para a escada estreita que leva ao semissubsolo, hesitar um instante como um suicida antes de se lançar no vazio, e correr lá para baixo, para a parte da casa destinada ao seu relax, a fim de se esconder, de se entocar, longe das pessoas que naquele momento ele mais temia no mundo. Mais do que os juízes, os jornais, a opinião pública, o pai e a mãe de Camilla, mais do que todos aqueles que não viam a hora de lhe arrancar o couro. Fugiu como um ladrão apanhado em flagrante.

E, embora se obstinasse em repetir a si mesmo que aquela fuga servia para poupar Rachel e os meninos do espetáculo obsceno de seu colapso nervoso, a verdade é que, no momento mais importante de sua vida, Leo escolheu o comportamento que mais lhe assentava, o que mais se lhe assemelhava: a covardia. Fugir significava manter-se totalmente fiel ao menino que – por trás da idade respeitável, dos lisonjeiros triunfos profissionais e acadêmicos, do dinheiro conquistado, do nível de vida garantido a si mesmo e aos seus entes queridos –, em meio século de vida, em nenhum instante Leo havia deixado de ser.

Aqui está ele, Leo Pontecorvo, o garotinho malcrescido de sua mãezinha!

Segunda parte

Sete meses antes de fugir (literalmente) da cozinha, dos seus entes queridos e de suas responsabilidades, Leo fugira, de modo bem mais inocuamente figurado, da rotina metropolitana, levando consigo a família, aliás como todos os anos, para Anzère, um pitoresco vilarejo abrigado nos Alpes suíços.

Era para lá que, a cada Natal, os Pontecorvo se transferiam por quase duas semanas. Alugavam um chalé isolado, voltado para o norte, como todas as coisas belas e gélidas, e esqueciam que no mundo existiam alternativas àquela profusão de silêncio, branco e doçura.

Embora relativamente jovem, Leo já era, desde alguns anos antes, aquilo que se considera um médico eminente. Tanto que sua figura havia começado a emanar a aura de sisuda respeitabilidade daqueles conferencistas altos e encurvados, que antes de falar remexem no bolso interno do paletó à procura dos óculos perdidos.

A pequena foto que acompanhava sua coluna de saúde no *Corriere* e algumas ocasionais aparições na TV tinham-no feito descobrir o prazer de ser reconhecido no restaurante ou no trem: não o desagradava ser o astro de belas hipocondríacas de meia-idade, que exibiam penteados rígidos e sorrisos afetados. E, no entanto, essa celebridade inerte não fizera dele um enfatuado. Ao contrário: no máximo, podia-se dizer que o carisma de Leo se tornara ainda mais precioso em virtude do hábito (ou, se preferirem, do vezo) de não bancar o importante. Sim, o professor Pontecorvo era um daqueles luminares que elaboraram um modo bastante sofisticado de botar banca sem botar banca.

Uma carreira diversificada (na qual a oncologia constituía o planeta em torno do qual giravam satélites reluzentes) fizera dele um homem mais do que abastado. Frequentemente, com os colegas de trabalho, Leo gostava de se vangloriar, com um misto de cinismo e faceirice, de que o salário da universidade (ele já ocupava a cátedra havia um bom tempo) lhe servia no máximo como *argent de poche*.

Talvez pudesse evitar certos gracejos, em um mundo no qual a riqueza só era perdoada aos ultraoitentões, ou seja, àqueles dotados do bom gosto de já não poderem usufruir de toda aquela dádiva divina.

Fosse como fosse, apesar de tal prosperidade, apesar de certas tiradas inoportunas e graças a Rachel (moça com os pés no chão), os Pontecorvo não gostavam de ostentar seu dinheiro. Com exceção de Samuel, precoce em manifestar uma arrebatada paixão por tudo o que era ou pelo menos parecia caro, os outros não tinham se deixado contagiar excessivamente pela religião hedonista professada naqueles anos por muitas famílias do seu ambiente.

Por exemplo, eles jamais iriam passar férias nos "lugares certos para gente certa" (como aconselhava um anúncio então muito em voga na recém-nascida TV comercial), nos quais Samuel encontraria de bom grado os seus colegas de classe. Nada de Cortina d'Ampezzo, nada de St. Moritz ou similares. Na corte dos cônjuges Pontecorvo não eram admitidas certas cafonices. Alguém poderia objetar que ir todos os anos para uma aldeola amena e desconhecida como Anzère podia ser considerado uma forma de esnobismo ao quadrado. Mas isso não tinha nenhuma importância para os Pontecorvo. Que se consideravam acima e ao mesmo tempo abaixo de certas questões. O que importava era o fato de terem consolidado, havia anos, alguns hábitos sagrados que tornavam a temporada em Anzère despreocupadamente aprazível.

Rachel iniciava cedo sua jornada na neve. Saboreando "em santa paz" uma *moka* inteira de café (ela a levava da Itália, como uma emigrante), lançando volta e meia uma olhada para o vale em forma de anfiteatro cujas encostas terminavam em cumes espetados, uniformemente nevados e àquela hora, quando fazia bom tempo, laqueados de rosa e cinza-pérola. Os meninos também gostavam de se levantar cedo, mas por motivos diferentes daqueles da mãe: queriam chegar (sabe-se lá por quê!) às pistas antes de todo mundo. Pareciam experimentar uma satisfação exclusiva ao constatar que o sedã paterno (também levado de trem) reinava solitário no estacionamento gelado, abaixo das instalações de subida. Aliás, essa era apenas a primeira disputa vencida numa manhã consagrada à competição.

Leo não era muito empolgado com a esquiação e na realidade, de manhã, com aquele frio e o cansaço acumulado durante o ano, preferiria ficar quieto. Mas não tinha coragem de decepcionar Filippo e Samuel. Era como se, para os filhos, não existisse evento mais sensacional do que poder compartilhar os esportes com ele. Vocês precisavam ver como os dois se pavoneavam quando Leo, no início de todo verão, lhes concedia os primeiros e últimos três minutos de "passe e chute a gol" da estação. Ali, no jardim de casa, enquanto os pulmões encrostados de fumo e os lancinantes protestos do baço não o intimavam a jogar a toalha, Leo assistia ao espetáculo dos seus garotos se exibindo para ele com o ímpeto de um meio-campista da equipe juvenil disposto a se lançar sobre cada bola para impressionar o treinador do time principal. Ali estavam, os seus meninos: hiperativos, entusiásticos, cheios de vigor e saúde, e que quando ele desistia o encaravam com enorme decepção!

Nas pistas de esqui, a atmosfera era a mesma. Ardor, adrenalina, combatividade. Filippo zombava do medo que o irmão tinha de dar os saltos. Semi, por sua vez, não suportava que Filippo, embora esquiasse havia muito mais tempo do que ele, não se preocupasse suficientemente com manter os esquis unidos. Enquanto isso, no auge dessas disputas, o pai arrancava. O problema era que, enquanto Filippo e Samuel estavam na idade em que nem sequer se conhece o significado do termo "cansaço", a ponto de poderem esquiar por nove horas consecutivas, para Leo a melhor coisa era o silêncio que se desfrutava durante as subidas no funicular. Ele jogava a cabeça para trás, tirava as luvas, esfarelava com os bastões os acúmulos de neve encontrados ao longo do percurso. Acendia um charuto. Inspirava e expirava intensamente o coquetel afrodisíaco de fumaça densa e ar penetrante. Sentia os músculos das pernas endurecidos por uma repentina lufada de frio e, quando a subida ficava mais íngreme, voltava a si e por pouco não corria o risco de cair.

Acompanhar os impulsos competitivos dos filhos tornava-se mais complicado a cada ano. Até algum tempo antes, era ele quem instruía, esperava, estimulava. Havia pouco, os papéis tinham se invertido. No intervalo, ao que parecia, seu estilo se tornara obsoleto. E Filippo e Samuel não paravam de observar isso, com broncas impacientes: "Ora, papai!...", "Vamos, assim a gente não chega nunca!".

Ainda bem que sua autoridade ainda estava suficientemente preservada para lhe permitir impor um pit stop, na hora do almoço, no refúgio costumeiro. Uma casinhola de pranchas de madeira escura, lepidamente enraizada na encosta gelada, a poucas dezenas de metros do teleférico de uma das pistas mais acessíveis. O interior, mais espaçoso do que parecia de fora, era acolhedor até mesmo no principal fim de semana natalino, durante o qual se acotovelavam atendentes que, por causa das botinas e dos macacões prateados, pareciam participantes de um encontro de robôs, astronautas ou cavaleiros medievais dentro da armadura. Assim, enquanto os meninos tomavam uma Coca e comiam um sanduíche, ele se concedia uma omelete de bacon e cogumelos, com guarnição de batatas *rösti* e dois drinques. O conjunto acompanhado pelo comentário de sempre: "Atenção, nada de contar para a mamãe", o qual aludia à refeição recém-consumida, não exatamente *kasher*.*

Então a jornada do professor na montanha tomava um rumo decididamente mais inerente a ele. Em casa, esperava-o uma longa sentada no trono, seguida de uma ducha quente por no mínimo dez minutos, com o risco de esgotar a capacidade do aquecedor. ("De esgotar o gelo", zombava Rachel, sempre espantada com a utilizaçao excessiva, feita pelo marido, dos recursos naturais do planeta.)

"Por que não fazemos um belo café?" cra a frasc padrão quc Lco dirigia a Rachel assim que saía do banho, perfumado de colônia e talco e com o charuto na boca. Tanto Leo quanto Rachel sabiam que o que não convencia naquela pergunta era o recurso à primeira pessoa do plural. Aquela ecumênica opção gramatical era uma hipocrisia e uma impostura: o café, do qual só ele precisava, seria feito por ela. A razão pela qual Leo não pedia isso no tom rude com que, anos atrás, o pai o pediria à mãe era que, enquanto isso, os tempos haviam

* Aquilo que é conforme à *kasherut*, ou seja, a norma bíblica e rabínica sobre a pureza dos alimentos permitidos, sobre o modo de cozinhá-los e servi-los. (N.A.)

mudado. Era como se desde então, no peculiar calendário dos costumes humanos, tivesse decorrido uma era geológica. A solicitação de Leo, formulada de maneira tão ambígua, revelava que a escalada da mulher contemporânea em busca da paridade se encontrava em uma fase intermediária. Por enquanto, o café continuava sendo feito pela esposa, mas pelo menos era pedido gentilmente, e sobretudo num tom que deixava entrever no marido um pouco de constrangimento. Nesse passo, as mulheres de Filippo e Semi – quando aqueles dois impenitentes solteirões se casassem – obrigariam a fazer o café seus dóceis consortes, os quais, muito provavelmente, não pestanejariam.

Depois do café e do cochilo no sofá diante do fogo, Leo descia ao vilarejo com Rachel. Enquanto ela fazia compras, ele, por uma atitude cosmopolita infelizmente não à altura da fluência do seu inglês, comprava os jornais britânicos e americanos. E, sentando-se friorento em um banquinho, lia-os com enorme dificuldade, ansiando por um dicionário.

No caminho de casa, enquanto as montanhas no horizonte desapareciam atrás de uma cortina de trevas, o lugarejo se acendia. As vitrines das lojas da rua principal começavam a cintilar. As preciosas mercadorias, maciamente acomodadas entre flocos vermelhos, caixas de madeira, bolas douradas, pinhas, raminhos de abeto, não pediam senão tomar um pouco de ar, ser adotadas, e, se possível, visitar outros países. E, para a sorte delas, na cidade estava a vítima certa!

"Não me diga que aquele ali é o último modelo Nikon...", "Que linda aquela pashmina! Cor de salmão, uma caxemira finíssima", "E aqueles Persol modelo Blues Brothers? Ou muito me engano, ou Semi vem insistindo em que precisa de óculos escuros?"

Quem, naqueles tempos, não sonhava com óculos escuros novos em folha? Quem não sonhava dar presentes? Agora que o mundo mais ou menos se pacificara, agora que oferecia tantas oportunidades, dar presentes era a melhor maneira de mostrar às pessoas amadas que o pior havia passado e quanto você se importava com elas. Uma euforia oblativa diante da qual Leo ficava indefeso. O que ele podia fazer, se aquelas vitrines festivamente arrumadas lhe davam vontade de recordar à esposa quanto ela lhe era indispensável, e aos filhos quanto estava contente com eles, e a si mesmo quanto se queria bem?

E assim começava a pantomima costumeira. As insistências dele, as recusas dela. As certezas dele, as incertezas dela. Uma pantomima de resultado previsível: no final, ele levaria a pashmina cor de salmão e a Nikon. E isso era o justo. Não precisava de mais nada. Naquela circunstância não havia nada que o interessasse mais do que fotografar com sua nova Nikon a mulher usando a não menos nova pashmina cor de salmão. Ele sabia que para coroar aquele sonho deveria enfrentar e derrotar as repisadas objeções da beneficiária de tanta generosidade. As quais, de fato, não se faziam esperar: "Não acha que é cara demais, Leo? E um tantinho vistosa? Tem certeza de que é o meu estilo?"

Ao sair da loja com os pacotes na mão, ele estava todo orgulhoso, enquanto ela avançava de ombros curvados e olhos baixos, como se temesse que o Deus de Israel pudesse desentocá-la inclusive ali – naquele gélido cantinho do paraíso –, decidido a puni-la por sua vaidade e por sua idolatria.

De volta ao chalé, enquanto os meninos tomavam banho e Rachel desembalava a comida recém-comprada e a servia nos pratos (cozinhar não era seu forte), Leo terminava a leitura dos jornais ao lado da lareira, transfigurado pela névoa leitosa do charuto Antico Toscano. Ou mostrava aos garotos, vestidos nos roupões, suas últimas compras. Ou manipulava a nova Nikon enquanto Samuel, graças à sua vista apurada, lia para ele as instruções. Tudo isso enquanto esperava colocar ainda triunfalmente as pernas embaixo da mesa. Pão fresco, queijos, vinho tinto e um doce que transudava nostalgias austro-húngaras. E, finalmente, cama.

Sim: tudo isso a cada ano, havia anos, estupendamente imutável.

Seria possível que tudo se tivesse iniciado justamente ali? Em um contexto tão nítido e inócuo? Que justamente *ali* tivesse começado a sedimentar-se o grande equívoco que, sete meses depois, ele não encontraria a força moral para explicar à sua família?

Já fazia alguns minutos que Leo se torturava com um monte de perguntas difíceis. Desde quando, com enorme dificuldade, conseguira se arrastar até o banheirinho do semissubsolo. Agora está de pé. Diante do espelho. Urina na pia como fazem os adolescentes e os bêbados. Na boca, o sabor de uma cereja estragada.

A ideia de poder dar respostas adequadas ao inútil interrogatório ao qual está se submetendo não é mais razoável do que a esperança de conseguir levantar a cabeça para perguntar ao espelho o que foi feito dele no intervalo. Provavelmente seu rosto revelaria o massacrante esforço despendido para adormecer. Duas noites e dois dias. Ou, se preferirem, 48 horas. Fora necessário todo esse tempo para interromper o assédio da insônia.

Isso significa que, depois daquela dormida nem um pouco restauradora, o exílio no estúdio do semissubsolo vai completar dois dias e meio. Os dois dias e meio mais longos, sedentários e insones de sua vida. Os mais interessantes e os mais triviais. Os mais significativos e os mais inúteis. Os mais incontestáveis e os mais misteriosos... em suma, os "mais" em todos os sentidos.

De qualquer modo, Leo ainda está lúcido o bastante para compreender que a insônia não resultou somente da angústia por tudo o que aconteceu e por tudo o que vai acontecer. Houve também um inconveniente técnico: de fato, nos momentos de crise, era-lhe impossível relaxar em um lugar onde Rachel não estivesse ao alcance da mão. Apoiar os dedos sobre o flanco da mulher, deslizar até a coxa, entreter-se com aquelas superfícies macias e familiares era o único tranquilizante do qual Leo abusava em todos aqueles anos de casamento. Mas, ao que parecia, dessa vez Rachel (para não falar de seu flanco e de suas coxas) estava indisponível.

Por alguns minutos, após fugir da cozinha, Leo a esperou. Embaraçado, aterrorizado, incapaz de acreditar que ainda podia cruzar seu olhar, mas esperou. Ela vai descer. Vamos brigar. Vamos estrilar. Vamos nos gritar coisas terríveis. Talvez cheguemos às vias de fato. Mas, no final, ela me dará a oportunidade de me explicar. E as coisas se arranjarão... Disso, Leo teve cada vez menos certeza com o transcorrer das horas. Com o adensamento das trevas ao redor e da angústia dentro de si.

Depois sofreu uma tontura. Sentiu os membros se entorpecerem. Era cansaço, aquilo? Lembrou-se da discussão que tivera com a mulher, diante de um fabricante de móveis fortalhão, na época da reforma do estúdio no semissubsolo: Rachel querendo comprar um horrível sofá-cama, Leo jurando eterno amor a um inútil e caríssimo Chesterfield de couro vermelho-sangue.

“Escute aqui, você decorou o andar de cima como uma astronave. Deixe que pelo menos aqui embaixo eu possa exercitar o espírito prático que você tanto despreza.” Por sorte, daquela vez ele entregara os pontos! Do contrário, agora não teria à disposição aquele leito ocasional.

Assim, depois de abrir o sofá, Leo se deitara certo de adormecer. Mas alguma coisa deu errado. E o calvário começou: em busca do sono impossível.

Tudo porque ele cometeu o erro de apagar a luz. No escuro, o espaço se dilatou de maneira pavorosa: agora, o aposento estava imenso como a caverna de Polifemo. Era a mãe quem lhe contava sempre – quando ele era um menino insone – aquela bendita história de Ulisses e Polifemo. Parecia fazer isso de propósito. (Leo jamais tinha conseguido entender se aquela mulher lhe quisera muito bem ou muito mal.) Mas por que recordar, justo naquele momento, Polifemo e sua caverna, depois de não pensar nisso por milhares de anos? Uma caverna à medida de gigante, cuja saída foi barrada por uma pedra não menos gigantesca. Meninos de todo o mundo, vocês conhecem algo mais aterrorizante?

Em suma, um segundo após apagar a luz Leo sentiu o travesseiro se inflar sob sua cabeça de maneira desconcertante. E compreendeu como um peixinho deve se sentir só na imensidão oceânica. Mas, justamente quando, para não se perder numa enormidade tão vazia, mediante um hábil jogo dos dedos Leo conseguiu redimensionar o tamanho do travesseiro, reapropriando-se do espaço circunstante, eis que sua respiração emperrou, como se a caverna gigantesca estivesse encolhendo rapidamente. Mais alguns segundos e ele seria esmagado.

Então, cada vez mais carente de oxigênio, ele se levantou, acendeu a luz e recomeçou a caminhar. Aquele era o segredo: caminhar, cansar-se, como as crianças. E, como as crianças, manter a luz acesa. Depois, lançar-se de novo na cama, à espera do momento propício.

Não pensar. Não pensar em si. Por alguns preciosos instantes, esquecer quem era. Esquecer a história da qual era o incrédulo protagonista. Às vezes, naqueles dois dias de calvário, essa magia dera certo. Leo soubera esquecer tudo: por que estava ali, o que havia acontecido, os riscos que corria; e ainda Rachel, os meninos, o telejornal, os colegas, os pacientes, a universidade, aquela maldita garota, aquela maldita garota, aquela maldita garota... Como se seu organismo se recusasse a estar sempre vigilante. Como se o cérebro e o corpo invocassem a dose padronizada de olvido e inconsciência que nos impede de enlouquecer.

Mas só Deus sabe quanto Leo pagou caro por aqueles instantes de trégua! Os retornos eram pavorosos. Em geral, havia um detalhe concreto plantado bem ali, no horizonte de sua abstrata paisagem mental, para reativar a máquina da tortura: qualquer coisa, as batatas fritas de Filippo, a respiração ofegante de Samuel, o mutismo de Rachel... Então, como o sujeito em quem foi diagnosticada uma doença mortal e que, ao acordar de um sono tranquilo, recorda subitamente a sentença de morte que lhe paira sobre a cabeça, Leo sentia a onda de pânico despencar inteira em cima dele. Uma onda anômala, que não chegava de longe, mas de dentro. O pesadelo concentrado em poucos centímetros quadrados na altura do esterno. As pernas vacilavam, os ouvidos zumbiam, o sangue ardia. Leo seria capaz de bater a cabeça na parede só para esvaziá-la de novo. Mas agora era impossível. Não havia retorno. Agora, Leo Pontecorvo não é mais um ser humano. Agora, Leo Pontecorvo é todo o seu embaraço. Toda a sua vergonha. Todo o seu terror.

Então ele começava a balbuciar, ou talvez a rezar: "Vão me despedaçar... vão me despedaçar... vão me despedaçar..." Essas palavras, cem vezes menos poderosas do que seu significado, revelavam-se um exorcismo paradoxalmente eficaz.

Por fim, depois de quase dois dias de combate, quando já estava certo de que não conseguiria – nunca mais dormiria, porque a insônia era seu castigo, sua condenação à morte –, Leo adormecera.

Agora, está acordado faz alguns minutos. O amanhecer está se fazendo esperar.

Deve ter sonhado com um rio de lágrimas. No sonho, não parava de choramingar. Por isso, assim que acordou, levou as mãos ao rosto e constatou que as faces estavam perfeitamente enxutas. Logo depois, a mão esquerda correu a buscar um pouco de tepidez entre os joelhos. Enquanto a outra, prosseguindo a corrida rumo ao norte, alcançou o crânio, ou seja, a superfície cacheada sobre a qual os dedos de Leo tinham se demorado, com gesto meditabundo, por duas noites e dois dias.

Agora essa mesma mão segura um peruzinho encolhido até um mínimo inverossímil, apontando-o para o ralo da pia.

E assim acontece que, enquanto a bexiga se esvazia, Leo (num daqueles flashes em que os filmes abundam e a vida é tão parca) se lembre de Anzère. A luz e a neve de Anzère. Talvez porque seu cérebro, durante aqueles dias de desesperada reflexão, tenha sido cada vez mais atraído pelos opostos: o grande e o pequeno. A paz e o terror. O sono e a vigília... E o que há de mais contrastante, em relação às densas trevas em que ele acaba de acordar, do que o resplendor dos dias na montanha? Será que toda aquela luz alegre e compartilhada está envolvida com essa escuridão e com esse silêncio? Sim, afinal, será que para explicar a razão pela qual agora se encontra ali – no exílio, aterrorizado, urinando na pia e decidido a nunca mais se olhar no espelho – ele deve se interrogar sobre uma coisa tão desprovida de *páthos*, tão plácida e relaxante, tão sideral e inefável como as *últimas* férias com sua família nas neves suíças?

Para sermos mais precisos, a série de eventos equívocos que se consumaria na montanha tinha sido preparada, digamos assim, por um estado de tensão. Nada muito sério. Uma briguinha conjugal que esquentara os ânimos duas semanas antes da partida para Anzère.

Tudo havia começado com Samuel azucrinando a mãe: aquele garoto mimado queria levar Camilla para a Suíça. Rachel respondera que isso estava fora de discussão.

– Por que não?

Mas como "por que não"? Era necessário explicar? Porque ele e Camilla eram jovens demais para saírem de férias juntos. Porque semelhante convivência deixaria constrangidos Filippo e o papai, e isso ela não podia permitir. Rachel se espantava com que os pais de Camilla tivessem permitido algo assim. E se privassem tranquilamente de sua filha no Natal.

– O pai dela disse que tudo bem.

– Pois eu digo que não! Nem pensar.

– Então eu vou pedir ao papai.

E Filippo havia pedido. Leo não achou a ideia tão indecente assim: não o desagradava em absoluto que Samuel levasse alguém. Pela mesma razão pela qual, certos sábados de junho, gostava que os amigos dos filhos invadissem sua casa e ficassem para jantar. Ter "a casa cheia": essa era uma das expressões preferidas de Leo. Sobretudo se tal lotação se referisse aos amigos dos filhos. Não que ele ficasse presente. Evitava ir além das duas ou três frases de praxe. Mas ao mesmo tempo, internamente, a ideia de que uma residência tão inutilmente vasta ficasse à disposição do divertimento de tantos jovenzinhos o inundava de um calor inconfessavelmente sentimental. E também havia a energia que Leo sentia se expandir. A energia dos adolescentes. Algo tão radioso, efêmero e malcheiroso que até seus alunos mais jovens já o tinham perdido. E, ao mesmo tempo, algo tão inelutável a ponto de se irradiar até pelos corredores do seu setor, cheio de pequenos pacientes enfermos.

Em suma, a presença de Camilla na montanha tinha a virtude de se anunciar energética e complementar. Além disso, Leo achava que, se Camilla fosse, as atenções dos filhos se fixariam nela. Talvez o deixassem em paz. Talvez, com Camilla nos calcanhares, eles não exigissem que ele fosse esquiar.

Então Leo deu seu assentimento. Mesmo sabendo que isso produziria uma lesão em sua vida conjugal.

Os atritos. Os extenuantes e belicosos atritos. As frequentes divergências conjugais entre Leo e Rachel, das quais já ofereci alguns exemplos, pareciam reproduzir em escala mínima e sob forma de paródia o contencioso que, justamente naqueles anos, ia se exacerbando no seio de uma comunidade judaica microscópica, mas aguerrida como a romana, entre duas concepções alternativas da própria identidade.

A começar pela primeira briga, a mais antiga, que colocara um contra o outro no início da vida matrimonial, desde o dia em que Rachel descobriu estar grávida: o nome a ser dado ao filho que ela trazia no ventre e, depois dele, ao irmãozinho ou à irmãzinha que um dia lhe dariam. Leo achava redundantes os nomes bíblicos que os judeus, em todas as partes do mundo, dão aos seus filhos. Preferia algo normal, asséptico, algo tipo Fabrizio, Enrico, Lorenzo. Nomes potáveis, sóbrios, descompromissados. Algo que não os identificasse imediatamente (no fundo, para isso já havia o sobrenome). Algo que um dia os tornasse ousados cidadãos do século XXI. Rachel, ao contrário, como era de esperar, queria que seus filhos exibissem um daqueles pretensiosos nomes hebraicos: Davi, Daniel, Saul... Sobre certas coisas, aquela mulher perdia todo o senso de humor. A solução para o dilema, como vocês já devem ter depreendido facilmente, foi salomônica: ao primogênito deu-se um nome grego, ao segundo um nome bíblico. E, no entanto, nem isso conseguiu resolver a disputa interna. Aquela espécie de insidiosa divergência que sempre colocava Leo e Rachel em duas barricadas opostas.

A grande publicidade recebida pelos judeus após as perturbadoras notícias sobre a deportação e o extermínio subira à cabeça da particular categoria hebraica denominada "judeu romano". Deixando-o desesperado e ao mesmo tempo envaidecido. Assim, o judeu romano tinha descoberto a existência, em países longínquos, de judeus muito mais judeus do que ele: rigorosos e pitorescos, trágicos e brilhantes, esses asquenazes – com suas friáveis, mágicas, esotéricas existências sempre à beira do desastre – pareciam mil vezes mais à altura, desmesuradamente mais do que o judeu romano algum dia se sentira, do papel de vítimas sacrificiais e de pacíficos heróis atribuído aos judeus pela história.

Tal constatação de inferioridade desenvolvera nas famílias mais religiosas um espírito de emulação que se traduziu na importação de um compêndio de hábitos e proibições desaparecidos da nossa tradição havia séculos. Todas aquelas obrigações alimentares, todas aquelas luzes apagadas na noite do *Shabbat*, todos aqueles jejuns de prece no dia do *Kippur*, todos aqueles casacos rasgados para o luto não eram mais do que uma citação pós-moderna (literária e cinematográfica) de um judaísmo tribal que pouco tinha a ver com aquele cultivado pelos judeus romanos desde os tempos já distantes em que o imperador Tito os deportara para Roma. Obrigando-os, nos dois milênios seguintes, a sofrer opressões de baixa cabotagem no decrépito coração da cristandade.

O fato é que tal fenômeno de radicalização do hebraísmo romano havia produzido por contraste, nas almas mais laicas e iluministas da comunidade, um movimento de irrisão e de intolerância. Um espírito sarcástico que Leo encarnava à perfeição, não menos bem quanto Rachel interpretava o papel da renascida judia romana.

Esse é o terreno de confronto entre os cônjuges Pontecorvo. Ela não para de encontrar novos modos de tornar menos confortável a vida de sua família, desenterrando tradições que no fundo não a concernem mais do que a túnica branca e os calçados usados pelas matronas romanas nos tempos de Augusto. Ao passo que ele calcula todos os judeus secularizados espalhados pelo mundo que fizeram sucesso no cinema, na literatura, na medicina, na física e assim por diante, esquecendo que de judeus romanos tão em dia não há nem sombra, e ao mesmo tempo superestimando os próprios méritos profissionais a ponto de sentir-se parte da internacional hebraica do sucesso.

Embora, em síntese, os bate-bocas entre Leo e Rachel parecessem versar sempre sobre aquele modo alternativo de viver o judaísmo, na realidade isso não fazia senão dissimular as verdadeiras razões de tanta agressividade recíproca: ou seja, o fato de eles pertencerem a duas castas sociais diferentes e, em certa medida, antagônicas. Em suma, a divergência religiosa era a tampa de lata que tentava conter o fervente caldeirão do litígio classista. Sobre a relação deles, no fundo, não havia muito mais para saber. A diferença de classe social, como sempre, explicava muito mais do que todo o resto. Explicava, por exemplo, por que o pai de Rachel tinha envenenado com tantas proibições a vida da filha de 24 anos a fim de que ela, a um passo do diploma em medicina, parasse de conviver de uma vez por todas com aquele professor janota.

Aquele Leo Pontecorvo que a tinha conquistado, quando ainda era assistente voluntário, iniciando-a à outra metade do universo feita de confortos e de prazeres cotidianos que aquela mocinha, criada na austeridade imposta pelo pai e tornada romântica por uma indigestão de comédias hollywoodianas, não imaginava que pudessem existir ao alcance da mão. O fato de pertencerem a mundos diferentes também explicava por que, do outro lado da barricada, a hostilidade não era menos feroz: a tal ponto que a mãe de Leo, tomando como pretexto a morte recente do marido de uma amiga querida, apresentara-se vestida de luto à celebração religiosa do tão hostilizado casamento do seu garoto com "a filha do borracheiro de rua".

Rachel devia o epíteto de "filha do borracheiro de rua" à profissão do pai – típico representante da categoria dos "judeus vulgares", tão desprezados pelos judeus abastados –, que havia iniciado sua ascensão econômica no imediato pós-guerra quando, junto com um irmão não menos empreendedor do que ele, adquirira o maquinário para recauchutar os pneus dos reboques de caminhão.

Foi justamente naqueles tempos, os tempos da motorização em massa, que Cesare Spizzichino alugou um terreno agrícola à via Tiburtina, não muito longe da Pirelli, no qual montou sua pequena empresa, que acabou se tornando a mais florescente de toda a região. O fato é que, quanto mais a carteira do senhor Spizzichino engordava e a prosperidade o inundava, mais o animava o desejo de emancipar-se de algum modo de suas origens muito humildes. Isso o induziu a confiar às duas filhas a tarefa, tão cara a todos os *parvenus* do mundo, de ganhar um pouco de respeitabilidade social mediante a instrução e a cultura. Stella e Rachel Spizzichino eram as primeiras diplomadas da família: em medicina a viva, em farmácia a morta. Um primado que enchia o corpo maciço do senhor Spizzichino de um orgulho tão grande que fazia marejarem seus olhos.

Uma história totalmente diferente, em relação à dos Pontecorvo. Aos quais o exercício da profissão médica ao longo de pelo menos quatro gerações, além da assimilação, havia presenteado uma comedida bonomia que alguns chamariam de condescendência, ou mesmo de negligência.

Não é assim tão difícil explicar e compreender que esses dois mundos, diferentes até quase a antinomia – agora que haviam sido reunidos por um casamento que resistia tenazmente graças a um sentimento fortíssimo –, captassem qualquer pretexto irrazoável para se confrontar: pensem o que pensarem certas almas iluminadas, não há nada mais indigesto do que a diversidade, e nada mais confortador do que combater aquilo que não se consegue compreender. Amar-se e não se compreender era o destino e o segredo de Leo e Rachel, e de muitos outros casais felizes, tenazmente indissolúveis, de sua geração.

Justamente no outono anterior às férias de Natal na Suíça, a serenidade conjugal de Leo e Rachel tinha sido ameaçada por aquela que mais tarde passaria à história como a "crise de Sigonella".

Na noite entre 10 e 11 de outubro, os *carabinieri*, a serviço do governo italiano comandado por Bettino Craxi, haviam disputado com a Força Delta americana – dirigida a milhares de quilômetros de distância pelo não menos resoluto e belicoso Ronald Reagan – a detenção de um punhado de terroristas palestinos. O teatro desse psicodrama internacional foi a pequena pista de aterrissagem do aeroporto militar de Sigonella. Naquela língua de asfalto, refrescada pelo perfumado vento noturno, pouco faltou para que as tropas italianas e as americanas se confrontassem a tiros. E, sem dúvida, por um butim bastante suculento. Os terroristas disputados eram responsáveis pelo sequestro do navio italiano de cruzeiro *Achille Lauro*, cujo epílogo havia sido o assassinato do paraplégico judeu americano Leon Klinghoffer.

Era evidente o interesse prático e simbólico dos americanos em agarrar os assassinos de um compatriota. Assim como era evidente o interesse dos italianos em fazer valerem as chamadas razões territoriais. Por fim os militares italianos, sem recorrer às armas, mas garantidos pelo orgulho nacionalista e pelo direito internacional, levaram a melhor, como Davi sobre Golias, sobre os seus contendores. O que deixou Rachel literalmente indignada, tanto quanto irrigou de altivez patriótica os vasos sanguíneos de Leo.

E, por mais violento que tivesse sido, o atrito entre a diplomacia italiana e a americana jamais atingiu, nem sequer nos momentos mais dramáticos, o ímpeto polêmico que naqueles mesmos dias, pelo mesmo contencioso, transtornou o ambiente da família Pontecorvo. Era como se o caso Sigonella tivesse absorvido em si os motivos preexistentes de contraste entre dois cônjuges constantemente em dissensão. A começar pelo juízo humano e político sobre Bettino Craxi, para terminar com assuntos bem mais inderrogáveis, como judaísmo e antissemitismo, não havia nada sobre o qual Leo e Rachel encontrassem um acordo.

A Rachel parecia emblemático (o fechamento do círculo) que aquele politiqueiro tão adorado por Leo tivesse se manchado com o crime que ela considerava o mais infamante de todos – o antissemitismo. Por outro lado, para um homem como Leo Pontecorvo, que desde a maioridade levava entre seus documentos a carteira do Partido Socialista e que, embora jamais tivesse integrado alguma seção, acompanhava as vicissitudes do partido com a emotiva facciosidade de um torcedor de futebol, ver Bettino Craxi se expressar, na pista de Sigonella, no máximo de sua efervescência viril, bem, foi uma festa.

Um socialista no poder, um socialista que faz valerem suas razões socialistas, um socialista moderno que deseja modernizar a esquerda, um socialista que odeia os comunistas pelos quais é odiado, um socialista que todos respeitam e que todos temem e que, justamente em virtude desse respeito e desse temor, tem as costas suficientemente largas para aguentar qualquer maledicência conformista... E agora, enfim, um socialista que mantém sob vigilância aqueles arrogantes dos americanos, que não se deixa intimidar por aquele caubói, aquele atorzinho vagabundo do Ronald Reagan. Era de ter um orgasmo.

Como veem, o amor de Leo por Craxi era tal que levou a melhor sobre a xenofilia, despertando nele sentimentos chauvinistas. A benevolência de Leo por Bettino Craxi, que às vezes beirava a complacência, encontrava um meloso correspondente no sentimentalismo de Rachel em relação aos judeus. O que explica o motivo pelo qual a altercação sobre o caso Sigonella alcançou tão alto nível de exasperação.

O lugar em que se consumou o confronto era o preferido de ambos. Leo, depois do banho, estava se barbeando (fazia isso sempre à noite) diante do espelho enevoado pelo vapor. Enquanto Rachel, no pequeno *boudoir* contíguo, escolhia (com a má vontade habitual) as roupas para usar no dia seguinte. Somente no final do diálogo que estou para transcrever os dois se viram um diante do outro, no quarto de dormir: ele com o pescoço arranhado; ela de camisola, com as roupas raivosamente emboladas numa das mãos:

– O que o antissemitismo tem a ver? Para vocês, o mundo se divide em judeus e antissemitas.

– Por que você fala do assunto como se a coisa não lhe interessasse? Como se não fosse do ambiente? Acha que, se em vez de um paraplégico judeu, a vítima fosse uma bela jovem católica, sei lá... de Catânia, o seu herói, o seu *condottiero*, teria mostrado a mesma indulgência com aqueles assassinos?

– Mas qual indulgência? De que porcaria de indulgência você está falando? Eu não vi indulgência. O que vi foi uma grande severidade. De um chefe do governo cansado de ser puxa-saco dos americanos.

– Aqueles mesmos americanos que impediram os nazistas de concluir o trabalhinho que haviam começado? É desses americanos que você está falando? O que você sabe disso? O que sabem disso vocês, que estavam na montanha, no meio das vacas, jogando bridge?

– Devo me envergonhar da clarividência dos meus pais, que se refugiaram na hora certa? Vai me cobrar isso também?

– Digo apenas que estamos falando daqueles mesmos americanos que nos libertaram. Que nos salvaram! (Aqui, pela primeira vez, a voz de Rachel tremeu.)

– E por quanto tempo ainda deveremos pagar a conta? O *Achille Lauro* é território italiano. Assim como o é o aeroporto onde aqueles canalhas queriam fazer a enésima manobra impune. Por que eu não deveria me alegrar com o fato de que, dessa vez, eles encontraram no caminho um governante responsável? Alguém com colhões. Alguém que não se deixa intimidar. Alguém que sabe como enfrentar os fascistas.

– E quem seriam os fascistas? Os americanos seriam os fascistas? Bom, meu querido, acho que suas ideias estão meio confusas. Às vezes você fala como Rita e Flavio. No caso, os fascistas são os piratas que se apoderam de um navio cheio de gente de bem e que, veja só, entre todos os presentes, atiram na cabeça de um judeu. A única coisa que eu sei é que esse seu messias conseguiu que o assassino do enésimo judeu inocente se safasse.

– Ninguém se safou. Ninguém. Agora, aqueles escrotos estão em nossas mãos!

– Mas e Abu Abbas?

– Abu Abbas o quê?

– Não deixaram Abu Abbas escapar? Você sabe onde Abu Abbas está agora?

– Eu não, não sei. Mas tenho certeza de que você vai me dizer.

– Comendo carne de cordeiro ao molho de canela, e bebendo chá de menta à nossa saúde! Eis onde ele está! Divertindo-se com seus amigos beduínos e abençoando o misericordioso e antissemita povo italiano! E à sua mesa se sentam os mandantes desse enésimo massacre de judeus.

– Quero lembrar que não houve massacre nenhum. Foi só uma vítima...

– Ora, escute o que diz! Você fala como eles! Não lhe basta um judeu só? Para se escandalizar, você precisa que os matem às carradas?

– Não é isso que estou dizendo. Quero apenas observar que, quando falamos de certos assuntos, você sempre se deixa levar pelo exagero. E isso não é característica sua. Em geral, o exagero é prerrogativa minha. Mas, quando se fala de judeus e de Israel, você me supera de longe. Como naquela vez, quando queria que eu largasse tudo, hospital e pacientes, e fosse buscar os meninos na escola porque temia que a manifestação contra a ocupação do Líbano pudesse envolvê-los, sei lá como.

– Eu tinha mil motivos para estar preocupada. Um colega de Filippo tinha dito a ele que nós somos uns assassinos.

– Babaquice!

– Também acha babaquice a morte daquele menininho?

– Que menininho?

– Stefano Tachè.* Aqueles porcos... Quando penso que naquele dia eu iria à sinagoga com Semi... – Aqui, a voz de Rachel vacilou

* Stefano Tachè, 3 anos, morreu em 9 de outubro de 1982, num atentado terrorista contra os fiéis que saíam da sinagoga Maggiore, em Roma, após uma cerimônia. Mais de trinta pessoas ficaram feridas, algumas gravemente. (N.T.)

pela segunda vez. Mas, de novo, a raiva venceu a comoção, e ela prosseguiu:

– A ideia de que aquele suíno agora esteja em sua casa, acolhido como um patriota porque varreu do mundo o enésimo judeu, não faz seu sangue ferver? E de que os parentes de Klinghoffer, ao contrário, devam engolir o enésimo sapo? Um pobre cristo, cujas únicas culpas eram ser judeu e ser inocente. É isso que você comemora? Que seu belo governo socialista consiga que os assassinos dos judeus possam ficar impunes? Era disso que precisávamos, em sua opinião? De outro governo antissemita?

E, com essas palavras, Rachel não conseguiu resistir: começou a soluçar. E só então Leo, que não suportava as lágrimas de Rachel, tanto quanto não suportava o fato de ter sido ele a suscitá-las, encerrou o contencioso abraçando-a.

– Ora, vamos, querida, tudo vai se ajeitar...

Tinham se passado menos de dois meses desde que Leo e Rachel se trucidaram sobre o caso Sigonella e eis que agora, às vésperas das férias natalinas, voltavam a se confrontar sobre a conveniência de levar com eles a pubescente namorada de Samuel. Com menor aspereza, talvez, mas por motivos que viriam a ter sobre suas vidas efeitos bem mais devastadores do que a morte do pobre Leon Klinghoffer. O tom, como sempre, era sarcástico e melodramático. Dessa vez, o lugar foi o interior de um Jaguar disparado na Nuova Cassia a 130 quilômetros por hora:

– Eu me recuso a levar nas férias a namorada do meu filho de 12 anos.

– Não seja ridícula. O que eles podem fazer? Sabem que lá estará essa loba espumando pela boca e vigiando a pureza do seu lobinho!

Você não acredita, meu amor, mas a permissividade oferece algumas inimagináveis vantagens estratégicas. Desativa logo de início qualquer desejo transgressivo. Em suma, a permissividade é muito bacana.

– Não é questão de ser permissivo ou de não ser. Tudo isso é equivocado e ridículo. Uma mensagem errada, transmitida a Samuel.

– Arre, como você é fixada com essas mensagens a transmitir.

– Lembra como nós dois tivemos de ganhar o direito de fazer uma viagem juntos?

– E, por isso, agora você quer se vingar em Samuel?

– Não quero me vingar. Não é nada disso. Quero que ele entenda o valor de certas conquistas.

– Conquistas? Quer fazer dele uma espécie de Cristóvão Colombo?

– Por que nunca se pode falar seriamente com você? Repito: nós tivemos de batalhar.

– Bem, mas só porque seu pai não largava o osso! Se dependesse do seu velho, você teria o fim do cavalo do faraó: enterrada ao lado dele... Eu salvei sua vida! E também não era culpa minha se Meyer não queria dar aula e me mandava substituí-lo. Pois é: aos 28 anos eu já ensinava, e ia para a faculdade dirigindo um Alfa Romeo Spider, como Dustin Hoffman em *A primeira noite de um homem.* E você era a estudante virginal sobre a qual o professor depravado lançou as garras. Deus do céu, como tive de batalhar por você, querida! Sua complacência, quero dizer, seu amor...

– Como você é vulgar!

– Esqueceu que nossa primeira viagem não clandestina foi a da lua de mel?

– Justamente. E foi tão bonita, tão liberadora...

– Tem razão, talvez Samuel e Camilla devessem se casar...

– Chega, por favor. Você sabe como me exaspera quando não leva a sério o que eu digo. Eu penso assim: as coisas que a gente conquista batalhando são muito mais excitantes.

– Eu sei que você pensa assim. Por grandes estereótipos. Se quiser, podemos trancar Semi no quartinho de despejo por um ano. Quando sair, ele estará cheio de vida...

– Pare com isso!

– Tudo bem, desculpe. Mas para mim é difícil falar seriamente de coisas que considero pouco sérias.

– Isso porque, no seu entusiasmo infantil, não avaliou as questões práticas.

– E quais seriam?

– O chalé não é suficientemente grande. Tem só um banheiro. Camilla é uma mocinha, uma idade difícil: precisa de privacidade. Será embaraçoso compartilhar o banheiro com ela, assim como será embaraçoso para ela compartilhá-lo conosco. E, também, onde vamos colocá-la para dormir?

– Bem, significa que Filippo e Samuel se sacrificarão, dormindo no sofá-cama da sala e deixando o quarto deles para Camilla.

– Ora, vamos! Por trás de toda a sua condescendência de fachada, você também não sente que isso não vai funcionar?

Claro que Leo sentia. E, teoricamente, estaria até disposto a dar razão a Rachel. Mesmo assim, não se rendia, pelas habituais razões que levam maridos e esposas a não se renderem: teimosia, orgulho, desejo de levar a melhor sobre o adversário. E, por fim, ele venceu. Sua moção, digamos assim, foi aprovada. A dialética marota e desconstrutiva havia desbaratado as surradas angústias maternas e os decretos puritanos de Rachel.

E como ele podia saber, pobre homem, que, vencendo aquela pequena escaramuça conjugal, tinha estabelecido as bases, como um general imprevidente, para perder a batalha mais importante de sua vida?

E tudo porque Camilla escolheu um modo bastante estranho e comprometedor de lhe agradecer. Pelo apoio dele, quero dizer.

Por que se espantar? Aquela menina era um tipinho realmente extravagante. A única coisa que Camilla compartilhava com suas coetâneas era a idade. Em relação às amigas dos filhos com as quais Leo topava de vez em quando, e em relação às meninas internadas no setor dele, Camilla se destacava como um daqueles tomates de forma irregular, jogado no meio de uma pilha de exemplares tornados lustrosos e plásticos, mas também desgraçadamente insípidos, por alguma sofisticação industrial. Camilla pertencia àquele gênero de garotas para as quais valem definições antagônicas: "É mais velha do que sua idade" e "É mais nova do que sua idade". Comparadas com ela, as outras se pareciam entre si de maneira desalentadora, todas com aquele cabelo de um louro escorrido que as assimilava grotescamente às impecáveis jovens que Leo tivera como colegas no início dos anos 1950 e pelas quais não sentia nenhuma nostalgia.

O mundo estava retrocedendo, em vez de progredir? Tinham sido as excessivas trepadas dos últimos vinte anos a produzir aquela espécie de restauração no mundo mágico da adolescência? A sensação que Leo tivera uma tarde, ao voltar para casa mais cedo, a fim de participar da festa de aniversário de Samuel, havia sido muito desagradável e anacrônica: bolas de soprar, copos de papel e talheres de plástico, garrafas gigantes de Fanta e Coca-Cola, e todos aqueles *teenagers* intimidados por qualquer hipótese de promiscuidade, as meninas de um lado da sala e os meninos do outro, como na sinagoga. Mas, Cristo, que fim havia levado a revolução sexual? E o álcool? E a maconha? Claro, Leo não esperava um clima orgiástico. Nem o desejaria, muito menos em sua casa. Mas tampouco uma irresolução tão castradora e difundida.

A coisa mais intolerável era o enclave de lourinhas com arcos cor-de-rosa, jeans apertados e guarnecidos de tiras de tecido estampado em caxemira, suéteres amplos e informes como se elas tivessem acabado de roubá-los de um pai barrigudo. Mais do que garotas, pareciam uns ursinhos. Sim, apenas uns bichinhos de pelúcia. Tanto que, internamente, ele as apelidou de garotas-pelúcia.

Um gênero difundido não só em sua classe social, mas um pouco por toda parte: bastava você dar uma volta pelo centro no sábado à tarde para encontrar clones daquele tipo de mocinha, apenas um pouco mais vulgares. O mundo estava se uniformizando. Ao menos esteticamente, desapareciam as diferenças de classe, e as modas, embora respeitassem uma disposição piramidal, descobriam a vantagem do ecumenismo.

Digamos que um negociante intuitivo, tendo adquirido um estoque de agasalhos brancos ou cor-de-rosa com algo bem grande escrito na frente, conseguisse convencer as mocinhas mais antenadas do bairro mais em voga de que aquelas peças eram realmente bonitas; bem, você podia ter certeza de que em poucos meses aquele agasalho invadiria as ruas de Roma como uma pandemia letal, propagando-se em uma semana por todo o país e contagiando milhões de garotas. Pois é: as garotas-pelúcia que lotavam a sala e o jardim de Leo naquela tarde podiam ser consideradas, dada sua extração social, autênticas disseminadoras do gosto público.

Por outro lado, tratava-se de jovens educadas e respeitosas, cuja única culpa (admitindo-se que pudesse ser definida como tal) era a de se terem rebelado contra vinte anos de rebeldia, refugiando-se em um conformismo que, à diferença do de suas progenitoras, tinha pelo menos a boa-fé de se mostrar sem disfarces. É estranho como, muitas vezes, as épocas mais comportadas são também as menos hipócritas.

E, no entanto, Leo (e, em certo sentido, também Rachel) havia gostado que a primeira namorada que seu Semi apresentara em casa não fosse uma garota-pelúcia. A mente dos cônjuges Pontecorvo era suficientemente convencional para considerar a originalidade, por si só, uma coisa boa e instrutiva.

Se havia uma arte na qual aquela mocinha se sobressaía era uma extraordinária capacidade de desaparecer. De não se fazer notar. Em sua pessoa não havia nada que não parecesse indicar uma afanosa busca pelo anonimato: a cor das roupas (aliás, castigadas e negligentes), que oscilava entre o cinza e o canela. O corpo flexível e molenga como caramelo: uma magreza tão aflitiva que fazia pensar em certas poetisas diáfanas do início do século, mas igualmente em desnutridas garotinhas paquistanesas. Os cabelos macios e exuberantes, ruivos demais para não obrigar aquela pequena maoísta a humilhá-los em uma espécie de coque de camponesinha. A cor da pele – leite em pó –, que parecia ao mesmo tempo anônima e repousante. Para não falar daquele obtuso e obstinado silêncio, atrás do qual ela se entrincheirava como uma tartaruga em seu casco.

E talvez tivesse sido essa a razão pela qual Leo e Rachel quase não a notaram quando, uns dois meses antes da festa, Semi a trouxera em casa pela primeira vez. Quando, durante o jantar a quatro ao qual Samuel os obrigara, eles, para não ferir a suscetibilidade dos dois gentis pombinhos, reprimiram impulsos de ternura e hilaridade, postergando-os para o momento em que estivessem na cama, finalmente sozinhos. Tinham acabado de despir as roupas elegantes que Semi, sabe-se lá por quê, havia exigido de todos os comensais daquele jantar surreal. E ali estavam, encolhidos sob os lençóis de linho, rindo e fofocando sem parar:

– Viu como ele respirava com dificuldade, coitadinho? Percebeu como a voz tremia? E as vezes em que serviu água para ela? E o jeito como abriu o guardanapo sobre os joelhos...

– Venha cá, foi você quem comprou aquele paletozinho branco? Ele parecia o auxiliar anão daquela série de TV com que os meninos me atormentam, a *Ilha da fantasia*... Odeio aquele anão! Ele e aquele maricas do seu chefe.

– Não consigo acreditar que o nosso Semi...

– O nosso Semi o quê? Nós, os machos Pontecorvo, somos assim. Precoces, resolutos, empreendedores, vestidos de branco e grudados à presa... mas também extremamente educados.

– Por pouco eu não agarrei aquele rostinho todo emocionado para cobri-lo de beijos...

Viram? Nem uma só palavra sobre a garota. Por que dar atenção a um serzinho tão incolor, quando você pode se derreter com seu filhote maravilhoso? Vestido de playboy sul-americano. O ondulado topete louro de colegial. O nariz, cujo perfil levemente adunco denuncia a origem étnica e alivia a beleza tornando-a engraçada, simpática e, de certo modo, romântica.

Era um esplendor. E Leo e Rachel se sentiram absolutamente deliciados em notar isso. Foi muito natural comentar a compostura de Samuel e ignorar a de Camilla. A logorreia que invadira Semi ao enumerar as variadas qualidades de Camilla era mil vezes mais interessante do que a atitude sóbria e submissa com que aquela garotinha repelia, com um olhar cheio de incredulidade, todos aqueles elogios.

Por isso naquela noite, na cama, saboreando o perfume acidulado dos lençóis, que quando começava a fazer calor Leo exigia que fossem trocados diariamente, os dois se viram comentando o embaraço de Semi. A nobreza de espírito da qual aquele embaraço era símbolo. E não perceberam (como poderiam?) que ali estava uma garota destinada a aniquilar tudo (lençóis de linho incluídos).

A primeira vez em que Leo tomou real consciência de Camilla foi quando a viu às voltas com os pais. Ele os conheceu justamente por ocasião do aniversário de Samuel, quando os dois foram buscá-la.

Quando chegaram, Leo ainda trazia a máquina pendurada no pescoço. Rachel havia exigido que, ao menos por aquela vez, o marido pusesse à disposição da família sua paixão diletante (e bem dispendiosa) pela fotografia. E o obrigara ao mortificante papel de fotógrafo oficial daquela tediosa *garden party* lotada de garotas-pelúcia. É que Rachel tinha contas a acertar não só com a montanha de fotos tiradas pelo marido ao longo de vinte anos, mas também com todas as que, naqueles mesmos vinte anos, ele se recusara a fazer. Ela não suportava que Leo tivesse enchido a casa de paisagens em preto e branco, de arranha-céus ao anoitecer, de detalhes insignificantes: maços de cigarro esmagados, xicarazinhas de café desbeiçadas, sandálias abandonadas na praia. Em suma: naturezas-mortas. Isso mesmo, morte. Era a palavra certa. O marido só fotografava coisas mortas. E, ao fazer isso, o que era ainda mais grave, esbanjava todo o empenho do mundo. Mas ai de quem lhe pedisse para fazer uma foto “normal”, sei lá, dos meninos aprendendo a andar de bicicleta, da esposa vestida a rigor ou posando diante da Torre Eiffel, no Louvre ou onde diabos fosse. Que nada, de jeito nenhum. Quando você pedia, o artista se sentia ultrajado.

"Qual é a necessidade", perguntava ela, exasperada, quando, recém-reveladas as fotos de uma viagem, se via diante de todo aquele repertório de imagens extravagantes, "de fazer fotos que parecem cartões-postais? Que lembrança é essa, se não aparecem as pessoas?" Um comentário que suscitava no artista o enésimo gesto de impaciência. Como se dissesse: que vulgaridade!

Mas, naquela tarde, Rachel foi clara: "Não quero fotos de guardanapos de papel amassados. Nem detalhes florais. Não quero uma retrospectiva inteira dedicada às telhas do telhado. Quero fotos dos meus filhos e dos amigos dos meus filhos. Estamos entendidos?" Entendidos. E o recalcitrante Leo não pôde fazer outra coisa além de se ater escrupulosamente às mesquinhas diretivas da comitente, gastando toda a tarde em fotografar os filhos e os amigos dos filhos, com um pouco mais de atenção ao festejado e à namoradinha dele.

Ao menos até o momento em que, ao ver aquele extravagante casal de adultos transpondo o portão e vindo ao encontro dele no jardim, com ar interrogativo e encabulado, Leo pensou com satisfação: enfim, um tema interessante! A ponto de ordenar a eles: "Parados aí!", com a autoridade do pintor que finalmente, depois de horas de busca, vislumbrou no rosto do modelo a expressão certa. E aqueles dois desconhecidos, espantados, obedeceram à ordem com prontidão marcial. Permitindo a Leo bater uma foto atrás da outra, com o ímpeto de um repórter profissional. Convém dizer que aqueles dois, emoldurados pelo retângulo perfeito da objetiva, faziam um figurão.

Tratava-se de um jovem casal decididamente garboso. Você podia jurar que ele era o rei do footing e que ela se alimentava de hortaliças e de patrióticas saladas de morango, melão branco e kiwi. A piscadela cúmplice lançada pela senhora ao fotógrafo revelava que as boas maneiras talvez não fossem o seu forte, mas na aeróbica ela seguramente não ficava atrás de ninguém.

Ambos metidos em casacos de couro acamurçado cor de mel, internamente forrados de peliça. Uma peça injustificável, considerando a brandura do clima primaveril. Os olhos de Leo se demoraram mais do que o necessário nos cabelos dele. Eram longos até os ombros: uma coisa que, depois dos 6 anos de idade, não deveria ser permitida a ninguém (a propósito, eis de onde vinha todo aquele ruivo de Camilla). Assim como parecia desconcertante o contraste entre o tom da pele daqueles dois quarentões, sobre os quais o bronzeador havia deixado uma cintilante pátina alaranjada, e o colorido lunar de sua palidíssima filha.

A divergência cromática devia ser uma das muitas derivadas da divergência geral oposta por Camilla aos indivíduos que lhe tinham dado a vida, nos quais não conseguia se reconhecer. Envergonhava-se dos pais tanto quanto eles eram totalmente despreparados para compreender sua estranheza. O que explicava por que, naquela noite, ela demonstrava tanta pressa de ir embora, e eles, tanta vontade de ficar. Camilla não queria mostrar aos seus amados Pontecorvo como seus pais eram insossos e ridículos, enquanto estes últimos desejavam compreender o que os Pontecorvo tinham de tão especial a ponto de induzir sua única filha a passar com eles a maior parte do tempo.

À luz dos pais dela e do sentimento que estes lhe suscitavam, para Leo ficou mais fácil compreender por que Camilla era animada, à diferença de suas coetâneas não mais bonitas do que ela, pelo desejo de desaparecer e de se esconder. Se o gênio da lâmpada lhe concedesse um único desejo, provavelmente ela pediria apenas: "Faça com que eu não esteja aqui." E o gênio: "Mas então onde, queridinha?" "Eu já lhe disse: em qualquer lugar, menos aqui." Isso mesmo, ela era justamente uma "em qualquer lugar, menos aqui". Era o que expressavam seus olhos belíssimos e o corpo que parecia querer se dissolver em um segmento vertical.

Para compreender isso bastava ver a impaciência com que, naquele momento, ela tentava se interpor entre os solícitos Pontecorvo e os seus pais. Como se quisesse cobrir também, com seu mágico manto da invisibilidade, os indivíduos que lhe eram mais próximos no mundo e de quem mais se envergonhava. Era evidente que, se dependesse dela, tocaria fogo em tudo. No pai, na mãe e em qualquer coisa que tivesse a ver com eles: inclusive os casacos fora de estação, a dicção nada impecável, o enorme Range Rover cheio de acessórios que os esperava fora do portão da família Pontecorvo. Para não falar dos modos do pai, que exibiam toda a cerimônia do cafona que deseja impressionar o renomado professor.

Eles a perderam muito cedo, surpreendeu-se pensando Leo, invadido pela comiseração de quem não compartilha um destino análogo. É uma coisa que pode acontecer. Sim, eles perderam tudo o que eu e Rachel conseguimos manter perto, ao menos por enquanto: o afeto, a veneração dos nossos filhos. É uma coisa que você vê até no hospital. Existem pais e mães que ainda têm pleno controle da situação, e outros, ao contrário, totalmente à mercê desses monstrinhos. Às vezes eu tenho a impressão de ainda ser o herói dos meus meninos. Já a esse homem e a essa mulher coube um destino diferente. Não há nada que a filha, ao menos a julgar pelo modo como os olha, não reprove neles.

Sim, aquele sujeito ridículo, com seu bronzeado de velejador, seus cabelos de viquingue e seu traje de esquimó já não é o herói da filha há pelo menos cinco anos. E, a julgar pela doçura com que lhe cobre os ombros com o casaquinho, para que ela não sinta frio, o desprezo dela deve ser a grande dor de sua vida. Agudizada pelo fato de tratar-se de uma dor que ele não acredita merecer e da qual não sabe intuir nem as causas nem a dimensão. E, caralho, provavelmente fez tudo por Camilla, cem vezes mais do que seus pais, a seu tempo, fizeram por ele, e qual é a gratidão dessa aqui? Um olhar cheio de trepidante vergonha. No entanto, é justamente com base na vergonha que Camilla está formando tão precocemente sua personalidade. Pois eu juro que se um dia meus filhos me olhassem desse jeito... sim, juro que...

Assim refletia Leo, com benévola comiseração, depois de baixar a máquina fotográfica, depois de se apresentar gentilmente àquele casal encabulado, depois de chamar Rachel pedindo-lhe que por sua vez chamasse Camilla, e depois de notar a expressão pintada nos olhos de Camilla ao ver seus pais confabulando com ele. Sim, assim Leo refletia, constatando com prazer que, se Camilla estava tão ansiosa e fazia tudo para que ele e Rachel não percebessem de que estofo vulgar eram feitos seus pais, isso significava que ela considerava os Pontecorvo pessoas de certo nível. Enquanto Leo refletia sobre essas coisas, lançando um olhar piedoso sobre o pai de Camilla e o outro bem mais orgulhoso sobre si mesmo, Camilla deu provas de sua estranheza pela primeira vez. Dirigindo-se em francês à mãe e ao pai. Não haveria nenhum problema se, por exemplo, aquele fosse algum jogo privado ao qual eles se dedicavam habitualmente (como personagens de um romance russo). Ou se, admitindo-se outra hipótese, a nacionalidade francesa de um dos genitores a inclinasse àquele bilinguismo que transforma algumas famílias numa espécie de irritante Torre de Babel. Mas o caso era que nem a mãe nem muito menos o pai eram franceses, e nenhum dos dois sabia articular uma só palavra de francês, a não ser, talvez, *merci* e o então bastante popular, além de fastidioso: *Oui, je suis Catherine Deneuve.**

Camilla falava aquela língua com tanta desenvoltura e com uma pronúncia tão graciosa porque frequentava, desde o início de seu ciclo de estudos, a escola francesa de Villa Borghese que levava o nome de Chateaubriand. Não é surpreendente que a tivessem mandado para aquela escola: tratando-se de uma instituição bastante em moda, para aqueles dois pobres-diabos cheios de dinheiro, mas desastrosamente ignorantes, a ideia de que a filha fosse aluna do Chateaubriand, falasse francês quase como os franceses e convivesse com filhos de embaixadores e tudo o mais, era comovente até as lágrimas. Tanto que, quando ela estava com 6 anos, eles lhe pediam que falasse em francês só pelo gosto de ouvi-la falar francês.

Desde então e por alguns anos, na casa do monte Argentario, onde passavam grande parte de seus verões – adquirida pelo pai de Camilla graças aos seus variados negócios de peleteria no centro –, era sempre contratada uma chamada acompanhante *au pair*. Uma Sabine, uma Monique, uma Charlotte, cuja única tarefa era exercitar o francês da menina. O problema era que, ao longo do tempo e cada vez mais, a menina em questão, aproveitando-se daquela presença efêmera, foi excluindo os pais de sua vida mediante uma língua que aos ouvidos deles soava como uma música enigmática. A tal ponto que certa vez, na praia, enquanto Camilla e sua *au pair* Monique não paravam de conversar, o pai, no auge da irritação, havia gritado: "Agora chega, caralho!"

---

* Frase pronunciada pela atriz em um anúncio televisivo (1982) do automóvel Lancia Delta LX. (N.T.)

Desde então Camilla adquirira o hábito de falar em francês com o pai sempre que sentia necessidade, e ele, que não bateria nela por nada no mundo, engolia tudo, humilhado.

Evidentemente aquele momento, diante dos Pontecorvo, era propício. O contexto era dos menos apropriados, mas, afinal (e esse era o dado mais perturbador), as frases eram adequadas à circunstância, como: *Oui, papa, la fête a été magnifique!*, *On y va, maman? Je suis très fatiguée.*

Leo, que não sabia nada de toda aquela história do francês, se perguntou que diabo tinha ela. Por que falava com os pais em francês? Para sair de maneira oportuna daquele estado de impasse? Para chamar a atenção sobre si mesma e cancelar para sempre os objetos de sua vergonha? Ou, mais simplesmente, tratava-se de um jeito de suscitar nos pais um embaraço tal que os induziria a ir embora e a levá-la com eles o mais depressa possível, acabando com aquele pesadelo? Leo não sabia, mas, se essa última era a explicação e se tais eram os propósitos de Camilla, então sua estratégia funcionou à perfeição. Pois seus genitores, repentinamente, com a pressa de Cinderela ao abandonar o príncipe, se despediram e saíram correndo, enquanto aquela pequena excêntrica continuava a falar com eles em um delicioso francês *ancien régime*. A coisa foi tão desagradável que Leo nem sequer teve coragem de perguntar a Semi que diabo tinha dado em sua namorada. E também a reação de Samuel àquela estranheza havia sido indiferente a ponto de fazer supor que para ele se tratava de uma cena habitual.

Desde então, Leo não pensou mais em Camilla e em sua excentricidade. Pelo menos até ser informado por Rachel de que o filho caçula havia estabelecido como condição para sua presença na Suíça a inclusão de Camilla no grupo. Assim, Leo começou a desconfiar que aquela garota, além de um tantinho estranha, era também uma manipuladora precoce. Mas pensou isso com divertida bonomia. Se havia uma coisa de que ele se orgulhava, era sua própria tolerância.

Samuel, aquele doce de garoto em seus 12 anos, ditando condições? Impondo aos pais uma escolha? Arriscando uma chantagem que ele não tem nem autoridade nem colhões para concretizar? Inacreditável! Que deliciosa tolice!

O que Leo podia fazer, se tudo isso um pouco o fazia rir e um pouco o enternecia? Se ele não conseguia compartilhar todas as preocupações que pareciam angustiar Rachel? Se a atitude de Rachel lhe parecia uma recrudescência de ciúme materno?

Sobre o fato de ter sido Camilla a inspirar a Samuel a ideia de levá-la para a Suíça não havia dúvidas. Samuel certamente não era tão ousado assim para conceber certos pensamentos. Mas enquanto para Rachel tal influência representava um objeto de preocupada reflexão, para Leo era uma coisa divertida e adorável. Ver Samuel à mercê daquela garotinha extravagante era um espetáculo... À luz do comportamento de Camilla com os pais, ficava claro que ela não queria se ver imersa nas costumeiras férias natalinas: em companhia de parentes a quem odiava, todos ocupados em abrir presentes monstruosamente caros e em se entupir de comida. Sim, a ideia de poder esconjurar esse pesadelo era de fato muito atraente para ela. E o fato de os Pontecorvo, afora certas licenças que Leo tomava (algum presente para os meninos, a fim de não os deixar sentir-se muito sozinhos nesse infinito mundo de católicos impenitentes), não comemorarem o Natal, por motivos óbvios, era para ela uma coisa maravilhosa. Uma oportunidade imperdível. E, assim, Camilla havia concebido sua "operação Anzère".

Concluída com sucesso.

Na Suíça, na desconfortável promiscuidade daquela situação para ela tão inédita, mas, no fundo, tão inerente à sua natureza, Camilla sentiu a exigência de agradecer àquele que a ajudara a realizar um sonho.

Tal agradecimento assumiu a forma de uma cartinha.

Foi a primeira daquelas cartas, pensa o nosso recluso, agora que – depois de lavar o rosto prestando atenção para não encontrar no espelho os olhos de seu sósia esverdeado – recomeçou a andar para lá e para cá no aposento, sonhando com uma xícara de café como o homem perdido no deserto sonha com o cascatear refrescante de uma nascente.

Sem dúvida, antes mesmo que a carta aparecesse, Leo constatara como sua mulher tinha razão em tudo. A presença de Camilla havia estragado inelutavelmente o experimentado mecanismo helvético. Filippo protestou por ter de dormir no sofá-cama com o irmão. E Samuel, mesmo não podendo por sua vez protestar (sendo ele o responsável pelo inconveniente), desde que haviam chegado sofria de insônia pelo sentimento de culpa de ter causado semelhante incômodo ao irmão, que precisaria de mais espaço para cumprir o ritual (bater a cabeça no travesseiro em ritmo de música) mediante o qual, desde quando usava fraldas, invocava o sono.

Depois havia o fato de que Camilla não só não esquiava como também não tinha a menor intenção de aprender a fazê-lo. Isso significava que Rachel devia ficar com ela a manhã inteira. Para não falar da questão mais perigosa. Camilla sofria de asma (tal informação só fora transmitida aos Pontecorvo depois que eles deram seu controvertido assentimento à ida da garota). Os pais fizeram recomendações, o que induziu Rachel a dar especial atenção à limpeza matinal da casa. A ter sempre ao alcance do olhar e da mão o pequeno inalador contendo adrenalina. E, para o caso de um ataque mais violento do que o comum, as seringas e as ampolas de hidrocortisona. Sem contar que no último instante Telma, a doméstica, deu o bolo e não acompanhou seus empregadores à Suíça, como fazia todos os anos. E que, por conseguinte, Rachel se viu obrigada a encarregar-se das incumbências domésticas das quais a adorável presença da miúda filipina em sua vida normalmente a liberava.

Leo, por sua vez, teve de sacrificar a parte mais gostosa e solitária de seu tempo na montanha. Desde o primeiro dia em Anzère, já não conseguia achar tão entusiasmantes a sentada no trono e a ducha interminável. Como poderia curti-las, sabendo que, do outro lado da porta, na salinha tépida e úmida onde o fogo crepitava não sem dificuldade, entre suspiros e soluços, estava aquela garota? Pela qual ele se sentia esperado. Se, afinal, não era tão terrível a ideia de se apresentar a ela de roupão (Leo provinha do tipo de famílias abertas para as quais nenhum *déshabillé* deve ser julgado com reprovação), era tremendamente difícil ter de entretê-la. Achar algo sensato para lhe dizer. E, de todo modo, aquela eventual conversa estragaria todo o resto do programa (passeio com Rachel, os jornais, a compra dos *petits cadeaux* etc.).

Desde o primeiro dia, Rachel quis fazer Leo experimentar o teor de suas tardes nas duas semanas seguintes.

De fato, um segundo depois que o marido voltou das pistas, Rachel saiu, não antes de lhe recomendar que vigiasse a asma de Camilla. E Leo conhecia a mulher suficientemente bem para saber que a mensagem a ele dirigida, quando, ao sair de casa, ela bateu a porta, significava mais ou menos o seguinte: “Você não quis trazê-la conosco? Pois então, agora se vire.”

Como censurá-la? Não devia ser fácil ter sempre razão e não ser escutada nunca.

Ao que parecia, durante a tarde cabia a ele ocupar-se da namorada do filho. Daquela chatice sardenta chamada Camilla. Realmente, um belo problema. Sob todos os pontos de vista, uma amolação, que Leo não tinha levado em conta.

Embora tivesse dois filhos mais ou menos coetâneos de Camilla, embora seu setor no hospital pululasse de garotos e garotas, embora estivesse habituado a conviver com os jovens de 20 anos que lotavam as aulas na universidade, Leo certamente não sabia lidar com uma *teenager*.

No fundo, todos os seus vínculos com o mundo da infância e da adolescência eram regulados, digamos assim, por uma confortadora ordem social, em que ele exercia um papel preestabelecido. O segredo estava todo na solidez de sua posição, não menos imutável do que a de todas as partes em questão.

Por mais que sua relação com os filhos não fosse marcada pela taciturna formalidade adotada outrora com ele pelo pai (o seráfico professor Pontecorvo sênior), até mesmo uma relação tão íntima tinha todas as características para ser definida como "de velho estilo". Quando Fili e Semi eram muito pequenos, Leo gostava de fazer o papel de quem não quer ter as crianças por perto. Tanto que Rachel o apelidou afetuosamente de Herodes: um apelido e uma fama que não desagradavam ao nosso personagem, que até se divertia confirmando-os com tiradas assim: "Com o tipo de trabalho que eu exerço, folga, para mim, significa não ter meninos barulhentos me enchendo o saco."

E, a propósito dos seus pequenos pacientes... bem, com eles Leo podia exibir o paternalismo típico dos médicos clínicos; assim como, aos estudantes, podia reservar um convencionalismo irônico e professoral.

Mas o que inventar para distrair essa mocinha tão loucamente lacônica, tão misteriosamente complicada? Leo era tímido, do modo como o são certos homens bonitos, altos e distraídos. E, diante de uma garota de 12 anos com quem era chamado a manter conversas leves e descompromissadas, corria o risco de se ver na pele do tímido adolescente, e de transformar aquele emplastro de garota em uma mulher escolada e desdenhosa. Já se via atolado em monólogos desajeitados. Sim, a coisa mais aborrecida era que aquilo que o esperava na salinha saturada de humores tépidos – que tantos prazeres solitários lhe dera nos anos anteriores – era uma desagradável experiência de regressão à adolescência.

A confusão dos papéis. Eis a insídia maior.

Nos dois primeiros dias, ele se arranjou submetendo-a a uma espécie de vestibular sobre Samuel, perguntando-lhe como ele era, como se comportava com os outros. Depois tentou generalizar aquele tedioso discurso informando-se sobre o que faziam os jovens daquela idade e quais eram os projetos futuros dela (realmente uma bela pergunta a dirigir a uma menina de 12 anos!).

O laconismo de Camilla era motivo de ulterior embaraço. E ainda por cima havia aqueles seus olhões de reflexos cor de âmbar que, embora perdidos, ficavam intemeratamente apontados para o adulto interlocutor. Uma coisa que incomodava Leo de um modo que ele não saberia explicar.

No terceiro dia, ficou claro que os assuntos entre os dois estavam esgotados. Ele havia disparado todos os seus cartuchos. Quanto a Camilla, Leo começava a duvidar que ela tivesse algum cartucho a disparar. Eis por que, naquele dia, ele deu um jeito de prolongar sua permanência no banheiro, esperando que a abundante nevada vespertina provocasse o retorno antecipado dos filhos. Mas, pela terceira vez consecutiva, Camilla conseguiu incomodá-lo antes mesmo que ele pusesse os pés na sala. Com aquela maldita canção natalina. Desde quando haviam chegado, ela não parava de escutá-la. Tinha levado o disco de 45 rotações e se apossara da vitrola posta à disposição pelo locador. E durante aqueles três dias não fazia senão tocar aquela canção. Só aquela. Em intervalos brevíssimos. Constantemente. Teimosamente. Leo era especialista naquele tipo de compulsão infantil: Filippo, quando se apaixonava por uma canção, escutava aquilo até a náusea. Mas a obsessão de Camilla não tinha rivais. Tratava-se daquela desgraçada cançoneta (atualmente já passada aos anais) na qual um imberbe George Michael – na época, dotado de um penteado digno de um coiffeur de Rodeo Drive – não parava de se lamentar de não sei qual Natal passado.

Eis a trilha sonora que escandia aqueles que haviam sido outrora os bons momentos de Leo no banheiro. Uma musiquinha de maricas! Se havia uma coisa sobre a qual Leo não transigia, era o mau gosto musical. Ou seja, ela estava fazendo tudo para enfurecê-lo e se tornar molesta.

Foi em tal estado de espírito que Leo, no terceiro dia, se apresentou na sala, já vestido e com os cabelos molhados. Ao ver aquela garota de aspecto irlandês e oitocentista junto da vitrola e diante da lareira, e não sabendo o que dizer, fez uma observação que soava tão ridiculamente literária e antiquada que, após tê-la pronunciado, ele seria capaz de se suicidar:

– Os irmãos Goncourt não se deixaram desanimar nem mesmo pela tormenta?

Ora, definir como "tormenta" aquela plácida nevada era um exagero ainda mais patético do que chamar seus filhos de "irmãos

Goncourt". E, no entanto, pela primeira vez, Camilla lhe sorriu. Quase com alegria.

– Por que irmãos Goncourt? – quis saber. Uma pergunta. Finalmente, uma pergunta. Pena que Leo não fizesse ideia de como responder.

Já fazia algum tempo que Leo havia apelidado seus filhos de "irmãos Goncourt". Desde quando confessara a Rachel o desconforto que às vezes sentia diante da ligação entre Filippo e Samuel, tão íntima que aflorava a simbiose:

– Você não se preocupa com o fato de Samuel não conseguir dormir sem o irmão? Talvez não tenha sido uma boa ideia deixá-los por todos esses anos no mesmo quarto, juntos, naquele beliche.

– Claro que não, Semi tem só um pouco de medo do escuro e do silêncio. Embora negue.

– Pode ser, mas Filippo me disse que toda noite Semi lhe pede que não adormeça antes dele, do contrário não consegue pegar no sono. Por outro lado, Filippo precisa balançar a cabeça como um garoto autista ou como um *chassid** diante do Muro das Lamentações... Não é uma boa dupla! Você não acha? Talvez tenham nascido para viver separados.

– Eu já lhe disse. Os meninos, e Semi ainda é um menino, odeiam o escuro e o silêncio.

– Tudo bem, mas será que não chegou a hora de separarmos um pouco um do outro? Escolas separadas, férias separadas...

– Por que você insiste tanto em fazer uma coisa tão cruel? Uma coisa que bem cedo vai acontecer naturalmente?

---

* Membro da corrente místico-integralista (*chassidismo*) nascida na Polônia no século XVIII. (N.A.)

Essa amarga constatação de Rachel – reforçada pela lembrança arrepiante da irmã perdida muitos anos antes? – induzira Leo a sair-se com uma tirada pedante:

– Porque não quero ser o pai dos irmãos Goncourt.

Entenda-se, não que Leo soubesse tanto assim sobre os irmãos Goncourt. Ele era o virtuoso produto daqueles estudos clássicos, já em sua época definidos como "de antigamente", pelos quais era indefectivelmente necessário que você tivesse consciência da existência dos irmãos Goncourt. E que, sem pretender a leitura direta de algum livro deles, exigiam que você estivesse a par de que eram dois escritores do século XIX, mantinham uma espécie de diário a quatro mãos e comiam a mesma moça.

No entanto, evidentemente, aquela alusão a dois escritores franceses (aliás, desconhecidos para ela) exerceu sobre Camilla uma tal impressão que ela não parava de sorrir de felicidade, como quem, após uma longa procura, encontrou a alma gêmea. Uma alegria tão densa que lhe deu coragem para formular sua primeira pergunta:

– Por que irmãos Goncourt?

– Não sabe quem são os irmãos Goncourt?

– Não, mas pelo nome eu diria que são franceses.

– Mais precisamente, *eram* franceses. – Ao ver o olhar interrogativo da garota, Leo se sentiu no dever de esclarecer: – Morreram há muito tempo.

Mas, a Camilla, quando os Goncourt tinham morrido não parecia interessar, assim como não lhe interessava saber o que diabos eles tinham feito para viver. O que chamara sua atenção era outra coisa, como ficou claro pela sua pergunta seguinte (ela estava fazendo progressos):

– Semi me contou que o senhor viveu por muitos anos em Paris.

Leo gostava que Camilla o tratasse por senhor. De vez em quando, no hospital, devia lidar com crianças, de extração modesta em sua maioria, que o tratavam por você. Isso, mais do que irritá-lo, deixava-o em dificuldade e o entristecia. Mas essa era uma menina educada. Os pais, embora rústicos, tinham lhe ensinado que um velho cavalheiro como ele devia ser tratado por senhor. Além disso, em sua elegante escola francesa Camilla certamente adquirira o gosto transalpino pelas formalidades. Ai de quem não chamasse o professor de Monsieur e a professora de Madame. Ai de quem não se dirigisse a eles por um engessado *Vous*.

– *Por muitos anos?* Samuel disse isso? Que eu vivi por muitos anos em Paris? Que garoto megalômano! Foi só um ano. Vivi em Paris por um ano.

– Há muito tempo?

– Faz mais ou menos um milhão de anos. Sabe as guerras púnicas? Sabe Aníbal? Pois é, mais ou menos naquela época.

Ao ouvir essa tirada, Camilla riu, e dessa vez, achou Leo, como quem está para se descontrair. E ele por pouco não se flagrou pensando: Como é bom fazer uma mulher rir! E como é bom ver uma mulher se descontrair! Mas, justamente quando estava prestes a pensar isso, eis que uma mão imaginária o agarrou pela gola e uma voz não menos imaginária lhe gritou na cara: Está vendo mulheres nesta sala? Não? Então, sobre qual mulher você está delirando?

Mas então por que, se Camilla era só uma menina, ele estava bancando tanto o homem vivido?

Como era mesmo que havia dito? "Sabe as guerras púnicas? Sabe Aníbal?" E ela havia rido. Havia rido porque, ao contrário dos Goncourt, as guerras púnicas lhe eram familiares, por certo as estudara recentemente. Sem dúvida, sua felicidade resultava de ter captado a alusão e compreendido a tirada de um homem tão sofisticado, alguém que vivera em Paris um ano inteiro nos tempos de Aníbal.

– Como é viver em Paris?

– Já esteve lá?

– Nunca. Embora, para o próximo ano, minha escola esteja organizando... Então, talvez... E também o papai me prometeu que...

– Tenho inveja de você. É bonito não conhecer Paris ainda.

Pronto, voltamos. Ele caíra de novo. Começara de novo a representar. Por um instante, ouvindo-se falar, sentira-se o protagonista de uma daquelas comédias dos anos 1940 que tanto agradavam a Rachel e a Samuel, nas quais um franzino Fred Astaire ou um carrancudo Humphrey Bogart, em geral milionários em crise, enfeitiçam, com seu fascínio maduro impregnado de ceticismo, uma graciosa mocinha, de sorriso engraçado e beleza ainda verde, que, embora recém-saída de um orfanato, tem modos de princesa e linguagem esmerada. Mas talvez nem mesmo a Fred e a Humphrey, pensou o professor Pontecorvo, voltando ao domínio de suas faculdades, alguém poderia perdoar uma tirada pomposa como: "É bonito não conhecer Paris ainda."

– O senhor vai lá muitas vezes?

– De vez em quando, tenho que ir. Para o meu trabalho, é indispensável. Mas, se puder, evito.

– Por que evita?

Pois é, por quê? Leo se deu conta de que agora estava dizendo a verdade. Talvez no momento errado e para a pessoa menos indicada. Mas estava dizendo a verdade. Sim, ele não voltava de bom grado a Paris. Por que seria? Ainda aquela história? Ainda aquela saudade? Ora, vamos! Feitas as contas, o saldo, no balanço de sua vida de cinquentão, era mais do que positivo. Tudo nele indicava regozijo e prosperidade. Não havia em sua vida uma só vírgula que ele quisesse mudar.

Então, por que a tristeza oculta? O que ela tem a ver? O que significa? Não digo que fosse uma ninharia: a autoindulgente melancolia que impele todos nós a cultivar nostalgias piegas fora de lugar. O-caminho-que-não-escolhi e todas essas bobagens românticas.

De qualquer modo, e como quer que a encarasse, uma coisa continuava verdadeira: Leo não ia a Paris de bom grado. A Milão sim, a Londres também, para não mencionar Nova York ou Vancouver. A Paris, não.

– É por culpa de uma moça?

Era a voz de Camilla. Era a voz de Camilla chamando-o de volta à realidade e arrancando-o às suas divagações interiores. O dado estranho era que ela fizesse isso com uma pergunta que não tinha nada a ver com a realidade. Com uma pergunta totalmente inoportuna.

– Que moça? De que moça você está falando?

Leo se arrependeu imediatamente do tom irritado da voz. Esperou que ela não tivesse notado sua repentina apreensão.

– Semi me disse. Ele contou que o senhor tinha uma namorada em Paris.

– Ah! Semi diz isso. E que mais?

– Que, se o senhor tivesse escolhido aquela namorada para casar, a essa hora ele não existiria, portanto se sente feliz porque o senhor não a escolheu. E, consequentemente, eu também me sinto.

Gisèle? Era de Gisèle que Camilla estava falando? Foi de Gisèle que Semi falou com sua namoradinha? Leo se sentia confuso. Como era possível que uma menina de 12 anos estivesse lhe falando de Gisèle? Leo olhou ao redor. Não havia nada que naquele momento não se expressasse na linguagem terna e familiar de sempre. Encontrava-se no mesmo chalé que ele e Rachel alugavam havia mais de dez anos. Desde que Filippo tivera sua primeira aula de esqui, desde que aprendera a fazer a *scaletta** na pista de treinamento e a descer em *spazzaneve*.** O ar estava saturado de fumaça porque o fogo começava a se apagar. Do outro lado da janela, a neve não parava de cair, com a insidiosa graça de certas sinfonias. De onde saía Gisèle? Que lhe constasse, ninguém sabia de Gisèle, ele não falara dessa moça nem mesmo com Rachel.

Ou talvez sim? Talvez tivesse falado, pouco depois que se conheceram, quem sabe? Podia ser. Falando-lhe de Paris, deixara escapar o nome de Gisèle e Rachel fizera o resto: intuindo o que Gisèle significava para ele, ou, melhor dizendo, havia significado. O-caminho-que-não-escolhi e todas essas bobagens românticas. Pois é, mas o que Gisèle significava *verdadeiramente* para ele? Absolutamente nada. Uma bela trepada. Uma bela, mas muito breve trepada. Quando o físico aguentava. Eis o que era Gisèle para ele. Mas então por que, relembrando-a, tinha aquela sensação de aturdimento infantil? Realmente, basta uma virilidade um pouco menos fogosa para deixar um homem de meia-idade desastrosamente sentimental?

Em seguida Leo se perguntou se por acaso sua história com Gisèle não seria uma daquelas que Rachel costumava contar aos meninos. As histórias que extasiavam Filippo. Como aquela vez no hotel de

---

* "Escadinha", também chamada passo lateral: treinamento para iniciantes que consiste em subir a pista com os esquis paralelos entre si e perpendiculares ao aclive.

** "Varredor de neve": técnica para reduzir a velocidade da descida formando com os esquis uma espécie de V: pontas aproximadas e extremidades traseiras afastadas. (N.T.)

Montecarlo, quando ele tinha jantado e ela não. De repente, Leo se sentiu irritado com Rachel. A falta de tato dela. Sua capacidade de desconstruir qualquer coisa. Seu talento em reciclar e manipular pedaços da vida de Leo para o entretenimento dos filhos. E pensar que era ela a acusá-lo sempre de impudicícia! Acontecia de Rachel falar com os filhos sobre o marido como se ele não estivesse presente. Algumas vezes, Leo tinha a impressão de que Rachel estava cada vez mais semelhante àquela sogra que ela, a seu tempo, odiara tão fervorosamente.

Ou talvez Gisèle não tivesse nada a ver. Talvez Camilla, essa jovem estranha, estivesse inventando. Improvisando. Era isso. Pelo pouco que Leo a conhecia, era uma hipótese mais do que legítima. Camilla não tinha mencionado nenhum nome. Tinha falado de "moça". Não tinha dito "Gisèle". Que houvesse uma moça, que a seu tempo ela tivesse existido, era tão normal e provável que, para uma alma tão atraída por certos romantismos parisienses, não devia ser muito difícil imaginá-la. Camilla imaginara, eis tudo. Não havia motivo de pânico.

– O que você acha, fazemos um chá? – perguntou então Leo, para sair do pequeno impasse emocional no qual se deixara apanhar.

– Boa ideia... um chá... sim, eu gostaria de um chá – respondeu ela, entusiasmada.

Também dessa vez, a reação de Camilla foi surpreendente. Por que Leo tinha a impressão de que qualquer coisa que dissesse era interpretada por aquela garota de maneira errada? Por que tanto entusiasmo por um chá? Afinal, era de tarde. Estava nevando. Fazia um frio terrível. Tomar um chá seria algo muito natural. Então, por que tanta festa?

Na cozinha, Leo conseguiu se acalmar. Colocou a água para ferver. Tirou dois saquinhos da embalagem de Twinings Earl Grey. Cortou as fatias de limão e serviu um pouco de leite num bulezinho. Sua única apreensão era que Camilla fosse se materializar. Para dar uma mão, talvez. Mas, graças aos céus, ela não o fez. Limitou-se a ligar o estéreo e a ouvir de novo *Last Christmas.*

De volta à sala, Leo a encontrou de pé junto ao fogo, agora reduzido ao mínimo. Camilla estava tentando reanimá-lo daquele modo afanoso que é típico de quem nunca lidou com uma lareira.

– Deixe, deixe... – disse ele. E, depois de pousar a bandeja sobre a mesa de centro coberta pelas revistinhas de Filippo, aproximou-se. Delicadamente, mas com extrema decência, tirou das mãos dela os atiçadores de ferro batido. Pareceu-lhe que Camilla, antes de afrouxar a preensão, resistiu alguns instantes a mais.

E por que ficava ali, plantada ao seu lado? Por que não voltava a se sentar no sofá? Agora estava até um pouco encostada nele, debruçada sobre o fogo com um pedaço de papel na mão.

– Não, não, papel não! Queima logo e não serve de nada. – Leo notou que uma das mãozinhas de Camilla lhe roçava o flanco, como se, ao se reerguer, ela tivesse sido tentada a se apoiar nele. Enquanto essa laboriosa operação se realizava, Leo se sentiu ameaçado por um odor acuminado e acerbo de mocinha amuada: a versão diluída e feminina do bafio exalado pelos quartos dos adolescentes. E, mais uma vez, percebeu no ar uma desagradabilíssima impressão de concupiscência. Uma impressão. Que, agora que o fogo se reanimara e Leo voltara a se sentar, não desaparecia. A pergunta era: quem desejava quem? Não ele, certamente. Mas, por outro lado, não havia nada naquela garota que deixasse transparecer a vontade, nem explícita, tampouco implícita, de provocá-lo. Mas, se ela não o estava provocando, então por que ele começou a pensar naquilo que, até aquele momento, jamais lhe atravessara o vestíbulo do cérebro?

Era como se só agora Leo estivesse constatando que aquela era não só uma garota mas também, ainda por cima, a garota do seu

Samuel. E que se agora estava ali, na salinha onde havia anos os Pontecorvo perpetuavam seus imaculados idílios familiares, ela devia isso a ele. Exatamente: a Leo. Tinha sido ele o pai irresponsável a permitir que o filho pubescente levasse sua namorada para as férias. Como se fosse um adulto. Somente agora Leo compreendia o que Rachel tentara em vão lhe explicar, algumas semanas antes. Ou seja, que a presença de Camilla não era oportuna. E que, se ela os acompanhasse, seria uma coisa desagradável. E que não era questão de moralismo, de puritanismo, de excessivo recato, nem de todas aquelas doutas palavras com que Leo havia demolido as objeções da mulher. Era só questão de bom-senso.

Aquela era a garota de Samuel. Do seu Samuel, o mais feliz e o menos complicado dos seus filhos, o menino para quem tudo sempre dava certo com extrema facilidade. Até por isso, não era assim tão estranho que Semi, aos 12 anos, já tivesse uma namorada. A precocidade sempre fora uma das duas características (a outra era o ecletismo) que tornara seus pais tão orgulhosos dele. A única coisa surpreendente era que aquele homenzinho tão dotado tivesse um pai tão irrefletido.

Sim, essa era a namorada de Samuel. Isso significava que, embora de forma embrionária, os dois deviam ter tido algum contato físico. Essa constatação banal causou efeito sobre o nosso professor. Tudo bem, ele era um médico, e ainda por cima um médico de crianças. Sabia e conhecia certas coisas. Recordava a vez em que uma enfermeira havia irrompido em seu pequeno consultório no Santa Cristina e, toda ofegante, dissera ter acabado de flagrar no banheiro dois jovenzinhos em atitudes no mínimo íntimas... Mas por que usar eufemismos? Estavam transando. Aqueles dois pequenos leucêmicos estavam transando. "À maneira dos adultos", esclarecera a enfermeira, e ele se perguntara se existiam outras.

Leo se lembrava de ter defendido obstinadamente – primeiro com a enfermeira e depois com Loredana, sua amiga psicóloga – o direito daquelas duas pobres crianças de relaxar um pouquinho, dada a péssima acolhida que a vida lhes reservara. Recordava com quanto encarniçamento, e com quanta eloquência, tinha defendido as razões da natureza.

Pena que agora não se tratasse de dois jovenzinhos quaisquer. Pena que agora, pensando em seu Semi com Camilla, as coisas não ficassem muito claras para o nosso luminar.

De repente, ele se sentiu muito pouco à vontade. Seus próprios pensamentos o deixaram embaraçado. Precisou desviar dela a vista, temendo que os olhos se concentrassem nos detalhes daquele corpinho salpicado de sardas que havia acolhido as carícias de Samuel e quem sabe o que mais.

Não existe concupiscência sem intimidação. Essa é uma dura lei natural. Se a concupiscência for explicitamente agressiva, invasiva, brutal, então não é concupiscência. E talvez isso explique por que Leo se sentia tão confuso. À beira de alguma coisa que ele não conhecia ou que se recusava a reconhecer.

Teria sido aquela sensação de familiaridade e de intimidade, desencadeada por uma alusão a dois escritores franceses (a França de Camilla, ou seja, a liberdade, o mundo imaginado *versus* o mundo vivido, o universo fantástico no qual ela se retirava para se livrar do universo trivial de seus pais), a impelir Camilla, no quarto dia, a escrever para ele? Ou teria sido a crescente impressão de promiscuidade e violação que, evidentemente, Leo não foi o único a perceber naquela sala?

É o que Leo agora se pergunta, mas não sabe responder.

Como terceiro dia na montanha, não foi nada ruim, pensa ele, com a pontinha de ironia que lhe restou. Mas de fato as coisas tinham sido assim? Ou trata-se de uma clássica mistificação retrospectiva? Como é mesmo que a chamam? A sensatez atrasada, a tranca na porta arrombada? Talvez Leo simplesmente precise recordar dessa maneira aquele terceiro dia. Precisa dramatizá-lo. Dar-lhe espessura através do *páthos*. Justamente porque, se não o recordar assim, nada disso tem sentido. Somente interpretando *a posteriori* Leo pode se convencer de que as coisas não tinham como ser diferentes. De que ele não poderia modificá-las de jeito nenhum. De que essa é a sua história, e ponto final. E deixar a alma em paz.

Provavelmente, se as coisas tivessem decorrido de maneira diferente, aquele terceiro dia não sobreviveria tão persistentemente na memória. Nem se tornaria um tão obsedante objeto de estudo. E talvez ele não o recordasse agora com a sacralidade que se concede aos marcos quilométricos. Ou mesmo não o recordasse em absoluto. Em suma, se aquela primeira carta jamais tivesse existido, se Camilla, impelida por sabe-se lá o quê, não a tivesse escrito, agora, sete meses depois, Leo não estaria aqui analisando aquele terceiro dia com tanta minúcia enfática.

Por outro lado, naquele inesquecível terceiro dia haviam acontecido outras coisas que podiam tê-la induzido ao gesto insano, cheio de inoportuna desenvoltura. A carta, quero dizer.

De fato, Fili e Samuel, por causa do adensamento da nevada, tinham voltado antes da hora: mais exatamente, cinco minutos após o retorno igualmente antecipado de Rachel. Ao ver entrarem os irmãos Pontecorvo, transformados pelas circunstâncias em dois bonecos de neve ambulantes, Leo sentira um alívio repentino.

Os cinco minutos passados só com a mulher e aquela garota não foram grande coisa.

Rachel estava contrariada porque Camilla, ao vê-la entrar carregada de pacotes, não foi ao seu encontro, preferindo permanecer ali, com a cara metida em um de seus livros. Leo sabia como Rachel estava aborrecida também pelo fato de que, desde quando haviam chegado, Camilla nunca se oferecera para ajudá-la, nem mesmo para arrumar a mesa. Se ela tivesse se oferecido, Rachel certamente a dispensaria da tarefa. Mas parecia-lhe insuportável que Camilla não tivesse feito esse gesto sequer uma vez.

Tratava-se das pequenas regras de comportamento que Rachel aprendera em sua família modesta, e das quais não abria mão. No lugar de onde vinha, o trabalho era o único valor. Era o que dava dignidade à vida das pessoas. Por isso, sempre que no início da tarde se apresentava à casa dos Pontecorvo, por exemplo, um marceneiro para montar uma estante, trazendo consigo um filho ou um aprendiz adolescente, Rachel entrava toda afobada no quarto dos meninos, que depois do almoço se refestelavam na cama para ler revistinhas ou ver televisão, e os intimava: "Vamos, levantem que o marceneiro e seu auxiliar chegaram."

Como se também a eles coubesse ajudá-lo. Imagine se o marceneiro, e sobretudo o auxiliar, vissem os filhos dela imersos em um ócio mimado! Que vergonha! Era preferível que os meninos parecessem inutilmente ativos em vez de ludicamente ocupados. Que pelo menos se fizessem encontrar de pé. Ao menos por respeito àquele seu coetâneo que trabalhava. Era por motivos análogos que, muitas vezes, quando, só para dar outro exemplo, vinha o estofador para levar dois sofás pesadíssimos para reformar, Rachel, durante o trajeto da sala até a caminhonete estacionada na alameda, colocava seus músculos à disposição para ajudar (na realidade, para atrapalhar) o pançudo energúmeno que o estofador trouxera para auxiliá-lo.

Para Rachel Pontecorvo, era melhor dar de si mesma a ideia de uma suposta batalhadora ou de uma chata do que bancar a ociosa castelã que vê os outros darem duro. Essa era a ética do trabalho inculcada nela por aquele pé de boi do seu pai, de quem Rachel não conseguira se emancipar em absoluto. Por conseguinte, era inevitável que a irritante imobilidade de Camilla suscitasse nela um grande mau humor. Mas o que se podia fazer?

(Em suma, vamos, Rachel, diga o que não lhe agrada nessa Camilla. O que oprime você. Desafogue toda a sua insatisfação. Pare de se esconder. Não seja hipócrita. Não fique aí elucubrando sobre as razões práticas ou de princípio. Explique o que lhe é insuportável. Esclareça de uma vez por todas que se no início foi bonito, emocionante, e até comovente, ver seu pequeno Samuel arrulhar com uma pombinha enamorada, com o passar do tempo isso começou a preocupá-la. E que agora, apesar da tenra idade dos dois namoradinhos, a coisa toda está assumindo proporções perniciosas e inaceitáveis. Explique a todos por que, de algumas semanas para cá, suas sirenes interiores apitam enlouquecidas. Admita, se tiver coragem, o que não funciona nessa garota. Confesse que, a despeito da irresponsável tolerância do seu marido, o fato de Camilla não ser judia é um problema. Um obstáculo intransponível. Em suma, por favor, cuspa o sapo e diga tudo: você não trouxe ao mundo dois belos garotos judeus para entregá-los à primeira *chiusa** que se apresenta!)

---

* *Chiuso* ("fechado") é a expressão de zombaria do jargão judaico romanesco com que são definidos os não judeus, aludindo ao fato de eles não serem circuncidados. (N.A.)

O retorno antecipado de Filippo e Semi das pistas contribuiu para aliviar a tensão em que Leo se via, esmagado entre aquelas duas mulheres (uma era uma mulher em miniatura, mas dá no mesmo), ambas em plena agitação humoral.

Filippo e Semi, pelo simples ato de retornar, tinham dado à mãe a possibilidade de desafogar seus cinco minutos femininos. Todas as ordens que ela não ousara dirigir a Camilla estavam agora sendo reservadas a Filippo e Samuel. Era tudo um faça isso e faça aquilo. E, em troca, um não encha o saco aqui e não encha ali.

Poucas horas depois, à mesa, os meninos cuidaram de exasperar a mãe ainda mais e de oferecer novamente ao pai a oportunidade de distinguir-se heroicamente aos olhos de Camilla.

Filippo e Semi se encontravam no estado de exaltação que com frequência os impelia a uma forma de camaradagem demencial que excluía todo mundo, induzindo nos outros a suspeita de não serem suficientemente inteligentes (ou suficientemente estúpidos?), ou pelo menos não suficientemente preparados para participar daquela conversa esotérica de iniciados. Uma cumplicidade que, justamente por isso, por pouco não se tornava indigesta e desagradável.

A verdade é que aquela linguagem cifrada constituía a parte mais visível e menos sugestiva da simbiose entre Filippo e Semi. Uma linguagem que podia se valer de uma série infinita de materiais, e cuja bibliografia, se alguém se interessasse de fato em recolhê-la, seria de uma inútil tortuosidade: sobretudo filmes, mas também frases de Leo e de Rachel transfiguradas pelo tempo e pelas mil vezes em que Filippo e Semi as repetiam nos contextos mais díspares, expressões típicas de super-heróis de quadrinhos ou de desenhos animados da TV, algum disparate gramatical soltado pelo rusticíssimo servente do horário de reforço na escola ou ainda uma vulgaridade particularmente bem-confeccionada por um colega de turma ou pelo professor de judô.

Aquele era o mundo de papel machê dos dois. Um universo paralelo composto de um irrefreável e nada contagioso palavrório, no qual para eles era tão fácil condescender tanto quanto era difícil, uma vez dentro, abandoná-lo. Um jogo cuja vítima preferida era justamente ela, Rachel. Que, vendo-se em dificuldade, perguntava ao marido: "Você entende o que eles dizem? Eu não entendo!"

"Esqueça, são apenas dois idiotas dizendo besteiras!" A incompreensão da mãe só fazia aumentar a hilaridade dos meninos. Então Filippo observava: "Como pode uma mulher estúpida como você ter posto no mundo dois caras espertos como nós?" E Semi se mostrava ao mesmo tempo orgulhoso e divertido pela audácia do irmão.

Pois bem, naquela noite Filippo e Semi estavam particularmente em forma, e particularmente antipáticos. Não havia nada que os outros dissessem que para eles não fosse motivo de alguma nova e incompreensível zombaria. No caso específico, os alvos predestinados eram Rachel e Camilla (com o pai, não se atreviam).

Leo já notara como a conduta de Semi em relação à namorada mudava diante do irmão. Na ausência de Filippo, Semi se comportava com Camilla com a desajeitada parvoíce de que dera provas na noite em que a apresentara aos pais, na primavera anterior, durante aquele jantar absurdo em que Leo e Rachel foram obrigados a suportar luz de velas e muitas outras chatices... Mas eis que, na presença de Filippo, o modo de agir de Semi com Camilla sofria uma transformação radical. Tornava-se insuportável. Às vezes, de maneira até indelicada, ele não respondia às perguntas que Camilla lhe dirigia. Ou então chegava a se retirar quando ela se aproximava. Era como se Semi quisesse demonstrar a Filippo que, apesar da entrada daquela garota em sua vida, nada havia mudado entre os dois. Ele continuava do lado do irmão mais velho. E sem dúvida aquele vínculo fraterno não podia ser posto em discussão por aquela sua execrável capitulação ao amor.

Outra das técnicas utilizadas por Samuel para demonstrar ao irmão o grau da própria fidelidade à causa era deixar Camilla em minoria. Justamente como naquela noite, quando, depois de se recusar a se sentar junto dela à mesa, ele começou a olhá-la de modo zombeteiro. Uma atitude que parecia provocar naquela menina, em geral tão enigmática e fria, acessos de desalento. Era como se seus olhos infantis não parassem de perguntar: O que eu lhe fiz? Por que você me trata assim? Por que, quando seu irmão está presente, você é outra pessoa? O que é que eu não entendo?

O sentimento de exclusão se traduziu em uma tentativa bastante patética, e nem um pouco inerente a ela, de participar da conversa. Leo notou como de vez em quando Camilla tentava chamar a atenção de Samuel fazendo algum comentário inteiramente banal. Uma estratégia suicida, a julgar pelo comportamento de Semi, que se tornava cada vez mais desdenhoso. A certa altura, talvez numa tentativa desesperada de se fazer notar, ou talvez procurando deliberadamente ridicularizá-lo, ela disse a Samuel: "Você está todo vermelho, hoje tomou sol demais!" Leo se lembrou naturalmente do assombroso bronzeado dos pais de Camilla. E deduziu que aquela observação escondia uma crítica nem tão velada assim.

Uma crítica à qual Semi não deu o menor peso. Mas que, ao contrário, lhe proporcionou a oportunidade de arremedá-la de um modo que seguramente deleitaria o irmão.

"Sol demais, pouco sol. Água demais, pouca água...", guinchou triunfalmente Semi. E Leo reconheceu nessa frase uma tirada de *Bianca*, um filme de Nanni Moretti. Um filme que agradara enormemente aos seus filhos e que alimentara com mais uma dúzia de citações o vastíssimo repertório deles.

Camilla ficou gelada com aquela enésima zombaria, enquanto Filippo ria às gargalhadas. Foi pela carinha triste de Camilla e pelo modo grosseiro e inoportuno com que seus filhos não paravam de disparar asneiras incompreensíveis que Rachel pediu ao marido, com uma leve carícia na mão dele, que interviesse energicamente. Rachel sabia quanto os filhos respeitavam o pai, assim como conhecia o carisma físico (que beirava o medo) exercido pela elegante figura de Leo sobre Filippo e (principalmente) sobre Samuel. Leo, não menos irritado do que a mulher, não se fez de rogado:

– Parem com isso, caramba! – Depois esperou que os filhos se calassem para dar mais plasticidade à sua reprimenda: – Acham educado se comportar assim? Não sentem como tudo isso não é nem um pouco divertido? Não lhes parece patético que vocês sejam os únicos a rir de suas tiradas e de suas citações? Não se cansam de toda essa autorreferência? Posso lhes garantir, e por favor acreditem em mim, que vocês não são espirituosos, não são educados, são simplesmente molestos, para quem os vê e para quem os escuta. Só conseguem fazer papel de estúpidos. Sem contar que acabam se tornando repetitivos. Até as frases de Mel Brooks, de Woody Allen ou de Nanni Moretti, coisas que, afinal, eu os ensinei a admirar, tornam-se indigestas se repetidas trezentas vezes. Agora chega. Estamos entendidos?

E em seguida, mas com uma voz que havia deixado de ser impaciente para se tornar decididamente bíblica:

– Mas, principalmente, eu os proíbo de zombar de sua mãe, que, sendo uma mulher muito inteligente e muito sensata, se recusa a compreendê-los. E lhes ordeno que não excluam da conversa a nossa hóspede.

O grande salvador. O herói das mulheres! Assim ele deve ter parecido a Camilla. Aquele que chegava no momento certo para reconstituir a ordem e a cavalaria. Suas palavras tiveram um efeito extraordinário. Filippo e Semi deram umas risadinhas nervosas. A bronca havia conseguido calar e mortificar os dois. Uma repentina mudança de registro que Camilla notou com maior evidência logo após o jantar, quando Filippo foi com a mãe até o vilarejo, para um strudel com sorvete, e Samuel voltou a se comportar com ela com a melosa atenção de sempre.

E agora Leo recorda a sensação de paz que o atravessou naquela noite, depois do jantar, quando deu boa-noite a Samuel e Camilla, refestelados no chão diante da lareira. Ouve a própria voz que diz: "Não fiquem tão perto do fogo!" Também recorda os gritos de Samuel: "Papai, venha cá, por favor, Camilla não está respirando! Por favor, papai, venha cá..." Eis o pedido de socorro que Leo escutou poucos instantes depois de entrar no quarto e de se estirar na cama para ler. Ele relembra o ímpeto com que correu para a sala. Onde encontrou Samuel aterrorizado, debruçado sobre Camilla, a qual se contorcia, entre arquejos e estranguladas tentativas de tossir, em busca do pingo de oxigênio de que cada centímetro quadrado do seu corpo precisava cada vez mais. O rosto cianótico, as mãos no pescoço literalmente lívidas.

E então toda a timidez até aquele momento experimentada por Leo diante daquela garota, a qual, sabe-se lá por quê, o embaraçava, de repente desapareceu. Leo Pontecorvo, o grande oncologista pediátrico, habituado a administrar emergências bem mais complicadas, nos instantes seguintes ao violento ataque de asma (talvez provocado pela fumaça da lareira ou pelo nervosismo) deu provas de uma tranquilidade e de um sangue-frio exemplares.

Abriu o armário dentro do qual Rachel havia guardado a maletinha do pronto-socorro. Tirou o inalador, as seringas e as ampolas. Aproximou-se de Camilla. Afastou Samuel com um gesto do braço e executou todas as ações necessárias. Primeiro fazendo a garota apoiar as costas à parede, depois enfiando-lhe quase com violência o inalador na boca, irrigando-a de adrenalina, e, por fim, já que essa primeira intervenção parecia ter resolvido só parcialmente o problema, pegou a ampola e a seringa e injetou-lhe na veia – com que prontidão viril! – aquele líquido diáfano.

Dois minutos depois, está tudo acabado. Camilla jaz reclinada e ofegante no sofá. Samuel, ao lado dela, não consegue parar de choramingar, e Leo, olímpico, no tom decidido e assertivo que nos últimos minutos o transfigurou, diz: "Vou fazer um chá de camomila. Acho que vocês estão precisando."

Teriam sido a calma e a tranquilidade com que ele enfrentara a emergência a impressionar Camilla a tal ponto? Teria sido a afetação de virilidade? Por acaso ele havia confundido a eficiência de um consumado profissional com um verdadeiro gesto heroico? Teria sido semelhante equívoco a infundir tanta audácia naquela pequena psicopata?

Até podia ser. Sabe-se lá quantas vezes ela havia visto seus pais, os amigos dos pais, os professores na escola se deixarem sobrepujar pela violenta manifestação daqueles ataques que, embora a torturassem desde sempre, não paravam de aterrorizá-la.

Naqueles momentos, a tensão extrema se diluía em uma ampla e férrea lucidez, que nessa ocasião lhe permitiu ver o pai de seu Semi expressar-se em toda a sua ponderada e poética eficácia. Ele a tratara como ela desejava ser tratada. Cuidara dela como desejava ser cuidada. Tocara-a como devia ser tocada. Com gestos resolutos, precisos, e, no entanto, desprovidos de qualquer violência, livres de qualquer nervosismo. Teria sido por isso que Camilla se deixara sugestionar tanto? Sem levar em conta que ele estava agindo em casa. Que nadava em seu próprio mar. Que aquele era o seu ofício, uma espécie de rotina. Mas como Camilla poderia saber disso?

Ou será que sabia?

No estado de alteração em que Leo se encontra (encolheu-se no sofá-cama e agora mantém as duas mãos no pescoço), a recordação de todos os acontecimentos do passado recente é atravessada pela suspeita de que ela fingiu. De que usou suas soberbas capacidades de atriz e manipuladora, além da experiência, para simular um ataque. Sabendo que somente desse jeito o desentocaria. Isso tinha acontecido? Ela o desgraçara desde o início? Leo não sabe. Não pode afirmá-lo. Está muito sozinho, muito confuso, muito suspenso sobre o abismo.

Em suma, no quarto dia em Anzère vem a primeira carta.

Primeiro indício estranho: o lugar em que ela foi deixada. Leo – de roupão, toalha nos ombros e descalço – tinha entrado no quarto e fechado a porta. Despiu o roupão, jogou-o sobre a cama, sentindo um arrepio, e maquinalmente abriu a gaveta da cômoda dentro da qual, no dia da chegada, Rachel havia guardado as cuecas, as meias e as camisetas dele. Ao meter a mão lá dentro para pegar o cuecão, sentiu sob as pontas dos dedos um papel áspero. Provavelmente um envelope. Tirou-o, certo de que se tratava de um erro ou de uma brincadeira de Rachel. Mas, na parte superior, o endereçamento *para o professor Pontecorvo*, escrito com uma grafia de arredondada e amaneirada precisão, pareceu-lhe mais um indício inequívoco (ou pelo menos lhe parece hoje quando recapitula).

A coisa não o perturbaria tanto se, apenas uma hora antes, ao entrar no banheiro para a chuveirada de sempre, ele não tivesse encontrado

uma surpresa ainda mais desagradável. Pousado na bancada abaixo da janela estava um absorvente, sem dúvida descartado havia pouco, timidamente manchado. Uma sensação de irritação se apoderou de Leo. Ele chegou a pensar que se tratava de um esquecimento de Rachel. Só que depois se lembrou de que, em muitos anos de casamento, jamais acontecera uma coisa dessas, e compreendeu que aquele absorvente sujo de sangue pertencia a Camilla. E o entendeu como o típico descuido de uma pubescente distraída.

Mas e agora? Bem, agora, à luz daquele envelope com uma carta de conteúdo seguramente inoportuno, aquele absorvente usado assumia uma relevância bem maior. Teria sido deixado ali de propósito? Mas por quê? Para preparar o advento da carta? Uma espécie de caça ao tesouro disseminada de indícios? E, nesse caso, qual era o prêmio final? Ou será que se tratava de uma pervertida mensagem de amor, ou de uma ameaça? Mas, afinal, o que se podia esperar de alguém que vivia calada para em seguida recuperar a eloquência em outra linguagem? Tudo isso era decididamente aborrecido. Ou melhor, mais ainda: indecente e inaceitável.

O que ele devia fazer? Ir procurá-la, restituir a carta sem sequer abri-la, repreendê-la asperamente, dizer lhe que nunca mais se permitisse deixar certas lembrancinhas no banheiro nem meter as mãos na cômoda em que um adulto mantinha amontoadas a porcaria de suas cuecas... Dirigir-se a ela com a mesma dureza com que se dirigiria a um dos seus filhos, e explicar-lhe que uma menina de 12 anos não escreve cartas a senhores cinquentões.

Eis o que ele devia fazer.

Admitamos que o fizesse: o que aconteceria? Ela certamente cairia no choro. O nervosismo de Camilla. A bizarra desproporção de suas reações. Eis uma coisa certamente a temer. O risco era que Rachel e os meninos a encontrassem assim, humilhada, em lágrimas. E ele deveria explicar à sua família muitas coisas embaraçosas: partindo do que Camilla havia feito. Isso estragaria irremediavelmente as férias. Depois, sem dúvida seria inevitável enfrentar o rancor do segundo filho e a irritação de Rachel. E a coisa não acabaria aí. Ele deveria falar com os pais de Camilla, aqueles dois senhores rústicos (o viquingue e sua concubina), e explicar-lhes tão desagradável questão. Pelo modo como encaravam a filha, como a justificavam e como lhe concediam tudo, pelo extraordinário número de vezes em que lhe haviam telefonado desde quando ela estava ali, pelo jeito como a tinham agradado deixando-a ir para a montanha, embora estivessem visivelmente contrariados, para Camilla não seria difícil convencê-los de que havia sido ele a induzi-la a um comportamento tão inconveniente. Leo tentou recordar se na tarde anterior, quando haviam falado de Paris, ele teria dito algo equívoco ou equivocável.

Todas essas hipóteses – sempre ali, nu, pingando água, sentindo frio, tendo nas mãos o envelope também já molhado – o angustiavam.

Talvez fosse melhor esperar Rachel. Talvez fosse melhor deixar a coisa toda nas mãos da mulher mais habilidosa do mundo. Sim, claro, seria Rachel a falar com Camilla. Seria Rachel a falar também com os pais dela. Ele não queria entrar nessa história. E de repente a ideia de que, como sempre, sua Rachel cuidaria de tudo o tranquilizou.

Convém explicar que se na profissão Leo Pontecorvo era dotado da desinibição e da ousadia típicas das pessoas que subiram na vida, diante de certas incumbências práticas ele revelava toda a sua temerosa inadequação.

Desde a infância, fora habituado a delegar à mãe qualquer complicação gerencial. E a concentrar-se primeiro nos estudos e em seguida na carreira. "Os cavalos de corrida não organizam as corridas, os cavalos de corrida correm." Esse era o mote de sua mãe prestimosíssima!

O resultado de tanta abnegação nos estudos e de tanta inépcia nas questões práticas era paradoxal: até o momento presente, com quase 50 anos, o grande catedrático, o intrépido luminar, o tão fascinante conferencista, pai adorado e marido fiel não sabia onde entrar na fila em uma agência postal para expedir uma correspondência registrada, e teria grandes dificuldades para pagar um boleto. Basta dizer que ficava agitado sempre que se via obrigado a assinar um cheque. Ainda bem que, quando a mãe morrera e ele se sentira esmagado pelo peso de todas aquelas incumbências e responsabilidades, já existia Rachel ao seu lado.

Em suma, essa total falta de concretude, unida ao sucesso na profissão, tinham feito dele um homem de dupla personalidade: extremamente eficaz nas coisas que o interessavam, puerilmente inepto na gestão de todas as outras pendências, diante das quais, com o tempo, passara a sentir uma espécie de sujeição supersticiosa. A qual, em relação à forma de burocracia mais agressiva e inquisidora – ou seja, a justiça ordinária –, transformava-se até em angústia. Bastava que uma patrulha da polícia rodoviária o interceptasse para algum controle e ele sofria um tilt. Ali ficava, remexendo no porta-luvas do carro em busca dos documentos com o nervosismo de um traficante inexperiente que, parado na alfândega de um aeroporto internacional, finge não conseguir abrir as duas malas com fundo duplo repleto de coca.

Tudo isso explica por que, um instante após ter ligado a carta ao absorvente e os dois objetos a Camilla, Leo começou a tremer. E por que seu cérebro superexcitado se encheu das hipóteses apocalípticas que infectam a vida dos paranoicos. Fazendo-o se sentir repentinamente apanhado em uma armadilha. E levando-o a transfigurar a história toda, a ponto de já se ver no banco dos réus. Isso explica também por que lhe bastou pensar em Rachel para se tranquilizar e liquidar suas angústias como frutos ridículos da neurose. Mas explica sobretudo por que, de repente, depois de muito tergiversar, Leo abriu o envelope, esquecendo que a condição preliminar a fim de que ele ficasse totalmente limpo era que a carta fosse entregue a Rachel absolutamente fechada.

O fato é que, uma vez serenado, Leo foi arrastado pela curiosidade de ver o que estava escrito.

Talvez não houvesse nenhuma malícia. Mas, então, por que colocá-la ali? Por que não entregá-la em mãos? Talvez aquele tivesse parecido a Camilla um lugar seguro, onde ele poderia achar a carta sem que ninguém mais a visse. Mas não era justamente isso o que as pessoas chamam de "malícia"? Criar uma cumplicidade exclusiva com uma pessoa que você deveria tratar com formalidade. E, de todo modo, que sentido faria responder, por sua vez, com uma carta? Por mais que sua resposta fosse educada e fria, ainda assim seria um documento comprometedor. Seria a carta que o pai de família enviava a uma menina de 12 anos. A prova de que ele havia respondido (e, por conseguinte, dado importância) à provocação de uma garota. Não hesitariam em se convencer de que o aliciador era ele.

(Viram? Sempre que se via nesses impasses, Leo Pontecorvo começava a pensar no mundo na terceira pessoa do plural. O mundo inteiro se tornava um genérico "eles", desejosos de lhe fazer mal, de lhe criar dificuldades, de deixá-lo em maus lençóis.)

Esses novos pensamentos angustiantes o impediram ao menos de tirar a carta de um envelope, àquela altura já aberto.

O lado incoerente da questão é que a inquietude, que deveria induzi-lo à precisão e à cautela, antes o dirigia para o erro, a incúria, a contradição. Esse era em geral o caminho em cujo fim ele encontrava a paralisia. Esse era o círculo vicioso: o grande temor produzia a incúria, a incúria adquiria forma em um gesto irresponsável. E tudo isso desembocava na paralisia.

Algum tempo antes, Leo oferecera a mesma péssima prova de si a Walter, um de seus assistentes. Também naquela oportunidade, havia conseguido uma bela confusão. Sim, Walter, o rapazola metido que se apresentava sempre tarde na universidade, e sempre com a cara cansada e pálida de quem foi dormir de madrugada. Um jovem de fato dotado, daqueles que agradavam imensamente a Leo e provocavam urticária em Rachel. ("Por que você o traz tanto para cá? Por que ele sempre vem comer aqui à noite? Não lhe aborrece o modo afetado como ele nos trata? Aqueles elogios, aquela bajulação. É tão melífluo..." "Pronto, começou. Ora, vamos, é um bom rapaz. Não faria mal a uma mosca. Ele me diverte. Sabe um monte de coisas. É muito exuberante. Entre todos os alunos que eu tive, é certamente o mais promissor. Tem alguns problemas em casa. Eu gosto de ajudá-lo.")

Pois bem, justamente esse sujeito, sobre cuja suposta simpatia ou antipatia marido e mulher discutiam com frequência, um dia, logo após uma aula, demorou-se na sala de Leo mais do que o necessário. Até que, a certa altura, lhe pediu um empréstimo.

– De quanto você precisa?

– Uma bela quantia, Leo.

– Sim, mas quanto?

– Uns dez milhões de liras. Mas escute, se você não puder...

– Calma, calma, eu não disse que não posso... mas você deve entender que é uma cifra enorme... e também que eu vou precisar falar disso com Rachel. É ela quem controla as contas... você me conhece, eu sou um desastre em certas coisas.

– Então, não, obrigado. É melhor não. Não creio ser tão popular na sua casa...

– Não diga bobagem. Rachel adora você.

– Não, Leo. Melhor não. Tudo, menos lhe criar problemas com Rachel...

– Sossegue. Afinal, o dinheiro é meu. Sou eu que o batalho diariamente. Apenas lhe disse que preciso falar com Rachel porque ela é quem cuida da contabilidade... Posso ao menos perguntar para quê você precisa?

– Bem, é uma coisa penosa. Uma coisa mortificante...

– Se não quiser ou não puder me dizer, não tem importância... é só que...

– Não, não, eu quero dizer. Ou melhor, acho justo lhe dizer, preciso não lhe esconder nada... Trata-se da minha mãe.

– Sua mãe?

– Sim, minha mãe. Desde que o papai nos deixou, desde que ele não existe mais, enfim... ela não foi mais a mesma. Minha mãe é daquele tipo de mulher, sabe?, que confia completamente num homem, daquelas mulheres que vivem em simbiose com o marido. E que, sem o marido, não existem. E minha mãe, sem meu pai, não existe. Você não imagina quanto, para mim, é duro ser testemunha desse espetáculo penoso. E quanto é terrível saber que não posso intervir. Até porque também tenho um monte de chateações a resolver.

– Eu percebo.

– Acho que me sinto culpado por não ter estado suficientemente perto dela nesses dois últimos anos. Por não ter visto o que estava acontecendo. Ou no mínimo por só ter percebido tarde demais...

– Sim, mas o quê?

– Leo, minha mãe é alcoólatra. Ainda custo a acreditar. Não consigo pensar em outro nome para definir o mal de que ela sofre: alcoolismo. E é justamente como dizem. Uma coisa que começa devagar, na qual você cai devagarinho, até que se vê totalmente dentro. E aí é tarde demais... Coitada da mamãe, tudo começou com aqueles malditos aperitivos. Sabia que agora eu não aguento nem ouvi-la dizer essa palavra, "aperitivo"? É uma palavra que me dá engulhos. Quando ela me diz: "Por que não tomamos um aperitivo?", eu preciso me controlar para não a encher de pancada. Ela tem um jeito tão depravado de pronunciar a palavra "aperitivo" que me deixa exasperado!

– E agora, como vão as coisas?

– Você precisava vê-la, Leo, parece um fantasma. Levei algum tempo até compreender o que estava acontecendo. Um dia ela me diz que aquele copinho antes do jantar lhe faz bem, que a levanta. Porque a noite é o momento mais difícil. E ela precisa superá-lo de algum modo. Para relaxar. E então vêm o copo de vinho, o Aperol, os martínis antes de se sentar à mesa... Depois, sabe como é, um copo puxa outro... e agora a vida dela é um longo e extenuante aperitivo que começa quando ela abre os olhos de manhã e acaba quando adormece completamente bêbada. Todas as manhãs eu a encontro em um lugar diferente na casa. A cama está sempre intocada. Ela prefere adormecer debruçada no vaso. Prefere adormecer no sofá. No banquinho da cozinha. Em qualquer lugar, mas não na cama. Eu levo algum tempo para acordá-la. Caralho, ronca igual a um caminhão. Assim que abre os olhos, lá vêm de novo aqueles malditos aperitivos. Começa a beber cedo, e não há momento do dia em que ela não esteja fedendo a álcool. Nunca está sóbria. Delira. Ri. Chora. Fica paranoica. Mente, Leo, não para de mentir. Faz seis meses que eu topo diariamente com essa situação, e começo a achar que vai acabar mal. Que só vai piorar. E não aguento mais, Leo. Não aguento mais.

– Com quem você falou sobre isso? Quero dizer, antes de falar comigo.

– Conversei com Loredana. Pedi um conselho, uma opinião profissional: no fundo, a dependência é um distúrbio psicológico. Ela me deu uns endereços de colegas que dirigem centros de recuperação, que cuidam de dependências. Você sabe, Alcoólicos Anônimos e todas aquelas porcarias. Estive nesses lugares. Vi como e onde eles trabalham. Vi as pessoas que os frequentam. Uma coisa terrível, Leo. Parecem uns zumbis. Não consigo imaginar minha mãe no meio daquela gente. Ela é uma mulher delicada, que não está habituada a sofrer, que tem uma relação ruim com o sofrimento. Não posso colocá-la ali, ela sairia destruída. Entre as muitas razões pelas quais não conseguiu se recuperar depois da morte do meu pai está o fato de que, sem o salário dele, ela precisou redimensionar drasticamente seu nível de vida. Acho que bebe para não ver toda a degradação pela qual se sente assediada. Por isso é que não posso colocá-la num daqueles lugares, com aquela gente. Ela não sairia viva. Ou então sairia mais sedenta do que antes.

– E, afinal, o que você decidiu?

– Eu estava quase desesperado. Até que, faz algum tempo, um amigo com quem desabafei me deu uma brochura sobre uma espécie de clínica. Um lugar fabuloso. No litoral, perto de Amalfi. Um palacete rosa, em frente ao mar. Um jardim voltado para uma pequena e maravilhosa enseada. Leio aquele opúsculo ao menos dez vezes seguidas e percebo que nele não se faz nenhuma menção a alcoolismo nem a toxicodependência. Só frases eufemísticas. Só palavras doces, tranquilizadoras. Pergunto ao meu amigo que lugar é aquele, e ele me diz que é uma clínica privada onde as pessoas importantes vão se desintoxicar. As celebridades podem contar com o máximo de eficiência e profissionalismo, unidos ao máximo da discrição. No último fim de semana, fui dar uma olhada. Conversei com o diretor. E logo compreendi que aquele é o lugar certo. Que, ali, talvez minha mãe possa voltar a ser minha mãe. Não sei se você me entende. O problema é que o tratamento completo custa um dinheirão. Uma coisa que não podemos nos permitir, ao menos por enquanto. Estou tentando vender uma pequena propriedade que meu pai me deixou. Mas, entenda, não quero liquidá-la, não quero ser extorquido. E tenho certeza de que, para vendê-la bem, é só esperar a ocasião propícia. Em suma, agora você conhece minha triste história. Se você me adiantar agora o dinheiro pelo primeiro trimestre, eu me comprometo a devolver uma quantia por mês. Pelo menos até conseguir vender a casa e poder liquidar a dívida toda. E também, comigo, seu empréstimo está seguro: ninguém melhor do que você sabe como eu ganho pouco agora e como poderei incrementar minha renda nos próximos anos. Além disso, eu seria um louco se prejudicasse meu chefe. É isso, Leo, eu lhe dei os motivos e lhe dei garantias. Uma coisa limpa, não?

Uma coisa limpíssima para Leo, mas decididamente suja para Rachel, que, depois de informada sobre a situação do marido, disse, sem se dar ao trabalho de esconder o sarcasmo:

– E naturalmente você emprestou, sem pestanejar, não?

– O que eu deveria ter feito?

– Não emprestar, por exemplo.

– Sossegue. Tomei minhas precauções. Trata-se de uma coisa segura. Walter está para vender uma propriedade. Vai me pagar tudo, mais cedo do que você imagina.

– Você viu essa propriedade?

– Ora, eu não sou corretor.

– Ele lhe mostrou algum documento?

– Também não sou diretor de banco.

– Onde fica essa propriedade, Leo?

– Não faço a mínima ideia. Você acha tão importante assim essa localização?

– Acho importante saber se existe. Acho importante saber se pertence mesmo a ele. Se já não está hipotecada. Acho importante esclarecer se o dinheiro que você emprestou é de fato para a história lacrimosa com que ele o convenceu. Ou se era o total exato para saldar a conta com algum bookmaker ou algum agiota. Você sabe, pelo que conheço dele...

– Não vejo por que um assistente meu, um bom rapaz ainda por cima, cuja carreira está nas minhas mãos, deveria me extorquir dinheiro mediante alguma tapeação.

– Um bom rapaz? Um megalômano, na melhor das hipóteses. Um loroteiro. Um mitômano. Admitindo que a história que lhe contou seja verdadeira, ele não podia mandar a mãe para um centro? Tinha que mandá-la para um hotel cinco estrelas? E ainda por cima à nossa custa?

– Estou chocado, Rachel. Chocado pela sua insensibilidade. Chocado pelo seu sarcasmo... E me permita dizer, meu amor, que certas vezes sua desconfiança me desconcerta. Porque você se fixa nos detalhes, sem levar em conta o cenário.

– E, meu caro senhor cenário, de que modo você deu o dinheiro a ele?

– Não em espécie, claro. Fiz um cheque. Em suma, uma coisa oficial. Acha que eu sou algum agiota?

– E quando ele vai pagar a primeira parcela?

– Daqui a exatamente um mês. Para demonstrar toda a sua boa vontade, ele disse que no primeiro mês me restituirá um valor correspondente a mais ou menos uma parcela e meia. Fique tranquila, querida, tenho tudo sob controle. Eu já lhe disse: uma coisa limpa.

Uma coisa limpíssima, de fato. À parte o fato de que a repetição cada vez mais descarada dos descumprimentos acadêmicos de Walter obrigou Leo a se livrar daquele seu "simpático" assistente, quando este último, aliás, tinha pago somente a primeira parcela.

Uma coisa limpíssima. Pena que Leo não pudesse saber que, algum tempo depois, Walter o acusaria publicamente de ser um usurário. E revelaria a um magistrado ter sido primeiro chantageado e depois demitido por aquele maldito agiota. E que, para confirmar sua acusação, entregaria aos investigadores um recibo, assinado por Leo, no qual ficava comprovado que aquele vampiro de merda o obrigara a restituir uma soma cinquenta por cento superior à parcela combinada, aproveitando-se, ainda por cima, do momentâneo estado de necessidade do jovem. Juros realmente insustentáveis.

Um dos exemplos mais significativos e paradigmáticos da ingenuidade de Leo. Mas também um dos mais espetaculares.

O problema de Leo – inclusive em seu trabalho, tanto no hospital quanto na universidade – era que, diante de formalidades de natureza burocrática, ele ficava tão aparvalhado que por fim as delegava, só para não tê-las diante dos olhos. Sempre que alguém lhe mostrava um documento, assinava-o rapidamente, sussurrando: "Cuide disso." Como se a velocidade em tirar aquilo da sua frente diminuísse sua responsabilidade. Tal como aqueles bulímicos permanentemente em dieta, que comem velozmente na ilusão de que, desse modo, o organismo não conseguirá registrar todo o alimento que eles estão consumindo, Leo dedicava à papelada exigida pela sua profissão o menor tempo possível.

Sob sua jurisdição podiam acontecer as maiores abominações administrativas sem que ele se desse conta. Sua atitude no hospital era semelhante à de certos latifundiários de outros tempos: para não ter aborrecimentos e não precisar se ocupar de coisas que não consideravam adequadas à sua linhagem, delegavam tudo a feitores espertos e trapaceiros, para mais tarde, após gerações de esbanjamentos e ladroagens, se verem defraudados, com o patrimônio quase inteiramente hipotecado. Rachel tremia pela leviandade do marido, uma negligência que era o oposto daquilo que fora ensinado a ela por um cautelosíssimo genitor. Mas a genialidade terapêutica, os sucessos acumulados por Leo, o rio de dinheiro com o qual ele a inundava não lhe permitiam criticá-lo como gostaria e deveria. Embora, de vez em quando, ela não se controlasse e lhe dirigisse alguma pergunta difícil sobre a gestão da contabilidade:

– Por que a clínica ainda não mandou as faturas de novembro?

– E eu lá sei? Seria bom poder trabalhar em paz, sem todas essas bobagens!

– Quer dizer que você pode ter perdido essas faturas?

Ao que ele, para cortar a conversa, com a típica arrogância do tolo e pelo desejo de não abrir a caixa de Pandora sobre a qual mantinha por todo o dia o seu precioso traseiro, respondia:

– Acha que, com todos os excelentes colaboradores que me rodeiam para cuidar dos meus assuntos, eu deva me preocupar com essas coisas? As faturas vão aparecer.

Creio que esse quadro pode dar conta do estado de ânimo de angustiosa reflexão que atormenta Leo, ainda ali de pé com aquele envelope na mão (já aberto), no terror, ao menos por enquanto inteiramente irrazoável, de que, dentro de alguns segundos, policiais helvéticos de aspecto sinistro venham detê-lo acusando-o traiçoeiramente de corrupção de menores e de sabe-se lá quais outras infâmias.

No entanto...

No entanto, em meio ao caos interior, aquele sentimento de excitada curiosidade abre caminho. Claro, a excitação está sempre ligada ao desejo de que nosso pior pesadelo afinal não aconteça. Mas a esse tipo de insana excitação acrescenta-se outra, muito mais banal, que tem a ver com a vaidade. Sim, isso mesmo. No fundo, para além das artificiosas barreiras erguidas pela oportunidade, todo esse episódio pode se reduzir a uma carta que uma mulher, embora muito jovem, escreveu a um homem, embora maduro. Se ignorarmos a idade dessa mulher e desse homem, esquecermos o lugar deles no mundo e colocarmos entre parênteses os vínculos familiares mais estreitos, o que sobra são um macho e uma fêmea. Um diante do outro. Naquela relação de permanente sedução através da qual a natureza se perpetua.

Ora, não existe homem que não extraia uma lisonja, ainda que leve, do fato de ter suscitado interesse em uma mulher, embora esta última, por diversas razões, pareça a menos apropriada. E convém dizer que Leo é propenso (nunca seria capaz de admiti-lo, é verdade) aos prazeres da vaidade erótica. Ou melhor, eu diria que a vaidade vive nele com tal prepotência que o impediu, por antífrase, de trair Rachel uma só vez que fosse, desde que se casaram.

E asseguro a vocês que tal fidelidade, no mundo em que Leo vive e no ambiente de onde provém, é uma raridade excêntrica. Não existe um velho amigo de família seu, ou sequer um colega da universidade ou do hospital, que não tenha mantido ao menos um pequeno caso, ou que não se tenha rendido ao apelo de uma aventurazinha de congresso ou de um flerte de passagem. Leo Pontecorvo, não.

E Deus sabe se ele não teria podido fazê-lo!

Mas Leo sempre preferiu se esquivar com classe das incomensuráveis vantagens eróticas proporcionadas por um posto de relevo em dois lugares emblematicamente promíscuos, como a universidade e o hospital. No entanto, o fato de estar concentrado em seus assuntos e regiamente indiferente a todo o resto sem dúvida não o impedia de perceber o interesse sexual de que era objeto por parte das alunas mais vivas, das enfermeiras mais capazes, das colaboradoras mais competentes. E até das mães dos pacientes, às vezes, sobretudo quando os filhinhos delas estavam fora de perigo. Ainda assim, não acolher aquelas cantadas nunca havia sido muito difícil.

Ele já achava suficientemente gratificante sentir como sua posição na sociedade, associada a um corpo robusto e juvenil com tufos de pelo cinza-azulado no peito, representava para muitas senhoritas uma irresistível provocação carnal. As pessoas subestimam a euforia erótica derivada do fato de não ceder às ofertas que lhes chovem esporadicamente.

O ambiente em que ele crescera (aqueles anos 1950 judeus cheios de vontade de viver) era afinal libertino demais para não lhe proporcionar, por contraste, uma náusea profunda pelo flerte, pelos duelos amorosos. Leo detestava os colegas que transformavam em chantagem erótica seu pequeno poder. Não menos do que aqueles que mandavam às favas a família para correr atrás da bunda de alguma gatinha de periferia. Assim como deplorava os que dirigiam tiradas desagradáveis a estudantes ou a enfermeiras, jogando melifluamente com os equívocos. E não havia nada que lhe desse mais prazer do que distinguir-se daquele tipo de macho. Eis por que ignorar qualquer provocação sexual se encaixava em sua ideia de masculinidade. Uma questão estética, antes mesmo do que uma interdição moral. Ora, por favor! Bastava-lhe se imaginar ao lado de uma jovem para ser agredido pelo senso do ridículo e para ver seu corpo de cinquentão se encarquilhar instantaneamente.

Não obstante isso, em todas as cantadas mais ou menos explícitas que recebera, não tinha havido nenhuma ocasião em que ele, um instante antes de recusá-las e um segundo após tê-las recusado, não tivesse sentido um prazer sub-reptício: a alegria por ainda se saber um homem tão desejável, misturada ao orgulho por ter permanecido, sem grandes esforços, fiel à sua mulher e aos seus princípios.

(Ainda hoje o material humano que inspirava sua atividade masturbatória, moderada mas pontual, como em todos os homens de meia-idade, era-lhe oferecido pelo perfumado exército de mulheres às quais tinha dito não.)

Era essa a nuança que seus sentimentos estavam assumindo enquanto Leo não parava de girar várias vezes nas mãos o envelope aberto e molhado. Sentia-se excitado. Não pelo fato de uma garota de 12 anos lhe escrever uma carta (não havia nada de desejável naquela nem em qualquer outra menina dessa idade). Mas talvez porque os 12 anos daquela garota ampliavam a faixa etária de sua caça virtual. Estimulando aquela ideia de onipotência que devasta o caráter de muitos homens bafejados pelo sucesso. Era como se Leo dissesse a si mesmo:

não só enfermeiras, não só assistentes ou alunas. Nesse momento de sua vida, você pode ter todas...

Talvez tenha sido por isso que, depois de criar coragem e tirar a carta do envelope, depois de desdobrá-la com cuidado, ele se viu tão decepcionado diante de uma mensagem assim:

Monsieur Pontecorvo,
Je tiens à vous remercier de m'avoir invitée chez vous avec mon Samuel.
L'amabilité de votre famille rend très agréable notre séjour.
Cordialement à vous,

Camilla

Não era necessário falar um francês impecável para saber que aquele usado por Camilla na cartinha seria mais adequado a uma comunicação de negócios do que a uma mensagem privada. Um francês burocrático e, por conseguinte, duplamente inadequado. Tanto mais quanto a carta inteira parecia uma formalidade inútil e pleonástica. Não que Leo tivesse esperado uma verdadeira confissão. Mas pelo menos um agradecimento pelo modo como ele enquadrara aqueles dois mal-educados dos seus filhos. Para não falar do vigor e da classe com que salvara a vida dela.

Mas, então, por que colocar uma mensagem daquelas, desprovida de conteúdo ou revelação, entre suas cuecas e meias? Por que anunciá-la com um absorvente manchado de sangue? Que diabo significava tudo isso?

Por fim Leo foi aflorado pela ideia de que simplesmente não significava nada. A garota era só um pouco estranha e muito confusa. O idiota era ele, engolfando-se em todas aquelas reflexões inúteis.

O que se podia esperar de alguém que se dirige aos pais em francês, a não ser que escrevesse cartas inúteis em francês? Evidentemente, para ela aquilo era um recurso. Refugiava-se no francês sempre que se sentia inadequada. Fizera isso naquele dia com os pais, fazia-o agora com ele. Depois que ele a vira em tão más condições, tão frágil, lançando tantos perdigotos...

Foi aquele misto de decepção e inquietude, mas também certo alívio, a conduzi-lo à sala, depois de se vestir. Não havia nada no comportamento de Camilla que desse a entender alguma mudança. Ela estava ali, vestida como sempre em roupas de cores mortiças, reclinada no sofá diante da lareira. A cor dos tornozelos, dos pés descalços e balouçantes estava levemente congestionada pela exposição a um fogo que havia parado de crepitar. Levantou a cabeça do livro e por alguns instantes lançou seus olhões sobre ele, mas logo voltou a imergi-los na leitura. Havia levado consigo toda a companhia cafona de pequenos príncipes, jovens budas, gaivotas Fernão Capelo que envenenam os gostos de milhares de leitores adolescentes. Aquela pacotilha literária ocupava um posto régio na mesinha ao lado do sofá.

Não parecia perturbada por vê-lo à sua frente. Tampouco traía os sinais de uma interrogação. Isso significava que não esperava resposta? Ou que lhe bastava ter lançado vinte minutos de perturbação na vida de um adulto? O que era aquilo, uma brincadeira? Ela queria submetê-lo à prova, zombar dele? Tudo era possível. E talvez nada do que estava para acontecer tivesse acontecido se ele, por sua vez, não tivesse decidido jogar.

Quando se pergunta por qual razão fez isso, por que escolheu entrar naquele carrossel, Leo não sabe encontrar uma resposta adequada, mas só um catálogo contraditório de nebulosas explicações retrospectivas. Tinha agido por tédio. Ou talvez pela decepção de que na primeira carta de Camilla não houvesse tudo aquilo que ele por alguns instantes estivera certo de encontrar. Por desafio. Um desafio alimentado pelo fato de ela não ter pisado no acelerador como deveria.

Teria sido aquela pequena decepção a despertar o instinto libertino mantido sob controle durante décadas, com hordas de mulheres jovens aos seus pés? O fato é que aquela garota destrambelhada conseguiu obter, sabe-se lá como, o que nenhuma obtivera antes dela.

Mas Leo bem sabe que se perguntar como Camilla conseguiu isso é tão ocioso quanto se perguntar por que as pessoas adoecem de câncer. Na natureza tudo obedece à lógica perversa do enlouquecimento. Não somente as células da sua próstata ou do seu cólon enlouquecem de repente, sem aviso prévio. Você também enlouquece.

E dizer que, antes de se lançar no fogo, o cauteloso Leo novamente experimentou submeter à prova o destino. Por isso, na manhã do quinto dia, enfiou a carta de resposta, não menos breve e não menos inútil do que a de Camilla, na mesma gaveta da mesma cômoda, cheia de cuecas e meias, antes de se dirigir com os meninos para as pistas de esqui.

Um jogo. Nada mais do que um jogo. Uma pequena brincadeira, em resposta a uma brincadeira: vejamos se ela é tão esperta e ousada para se meter no meu quarto uma segunda vez, e tão perspicaz para intuir onde eu escondi a carta. Foi o que Leo pensou, divertido. Só que depois, durante a manhã, viveu na angústia de que Rachel interceptasse a missiva. Então, sim, ele teria problemas! Como se justificaria? Como explicaria à mulher que havia escondido entre suas roupas de baixo uma carta endereçada à namorada do filho? Bem, certas coisas são simplesmente injustificáveis.

Tudo bem, não há nada naquela carta. Basta que Rachel a abra para ver que não há nada. Mas o simples fato de escrevê-la, o simples fato de imaginar escrevê-la, e em seguida de tê-la escondido... bom, isso já faz de você um homem irrazoável e doentio.

Assim era que Leo estava transformando em pesadelo a esquiação do quinto dia. Uma verdadeira pena, considerando toda aquela esplêndida neve fresca e estralejante sob os esquis, o sol magnífico, o céu esmaltado de um orgulhoso cobalto.

Não era próprio dele não conseguir sequer desfrutar da omelete e do *rösti.* O único desejo que o atormentava era o de voltar para casa e ver que fim havia levado a carta. Conferir se ainda estava lá. Juro que se a encontrar ainda ali, aquela porcaria de carta, vou queimá-la, junto com toda essa história absurda à qual me deixei arrastar.

Quase quebrou uma perna, descendo todo encurvado pelo vale, imitando os meninos, esquecendo que um homem com o seu corpanzil pode alcançar velocidades realmente perigosas. E tudo pela impaciência de estabelecer o mais depressa possível se uma das duas, Rachel ou Camilla, havia encontrado a carta, ou se esta ainda se encontrava no mesmo lugar.

Para não falar da corrida no carro sobre o asfalto congelado, tendo nos pés somente as meias úmidas, porque, impelido pela pressa, nem sequer colocou suas macias botinas pós-esqui.

Depois de estacionar diante do chalé, conteve-se um pouco. Tirou os tênis do bagageiro e os calçou. E, com o coração na garganta, entrou em casa.

Encontrá-la tão silenciosa e desarrumada lhe provocou uma terrível impressão. Aonde teriam ido aquelas duas? Era a primeira vez em que não as encontrava. Onde teriam se escondido? E por que a

casa ainda estava de pernas para o ar? Leo correu até o quarto. Abriu a gaveta. O envelope não estava mais lá. Alguém o havia tirado.

A porta que se abria e a atitude daquelas duas (uma mulher e uma garota que, a julgar pelo aspecto miúdo desta última e pelo ar de espirituosa cumplicidade que as animava, podiam ser tomadas por mãe e filha, ou pelo menos por tia e sobrinha) deram fim às duas horas mais pavorosas da vida dele. Bastava olhá-las assim – acesas, cansadas, alegres – para compreender que, não importando qual das duas tivesse achado a carta, ele não tinha com que se preocupar. No entanto, era tal o estado de prostração ansiosa em que se encontrava que não conseguiu evitar interpelá-las com toda a ansiedade que sentia:

– Posso saber onde diabos vocês foram parar?

– Enlouqueceu?... Isso é jeito de falar? Desculpe meu marido, Camilla, ele nunca se exprime assim, a não ser quando está muito furioso. Só preciso saber por que ele está tão furioso.

– Não estou furioso. Estava só preocupado. Volto para casa. Não encontro vocês. Encontro tudo desarrumado. Com o que aconteceu à Camilla ontem à noite, me ocorreram estranhos pensamentos.

– Tem razão, amor. É que Camilla, hoje de manhã, de repente teve vontade de sair. Parecia muito feliz e me pediu para dar um passeio. E você sabe que ela nunca pede nada. Então, seguimos de ônibus até Crans e fomos fazer compras, como duas verdadeiras senhoras. Apenas isso. A propósito, você gosta? – E Rachel tirou da sacola dois suéteres de lã, de gola alta, um azul e outro cor de ferrugem. – Este para Fili e este para Semi.

Era como se, em meio dia de compras, toda a desconfiança que Rachel sempre havia sentido por Camilla tivesse desaparecido. Agora, veja só as duas, parecem as melhores amigas do mundo. Aquela cumplicidade se estendeu por toda a tarde. Dessa vez, Camilla ajudou Rachel a fazer o jantar. E Leo, enquanto colocava a lenha na lareira para acendê-la, ouviu-as rir como colegiais. Mas, afinal, que fim tinha levado a carta? Por um segundo, Leo se perguntou se por acaso Rachel, conhecendo-o tão bem, havia contribuído para uma encenação que naquele instante cada vez mais parecia a ele uma brincadeira. Mas não. Rachel não fazia brincadeiras desse tipo. Por outro lado, Leo se arrependeu de ter se mostrado tão fora de si a Camilla. Que um homem de sua idade e de sua posição se deixasse levar assim, isso era verdadeiramente indigno. Sentiu-se ridículo. Uma coisa que desde algum tempo antes lhe acontecia cada vez mais frequentemente. E que não o agradava em absoluto.

OK, é hora de encerrar esta história sórdida. Essa pequena psicopata me mandou uma carta absurda, eu lhe agradeci me limitando ao seu código (absurdo) de comportamento. Agora chega. A questão se encerra aqui. Meu caro, você encontrou apenas o modo de se torturar um pouco com suas paranoias. Isso também é um clássico. Agora, vamos retomar a posse da nossa vida. A essa altura, ela certamente não responderá.

Querido Leo,

Você não sabe como me enfurece vê-lo tão triste com sua mulher. Eu achava que meu pai era o homem mais triste do mundo. Mas, ao conhecer você, percebi que existe algo pior. Por isso quero salvá-lo. Salvá-lo de toda a chatice em que você vive. É difícil dizer o que sinto. Mas é o sentimento mais especial que já experimentei desde o início da minha vida. Eu amo você. E agora o amo ainda mais porque sei que você me ama. Sei há tempos. Naquele dia, na montanha, eu não conseguia acreditar que você tinha me respondido. Mas, quando vi sua carta, então disse a mim mesma: ele a ama. E então compreendi que devia ajudá-lo a qualquer custo.

Agora, na idade de 12 anos (quase 13), compreendi o que devo fazer na minha vida. Devo ajudá-lo a sair desse casamento.

Com todo o coração,

Camilla

Devo ajudá-lo a sair desse casamento?

E só Deus sabe como conseguiria! Sim, Camilla teria êxito no maior, mais inútil e mais destrutivo dos empreendimentos: tirar Leo Pontecorvo do casamento no qual ele sempre quisera estar; e teria êxito sob a forma ridícula e paradoxal que parecia mais congenial a ela. Com aquelas cartas adocicada e ameaçadoramente mal-escritas. Pelas quais a vida de Leo foi invadida nas semanas seguintes ao retorno da montanha, como por uma avalanche. Aquelas cartas cada vez mais longas, cada vez mais apaixonadas e cada vez mais ressentidas que o esperavam todos os dias no quarto de vestir, na gaveta de roupas de baixo (a senhorita não era assim tão original como acreditava ser), e que indefectivelmente o faziam se sobressaltar de náusea. Como o exemplar que transcrevi poucas linhas acima: a décima quinta carta no total e a oitava após o retorno de Anzère.

Meses de palavras, meses de frases enfáticas, meses de sintaxe claudicante e de léxico displicente, nos quais Camilla deu admiráveis provas de como seu cérebro havia interrompido toda relação com o universo. De como, em suas mãos, o apreciado e velho conceito chamado "realidade dos fatos" era subvertido a ponto de perder qualquer significado.

Foi então, em estreito contato com aquela verbosa imundície epistolar, que Leo tomou consciência do insuportável isolamento em que se debatia, em que nos debatemos todos. Foi então que descobriu que sua absoluta solidão era confirmada pela impossibilidade de revelar a quem quer que fosse a comédia grotesca da qual era o relutante e clandestino coprotagonista. Já entrara na condição de não poder dizer a ninguém que havia perdido o controle, que uma coisa inacreditável estava lhe acontecendo e que ele não podia fazer nada a respeito. Não existia um confidente, um psicoterapeuta, um rabino a quem pudesse explicar semelhante história.

A pessoa mais amada e mais protetora de sua vida – ou seja, Rachel, a mulher que substituíra egregiamente sua mãe – era também o último ser no mundo a quem ele poderia contá-la. Se o fizesse, deveria explicar muitas coisas inexplicáveis. Para começar, por que não lhe dissera tudo quando aquela primeira carta chegou? E o que o induzira a responder e a não parar de fazê-lo nas vezes seguintes, quando a coisa toda estava tomando um rumo cada vez mais absurdo? Ele deveria explicar a Rachel de que jeito uma menina conseguira acuar um homem como ele. E de que jeito um homem como ele se deixara enredar por uma menina. De que jeito pudera se deixar intimidar e aterrorizar a tal ponto. Deveria explicar por que, sob uma análise atenta, as denegações que ele não parava de opor a Camilla pareciam, no papel, tão afetadas e tão pouco resolutas. Deveria dizer à sua mulher que a razão pela qual não puxara de lado aquela absurda ruivinha para adverti-la: "Escute, engraçadinha, você já me encheu o saco. Não se atreva nunca mais a colocar suas cartas desvairadas no meio das minhas cuecas e desapareça para sempre da minha casa, da minha vida e da vida de minha família" resultava da sua falta de coragem, de clarividência, de virilidade, de força moral, de iniciativa, de confiança no próximo, de tudo o que se puder imaginar. E que justamente a ausência desses dotes, que um homem de sua idade e de sua linhagem deveria possuir, tinham-no induzido a responder uma a uma às cartas de Camilla, com mensagens nas quais com grande doçura a intimava (ou, melhor dizendo, a esconjurava) a encerrar aquela história.

E nesse ponto deveria explicar a Rachel que havia sido justamente sua atitude conciliadora e condescendente a fornecer a Camilla as provas que demonstravam a existência de uma história entre eles, na verdade jamais acontecida. Expressões como *Convém encerrar aqui*, *O que aconteceu, aconteceu*, *Precisamos voltar às nossas vidas* soavam como uma admissão implícita de que entre eles tinha havido alguma coisa.

Pois bem, Leo deveria explicar a Rachel que usara aquele tom e recorrera àquelas expressões só para agradar a Camilla. Porque a temia. Porque havia visto como a garota se enfurecia sempre que ele negava que entre os dois existisse alguma coisa. Talvez – pensara irresponsavelmente –, se eu a secundar um pouco, se a fizer compreender que isso me desagrada, seja mais fácil tirá-la dos meus calcanhares. Mas, naturalmente, ao se deixar extorquir a concessão de que entre eles, no fundo, houvera uma meia relação, não fizera senão confirmar aos futuros leitores daquelas cartas que ele tinha tido uma apaixonada história de amor com uma garota de 12 anos, aliás namorada (do modo como se namora na idade do desenvolvimento) de seu segundo filho.

O problema é que, quando ele se deu conta do que estava acontecendo, já era tarde demais. Convém dizer que o "tarde demais" chegou bem depressa. Aquela garota já possuía a dezena de cartas que poderiam deixá-lo em palpos de aranha. Cartas nas quais ele lhe pedia para interromper uma relação. Mas nas quais já não ousava lembrar à sua interlocutora que aquela "relação" só existira em sua cabeça de pequena psicopata. Lá dentro e, agora, também no papel.

Como naquelas doenças letais que dão uma trégua, simulando uma melhora, pouco antes de matar você, Leo teve oportunidade de alimentar uma esperança irrazoável, capaz de iludi-lo de que a situação estava se resolvendo por si mesma.

Ele vinha de meses terríveis. Pela primeira vez, até no front profissional as coisas não funcionavam como deveriam. O fisco, através de seus anjos vingadores vestidos de cinza, estava fazendo uma inspeção na Anima Mundi, a clínica privada onde Leo tinha seu consultório de pediatra. E isso o enchera de uma angústia que agora, conhecendo-o, vocês podem imaginar.

Por outro lado, o idílio familiar no qual ele sempre encontrara um pouco de alívio das preocupações profissionais parecia uma lembrança distante. Quase não havia noite em que não encontrasse sua torturadora no jantar. Aquela putinha se insinuara na família deles de um modo bem sujo. Estava sempre grudada em Rachel. Parecia que, vencidas as desconfianças desta, havia até conseguido conquistá-la. Leo sabia quanto Rachel tinha desejado uma filha. Pois bem, agora tinha sua filha.

Toda noite Leo torcia para não haver nenhuma carta à sua espera. Toda noite ficava decepcionado. Já nem as lia mais. Abria-as, era invadido pela náusea que a loucura e a mentira provocam, percorria algumas linhas e depois as escondia na gaveta do estúdio. Trancava-as ali, e ponto final.

Parou de responder: sua última e desesperada iniciativa para se livrar daquela situação. Talvez, não encontrando mais suas respostas, Camilla se cansasse. Considerando o número de cartas recebidas nos dias seguintes à sua resolução de não responder, podia-se afirmar que aquela medida punitiva havia obtido como único efeito o de enfurecê-la. A maior frequência das cartas era em si mesma uma ameaça: fazia tempo que Leo só lia as primeiras linhas, antes de guardá-las na gaveta do estúdio. Três linhas já lhe eram suficientes para captar o tom geral. E aquele número irrazoável de missivas parecia decididamente ameaçador.

Até que chegou a última carta. Assim se anunciava já no envelope: *Última Carta!* Só por isso, Leo a leu até o fim. No início, encarou-a com sincero pavor. O que significava isso de ser a última carta? Ela havia compreendido a antífona: já não havia mais nada a fazer? Aquela loucura se encerrava ali? Ou, ao contrário, depois daquela carta ela cometeria um gesto extremo, destinado a destruir a vida de todos? Leo ficou manuseando o envelope por várias horas. Até que por fim, às três da manhã, no banheiro, palpitante e completamente coberto de suor, resolveu abri-lo.

E ali estava a enésima, delirante, insensata, grotescamente romântica carta na qual Camilla, depois de lhe dirigir um adeus dilacerante, fazia um último pedido, que bem ou mal Leo achou razoável.

A garota desejava receber de volta suas próprias cartas. Depois desapareceria, junto com sua dor. Deixaria Samuel e sumiria da vida deles. Aliviaria aquela família, que tanto lhe dera, do peso de sua presença. A única condição que estabelecia era aquela: recuperar o símbolo concreto do seu amor e do seu sofrimento. Suas cartas.

A coisa pareceu a Leo extraordinariamente razoável. Na quinta releitura consecutiva da última carta de Camilla (última! Entendeu? Graças aos céus!), ele se sentiu, depois de muito tempo, um homem livre. Livre para reapropriar-se de sua vida e de fazer com ela o que quisesse, sem ter de prestar contas àquela maluquinha. Leu as quatro últimas palavras (escritas em francês, naturalmente) – *Adieu, mon ange adoré* – e até riu um pouco. A indulgência dos triunfadores.

Assim – impelido pela insana ingenuidade de sempre, pela candura irrepreensível –, Leo devolveu à sua algoz as únicas provas que atestavam sua condição de vítima de uma chantagem e de uma perseguição. E o fez sem pensar que, antes de restituí-las, um homem responsável tomaria pelo menos o cuidado de fotocopiá-las. Sem pensar (embora os elementos para pensar isso estivessem todos ali, ao alcance da mão, como um daqueles enigmas elementares para o uso das crianças), sem pensar, dizia eu, que um dia a correspondência mantida com Camilla poderia reaparecer em sua vida, fortalecida por uma plausibilidade de sinal oposto em relação ao real desenvolvimento dos fatos. Sem pensar que ela (ou seu pai manipulável) teria a possibilidade de entregá-la às autoridades e aos jornais, em uma versão capciosamente mutilada: de fato, da pasta abarrotada eles poderiam excluir (*para proteger a identidade e os sentimentos de uma menor criminosamente assediada*, certamente escreveria o jornalista do conhecido semanário que se ocuparia do conhecido *affaire Pontecorvo*) todas as cartas de Camilla, e todas aquelas nas quais Leo tentava se livrar do cerco daquela obsessão.

A essa altura, depois de tal mutilação tendenciosa, da correspondência original sobreviveria apenas a repulsiva intercalação dos *minha pequena* e *querida menina* com que o pobre professor Pontecorvo havia tentado aplacar sua perseguidora.

Uma intercalação que, subtraída ao contexto original, fazia realmente um péssimo efeito.

No entanto, essas são apenas hipóteses levantadas (aliás, retrospectivamente) pelo narrador desta história. Leo não sabe nada.

Há quase três dias escondido em seu *bunker* como um mafioso, encerrado na masmorra de seu próprio castelo como um monarca deposto, ele não sabe, nem pode saber, o que está acontecendo lá fora, nem o que está para acontecer (imagine-se, não sabe nem o que acontece no andar de cima). Não sabe por que ninguém vem chamá-lo, nem buscá-lo. Está limitado à vaga notícia dada pelo telejornal. Limitado àquela bomba gratuita e genérica. Não sabe mais nada. Não pode saber mais nada. Não quer saber mais nada.

Intui que, fora das paredes de sua catacumba, fica o inferno. Que para ele, agora, o mundo é um lugar hostil. Intui que o homem acusado de fraude fiscal, interesse privado em atos de ofício, peculato, usura poderá parecer ainda mais ignóbil à luz daquela que se anuncia como uma nova acusação horrível.

O que lhe resta – enquanto seus olhos são feridos pelas luzes sanguinolentas do ocaso, e o espectro de outra noite insone se materializa à sua frente – são os noventa metros quadrados do semissubsolo. Por fim a incúria, o medo, a neurose, a irresponsabilidade foram punidos. Leo deveria estar furioso. Gritar sua inocência ao universo.

Mas está paralisado. Não foi educado para o ressentimento. Não está equipado para aquele tipo de agressividade, é inábil para a guerra. É como aqueles centroavantes que fazem gols às pencas nas partidas fáceis, mas, se lançados às pelejas complicadas, às batalhas mais cruentas, desaparecem no casulo da própria timidez. É o clássico tipo que sucumbe.

Isso o impele a elevados pensamentos; parece-lhe compreender aquilo que sempre afirmou não poder compreender: a atitude condescendente com que tantos dos seus correligionários, algumas décadas atrás, se deixaram carregar em vagões lacrados, sem pestanejar. Fazendo-se arrastar a terras longínquas e gélidas para serem massacrados como ratos. Sim, agora não lhe resta muito mais do que se deixar massacrar. Sem, contudo, esquecer que as três pessoas que lhe estiveram mais próximas, pelas quais sempre se sentiu protegido e que ele, a seu modo, amou acima de tudo, cobrindo-as de atenções e oferecendo-lhes o conforto de uma vida cheia de oportunidades, agora são seus piores inimigos.

Terceira parte

– Mas, meu querido, eu achava que o rabino Perugia tinha lhe ensinado que a xoxota de 12 anos não é *kasher*.

Uma tirada inoportuna, dirigida a um homem devastado pela ansiedade e pela insônia, com os vasos sanguíneos saturados pelos psicofármacos que se autoprescreveu, diante da qual Leo precisa reprimir um movimento de irritação, além de um desejo de virar as costas e sair. Se não o faz é porque não pode: foi ele quem pediu esse encontro. É ele quem está precisando.

Não vai embora também porque (conquanto não o admita imediatamente para si mesmo) aquela frase exala o alento dos velhos tempos, de cujo efeito tonificante, após um segundo de perplexidade, Leo não consegue fugir. Sente uma labareda fervente lhe subir de dentro, quase dissolvendo as vísceras contraídas há dias em uma mordida de aço. Um princípio de distensão gástrica que o enche de uma paz inesperada, à qual se segue uma conscientização imediata: faz dias que não coloca nada na boca, que não prega o olho, que seu corpo dói. E naquele mesmo instante Leo constata quanto é importante e bom, para um homem, poder comer, dormir e defecar com comodidade.

A xoxota de 12 anos não é *kasher*?

Justamente o gênero de cinismo criativo (e, no fundo, terno e rupestre) a cujos segredos Herrera Del Monte o iniciara, quando, no início dos anos 1950, formavam a dupla de amigos mais descombinada do grupinho que seguia o curso dado pelo rabino Perugia, como preparação para o *Bar Mitzvah*.*

Não por acaso, é exatamente Herrera Del Monte quem se sai com uma tal trivialidade. Leo foi encontrá-lo no escritório dele. Sobranceiramente instalado em dois apartamentos adjacentes, no último andar de um edifício pintado de rosa, no trechinho mais glorioso da via Veneto – a faixa de calçada felliniana que separa o Café de Paris do Harry's Bar.

Após um tempinho na antessala, afinal Leo foi introduzido no antro escuro onde Herrera, seu amigo de infância, passa grande parte dos dias, das oito da manhã às sete da noite, com o único objetivo de resolver problemas de homens cujo poder só é comparável ao grau de corrupção e desprezibilidade.

E, atrás da enorme escrivaninha com tampo de vidro maciço neuroticamente organizada e cintilante, ali o encontrou, em tudo semelhante, depois de 35 anos, ao garoto atarracado cuja pequena estatura, próxima do nanismo, havia sido o sinal distintivo do perfeito mártir da proverbial malvadeza dos meninos de 12 anos: a imagem especular do garoto de sucesso, jovialmente encarnada, na época, por um tipo longilíneo e fulgurante como Leo.

Os anos longínquos da pré-adolescência, aqueles nos quais o aspecto físico é tudo. Nos quais o mundo, em seus primórdios, ainda parece dividido entre deuses e párias. Nos quais as hierarquias sociais

* Cerimônia que celebra a entrada do jovem judeu na idade adulta, aos 13 anos. (N.A.)

são decididas pela doçura de um par de olhos e pela delicadeza de zigomas altos, mais do que por qualquer credencial moral ou mérito intelectual. A idade em que a aparência diz tudo o que os outros querem saber sobre você. E sem dúvida a relação entre ele e Herrera se baseava naquela pérfida antinomia estética: a beleza de um, que não pede nada além de espelhar-se na feiura do outro.

Uma feiura que as garotas achavam revoltante, porque reforçada pelos insanos descuidos higiênicos aos quais (sabe-se lá por quê) se entregam muitos jovens desfavorecidos pela natureza (como se quisessem dar perfeição artística à própria repelência). Mas Herrera, apesar de tudo, tinha Leo. Herrera, como certos pobres de espírito fervorosamente religiosos, se comprazia em Leo. Obtendo em troca, do amigo idolatrado, a afável e desdenhosa benevolência que se concede aos gregários. Isso, ao menos se vistos de fora. De dentro, as coisas funcionavam diferentemente. Leo admirava a capacidade daquele anãozinho de fazer sarcasmo sobre qualquer coisa. De sempre iluminar o lado sombrio da existência. Do alto de sua boa aparência física, Leo podia intuir que o espírito iconoclasta que ele tanto admirava no amigo era o efeito de uma vida continuamente ocupada em aparar os golpes desfechados pela repugnância que seu corpo suscitava nos outros.

Golpes que se abatiam sobre um ser dotadíssimo intelectualmente, de sensibilidade, por assim dizer, exacerbada por uma mãe feroz e não menos inteligente do que o filho.

Se de uma mãe você busca proteção e hipocrisia, então cuidado com uma como Maria Del Monte. Ela não escondia nada ao filho. Pelo contrário, não fazia senão recordar-lhe que, para ele, qualquer coisa seria mais difícil do que para qualquer outro. Assim ameaçara destruir a vida de Herrera. Não lhe escondendo nada. Desenvolvendo nele o senso trágico da própria inadequação. Cultivando no filho único, do qual fingia não se orgulhar em absoluto, a decepção preventiva que de fato Herrera usava como baluarte para enfrentar qualquer adversidade. Eis como, através de uma educação espartana, a senhora Del Monte fizera do filho um verdadeiro durão.

Leo gostava demais de ouvir o amigo falar da mãe. Porque Herrera conseguia fazer isso da maneira dessacralizante e ao mesmo tempo dolente pela qual Leo desejaria falar da sua.

– Meu caso é apenas o de um Édipo não correspondido – dizia Herrera. – Eu amo loucamente aquela mulher, e ela, bem, deixemos para lá...

– Em que sentido? – perguntava Leo.

– Sabe por que ela me deu o nome de Herrera?

– Por quê?

– Não porque goste de futebol ou de Balzac. Falando claramente, minha mãe não está nem aí para o futebol ou para Balzac. Ela fez isso em homenagem ao meu erre dental. Me deu o primeiro nome que lhe ocorreu com pelo menos três erres. Evidentemente, a babaca queria que, para o filho, até a pronúncia do próprio nome fosse uma experiência embaraçosa.

– Ora, vamos! E como sua mãe podia saber que você teria erre dental?

– Cálculo estatístico. Probabilidade genética. Darwin e todas aquelas besteiras. Meu pai tem, meu avô tinha. Em suma, era provável que eu também... E, afinal, o que você acha? Minha bruxinha tem artes divinatórias – acrescentava Herrera com ternura inusitada. – E agora, cá está Herrera Del Monte, um nome digno de um inimigo do Zorro!

E concluía com frases do tipo: "Se aquela mulher me amasse um quarto de quanto eu a amo, bem... isso me bastaria!"

Leo sabia que a senhora Del Monte não odiava o filho em absoluto. Os castigos e as maldades que objetivamente ela lhe infligia derivavam de uma perversa (e muito judaica) concepção da pedagogia que poderia ser resumida em uma frase bem simples: "Sossegue, meu jovem, não existe agravo que o mundo possa lhe fazer um dia que sua mãezinha já não tenha feito."

Por aí vocês podem ver como o comentário sobre a suposta paixão de Leo pela xoxota de 12 anos está perfeitamente alinhado com o espírito dos dias longínquos nos quais Herrera lhe ensinou que se existe uma coisa que não merece ser respeitada, bem, é sua tragédia pessoal. E, no entanto, esse mesmo comentário resulta totalmente indiferente à delicadeza profissional que um advogado importante deveria usar diante de quem se apresenta a ele como futuro assistido.

E Leo se pergunta se tal ausência de ritual, que abriu uma inesperada rachadura em seu espírito já de si tão fendido, não será parte de uma estratégia arguta, fruto de uma reflexão atenta. Talvez Herrera, com grande intuição, tenha compreendido que seu velho amigo, ao menos nesse particular, não precisa de uma consulta profissional nem da enésima frase de circunstância, tampouco da melosa compreensão que, nos últimos dias, alguns podem ter lhe demonstrado a cada passo. Reprovações e injúrias ele também deve ter recebido muitas.

E, talvez, justamente considerando o inferno em que a vida de seu herói de outrora deve ter se transformado nas últimas semanas, Herrera tenha querido imergi-lo na atmosfera moral de então. Arrastá-lo para longe, para um mundo no qual era muito bom ser Leo Pontecorvo. Para uma época na qual Leo se sentia decididamente à vontade no papel de si mesmo. Na qual Leo era um garoto feliz, que se divertia extremamente com as tiradas niilistas do seu amigo infeliz. Evidentemente, Herrera não perdeu o dom. Que consiste em agradar Leo com modos nem um pouco agradáveis. Ao contrário, ele até refinou esse dom, tornando-o um instrumento ineliminável de sua profissão. A arte de ler dentro de você. De compreender aquilo de que você precisa, antes mesmo que você o compreenda. E de servir-lhe isso com sumária dureza.

De repente, Leo está contente por ter vindo ver Herrera. Depois de tantas coisas equivocadas, eis uma certa. Por muito tempo ele hesitou antes de procurar seu velho amigo. Pensou nisso durante semanas. Antes mesmo de ser atropelado pelo ciclone Camilla. Persuadindo-se cada vez mais daquilo que Rachel lhe explicara desde o princípio: ser assistido pelo mesmo escritório advocatício que representava o hospital era um suicídio. E agora, conquanto as infamantes calúnias da garota ainda não tenham produzido nenhuma represália, Leo tem certeza de que algo está para acontecer. O Ministério Público não demorará a se manifestar. O assunto é pesado demais para que não aconteça alguma coisa. E dessa vez ele precisa estar preparado. Precisa de um especialista em imundície: alguém obstinado, feroz, implacável. Ocorre que Herrera Del Monte é um dos mais consagrados e controversos criminalistas da cidade. Um autêntico tubarão do fórum, que os amigos mais iluminados de Leo, aqueles que torcem o nariz para tudo, desprezam de maneira apocalíptica. Como se ele fosse um esgoto capaz de receber, desinfetar, reciclar e repor em circulação todas as fezes do país.

Nos 35 anos transcorridos após o *Bar Mitzvah*, várias vezes acontecera a Leo topar casualmente com as proezas públicas do amigo. Uma vez, na sala de espera do dentista, ele folheava distraidamente uma daquelas revistas ilustradas para donas de casa quando de repente lhe apareceu, na página central, uma foto bastante granulada que mostrava o amigo numa praia.

Herrera parecia indignado. Um gnomo cabeludo e branquelo, com uma adorável barriguinha. Os cabelos eram os de sempre: despenteados e muito pretos (como os artificiais de uma peruca). O fotógrafo o flagrara quando ele espalhava creme sobre os ombros de uma estrelinha televisiva, perseguida na época pelos paparazzi e que naquele verão flertava, segundo a legenda, com *o famoso criminalista romano.* Sim, Herrera parecia realmente enfurecido. Uma das mãos espalhava o creme e a outra gesticulava contra aqueles malditos abelhudos. Leo não conteve uma risada. Só Deus sabia quanto ele conhecia a fúria daquele anãozinho tonto. Sua irascibilidade. Teve a impressão de ouvir a voz de Herrera no momento do clique: estrídula, desagradável, fremente de cólera. Talvez – pensou Leo, com a benevolência de outrora – aquela cólera resultasse da degradação em que o amigo se sentia envolvido. O anão e a bailarina. A bela e a fera. Herrera tinha suficientes bom gosto e consciência de si para saber que aquela cena na praia era repugnante. O fato é que, embora tivesse buscado, por uma espécie de vocação intelectual e por um protesto contra o Pai Eterno, tudo aquilo que lhe parecesse excêntrico e original, Herrera evidentemente não resistira à banalidade de cobiçar aquelas gazelas louras. Girafas de um metro e oitenta e cinco que deveriam redimir sua pouca estatura, mas que em vez disso não faziam senão destacá-la grotescamente.

Na sala de espera do dentista, Leo relembrou como sua amizade com Herrera Del Monte fora destruída justamente por uma daquelas valquírias. A razão pela qual a lembrança do rompimento ainda estava tão viva em Leo, depois de tanto tempo, resultava do estupor mortificante com que ele vira uma camaradagem de dez anos se desfazer por causa de uma historinha que não mereceria sequer uma discussão, mas que no entanto...

Não, Leo não esquecera aquele domingo de setembro. Como poderia esquecê-lo? Deviam estar em meados dos anos 1950. Haviam acabado de se matricular na universidade. Como em todos os domingos nos quais o Lazio jogava em casa, Leo se apresentou diante da residência senhorial dos Del Monte, no número 15 da piazza Barberini, montado em sua Vespa cinza-metálica, esperando que o amigo descesse. O traje de Leo era o habitual: os mesmos jeans e a mesma polo azul usados como talismãs desde a data em que, alguns anos antes, seu amigo Herrera o iniciara, como era do seu feitio, nos supersticiosos tormentos do torcedor de futebol.

Herrera saiu pelo portão menos animado e menos saltitante do que o habitual. Era o primeiro domingo do campeonato. Meados de setembro. Os dois não se encontravam desde o início do verão, e Leo esperava do amigo mais entusiasmo ao vê-lo. Mas Herrera parecia desligado. Além disso, Leo notou que o bronzeado conferia ao seu amigo um aspecto ainda mais extraordinário do que o de sempre. O nariz vermelho, em forma de nhoque, fazia-o se assemelhar de modo impressionante a Zangado, um dos sete anões. Um Zangado que, ao menos naquele dia, não parecia ter nenhuma vontade de se zangar. Ao longo do trajeto de casa até o estádio, ficou na dele. Deixou-se transportar sem abrir a boca.

Chegados ao local de costume nas arquibancadas, o comportamento de Herrera se mantinha indecifrável. Ele continuava calado. Sombrio. E pensar que a partida daquele dia – Lazio X Napoli – deveria acender seus ardores polêmicos... Herrera odiava os napolitanos. Na verdade, também odiava os florentinos. Para não falar de tudo o que se referia ao Milan e ao Juventus. Pensando bem, Herrera odiava todo mundo. E havia ensinado seu amigo a fazer o mesmo, explicando-lhe que a torcida esportiva é, antes de tudo, uma questão de ódio. Eis por que Leo esperava do amigo o comportamento costumeiro: uma coleção de insultos gratuitos dirigidos aos jogadores adversários, mas também aos do próprio time, os mesmos requintados palavrões, veias inchadas e braços gesticulantes. Em vez disso, nada. Herrera assistiu àquele triste empate sem abrir a boca. Só ao voltar para a Vespa deixou escapar:

– Acho que estou gostando de uma moça.

Herrera Del Monte enamorado? Ora, que sentido tinha isso? Leo nunca o vira babando por nenhuma garota. Por muito tempo, havia até duvidado de que ele se interessasse pelo assunto. Mudara de ideia quando Herrera lhe dera umas fotos de mulheres com os seios nus: "É um presente, meu amigo: o melhor que a vida me deu."

Herrera, o punheteiro. Herrera, o autoirônico masturbador. Isso fazia sentido. Herrera, o misógino. Isso se encaixava na ordem das coisas. Mas não Herrera apaixonado. Não Herrera taciturno e desmilinguido que dizia frases tipo: "Acho que estou gostando de uma moça."

Tanto que Leo não soube fazer um comentário adequado, como se o outro acabasse de lhe confessar que sofria de uma doença letal. Herrera prosseguiu:

– Minha mãe, naturalmente, já a abençoou.

– Como assim?

– Quando está de mau humor, chama-a de "a *'ngarel*".* Mas, se estiver bem-humorada, chama de "*khaver*". Já nos momentos de

---

* Termo com o qual os judeus romanos definem os cristãos. (N.A.)

felicidade, a garota é "a sua alemãzona". Diz que ela sai comigo por causa do nosso dinheiro. E muitas outras coisas desagradáveis, que prefiro deixar para lá...

– Onde você a conheceu?

– Na montanha. Trabalha numa loja, um daqueles empórios de província que vendem de tudo. Jornais, cigarros, brinquedos, vassouras... Na próxima semana, vem ao meu encontro, de trem. Minha mãe disse que eu não devo me permitir levá-la para casa. Que não devo sequer dizer seu nome. Imagine se eu vou fazer isso diante dela! Chegou a pedir ao meu pai que não me dê dinheiro enquanto a garota não for embora e eu não tomar juízo. E agora estou no vermelho. Meu Deus, aquela mulher quer me ver morto. Se dependesse dela, eu deveria me matar de tanto tocar punheta, até me aposentar. Se dependesse dela...

Esse era o Herrera conhecido. Acabava de anunciar que havia uma moça em sua vida, e continuava a tagarelar sobre a mãe e sobre punhetas.

– E seu pai?

– Meu pai, coitado, o que pode fazer? Está com as mãos atadas. Uma ordem da matriarca não pode ser questionada de maneira nenhuma... Bom, resumindo, o problema é... eu queria lhe pedir um pequeno empréstimo. Devolvo assim que for possível, e prometo que, em troca, apresento-a a você numa das noites em que ela estiver aqui.

Pronto. Não era de comentários que Herrera precisava. Ele desejava um pequeno empréstimo.

– Posso pelo menos saber o nome dela?

– Valeria. Chama-se Valeria.

A ruptura entre os dois amigos aconteceu exatamente duas semanas depois.

E tudo se desencadeou rapidamente. Estavam na mesma Vespa, também voltando de um jogo. Nem sequer a derrota do Lazio, recém-consumada diante dos dois, podia explicar o humor sombrio de Herrera. Afinal, o que estava acontecendo? Onde estava o seu Herrera? O que fora feito dele? Já não mostrava nenhum vestígio de energia, como se o tivessem esgotado. Do que se tratava? Da luta entre a mãe e Valeria? Isso, para ele, era de fato insuportável. A criatura mais estoica que Leo já conhecera estava finalmente revelando o ponto de ruptura? A única coisa que um homúnculo daqueles não podia suportar era o confronto atávico entre as razões da mãe e as de Eros? E por que Herrera estava tão arredio com ele? Por que, ali na garupa da Vespa, não dizia nada? Por que não se exibia numa daquelas pirotécnicas invectivas contra o Lazio derrotado ou contra a mãe intrometida? Por que não se abandonava a um daqueles seus discursos que um dia certamente o tornariam um advogado melhor do que o pai havia sido?

Mas, logo quando Leo pensava essas coisas do amigo, eis que o outro o assustou com a mais insensata das frases. Herrera havia desmontado da Vespa, bem diante do portão de casa, e assim, *en passant*, pagou o empréstimo e sussurrou: "Não quero mais ver você", no mesmo tom em que poderia dizer: "A gente se vê amanhã", ou "Mais tarde eu lhe telefono".

Leo só conseguiu perguntar:

– Por quê?

– Porque eu decidi assim.

– Mas, desculpe, o que eu lhe fiz?

– Você não me fez nada. Não deliberadamente. Mas me fez um monte de coisas, talvez sem perceber. Talvez por acaso. Porque não poderia fazer diferente. E isso é o mais grave. E é por isso que não quero mais vê-lo.

Leo estava incrédulo. Não conseguiu dizer palavra. Sentia-se ofendido. E, se não estivesse desconcertado, ficaria enfurecido. E Herrera não parecia melhor: todo vermelho, congestionado, como se fosse explodir. Como se uma conversa tão penosa estivesse acabando com ele. Tudo se encerrava ali. Ponto final, e só. Não tinha nada a explicar. Só queria se afastar.

– Ora, vamos, não seja imbecil. Que tenha acontecido alguma coisa, isso eu entendo. Mas por que devo pagar por seu mau humor? Acho que mereço uma explicação adequada... Me diga ao menos o que aconteceu!

Leo estava realmente estupefato. E também angustiado. Em toda a sua vida, ninguém jamais o dispensara. Ele não sabia o que significava ser dispensado. Por isso a perturbação. Também havia a irritação pelas palavras que estava pronunciando, demasiado semelhantes às de um homem que pede explicações à mulher que acaba de lhe dar o bilhete azul. E, pensando bem, seu estado de espírito não era muito diferente daquele de um marido abandonado sem aviso prévio e sem explicações.

E Herrera não fez mais do que exacerbar no amigo aquele sentimento de angustioso desconcerto, com mais uma daquelas suas saídas genéricas e oraculares: “Pois é, aquela noite foi terrível.” E disse isso com uma tal mísera tristeza...

Aquela noite? O que acontecera naquela noite? Então emergiu uma lembrança vaga, algo incerto e ondulante como o passo de um bêbado. De fato, na noite em que Herrera lhe apresentara Valeria, Leo havia consumido mais álcool do que o habitual e o necessário. Naquele estado de alteração etílica, teria feito algo inconveniente? Por mais que se esforçasse por recordar, tinha quase certeza de haver mantido um padrão de comportamento bem acima do limite do decoro.

Claro, ficara boquiaberto com aquela mocetona tão vistosa. Apesar de toda a sua voz marcial e do sotaque tridentino. Precisara dominar-se para não rir ao ver o anãozinho junto da viquingue. Uma cena digna de um circo. Mas, Deus do céu, estava certo de não ter rido. De não ter deixado transparecer nenhum pensamento potencialmente ultrajante. Comportara-se muito bem. Tinha apenas bebido um pouco mais. E falado bastante. Sim, recordava isso também. Assim como recordava os olhos de Valeria. Os olhos de Valeria que bebiam suas palavras, enquanto Herrera se encolhia e se calava.

O senso de inadequação. A certeza de não poder competir com um amigo tão bonito, tão conversador, tão capaz de estar no mundo. Era esse o problema? A razão pela qual Herrera o estava dispensando de repente, como a uma doméstica flagrada roubando? Com certeza tratava-se disso. De repente Leo recordou o vago sentimento de culpa que o invadira, no final da noite, um minuto antes de se despedirem, quando, transfigurado pelo álcool e pela sua oratória tão desenvolta, contou a Valeria uma historinha tola que ele deveria manter só para si. Sobre aquela vez em que ele comprara cigarros para Herrera e a moça do caixa da tabacaria havia perguntado: "Não se envergonha de comprar cigarros para seu filho?" Deus do céu, como Valeria riu. Pavorosamente. Deus do céu, como Herrera não riu. Não menos pavorosamente. Por que havia contado uma historinha tão boba? Claro, era divertida quando os dois a evocavam entre si. Mas contá-la à namorada de Herrera, à primeira namorada de Herrera, isso era intolerável. O rosto de Herrera naquele momento! Expressava um tal vexame... Todo ele era humilhação e incredulidade.

Naquele rosto Leo pensava de novo agora, depois que Herrera disse: "Pois é, aquela noite foi terrível..."

E no mesmo instante Leo compreendeu por que Herrera, quando estava com ele, era sempre tão divertido, tão cheio de interesses, e ao contrário, na presença de outros (sobretudo do sexo feminino), protegia-se atrás de uma couraça de hostil constrangimento. Era uma questão de vergonha. Herrera se envergonhava de ser o que era. A vergonha o seguia por toda parte. Seria possível que só então Leo compreendesse isso? Conheciam-se há muito tempo. Seus pais eram amigos desde sempre. E só agora ele compreendia. Então, por que se espantar com que o amigo o liquidasse sem explicações? Não havia nada de surpreendente. E, sobretudo, não havia nada a explicar. Estava tudo ali, havia anos, ao alcance da mão. Bastava prestar atenção. Sua presença tão encantadora não fazia senão tornar mais exasperante a vergonha de ser Herrera Del Monte.

Como não havia percebido? Devia ser muito difícil, muito terrível viver aquela vergonha. O sujeito nunca podia estar tranquilo. Não havia um único ser no planeta disposto a não lançar sobre ele uns olhos cheios de incredulidade e de escárnio.

Desde então, desde aquele domingo, exceto por ocasiões públicas ou mundanas, os dois não se encontraram mais. Assim, naquele dia no dentista, ao ver a foto de Herrera na revista feminina, ao ver seu amigo envelhecido, mas ainda furioso, Leo sorriu com ternura. Ele continua o mesmo, pensou de início: um amálgama de vergonha com revanchismo. Avaliando a raiva com que Herrera expulsava os fotógrafos, Leo pensou: Você não mudou nada, meu amigo. Conseguiu tudo o que queria. Está endinheirado como um Creso. É o criminalista mais talentoso e controvertido da Itália. Pode comer todas as valquírias que quiser. Mas aquela vergonha – a vergonha de ser Herrera Del Monte –, bem, esta certamente não passou.

Normal, então, que Leo, no momento de maior impasse de sua existência, tivesse pensado em Herrera. Era de Herrera que ele precisava. Alguém que não só poderia ajudá-lo a se livrar dos problemas, mas também o único que poderia compreender o estado de Leo. Um verdadeiro mestre em vergonha. Um especialista mundial.

Todos o haviam abandonado. Mas Herrera o apoiaria. Porque sabia o que significava não conseguir erguer a vista, por medo de perceber nos olhos de um estranho toda a repulsa suscitada nos outros pelo fato de ver você.

Em suma, fazia tempo que Leo ruminava a ideia de ir procurá-lo. De pedir sua ajuda. Se não o fizera desde o princípio, era só pela costumeira inércia, acentuada pela miséria em que estava afundado. Agora que a esposa deixara de assisti-lo, agora que Rachel o abandonara, agora que ela se comportava como se ele não existisse, agora que ele vivia naquela espécie de *bunker* forrado de discos, livros e recordações, o professor Pontecorvo estava se deixando levar à deriva.

Se não tivesse ocorrido um fato grave e embaraçoso, Leo não telefonaria para o escritório Del Monte, nem marcaria um encontro com Herrera, nem teria forças para entrar no carro e ir procurá-lo em seu *bunker* numa caliginosa e fervente via Veneto.

Justamente naquela manhã, o pai de Camilla se apresentara no portão da casa dos Pontecorvo, em companhia da mulher e da adorada Beretta calibre 9 adquirida para proteger suas lojas. A ideia era esvaziar o carregador inteiro na cabeça daquele canalha. E fazer isso escancaradamente. Às primeiras luzes do amanhecer, a fim de imprimir um vigor homérico à sua vingança. Homicídio premeditado? Cadeia? Prisão perpétua? Matar um homem desarmado? Matá-lo impelido por acusações vagas, genéricas, todas sem confirmação? E em seguida entregar-se às forças da ordem? Ou melhor, à maneira de certos *serial killers*, suicidar-se logo depois, gritando: "Não me pegam!"? Por que não? Existem coisas piores na vida. Tais como deixar impune aquele suíno. Ainda não foram detê-lo. Que país de merda! Havia quem comentasse com ele que Leo não saía mais de casa. Assim é fácil, só servem para ficar todos fechados naquela mansão!

Fazia dias que o enfurecido pai de Camilla andava dizendo ao redor que aquele porco devia pagar. Como se concentrasse dentro de si a indignação pretensiosa e um tantinho exibicionista típica de certos homens incultos e excessivamente viris. Isso o levava a refugiar-se numa coleção de sentenças irrefletidas e melodramáticas, tipo: "Quero vê-lo morto!", "Pendurado num gancho de açougue como um quarto de boi", "Para certos crimes, só cadeira elétrica", "O que não se pode perdoar é a traição da confiança", "Aquilo é um doente", "Quando penso na minha menina...". E por aí seguia. A verdade é que o pai de Camilla não via a hora de pavonear-se diante de uma filha adorada, que havia muito tempo o repelia e o desprezava.

Assim, ali estava ele, empenhado em seu show tacanho. Primeiro pendurou-se no interfone, e em seguida começou a berrar:

– Venha aqui fora, canalha. Saia daí! Tente sair... estou esperando, e vou lhe mostrar...

E Leo, não menos inclinado, naqueles dias, a gestos melodramáticos, não se fez aguardar. Queria mesmo fazer algo de temerário, depois da enésima noite insone. De modo que se apresentou de short e camiseta diante daquele que se preparava para ser seu assassino.

Foi esse o indecoroso quadro servido como desjejum à decorosíssima vizinhança: um homem excepcionalmente bronzeado, de longos cabelos ruivos, com uma pistola na mão, e um irreconhecível professor Pontecorvo em trajes sumários.

O visível emagrecimento e uma barbinha maltratada tornam-no ainda mais esgrouvinhado, cada vez mais semelhante a um penitente retratado por El Greco. No rosto, traz escrito: "Atire. Por favor. Atire, o que está esperando? É o que todos querem. E o que nós dois queremos." E, para ser ainda mais claro, Leo se ajoelha. Diante de seu carrasco, ele se ajoelha. Nem sequer com o gesto de quem invoca piedade, mas com a atitude composta, submissa e impaciente do condenado à morte que só pede uma execução rápida. O gesto educado e implacável de quem está pronto para o martírio.

O dado irônico é que Leo, para se ajoelhar, escolha a mesma faixa de terra sobre a qual poucos meses antes, no final da festa de aniversário de Samuel, acolheu os pais de Camilla: quando os intimou a permanecer imóveis para que ele pudesse fotografá-los. Pois é, Leo se ajoelha no mesmo ponto onde, naquele dia, pôde expressar o benévolo senso de superioridade suscitado nele pela visão daqueles dois encabulados cascas-grossas. Agora, a situação decididamente se inverteu, e toda em seu detrimento. Agora é ele que deve se envergonhar. Agora é ele que está à mercê. Agora é ele que está sob o poder de outrem. Com o mesmo garbo com que os dois se puseram à disposição de sua máquina fotográfica, agora ele se põe à disposição da pistola do casal. Mas uma coisa é fotografar alguém, outra é alvejá-lo. Essa constatação banal explica por que aquele fanfarrão não consegue. Por que não consegue fazer o que veio fazer. Por que não consegue atirar.

Desmoralizado por tanta infeliz docilidade, estupefato por tanta coragem japonesa, ou repentinamente consciente das consequências de um ato desse gênero, realizado diante de uma plateia tão numerosa, o pai de Camilla abaixa a arma, suas faces se enchem de lágrimas e ele passa a choramingar como um menino. Mastigando as palavras. Em seguida, a mulher também começa a soluçar: "Por favor, fofinho, vamos, deixe esse sujeito para lá... por favor, meu amor, não adianta nada... não está vendo que raça de verme ele é... não está vendo, meu querido...?"

E Leo também chora. Já não de joelhos, mas até de gatinhas. Chora. E nem sabe por quê. Até esse momento, não chorou (exceto durante o sono), nem diante dos seus entes queridos nem na prostrada solidão em que vive há dias. Mas agora sim, agora que todos o observam, consegue chorar. É o que ele sonhava fazer: soluçar diante de todos. Como quando era menino e, antes de começar a chorar, esperava que a mãe estivesse ali, para poder consolá-lo.

A contagiosa lamúria coletiva só poupa Filippo e Samuel, que assistem à cena atrás da porta-balcão que dá para o jardim. Catatônicos como estão, encostados um ao outro, quase abraçados, como se quisessem se encorajar reciprocamente, parecem até prontos para assistir à execução do pai.

– Sabem que o pai de vocês é um porco? Sabem ou não? Se não sabem, eu vou lhes dizer! Você, Samuel, sabe que seu pai é um suíno? Sabe o que ele me fez? O que ele nos fez?

Assim se dirige o pai de Camilla aos garotos Pontecorvo. Por fim, arrasado pelo cansaço, entra no carro, escoltado pela mulher cada vez mais soluçante, e desaparece no ar rosado da manhã.

Pois bem, foi depois desse enésimo trauma que Leo teve coragem de levantar o fone, discar o número do escritório do seu velho amigo e lhe pedir um encontro. Para ouvir: "Até que enfim. Achei que você não me ligaria nunca", dito naquele tom confidencial e levemente ressentido de um amigo que nos últimos dias você ignorou um pouco. Na realidade, à parte o casamento de um primo de Herrera, durante o qual tinham se revisto três anos antes, fazia muito tempo que os dois já não tinham relações. A única coisa que Leo conseguiu responder foi: "É que..." Mas Herrera logo o interrompeu: "Ora, estou aqui, fico à sua espera. Venha logo e me explique tudo."

Como Leo conseguiria explicar agora o que estava acontecendo em sua vida? Como descrever o estado de terror no qual estava vivendo havia dias? A claustrofobia que se alternava com a agorafobia, conforme o semissubsolo fosse percebido pelos seus sentidos como uma toca estreita, escavada na terra, ou como uma imensa praça vazia. E também aquela sensação terrível, que de repente o atacara, de já não fazer parte da comunidade humana. De ser indesejado.

Somente alguns dias antes, após algum tempo, tivera coragem de sair, de abandonar seu *bunker* doméstico e ir dar uma volta. E imediatamente percebera que havia anos não saía mais sozinho. Não sabia aonde ir. Não, certamente, aos restaurantes que habitualmente frequentava com Rachel e uns casais amigos. Não certamente a um cinema, que poderia aumentar a sensação de claustrofobia que o atormentava. O mundo, agora que não existia um lugar ao qual pudesse retornar e onde o acolhessem, parecia-lhe uma infinita charneca cheia de coisas indistinguíveis umas das outras.

Assim, viu-se bebendo alguma coisa em um bar lotado de jovens, nos arredores do *corso* Francia. Nem sequer sabia como tinha ido parar num lugar daqueles. Só se lembrava de ter entrado no carro atentando a que nenhum dos familiares o visse. E de haver percorrido quilômetros e quilômetros quase em transe.

E se descobriu ali. Uma vodca vagabunda na mão. Uma algazarra absurda. Circundado por jovens de pernas bronzeadas, todos vestidos do mesmo modo: bermuda, camisa Lacoste com a gola levantada, mocassins. A sensação paranoica de que todos fingiam não o ver. Da garçonete aos outros empregados. Teria sido reconhecido? Seria possível? E por que não? Pelo que ele sabia, não haveria nada de estranho se, desde o dia em que o pesadelo começara, sua foto tivesse aparecido obsessivamente nos jornais e nos noticiários de TV.

De repente se deu conta de estar encharcado de suor e do molesto aparecimento de uma latejante dor de cabeça. Perturbado por uma inédita arritmia cardíaca. Queria pedir ajuda, mas temia que alguém lhe dissesse: "Caia fora, seu pervertido imbecil." Então saiu e se encaminhou para o carro. Atrás de si, ouviu que alguém o chamava: "Moço! Moço! Ei, é com o senhor mesmo!" Pronto, pensou, agora vão me linchar. Virou-se. Era a garçonete, ofegante e decididamente irritada.

– Moço?

– Sim?

– Faltou pagar a consumação. Vim correndo atrás do senhor...

– Ah, meu Deus, desculpe... Pronto, aqui está, fique com o troco e me desculpe...

Não, o mundo já não era lugar para ele. Não havia nada ao seu redor que não lhe suscitasse medo. O terror vencia qualquer nostalgia.

E Leo estava certo em ter medo e em ficar alerta. Porque, embora ele tivesse optado por não saber, tudo isso acontecia justamente nos dias em que a imprensa nacional havia declarado definitivamente seu pruriginoso amor por esse caso escabroso, destrinçando-o em seus miseráveis detalhes, atribuindo-lhe pretensiosos significados alegóricos: imaginem se o Escritor Famoso e o Renomado Jornalista iriam resistir à tentação de oferecer o arguto relato sobre a Queda do Insuspeitável ou sobre o Desmascaramento do Impostor. Que nada. Naquele agosto, as praias italianas tinham se transformado em praças, nas quais bandos de filósofos alucinados desejavam discursar sobre concupiscência, traição, luxúria, ilegalidade.

E, para fazer isso, tomavam como exemplo a história do médico que trata de crianças doentes de câncer, mas não acha nada melhor do que lucrar com a desventura delas e, nos intervalos, seduz meninas de 12 anos (será que também a comeu?, pergunta-se o invejoso depravado, esmiuçando o jornal matinal).

Evidentemente, a mixórdia entre saúde ruim, infâncias violadas, conluios políticos e iniquidades acadêmicas havia convencido as pessoas comuns de que eram substancialmente mais honestas e meritórias do que todos os Leo Pontecorvo do país – aqueles com poder, com grana, com mulheres, que receberam tudo da vida e por isso acreditaram poder se aproveitar, e que agora merecem morrer na ignomínia.

Sobre uma coisa todos concordavam: um homem desses não podia ficar livre. Um homem desses devia ser detido.

Eis o que estava lhe acontecendo. Eis o assunto sobre o qual Leo poderia pedir a opinião de Herrera, se não tivesse interrompido qualquer contato com o mundo exterior, se não tivesse decidido prudentemente não assistir à TV, não comprar jornais, não atender à sua linha telefônica particular, que tocava sem parar.

A verdade é que Herrera já conhece essa história bem melhor do que Leo. Justamente por isso, recebeu o amigo em seu escritório com uma tirada de insinuação tão trivial. O golpe de mestre foi chamá-lo de "meu querido". Muitos anos antes, com essa expressão, no ambiente deles (aquele da boa burguesia judaica que saíra ilesa da perseguição, aquele dos clubes de remo, dos longos e estivais jogos de cartas nos sombreados pinheirais de Castiglione della Pescaia), os homens se apostrofavam ironicamente entre si. O mesmo carinho extravagante com que o pai de Leo poderia interpelar o pai de Herrera e vice-versa.

Que essa expressão fora estudada meticulosamente fica demonstrado pelo fato de que em nenhum outro momento – ao longo da conversa que se seguiu e das que eles tiveram nas semanas subsequentes, nas quais todas as manhãs Leo se apresentaria às nove em ponto no escritório do seu velho amigo de infância – Herrera se permitiria uma tal informalidade.

Agora que devolveu um pouco de ar àquele homem sufocado, agora que deixou Leo (o vigoroso correligionário que na vida, feitas as contas, ao menos até ali, não tivera menos sorte do que ele, mas ao qual a sorte, desde algum tempo antes, começou a lhe virar as costas...) um pouco mais à vontade, é tempo de tratá-lo como cliente, e de tentar livrá-lo dos problemas. Não antes de esclarecer algumas condições preliminares:

– O adiantamento é de setenta milhões. Em espécie, isento de taxas. Minha secretária aguardará você, depois de amanhã, no hall do hotel Cicerone, às cinco. Se aceitar ser assistido por mim, você deve também aceitar a ideia de que eu serei seu rabino, seu confessor, seu psicólogo e, sobretudo, seu imperador. Deverá responder a mim para qualquer coisa. E fazer tudo o que eu disser. Primeiro, é necessário que dê como seu endereço o do meu escritório. Significa que toda a papelada relativa às investigações chegará aqui. Segundo, eu o proíbo de ver televisão e de ler jornais. Proíbo-o de envenenar sua vida com toda aquela merda. Terceiro, proíbo-o de falar do caso com quem quer que seja (e você não imagina quantos babacas quem-quer-que-seja existem por aí) sem ter falado comigo antes. Quarto...

Até aqui, tudo fácil. Jornais e TV, eu os ignoro há semanas, e também com quem vou falar, se ninguém me dirige a palavra?, flagra-se pensando Leo, de novo maltratado pela angústia. Mas logo em seguida sente um prazer voluptuoso: alguém volta a tratá-lo como a uma criança. Não é disso que ele mais precisa? De alguém que o trate como a uma criança. De alguém que o coloque diante de um rígido decálogo de proibições.

– Sim, mas você pode me explicar uma coisa?

– Diga. Mas não se acostume. Em geral, antes de abrir a boca, eu quero ver o dinheiro. Minha eloquência é mais cara do que um Porsche.

– Não entendi muitas coisas. A notícia daquelas cartas. Dada daquele jeito. Na televisão. Sugerindo sei lá qual cenário... Bom, em suma, eu esperaria receber uma comunicação judiciária do tribunal, uma notificação, uma convocação para depor. Por que não acontece nada? Às vezes, eu queria muito que acontecesse algo. Isso de não acontecer nada está me matando.

– Não sei o que lhe dizer. Eu precisaria conhecer os documentos, as imputações... Mas posso levantar hipóteses. Exceto por alguma sombria consideração moralista, não existem indícios de delito. Não é muito decoroso trocar cartas com uma garota, é verdade. É algo que lança descrédito sobre um homem com uma bela coleção de imputações como você. Ainda assim, não é um delito. Nada disso. Assédio sexual. Violência. Esses, sim, são delitos, e fique certo de que, se tivessem provas de que você os cometeu, eles já teriam ido prendê-lo! Com todo esse vento ruim que está soprando... Mas, ao que parece, não têm nada em mãos. Quanto aos outros delitos... bem, é evidente que, se temessem que você pudesse comprometer as provas ou escapulir para o exterior, já o teriam detido. Mas, quanto a isso, estão sossegados. Fugir não é típico de Leo Pontecorvo. Não do Leo Pontecorvo que eu conhecia. Aquele era um Leo Pontecorvo cheio de civismo e senso de responsabilidade. Um exemplo de respeitabilidade burguesa. E não um fujão vulgar.

Esses últimos comentários pareceram a Leo cheios de sarcasmo. Na voz de Herrera, ele sentiu uma reprovação nem sequer muito dissimulada. Herrera estaria indo à forra?

Leo decide não fazer caso. Tem mais em que pensar. Feitas as contas, está contente. Sente-se protegido, em boas mãos. Não é isso o importante? O niilismo congênito de Herrera, que agora lhe parece tão brutal, se bem dirigido pode revelar-se muito útil à sua causa.

De repente, Leo sente pelo amigo um afeto profundo.

– Sabia que você está com um aspecto esplêndido? – diz, mentindo e falando a verdade ao mesmo tempo.

– Você acha? Bem, afinal minha vida não foi o insucesso previsto pela minha mãe.

– Sei muito bem, também leio os jornais.

– Deus do céu, minha mãe... Faz um ano que me deixou!

Leo sabe. Havia lido o necrológio no jornal. Mas, já que na época decidira não enviar sequer um telegrama de condolências, finge estar estupefato e consternado.

– O que fazer? – continua Herrera, quase falando sozinho. – Minha menininha era muito idosa. Tinha um monte de achaques. E, nos últimos tempos, uma bela e escancarada demência senil. Devo ter trocado umas cem acompanhantes, cada uma melhor do que a outra. Ela expulsou todas. Não entendia mais nada, seu cérebro era um mingau, a única coisa que sabia era que não queria morrer com aquelas mocinhas, e sim comigo, com seu filho único. E, no final, eu também me convenci de que isso talvez fosse o melhor. Assim, durante o dia trabalhava e à noite ficava com ela. Você é médico. Sabe quanto isso pode ser devastador. Quer saber o que ela me disse na noite antes de morrer, quando eu a levava para a cama?

– O que foi?

– "Meu amor, eu lhe quero muito bem." Pois é, a única coisa afetuosa que minha mãe me disse em toda a sua vida. A filha da puta me sussurrou isso quando seu cérebro já estava pifado!

Mais uma vez, Leo experimenta uma sensação de proximidade, de solidariedade. Um amigo. O meu amigo. Aqui está ele. Voltou.

Se Leo passou a primeira parte de sua existência sob a tutela da mãe, e a segunda sob o olhar atento e amoroso da esposa, agora é tempo de que a herança das duas mulheres de sua vida, cada uma cancelada por motivos diferentes, seja recolhida por Herrera. Cabe a esse intrépido advogado, a esse anãozinho malvado e resoluto, escoltá-lo ao longo de sua nova e perigosa trajetória. E há nisso algo de aliciante. Algo de poético, que, a um homem tornado ainda mais sentimental pela desgraça, não deveria escapar: ao lado de Herrera, começou sua vida de judeu adulto, e com Herrera ela terá um novo início ou uma conclusão trágica.

Basta-lhe pôr os pés fora do escritório do seu novo advogado, seu novo mentor, ainda sob o efeito tonificante que o encontro – a maré de recordações e o brilho repentino de algum vislumbre de esperança – lhe deixou, e rever-se na rua em uma temperatura equatorial, envolvido por ferventes lufadas de pútrida umidade de agosto, para sentir ainda sobre a cabeça todo o peso daquilo que está lhe acontecendo.

Corre desajeitadamente para o automóvel, estacionado em uma das ruelas que confluem para a via Veneto. Acalme-se, meu rapaz, não é nada. Não aconteceu nada. Pelo contrário, tudo foi melhor do que você imaginava. Portanto, levante a cabeça, relaxe e pense nos próximos movimentos.

Está decidido a respeitar as normas que Herrera lhe impôs. Tem a ilusão infantil e militarista de que, se cumprir as ordens, as coisas se ajeitarão aos poucos. É então que outro pensamento, não menos pernicioso do que todos os outros, se insinua nele e por pouco não o faz desmaiar.

O dinheiro. De onde tirar todo aquele dinheiro? Uma soma considerável: ao alcance do seu bolso, claro, mas tremendamente difícil de localizar, para um superinepto de sua espécie. Leo não sabe quanto dinheiro possui. Não é ele quem pensa nessas coisas. Rachel é quem se ocupa de contabilidade e das contas bancárias dos dois. Ele sabe que ganha muito bem e tem uma confiança quase ilimitada na capacidade administrativa de Rachel. Sempre foi grato à esposa por não tê-lo atualizado sobre a contabilidade familiar. Por jamais ter posto embaixo do nariz dele uma conta de telefone ou de luz. Por não o manter a par de suas manobras financeiras.

É assim que ele sempre gostou de viver: como um daqueles monarcas de crédito ilimitado, bafejado pelo privilégio de não precisar pensar naquilo que, para a gente comum, é o pensamento dominante (sim, muito mais do que o amor). Sabe que, ao longo dos anos, ela investiu em alguns imóveis. Mas isso é tudo o que ele sabe. Como um menino mimado, foi munido de cartões de crédito e talão de cheques. Através desses dois sublimes instrumentos, pôde contar com todo o dinheiro necessário a um homem de sua extração e com seu nível de vida. Sem que jamais lhe tenha ocorrido exagerar nas aquisições. É imune a certas compulsões.

Agora, dá-se conta de que não sabe nem se os apartamentos comprados por Rachel estão no nome dele. Recorda ter ido ver algumas vezes, nos últimos anos, o tabelião Emilio, outro amigo de infância. E ter assinado uns papéis, enquanto este último recitava, como se estivesse na sinagoga, algumas jaculatórias tediosíssimas, escritas num estilo impossível. Recorda umas folhas datilografadas e recorda sobretudo a sonolência que o invadira.

Evidentemente, seu terror pelas coisas burocráticas se manifesta numa estranha forma de inércia e torpor, cujo resultado é que, agora, ele não sabe o que assinou. A cessão de tudo o que ele tem à mulher e aos filhos (o que, até algumas semanas atrás, estaria superbem)? Ou a aquisição de alguma nova propriedade? Quem sabe? E a quem poderia perguntar? Por acaso pode chamar Emilio, aquele carola ridículo, e pedir a relação de suas posses? Que papel iria fazer? Isso está fora de questão. Precisa de tudo, menos da voz melíflua de Emilio. Mas, então, como diabos fazer para conseguir assim, sem interpelar Rachel, setenta milhões em espécie? Não há jeito. Por outro lado, a quem poderia pedi-los, senão a ela?

Tem um ataque de raiva. Afinal, o dinheiro é seu. Ele se esfalfou, estudou e trabalhou incansavelmente por todos aqueles anos. O dinheiro lhe pertence. E de que serve ganhar tanto dinheiro, a não ser para poder contar com ele para graves questões de saúde ou para algum embaraço judiciário?

O problema é que Leo, desde a tórrida noite de julho em que fugiu dos seus entes queridos, abandonando-os às suas interrogações, não falou mais com Rachel. Ela fez de tudo para evitá-lo, e isso não o desagradou nem um pouco. Ao menos enquanto não se viu precisando enfrentar as primeiras questões práticas. Aquelas que, até ali, ele sempre delegou alegremente. E teve de encarar toda a sua incalculável inépcia. Por sorte, ocorreu-lhe a ideia de procurar Herrera. Mas, sem dinheiro, Herrera não existe. O caminho para agarrar a nova oportunidade chamada Herrera é um belo monte de dinheiro em espécie. Sem isso, adeus oportunidade chamada Herrera. Ter de pedi-lo à pessoa que, entre todas, Leo imagina ser a mais enfurecida com ele (pior: a mais decepcionada) seria como esperar do pai de Camilla uma amizade genuína. Sem esse dinheiro, despedaça-se até a única possibilidade que ele tem de recomeçar a viver.

Desde que esta história começou, nunca ficou furioso. Mas, agora, é como se toda a agressividade acumulada pela série inaudita de acusações que o reduziram a um pária da sociedade tivesse decidido explodir. Odeia Rachel com todo o seu ser. A maldita intransigência dela. O modo como não escuta. Aquela convicção, que parece vir-lhe de Deus, de saber distinguir entre o certo e o errado. Seu senso moral é tão feroz que a transforma em uma pessoa iníqua. De que lhe serve sua religião, se não for para sentir piedade e compreensão? Como pode Rachel não sentir piedade por ele? Como pode não ver o que estão lhe fazendo? Seu marido é cotidianamente triturado, tiraram-lhe tudo, até mesmo um motivo para viver, transformaram-no em um palhaço. E tudo isso sem que ele tenha feito nada. Nada.

Até ela, a sua Rachel, acreditou nas acusações de Camilla. Aquela maldita putinha que o desgraçou. Aquela psicopata de merda que se dirige aos pais em francês, que escreve cartas delirantes, que se diverte em acuar e torturar os adultos.

Eis por que lhe é indispensável um mastim como Herrera Del Monte. Porque só ele, com sua determinação, com sua dialética, com sua astúcia, terá o vigor necessário para demolir todo aquele absurdo e tentacular edifício de mentiras. Por isso, Leo espera que Herrera pegue a cabeça de Camilla, a de seu pai viquingue, a daquele assistente aproveitador e a de todos os outros, de todos os que implicaram com ele, e as esmague em uma prensa. Eis o grito de vingança deste pobre conde de Montecristo. Eis o sonho bíblico de redenção de Leo Pontecorvo. Que jamais poderá se realizar se ele não puser as mãos naquele dinheiro.

Agora está ali no carro, às duas da tarde, ar-condicionado ligado, vidros levantados, lá fora um calor atroz, e não consegue se mover: a simples ideia de engrenar a marcha de seu belo Jaguar azul-França e partir, depois de olhar no retrovisor se ninguém veio atrás dele, é superior às suas forças. Está paralisado. Sente calor e frio. Tem medo. Está furioso. Quer o dinheiro que lhe pertence, mas não sabe onde ele foi parar nem como obtê-lo.

Num acesso de extemporâneo pateticismo, diz a si mesmo que no fundo esse dinheiro não é para ele. Não, não para ele, mas sim para algo superior. Eis o que dirá a Rachel, a Intransigente, se tiver a coragem de interpelá-la: "Esse dinheiro não é para mim, mas para uma missão superior. Justiça. Verdade. Coisas que você, querida, deveria amar tanto quanto eu..." Essas abstrações, unidas ao afetuoso apelativo dirigido à mulher, fazem-no chorar.

Assim é que um homem de 48 anos, protegido do mundo como um peixe em um aquário, dentro de um belo, confortável e solene automóvel – em cujo interior o ar-condicionado sopra como um vento polar –, encontra pela segunda vez, durante esse longo dia, a coragem e a vileza de chorar. Enquanto soluça como um louco, de repente percebe que, do outro lado do vidro, um menino está curtindo a cena. Então tenta recompor-se e, ainda abalado por alguns soluços, cumprimenta-o e lhe sorri ternamente. Mas, um segundo depois, arrepende-se de tê-lo feito. Recorda que não está em condições de ser terno com ninguém, muito menos com um inocente.

Maquinalmente, e não sem paranoia, olha ao redor para ver se por acaso alguém o observou sorrir a um menino. Os chacais estão em toda parte. De tocaia. Pelo menos essa lição ele aprendeu. Não há nada que você possa fazer agora, mesmo em irrepreensível boa-fé, que dentro de algum tempo alguém não venha a usar capciosamente para destruí-lo, para colocá-lo diante de responsabilidades que não são suas. Eis o que Leo aprendeu da sociabilidade humana. Os outros existem para destruir você. Nós nascemos para ser destruídos.

Quanto mais pensa no dinheiro de que necessita, mais se angustia e mais se enfurece. Nenhum problema, vou para casa e falo com ela sem incertezas: "Tenho de pagar ao advogado. Preciso do meu dinheiro." A essa altura, ela não poderá continuar me ignorando. Terá de me dar uma resposta. Se disser que sim, bem, ótimo. Se recusar, eu lhe mostro do que sou capaz. De novo, esse pensamento cheio de agressividade o aplaca.

Tomada a via Cassia, a dois terços do trajeto que, do centro, o leva de volta para casa, Leo se conscientiza angustiosamente do que acontecerá se de fato ela não liberar o dinheiro.

Admitamos que ela o recuse. Rachel não é mais a mesma. Rachel deixou de ser Rachel, não menos do que o mundo deixou de ser o mundo. Ou, pelo menos, assim parece a ele. Rachel é agora um fantasma em sua vida. Ou talvez ele seja um fantasma na vida de Rachel. Dá no mesmo. Pois é, não lhe dar aquele dinheiro, recusar-se a ajudá-lo, seria para ela um excelente modo de se vingar, mas também de ratificar a irrelevância dele em sua nova vida.

E se ela dissesse simplesmente: "Não vou lhe dar nada. Proíbo-o de tocar em nosso dinheiro"? Ou, pior ainda, se continuasse em silêncio? O que ele faria, então? Coisa alguma. Se tivesse um mínimo de forças para reagir, já a teria empregado há tempos. A exasperação tem sobre ele um efeito paradoxalmente calmante. Vai retirar-se no semissubsolo onde já dorme há várias semanas. Jogar-se no sofá-cama. Tentará dormir e não conseguirá. Oprimido por todo aquele calor apocalíptico. Não se apresentará no hotel Cicerone com o dinheiro. E assim perderá também a última oportunidade de sair daquela história.

É esse o modo como Rachel vai se vingar? É esse o modo? Não lhe permitindo ser defendido da melhor maneira? Ela é assim. Leo a conhece bem. Sua dedicação pode ser absoluta, mas, depois que você a decepciona, ela o castiga para sempre. Você não consegue recuperar sua confiança. Leo conhece sua intransigência. Ele a admira. Ama essa intransigência. Talvez também porque, ao menos até agora, nunca tenha sido vítima dela.

Recorda a maneira totalmente louca pela qual, quando Filippo tinha 3 anos e fazia birra para ganhar mais um Ciocorì, que ele adorava, Rachel dissera:

– Tudo bem, Fili, vou lhe dar seu chocolatinho, basta você prometer à mamãe que depois não vai pedir outro.

Ao que Filippo fizera um pequeno aceno de assentimento. Para selar um pacto que evidentemente, naquela circunstância, parecia razoável ao garotinho. Sim, se ela lhe desse outro Ciocorì, ele prometia parar de se lamuriar. Só que, uma vez devorado o chocolatinho, Filippo recomeçara a choramingar para ganhar outro.

Leo ficara estupefato com a reação da mulher, que continuava dizendo:

– Não estou gostando disso, você prometeu! Prometeu que ia parar de reclamar. Fizemos um pacto, e agora você o está descumprindo. Vou lhe dar outro Ciocorì, ou melhor, tome, eu lhe dou todos, pode comer todos e se empanturrar até enjoar, mas saiba que você não é uma pessoa leal.

"Não é uma pessoa leal"? Dito a uma criança de 3 anos que quer outro Ciocorì? Leo achou a coisa tão grotesca que lhe pareceu o caso de intervir:

– Amor, você não está exagerando?

– Ora, Leo, não se meta. Nós tínhamos feito um pacto e ele agora o está infringindo.

– Sim, eu sei, mas calma. É seu filho, tem 3 anos, nem sabe o que significa um pacto. Na idade dele, a palavra lealdade não tem nenhum sentido. Ele reage instintivamente. Nem sequer entendeu ter prometido alguma coisa. E, mesmo que o tenha entendido, não considera tão impeditiva assim a promessa que fez. Não dê o lanchinho, se achar que lhe estraga o apetite, mas, por favor, não lance sobre ele suas maldições bíblicas.

É essa a pessoa a quem você deve pedir dinheiro? É essa a pessoa que deveria perdoá-lo? Uma mulher incapaz de compreender as razões de uma criancinha de 3 anos que faltou à palavra dada? Bom, você está fodido. Rachel é doce, é a pessoa mais solícita do mundo, é uma mulher extraordinariamente oblativa. Mas, se você se desviar, está frito. Se se colocar fora de sua ideia de moralidade (que não tem nada a ver com o puritanismo de baixa extração de muitas outras senhoras de seu ambiente, mas envolve as mais altas esferas das virtudes humanas: lealdade, sacralidade da palavra dada e assim por diante...), bem, se fugir de sua ideia de moralidade, você não tem saída. Não pode esperar nenhuma misericórdia.

Após transpor o portão e estacionar o carro na trilha de seu palacete, Leo ainda se demora ali um pouco, curtindo o ar-condicionado e torturando-se com o pensamento daquilo que o espera. Depois entra em casa. Ouvindo o ruído de louças que vem da cozinha, entra e a vê ali. Ajudando Telma a fazer alguma coisa. Telma o percebe e tem um sobressalto, embora sussurre: "Bom dia, professor." Mas Rachel, não. Não se volta, nem sequer estremece. E então Leo, tentando imprimir à sua voz um pouco de segurança e uma pontinha de distanciamento autoritário, diz: "Preciso de setenta milhões em espécie, para amanhã. São para o advogado..." E ela, nada ainda. "Ouviu o que eu disse?" Claro que ouviu. E, justamente porque ouviu, não respondeu.

Assim, depois de uma terrível noite passada deitado diante da porta do semissubsolo que se abre para a escada, a qual daria acesso ao seu quarto conjugal, bem ao lado daquele onde dormem os garotos; depois de uma noite em que concebeu pensamentos de suicídio, de homicídio, de fuga e sabe-se lá mais o quê; depois de uma noite na qual não fez senão pensar no melhor modo de tentar reocupar os espaços domésticos que no fundo lhe pertencem, sem na realidade conseguir sequer baixar a maçaneta para abrir a porta que o separa da parte nobre de sua residência; depois de uma noite assim, ao meio-dia ele acorda no sofá-cama, ainda vestido. Ao seu lado, encontra uma maleta cheia de cédulas. Conta-as como pode, e constata que o total corresponde mais ou menos àquele de que precisa.

Ainda pode se salvar.

Aos poucos, o tão bem administrado pecúlio da família Pontecorvo estava começando a evaporar-se sob o enorme peso das despesas legais e dos ganhos perdidos. A intervalos de sete dias, Leo deixava um bilhete sobre a mesa da cozinha com o total de que necessitava, e no dia seguinte, pontualmente, a costumeira bolsa com o dinheiro estava ali, esperando-o sobre a mesma mesinha.

Se, ao pagamento pontual dos honorários e às outras determinações infligidas a ele por seu advogado-mentor-genitor, Leo se ateve escrupulosamente, não se pode dizer o mesmo da proibição de ler os jornais. Isso, sim, era de fato estranho. Porque, até aquele momento, Leo conseguira não os ler, eludi-los tinha sido natural para ele. Havia intuído que estar desinformado era a única esperança de que dispunha para salvaguardar a sanidade mental. Mas, assim que aquele natural impulso autoprotetor fora regulamentado e institucionalizado pela respeitável e explícita proibição de Herrera, eis que Leo, como um novo Adão, não soubera esquivar-se da mefítica sedução do pomo venenoso da imprensa nacional.

A cada manhã, após a costumeira noite insone, às primeiras luzes da alvorada ele escapulia da toca passando pela garagem, a fim de não ocupar o reino onde habitavam seus entes queridos e que agora lhe era proibido; ia até uma banca (alguns quilômetros a leste, fora do condomínio, um pouco mais distante daquela que sempre frequentara) e comprava todo tipo de jornal. Em seguida voltava e, com um misto de volúpia e sofrimento, folheava aquelas cloacas de papel. Embora falassem dele de modo cada vez mais sumário, embora seu caso tivesse discretamente deslizado para as últimas páginas dos cotidianos – do noticiário nacional para o local –, ainda assim um artiguete nunca faltava.

Leo havia adquirido o hábito de ler tudo meticulosamente, sem deixar escapar uma linha sequer. Com o rigor minucioso com que antigamente avaliava os prontuários de seus pacientes ou escrevia as notas dos seus doutos ensaios, agora sublinhava todas as pequenas imprecisões jornalísticas. Havia quem o definisse como *o oncologista romano de 45 anos*. Outros, *o conhecido cardiologista*. Outros ainda, *o temerário oncologista milanês*. A idade de Camilla também variava, dependendo da matéria. De um jornal para outro, aquela pequena filha da puta passava dos 9 aos 14 anos em um piscar de olhos.

Descobrir aquelas inexatidões, que no início o exasperaram por sua injustiça, por sua indecência, com o exercício tornara-se quase um divertimento enigmista. Assim como sublinhá-las, recortá-las, guardá-las em uma caixa e depois mostrá-las a Herrera com prazer, como se a obsessiva monitoração da imprensa desinformada e malévola, que não parava de falar dele, pudesse de algum modo ser útil ao trabalho que seu advogado, sob outro ângulo, estava desenvolvendo de maneira certamente mais construtiva.

Não havia ocasião em que Herrera não o criticasse. Por que ele perdia tanto tempo atrás daquelas babaquices de maníaco? Por que não se atinha às suas diretivas? Aquele era o caminho para acabar no manicômio, e não para vencer o processo que bem cedo eles deveriam enfrentar juntos.

– Descanse, leia, faça esporte, pense em outra coisa... Sua mulher não quer mais vê-lo? Pois bem, arranje uma garota de 20 anos para transar. Se quiser, eu lhe arrumo uma. Mas distraia-se, pelo amor de Deus. Preciso de você firme, pronto, quando chegar a hora de lutar. Quero que você esteja fortalecido. No máximo de suas potencialidades psíquicas e físicas. Entende o que estou dizendo?

– Claro que entendo. Mas você percebe que, segundo esse babaca, eu dei um jeito de favorecer uma empresa de laticínios em detrimento de outra, por questões de amizade, por questões clientelistas? E que esse outro me chama de depravado? De lolitômano?

– Leo, nenhuma pessoa séria o acusa de nada. Só esse colunista idiota. E, graças aos céus, os processos não são movidos pelos colunistas.

– Mas quantas pessoas terão lido esse artigo? Quantas pessoas, que me conhecem e que não me conhecem, vão acreditar agora que eu sou o monstro que aprontou todas essas coisas?

– Acho que você idealiza um pouco o leitor médio dos jornais. A maior parte mal lê os títulos, e a minoria que embarca na leitura já está se arrastando na quarta linha. Os escassos heróis que chegam até o fim, bem, esses esquecem todo o conteúdo assim que passam à matéria seguinte. E é isso que você devia fazer também. Esqueça. Esqueça toda essa história. Você não se dá conta porque ela se refere à sua vida, porque a coisa o magoa, e é justo que seja assim, e também porque não pode ter a minha objetividade, mas seu caso está saindo de moda. *Você* está saindo de moda. E isso, garanto, só pode nos ser útil. Embora não devesse lhe dizer, eu tenho muitas esperanças. Quanto mais estudo, quanto mais mergulho nessa história, mais compreendo a série impressionante de equívocos, ilações, deturpações. No final, vamos sair dessa. Prometo. Pense apenas no que será de você quando tudo isso acabar. Pense em você mesmo, em sua saúde, em sua família, em como retomar seu caminho. Não tem vontade de comer uma garota de 20 anos? Bom, então pelo menos ache um jeito de falar com Rachel e com os meninos. Restabeleça a relação com sua mulher e seus filhos. Reconquiste a confiança deles. Se você quiser, eu ajudo. Falo com Rachel. Mostro a ela todas as provas indiscutíveis de sua boa-fé e de sua honestidade. Demonstro minuciosamente como a história da garota não tem nenhuma implicação penal, demonstro como aquela garota o acuou e o chantageou, levando-o à beira do desespero...

– Não, Herrera, por favor, de jeito nenhum. Farei tudo o que você quiser, mas não diga nada a Rachel, e deixe os meninos em paz.

– Mas por quê? Acha que eles não gostariam de saber que o pai e o marido não é esse monstro de que alguns querem nos convencer?

– Não, não, por favor. Não. Prometa que não fará isso.

– Está bem, está bem, prometo, mas não se aborreça. Não direi nada. Mas você não pode continuar a evitá-los. A se envergonhar diante deles. Leo, você não tem nada de que se envergonhar. Absolutamente. Quem lhe diz é alguém cuja profissão consiste em defender habitualmente infames tubarões que teriam um milhão de coisas de que se envergonhar, mas, sei lá por quê, nem sabem o que é o rubor.

Herrera pregava, como se costuma dizer, no deserto. O problema é que Leo era esse deserto. O dado irônico é que uma das razões pelas quais Leo havia procurado Herrera era a convicção de que este poderia compreender, melhor do que ninguém, o opróbio do qual Leo não conseguia se livrar de modo algum. Evidentemente, havia calculado mal. As coisas tinham mudado com o tempo não só para ele. Também tinham mudado para Herrera, que não era mais o anãozinho vilipendiado de antigamente. Agora era um homem de sucesso. Através de seu carisma viril, através de sua astúcia satânica e de sua funambulesca eloquência, fizera o mundo esquecer sua estatura e seu aspecto. E, mesmo com todas as suas capacidades empáticas, como podia aquele advogado de renome imaginar a vida que Leo vinha levando nos últimos tempos? O despenhadeiro em que ele se precipitara? O último trecho de sua experiência humana (a única concedida a ele) se consagrara cavilosamente à vergonha.

O que Herrera sabia do que significa ter consciência de que, enquanto você se ajoelha diante de um homem que está prestes a alvejá-lo, seus filhos o encaram imperturbáveis? O que significa imaginar aquilo que, por sua causa, seus filhos estão sofrendo? Mas assim era, Leo não saberia sequer explicar a um homem racional que, quando você está tão envolvido com a vergonha, a única coisa que deseja é ter mais vergonha ainda. Sepultar-se sob ela como alguém que acabou de levar um tiro e que de vez em quando espreme a ferida para experimentar até onde pode chegar a dor. Eis para que serviam todos aqueles documentos, todos aqueles recortes de jornal escrupulosamente arquivados: serviam para mantê-lo amarrado o máximo possível à sua vergonha, para não o deixar esquecê-la nem subestimá-la sequer por um instante.

Ou então, quem sabe, Herrera estaria certo? Talvez ele estivesse enlouquecendo. Mas existia alguém, ao menos em seu ambiente, que naquela circunstância tivesse mais direito de enlouquecer do que ele?

A foto que reproduzo implacavelmente na página anterior tratou de submeter a dura prova a resistência nervosa de Leo.

Apareceu de repente em alguns jornais, acompanhando artigos que falavam do conhecido *affaire* em que ele estava envolvido. Finalmente, eles têm o que procuravam, pensou Leo, superexcitado. Têm a carta na manga. Não eram necessárias outras provas construídas, outras infâmias. Aquela foto dizia tudo o que havia para dizer. Aquela foto serviria de cartaz publicitário para a campanha de sensibilização cujo objetivo final, já evidente, era a eliminação da bactéria Leo Pontecorvo do organismo social.

Leo não sabia sequer como haviam obtido aquela foto. Até já escutava a voz do clássico desprevenido, cheio de bom-senso (o mundo está lotado deles), que o tranquilizaria dizendo que aquilo não era nada. Não o retratava nu, nem vestido de mulher, nem em poses equívocas, nem com uma pistola na mão, e muito menos bêbado. Não o flagrava em atitudes promíscuas com Camilla, nem às voltas com os infinitos delitos que lhe eram atribuídos. Nada disso. Por que você se aborrece tanto?, perguntaria o desprevenido-cheio-de-bom-senso, afinal essa foto ilustra apenas um homem montado num cavalo, como outros milhares de senhores que praticam a anacrônica arte da equitação. Mas é justamente isso!, replicou Leo internamente, e no auge da perturbação, ao hipotético desprevenido-cheio-de-bom-senso. É justamente esse o ponto. É esse o segredo. Esse o golpe baixo. Trata-se de uma foto insinuante, capciosa, cheia de duplos sentidos e fundos duplos.

Ele, que agora já conhecia por dentro o sistema (aquele majestoso e sub-reptício incinerador), conseguia intuir a força iconográfica de uma foto daquelas. Uma tal força que dessa vez nem mesmo Herrera poderia minimizar. Com sua intuição sutil, certamente entenderia.

– Voltamos a essas coisas? Mas você não me prometeu que...?

– Sim, eu sei, e juro que fiz isso... ou melhor, tentei fazer. Mas não é tão fácil assim, e talvez nem muito inteligente, ignorar esse troço. Tenho o direito de controlar, de monitorar. Você não pode ver tudo, nem mesmo seus colaboradores podem. Eu sei, eu sei, eles trabalham para mim o dia inteiro. Mas isso aqui eles não podem compreender. Você concordará comigo que são necessárias nossa inteligência, nossa formação, nossa maturidade para entender certas coisas...

– Calma, Leo, calma, não aconteceu nada. Vou dar uma olhada, como você diz, basta que você se acalme um instante...

– Por que você me manda ficar calmo? Não quero me acalmar. Não posso me acalmar. Como posso me acalmar enquanto esses sujeitos continuam publicando certas infâmias?

– Mas que infâmias?

Então Leo colocou de novo a foto na frente dele. E Herrera, sem perder o controle, recomeçou a falar:

– Pronto, já vi. É uma foto, só isso. Talvez não o retrate no máximo de sua boa aparência. Talvez você não seja o homem mais fotogênico do mundo. Mas, pelo amor de Deus, é só uma foto. A foto de um homem a cavalo, vestido de babaca. Já vi milhões delas. Basta comprar a revista *Il cavallo*, para não falar de *Salto a ostacoli* ou de *Dressage*, e você achará outros milhões.

Dessa vez, aquele cinismo não o divertiu, aquela ironia sem cerimônia não o fez se sentir em casa nem em família. Leo ficou indignado. E desanimou. Já não tinha nenhuma vontade de brincar, queria ser levado a sério. Esperava uma resposta séria. Estava se dessangrando, estava jogando sua família na pobreza, para ter respostas sérias. Então, que Herrera lhe respondesse à altura.

– Está bem, desculpe, nada de piadas. Juro, meu amigo, que não consigo compreender o que você está dizendo. Não consigo compreender por que essa foto seria mais perigosa ou mais infamante do que todas as que eles publicaram até agora.

Seria possível que ele não entendesse? Um homem de sua sutileza, de sua esperteza, de sua sensibilidade, não entendia. Provavelmente, para entender certas coisas você deve estar no meio delas, deve estar envolvido. Tudo na vida tem um sentido. Toda essa tragédia tem um sentido. Será possível que você, Herrera, logo você, não entenda?

Leo precisava de fato acreditar nisso. No sentido daquilo que estava acontecendo. Mas não sabia como convencer seu advogado de que aquela foto se ligava àquele famigerado sentido. Então tentou se acalmar. Ou, melhor dizendo, a fazer o papel do homem que está se acalmando:

– Tem certeza de que não há como mandar eliminar essa foto? De mandá-la para a picotadeira? Não sei, denunciar todos eles por difamação?

– Viu? Não sei o que você está fantasiando. O que houve? Você está perdendo o controle. Repito, é só uma foto. Basta não a olhar. Basta não comprar os jornais e não ver televisão. Essa é a única receita contra a paranoia.

– Agora vai me chamar até de paranoico? O que a paranoia tem a ver? Sou paranoico só porque me dou conta, porque registro meticulosamente o que está acontecendo? Tudo o que me aconteceu lhe parece uma paranoia? Sabe o que eu estou passando? Faz ideia de quanto me sinto sozinho? De um dia para outro, me transformei num verme. Num lixo. Ninguém se dispõe mais a me conceder nada. Lembra-se do seminário em Basileia, aquele para o qual me convidaram? Pois é: ontem uma sujeitinha, uma idiota com uma voz toda cerimoniosa, me deixou um recado na secretária. Sabe o que dizia?

– Sei lá! Que haviam mudado o horário do cafezinho?

– Que, na última hora, precisaram cancelar o seminário. Que estavam consternados, não sabiam como isso pôde acontecer, que por uma série desagradável de circunstâncias... e toda aquela conversa fiada suíça...

– E daí?

– E daí o quê?

– Qual é a moral?

– A moral, Herrera, é que me expulsaram. A moral é que, de uns tempos para cá, todos me expulsam. Inclusive os suíços. Mas sabe por que só agora eles se decidiram a me expulsar?

– Por quê?

– Mas está tão claro, Deus do céu! Porque viram a foto. Pense nisso, Herrera. Eu pensei, desde ontem à noite estou pensando, e tudo se encaixa perfeitamente. Essa porra de jornal chega a Basileia, não? Claro que chega, já me informei. Evidentemente, foi parar nas mãos de algum burocrata petulante. Foi ele quem a mostrou ao comitê. E só então o comitê decidiu. Essa foto os convenceu. Já vejo todos em roda, olhando-a, comentando-a, julgando-a... Vejo tudo.

– E não acha que eles o excluíram do seminário por tudo o que lhe aconteceu nos últimos meses? Quando você me falou desse encontro, até me disse que se surpreendia porque não tinham cancelado o convite, com alguma desculpa. E agora, pronto: eles cancelaram.

– Sim, mas por que justamente agora?

– Porque voltaram das férias. Porque o seminário se aproxima. Ou porque só se lembraram de você neste momento. Como posso saber?

E, sobretudo, quem liga? Acha realmente que algum dos organizadores, depois de topar casualmente com essa foto, teve a revelação? E só agora retirou o convite? É isso que você está me dizendo? É essa a sua genial reconstituição?

– Exatamente.

– Bem, meu caro, seu juízo desceu pelo ralo... eu tinha lhe recomendado que não lesse essa merda. É essa merda que lhe derrete o cérebro. Você não é o primeiro que eu vejo reduzido a esse estado. Você parou de raciocinar. Repito: não é o primeiro que vejo reduzido a esse estado. E eu sabia que isso poderia acontecer. Pois bem, deixe-se orientar por alguém que ainda tem os pés no chão: por mais que lhe pareça incrível, essa foto não diz a seu respeito mais do que qualquer outra que eu já tenha visto. Sim, é verdade, ela o retrata numa atividade esportiva. Talvez o esporte que você pratica não esteja entre os mais populares, ou melhor, digamos que é um tantinho esnobe. Talvez isso possa emputecer alguém. Algum suburbano, algum populista. Talvez a zeladora possa dizer ao entregador do açougue: "Mas veja só esse pedófilo babaca, esse ladrão, esse usurário, esse judeu de merda com todos os seus milhões. Sou capaz de apostar que ele andava a cavalo vestido como quem vai à caça da raposa." Sim, não nego que isso possa acontecer. Mas daí a dizer que, com tudo o que está lhe acontecendo, essa foto seja o fruto de uma grande maquinação destinada a destruí-lo, bom, aí é demais.

Realmente Herrera, o inteligentíssimo Herrera, não compreendia? No entanto, a Leo aquilo parecia muito evidente. Ou talvez Herrera compreendesse, sim. Talvez compreendesse, mas quisesse fazê-lo parecer maluco. Mas é claro: ele não é meu amigo, não é meu aliado. Foi ele quem, tempos atrás, rompeu comigo. Foi ele quem, a partir de certo momento de nossa vida, decidiu que não gostava da minha presença. Minha estatura, meu aspecto, minha beleza, minha desenvoltura o magoavam. Deixavam-no em dificuldade e o humilhavam. Esse sujeito me odeia desde quando éramos jovens. Como pude confiar nele? Como pude colocar minha vida, ou o que resta dela, em suas mãos, se o que para mim, naquele tempo, era amizade, para ele não passava de hostilidade? O que para mim era afeto, para ele era inveja. Ele me enganou e me atraiu à sua armadilha. Está dessangrando minhas finanças. E agora se plantou na primeira fila para se deleitar com o espetáculo da minha destruição. Só esperava me ver reduzido a esse estado para desfrutar de sua revanche até o fundo.

E tudo isso por quê? Por uma frase infeliz que deixei escapar meio bêbado diante daquela Valeria, ou lá como se chamasse. Se ele tivesse me explicado o que sentia... Se me dissesse o que o incomodava... Mas ele, nada. Era orgulhoso. Jamais queria se revelar. Só no final, quando a situação se tornou insustentável demais, então me expulsou de sua vida a pontapés. Assim, sem aviso prévio, com uma ferocidade e uma premeditação que me deixaram sem fôlego. É desde então que ele me espera na esquina? Nunca se deve subestimar o maldito rancor dos anões! Por que me espanto? Ele sempre foi assim: melífluo e ambíguo. E agora chegou o momento de me fazer pagar a conta. Esse advogadozinho nojento, cuja falta de escrúpulos é maior do que ele, finge me ajudar, estar do meu lado, ao passo que está me afundando.

Até que, de repente, Leo teve uma iluminação.

– Você se lembra da pergunta que fez ao rabino Perugia sobre a iconoclastia hebraica? E da resposta dele?

Essa frase lhe saiu dos lábios sem que ele, de início, conseguisse entender por quê.

– E o que a iconoclastia hebraica tem a ver?

– Vamos, não me olhe desse jeito, não me trate como um doido, estou perfeitamente lúcido. Lembra-se ou não? Claro que se lembra, mas não quer dar o braço a torcer. E pensar que toda vez em que você polemizava com o rabino eu o olhava com uma tal admiração... Talvez não demonstrasse, mas ficava extasiado. Sua dialética, seu amor por tudo o que não fosse indubitável, sua capacidade de protestar contra aquelas superstições anacrônicas...

– Está bem, está bem. Agradeço. E concordo, era divertido zombar daquele imbecil, combater suas certezas graníticas, mas não consigo perceber o que isso tem a ver com essa foto e com tudo o que está acontecendo... e não me lembro de nenhuma pergunta minha ao rabino nem de nenhuma resposta dele.

Mas a essa altura Leo já não tinha vontade de explicar ao amigo. Nem de recordar a Herrera aquilo que justamente um Herrera imberbe havia dito ao rabino Perugia muitos anos antes, e sobretudo aquilo que o rabino Perugia havia respondido. Aquela troca de frases entre um jovem rabino balbuciante e um gnomozinho de 13 anos pareceu de repente a Leo de uma tal profundidade – uma profecia tão definitiva! – que contá-la lhe parecia uma violação inútil.

Leo estava em transe agora, placidamente impregnado daquela lembrança: as longas e tediosas aulas do rabino Perugia que ele e um grupinho mirrado de garotos acompanhavam nas manhãs de domingo, no semissubsolo do templo maior. Lembrou-se de cada coisa. Das peladas que precediam aqueles cansativos mergulhos na religião, e nas quais Herrera dava provas de toda a sua rancorosa combatividade. Do ar empoeiradamente neorrealista que se respirava durante aquelas partidas – aquelas batalhas! –, nas quais os judeus da plebe utilizavam a única ocasião concedida a eles de encontrar os judeus de boa família para arrasá-los. Mas também das festas dançantes que se seguiam às aulas, e que na maior parte das vezes aconteciam na casa dos Pontecorvo. Festinhas alegres que Herrera não frequentava, por timidez ou por orgulho, ou então para não arruiná-las com sua presença.

Como era possível que Herrera não recordasse a manhã em que, 35 anos antes, a poucas semanas do *Bar Mitzvah*, justamente ele, Herrera, havia perguntado ao rabino Perugia por que Deus tinha privado os judeus do conforto das imagens? Por que aquela entidade caprichosa e barbuda, com a qual Herrera parecia ter contas a acertar, havia proibido Seu povo de fazer Seu retrato? Os católicos estão sempre aí, pintando seu belo Jesus, esplêndido e bem-disposto, e a nós não é concedido sequer um santinho. Por quê? Por quê?

Uma típica pergunta do Herrera garoto. Uma típica curiosidade ociosa daqueles anos. A cavilação, o exibicionismo intelectual que deveriam compensar a feiura física. E ao mesmo tempo uma provocação com a qual ele queria destruir tudo o que havia ao redor. Que suscitava nos outros garotos (e sobretudo nas garotas) um sentimento de incompreensão desconfiada. E que combinava tão bem com a desconfiança que seu corpo despertava em todos.

Por que aquele anãozinho horrendo se interessava tanto por essas coisas? Qual era a importância de saber por que Deus não desejava que fizessem Seu retrato, se dali a poucas horas todos se encontrariam no salão dos Pontecorvo para dançar ao som dos discos que estes acabavam de receber da América? Como podia um garoto de 13 anos preferir, a Glenn Miller, Cole Porter, Bing Crosby, certas perguntas pomposas? Por que, se todos eles – arrancados da cama à força, nas manhãs de domingo, para aquela que consideravam, para todos os efeitos, uma cota suplementar de estudo escolar reservada aos meninos judeus – não davam a mínima para o que o rabino dizia sobre

Deus e Seus caprichos, Herrera, ao contrário, ficava tão interessado? Por que aquele garoto tão feio e tão tímido demonstrava tanta energia belicosa somente nas partidas de futebol e nas ocasiões em que devia desafiar dialeticamente o rabino Perugia?

O curioso era que quanto mais aquela petulância verbosa de Herrera parecia incompreensível aos seus colegas, mais agradava ao rabino, que, de fato, lhe dizia: "Com essa cabeça, você deveria ser rabino!" Ouvindo daquele precocíssimo garoto a resposta: "Já eu temo que o senhor, Rav, deposite excessiva confiança na Lei de Moisés para poder ser advogado."

Deposite excessiva confiança? Ora, não é assim que falam os garotos de 13 anos. No entanto, assim falava Herrera. Como num romance.

Pois bem, daquela vez a capciosa eloquência que, nos anos vindouros, Herrera, já indiferente a convencer os rabinos das incongruências do Pai Eterno, colocaria a serviço dos seus clientes e faria frutificar a favor de sua conta bancária, fixara-se na questão das imagens. Por que Deus não queria que se fizesse Seu retrato? Herrera não compreendia. E, sabe-se lá por quê, Leo – embora na época pertencesse à categoria dos preguiçosos sonolentos que, durante as aulas, não paravam de olhar o relógio, na esperança de que aquela tortura acabasse o mais depressa possível – se deu conta de recordar tanto a primeira resposta do rabino, decididamente irônica: "Bem, talvez o Pobre Velho não seja o tipo vaidoso que dizem", quanto a segunda, extremamente mais solene: "Ou talvez o Senhor queira nos ensinar que a verdade é tudo aquilo que as imagens não dizem."

Ao recordar essa segunda resposta, Leo ainda teve um arrepio. Uma sensação de exultação. Como se aquelas palavras explicassem como estavam as coisas. A razão de tudo. Alegrou-se com que o rabino tivesse então posto em xeque seu melhor aluno e com que agora aquele mesmo aluno, já tornado um famoso advogado, pudesse ser novamente posto em xeque pela mesma frase. Sim, meu caro velho rabino, diga a esse presunçoso como tudo funciona. Diga-lhe a única coisa razoável sobre minha situação atual: *A verdade é tudo aquilo que as imagens não dizem.*

Assim foi que Leo se decidiu a repetir aquela frase, 35 anos depois, àquele que a tinha suscitado:

– Lembra-se, Herrera? A verdade é tudo aquilo que as imagens não dizem? Lembra-se, Herrera? Por favor, diga que se lembra.

– Calma, Leo, não sei do que você está falando. Acho que você está fantasiando.

– Mas, admita, que resposta extraordinária! Só agora eu a compreendo! Agora que estou diante dessa foto, compreendo. Compreendo como as fotos mentem. O problema são as fotos, entende? É com as fotos que esses filhos da puta destroem nossa vida. Inclusive naquela noite, quando deram a notícia no telejornal. Atrás do apresentador havia uma foto minha. Quando ouvi que falavam de mim, olhei incrédulo para a TV. E me vi ali, ao lado daquele sujeito. Era eu, mas não era eu. Aquela foto me retratava, mas não dizia nada sobre mim. O problema são as fotos. São as fotos que estragam tudo. É por causa de certas fotos que depois sua mulher não lhe dirige mais a palavra, que seus filhos não querem mais vê-lo, que você se entoca no semissubsolo como um doido, como um ladrão. E é por culpa de fotos como essa que eu me envergonho. Diga que me entende. Diga que também vê o que me fizeram. O que estão me fazendo.

– Sim, eu vejo, Leo. Vejo muito bem. Agora, acalme-se. Sente-se aqui e acalme-se. Você verá que nós os faremos pagar. Eles vão engolir tudo.

– Não! Percebo que você não entende. Só quero que você diga que essa foto também lhe causa o mesmo sentimento de terror que causa em mim. Mistificação, alteração, trapaça. São essas as armas deles.

E, embora o tom de Leo fosse o de um exaltado, embora parte de sua percepção da realidade já estivesse quase de todo comprometida, não se podia negar que aquela foto era, no mínimo, tão estupidamente enfática que beirava a mentira. O que havia de mais mentiroso do que a foto que Rachel mantinha ironicamente em um porta-retratos sobre uma mesinha da entrada (quem a tirara dali para entregá-la àquelas hienas?), longe de olhos indiscretos, colocada ali para recordar-lhe o que ele nunca mais deveria fazer? Aquela foto que o captava vestido em um impecável traje de equitação, cavalgando um baio de manto cor de avelã, com crina, canelas e cauda negras, e segurando firmemente as rédeas.

Não existia foto, entre os milhares que haviam tirado dele em meio século de vida, mais incapaz de representar um homem que elegera bom gosto e autoironia como códigos de sobrevivência. Mas quem explicaria aos distraídos fruidores dos jornais e dos noticiários televisivos que aquele ginete, se não exatamente inocente, era culpado em um modo bem mais controverso do que o sugerido por aquela maldita foto?

Havia sido Rachel a batê-la, na primavera anterior, na pista da Olgiata, quando ele decidira, depois de anos de inatividade e a conselho de um colega nutricionista, tomar aulas de equitação e, cedendo à vaidade do principiante que acredita esconder a ignorância com a correção do equipamento, adquirira uma elegante calça cor de creme, umas botas marrons de couro graxo e sobretudo um ridículo paletó xadrez. Quem soubesse andar a cavalo veria na postura de Leo os sinais da imperícia: calcanhares altos, coluna curvada, rigidez circunspecta.

Mas quantos são por aí os ases da equitação? Um punhado de esnobes e de cavaleiros que provavelmente não leem os jornais e não assistem à TV, porque o ar livre é melhor.

Aquela foto se destinava a produzir nas pessoas um sentimento totalmente contrário: algo que induzia a suspeitar de tanta inopinada autossegurança, uma suspeita que não exigia muito para degenerar em indignação e agressividade. É de alguém que hoje aceita se deixar fotografar vestido como Lorde Brummell, de alguém que perdeu a tal ponto o senso de ridículo que posa diante da objetiva como um monumento equestre, que se esperam certos crimes mórbidos e mesquinhos. Somente um babaca de calças estilo zuavo pode enfrentar a crise de meia-idade, à diferença de tantos coetâneos de sua linhagem, não adquirindo um fora de série e comendo a professora de aeróbica da mulher, mas tomando o caminho sem retorno da corrupção, da usura, da pedofilia...

E ninguém liga para o fato de que aquela foto não o represente. Ou melhor, de que aquela foto seja a espetacular negação de tudo o que você procurou alucinadamente parecer. Porque aquela foto é mais forte do que a sua vida. É mais verdadeira do que você. Mais definitiva do que qualquer sentença, mais persuasiva do que qualquer testemunha de acusação, mais circunstanciada do que qualquer perícia ou depoimento. Aquela foto é você como os outros acreditam tê-lo entendido. Por isso é tão vibrante. Tão poderosa. Tão cruel. Porque diz ao mundo aquilo que o mundo quer ouvir: que nada se casa melhor com a depravação do que a vaidade.

Eram quatro os homens de uniforme que violaram a paz de seu estúdio no semissubsolo de manhã cedo, já no final de setembro. E o fizeram com decência e discrição. Batendo e, antes de entrar, aguardando um sinal de vida. Leo, cujo sono já era extraordinariamente leve, ouviu os carros estacionarem em frente à casa, as vozes dos policiais que se aproximavam, o toque do interfone e em seguida a campainha e as pisadas indiscretas acima de sua cabeça, mas sobressaltou-se quando alguém bateu à porta.

Quem podia ser? Quem ousava bater à porta do réprobo eremita? Rachel? Um dos meninos? Telma? Ou seria o bombeiro? Talvez o fluxo de água de seu banheiro não fosse o único a ter diminuído. Talvez isso tivesse acontecido na casa toda. E talvez a diligente Rachel, que, de certa forma severa, continuava a ocupar-se dele, estivesse mandando o bombeiro para resolver o problema também ali embaixo...

Fosse quem fosse, Leo preferiu não atender. Não conseguia conter o transtorno emocional que a ideia daquela intrusão lhe provocava, qualquer que fosse a natureza dela. Por um instante, até conteve o impulso de ir se esconder atrás do sofá com estampa floral que desde algum tempo antes lhe servia de cama. No fundo, podia ser qualquer um. Nada o surpreenderia. Nem mesmo um bando de arruaceiros munidos de bastões que tivessem vindo lhe dar uma lição. Ou o pai de Camilla, finalmente decidido... Mas, sem dúvida, não era o terror pela própria incolumidade que o impedia de atender; no máximo, uma pudicícia repentina. Um desânimo para ouvir o som de sua própria voz. É verdade: quando ia ao escritório de Herrera, falava, falava, e como. Mas, quando se mantinha em casa, no seu *bunker*, a simples ideia de proferir alguma palavra lhe parecia sacrílega.

Após outra descarga de batidas cada vez mais incisivas, os quatro policiais, impacientes, entraram.

Vê-los foi tranquilizador para Leo. E, no entanto, ele continuou calado, oferecendo-lhes melodramaticamente os pulsos para que o algemassem. Um dos quatro, porém, um rapazelho (devia ser pouco mais velho do que Filippo), disse: "Não é necessário, professor."

A surpresa de Leo ao ver aqueles homens de uniforme não foi menos intensa do que a dos policiais judiciários ao se encontrarem diante de um homem completamente diferente daquele que haviam visto nos jornais e na TV.

A ruinosa queda no abismo de um destino tão implausível havia tomado forma em uma revolução somática: um extemporâneo emagrecimento e o embranquecimento da elegante cabeleira haviam transtornado seu aspecto. Também devia ter acontecido alguma coisa à pigmentação: a cor saudavelmente bronzeada da pele se sujara de reflexos cinza-azulados, e a epiderme, sobretudo a das mãos, se enchera das manchas café com leite que em geral se manifestam na idade mais avançada.

Isso não fazia senão evidenciar uma metamorfose ainda mais radical: a do temperamento, que estava oferecendo sua enésima exibição pública durante aquela blitz matutina da polícia judiciária com um mandado de prisão, e na qual Leo dava provas de uma submissão impressionante, como se quisesse demonstrar àqueles quatro incrédulos policiais e a si mesmo que haviam bastado poucos meses para cancelar de sua índole todo vestígio de arrogância e altivez.

Fazia dois meses que ele já não dormia com Rachel e que não via mais os meninos, exceto de vez em quando, por acaso, das altas e estreitas janelas do semissubsolo. Dois meses que não saía de manhã para ir ao Santa Cristina. Que não recebia telefonemas, a não ser de Herrera, de algum abelhudo atrasado e de um obscuro portador de ameaças, metódico e desvairado. Havia aliviado seus entes queridos do peso de uma presença importuna, como o cauteloso e pudico Gregor Samsa... Normal, portanto, que estivesse ao mesmo tempo predisposto a acolher qualquer ser vivo que batesse à sua porta, mas que isso também o apavorasse.

Talvez por causa do longo isolamento, da surpresa, da enxaqueca e do feroz cansaço que o afligia, ou talvez porque enquanto isso, depois de um mês e meio, venha perdendo a confiança nas capacidades taumatúrgicas de Herrera, eis que Leo se mostra incongruentemente hospitaleiro com quem veio detê-lo, com quem está ali, com as algemas penduradas no cinto, prestes a levá-lo sabe lá para onde. Essa é minha nova família, pensa Leo, comovido. E eis por que está tão cerimonioso. Talvez manifestasse a mesma gratidão a qualquer um que viesse liberá-lo daquele pesadelo doméstico. No fundo, é trocar uma prisão pela outra!

Era grato até mesmo àquele sujeito que ao telefone ameaçara matá-lo e depois urinar sobre seu cadáver. Sim, era reconhecido até àquele psicopata que dizia frases do tipo: "Você se diverte com as meninas, certo? Distrai-se com elas? Mas Deus vê essas coisas, e eu também vejo. Eu também vejo. Professor, torça para que Deus o encontre antes de mim..." Tudo, até mesmo as palavras daquele maníaco, era melhor do que o silêncio pelo qual ele se sentia assediado, do que aquela ausência de terno contato humano (meu Deus, o flanco liso de Rachel! Ainda existia em algum lugar?); tudo era melhor do que aqueles pensamentos pesados como concreto que o esmagavam e aquelas revelações repentinas da consciência, nas quais constatava a irremediabilidade do que estava lhe acontecendo.

O fato é que se algum de seus conhecidos o visse naquela circunstância, às voltas com os rapazes de uniforme, arregalaria os olhos diante de sua condescendência, que estava prestes a se dissolver em comoção.

Em suma, onde fora parar a bem-dissimulada soberba de Leo Pontecorvo? Aquela com que ele sempre mantivera sob vigilância o próximo, desde os tempos em que era o primeiro no curso de especialização do professor Meyer? E de onde vinha a bajulação com que se prostrava diante dos seus carcereiros? Bastam dois meses de isolamento e de vexame social para reduzir um grande homem a um ser apreensivo e choraminguento?

Bem, acreditem em mim: basta muito menos!

Os policiais, por outro lado, revelaram-se até muito conciliadores. Depois de poupá-lo da mortificação das algemas, o rapaz, o mais obviamente inexperiente, sussurrou-lhe, desafiando o protocolo e a ira do seu superior: "Professor, talvez não se lembre, mas o senhor cuidou da filha do meu irmão...", num tom que denotava que àquela altura a sobrinha do jovem policial gozava de ótima saúde. Fazia parte da lista dos ex-pacientes que haviam tido sucesso, alguns dos quais, a cada ano, iam procurar Leo para demonstrar que, se ainda estavam ali, deviam isso a ele.

Uma confidência bastante inoportuna, que induziu o mais graduado a intervir: "Escute, professor, não quero apressá-lo, mas talvez seja melhor o senhor levar consigo alguns objetos pessoais. Pode ser que pelo menos esta noite... pois é, afinal, o senhor *entende*..."

No fundo, o que há para entender?

A parede que separa seu belo quarto conjugal da cela onde, de um momento para outro, podem jogar você é muito mais delgada do que sua presunção de inviolabilidade social o fez supor anteriormente. É isso que você deve entender? Bom, não é necessário um grande cérebro para compreender.

Leo deixou que o escoltassem lá para fora como se não conhecesse a casa onde vivera por tantos anos e que lhe custara uma bela soma. Sentiu-se aliviado ao constatar que ao longo do trajeto, do semissubsolo até a saída, não havia ninguém. Provavelmente Rachel dera um jeito de não haver vivalma para presenciar a detenção. Poupando-o de uma mortificação ou poupando a si mesma e aos meninos. E as coisas correram bem. Quando saiu ao ar livre, no jardim, Leo foi acolhido por um resplandecente dia de final de setembro. O perfume da grama recém-cortada. A luz da manhã colorida de damasco como uma alvorada em Jerusalém. A luz amarela e rasante de setembro. No horizonte, uma solitária e polida frente de nuvens brancas assumira a forma de um tubarão com a boca semifechada, em alerta, pronto a se lançar sobre sua presa.

Aqueles dias de setembro. Leo sempre os amara. Quando tudo, em casa, recomeçava a se mover. Em geral ele, exaurido pelo agosto na praia, voltava ao trabalho. Rachel voltava a ser a dona inconteste da casa. Filippo e Semi voltavam à escola. Havia algo de tocante e tranquilizador em todo aquele *voltar* inexorável. De manhã, antes de entrar no carro e correr para o hospital, Leo dava dois passos até aquele bar pertinho da entrada norte do condomínio, que os garotos chamavam "o fosso". Tomava um café e comprava os jornais. E uns *cornetti* quentinhos para Rachel e Telma.

Aqueles dias de setembro. Até algum tempo antes, esse era o período do ano em que Rachel dedicava mais de uma tarde ao material escolar dos meninos. Percorria papelarias e lojas de departamento para adquirir estojos, cadernos, agendas, mochilas. Era um hábito particularmente agradável a Rachel, que havia contagiado também os filhos. Semi, por todo o quinquênio dos estudos elementares (ou, como ele dizia naquele tempo, "os nementares"), antes de deslocar seus desejos consumistas para a roupa, não pudera evitar pedir todos os anos à mãe:

– Você me compra o estojo com compasso e lente?

E ela:

– Vamos ver.

E ele:

– Vamos ver significa não.

– Vamos ver significa vamos ver.

Rachel precisava se conter para não comprar para os meninos tudo o que eles queriam. Ainda estava viva nela a frustração por um material inferior ao dos colegas. Para Rachel, a escola era uma coisa importante. Ao contrário do marido, ela sempre amara a escola. Havia sido uma aluna exemplar. Para ela, a escola fora um ginásio esportivo, uma alternativa à mesquinhez doméstica. Para Leo, não. Para Leo, a escola fora sobretudo um estorvo. Levantar-se ao amanhecer, um sofrimento. Ele pertencia à confraria dos noctívagos que acordam ao meio-dia. Se havia uma coisa pela qual agradecia aos céus era que, a certa altura, a escola tivesse acabado e mais ninguém o obrigasse a madrugadas insanas. Aquele ar doce e acariciante devia ser o mesmo das manhãs em que a mãe se insinuava em seu quarto, abria as venezianas, apoiava o café com leite sobre a mesinha, puxava delicadamente os pés dele, macios e quentes de inatividade, e lhe calçava umas meias. Um gesto insuperavelmente terno, que ainda assim prenunciava um relutante despertar.

Enquanto os agentes o escoltavam para fora do portão e o faziam entrar na viatura, Leo se perguntou se naquele ano Rachel se animara a levar os meninos para adquirir o novo material escolar. Provavelmente não. Eles estavam grandes demais para certas distrações. E, também, de que modo o que acontecera podia não ter interferido nos comportamentos cotidianos daquela família? Leo não sabia mais o que esperar. Não sabia se preferia que o acontecido tivesse deixado marcas ou que nada tivesse deixado marcas. Sua marca nos filhos. Isso, sim, era um assunto terrível. Sobre o qual ele temia se interrogar. Seus filhos eram um mistério atroz. Sempre haviam sido. E decerto jamais deixariam de sê-lo.

Embora vivesse a um andar de distância deles, Leo não sabia nada sobre o que estava acontecendo com sua família. Evitara cuidadosamente perguntar alguma coisa a Herrera ou a qualquer outro, bem como evitara tentar restabelecer as pazes, o mínimo que fosse, com a esposa. Aquele tempo – o de restabelecer as pazes – acabara. Sempre havia sido ela a fazer o primeiro movimento.

Ao entrar em uma das duas viaturas, que cheirava a maçãs e cebolas, Leo sentiu os nervos se distenderem, como se o estivessem livrando de um pesadelo.

Os vinte metros quadrados de penumbra úmida e rançosa nos quais o atiraram estão decididamente superlotados. E não exatamente de cavalheiros do seu nível. O ar fede a urina, suor, encanamentos gotejantes, ferrugem, cachorro molhado e muitas outras coisas não menos desagradáveis.

Tudo, aqui dentro, diz que se trata de uma parada de trânsito na sinistra viagem rumo ao desconhecido que ele foi obrigado a empreender. Toda essa sujeira e toda essa agitação, todo esse pegue isto e guarde aquilo lembram a Leo a enfermaria de um pronto-socorro. Sim, evidentemente, esse é o lugar onde os recém-chegados são encostados antes de... antes de quê?

Deve haver um engano. Leo recorda ter ouvido de Herrera que em geral se desestimula no cárcere a promiscuidade entre pessoas de extrações diferentes. Ou talvez não? Talvez Herrera não tenha dito isso. Talvez Leo o tenha imaginado. Colocou na postura classista uma de suas últimas esperanças. O que você achava, meu rapaz? Que o alojariam com algum membro cleptomaníaco da Accademia dei Lincei? Com uma baronesa depravada? Com o doutor Mengele ou com Silvio Pellico? O que esperava? Que, para os medalhões de sua estirpe, para um cavalheiro dotado de suas boas maneiras, tivessem reservado uma área decorada como a sala VIP dos aeroportos? Que tal um bom charuto e um conhaque envelhecido?

Em vez disso, não fizeram cerimônia. Por que deveriam? A justiça é cega (e a injustiça também). Enfiaram-no aqui dentro: um quartinho cheio de energúmenos pouco recomendáveis, que graças aos céus estão tratando de seus assuntos. Com a simples olhada que ele sentiu lhe lançarem, já constatou um grande consumo de regatas; o resto é como se pode imaginar: barbas de vários dias, tatuagens, cabelos emaranhados, algum furo na orelha para um brinquinho confiscado. A estética do crime. A banalidade do crime. Quando entrou, Leo foi acolhido pelas boas-vindas de uma dúzia de olhos castanhos e distraídos. A contenção desses bandidos – pelo que Leo conseguiu perceber (faz horas que tem o traseiro afundado em um colchão imundo, jogado no solo, tão lotado de colchões gêmeos que é quase impossível caminhar sem tropeçar neles) – parece resultar mais de indolência do que de intimidação.

Por que Leo está aqui? Não lhe explicaram. Nem ele teve coragem de perguntar. Nem sequer ao policial jovem, o mais delicado. Que, infelizmente, se volatilizou antes dos seus colegas. Quando os agentes da polícia judiciária o entregaram a um guarda carcerário, Leo foi tentado a perguntar a este último por que se encontrava ali. Mas, olhando-o, desistiu. Um homenzinho flácido, com o nó da gravata regulamentar afrouxado e o quepe cinicamente torto. Os braços maciços avermelhados pelo sol, mas só até a orla da camisa de mangas curtas que, justamente, deixava entrever, do bíceps para cima, uma brancura inquietante. Não, não era ele a pessoa a quem perguntar o que estava lhe acontecendo.

Então, a quem interpelar? A mente de Leo está quase explodindo de perguntas. E é terrível ter tantas perguntas, toda aquela gente ao redor e ninguém a quem perguntar.

Por que foram prendê-lo logo hoje, e não naquele dia de julho, quando tudo começou? O que aconteceu no intervalo? E por que ao amanhecer de uma sexta-feira? Antes do fim de semana. Ao entrar no grande pátio do cárcere, delimitado por paredes maciças como bastiões, Leo sentiu um calafrio, um pequeno ataque de claustrofobia. E pensar que a atmosfera é mais relaxada do que alguém como ele poderia imaginar... Um ar de cessação, como se lá dentro o tempo ainda enlanguescesse em um eterno e pantanoso agosto. Pensando bem, não muito diferente do ar que, nas sextas-feiras de setembro, se respira no hospital e na universidade. Os dias ainda são longos e belíssimos. Por que não aproveitá-los? As pessoas ainda querem mar. Sim, os últimos fins de semana de praia. Nisso não há nenhum mal. Mas, então, por que arrastá-lo para cá logo hoje? Por que não ir buscá-lo na segunda-feira? Leo morre de vontade de dirigir essa pergunta a alguém. Certamente, nessa matéria seus novos coinquilinos são muito mais versados do que ele. Mas não ousa interpelá-los. Imagine, não se arrisca sequer a olhá-los. A única coisa que se lembrou de fazer foi pedir àquela espécie de carcereiro sinistro (um minuto antes que este o jogasse ali dentro) que chamasse o seu advogado. Ao menos dessa vez respeitou as orientações de Herrera.

"Se vierem buscá-lo", recomendara Herrera várias vezes, "dê um jeito de me chamar o mais depressa possível. Mesmo às quatro da manhã, se necessário. Até porque, você sabe, eu não consigo dormir mais de três ou quatro horas por noite. Entenda bem, é apenas um escrúpulo meu. Acho altamente improvável que eles o prendam agora. Como já lhe disse, se quisessem fazer isso, já teriam feito. Você não é um criminoso comum. Não tem antecedentes criminais. Não tem a possibilidade de repetir os delitos e nenhuma vantagem em escapulir... portanto...".

Portanto, a lógica irrefutável de Herrera fora derrotada pela indecência dos fatos. Na verdade, Herrera também lhe dissera que a "custódia cautelar" (assim a chamou) só se justificaria pela aquisição de novos elementos ainda mais esmagadores ou por um novo delito, verossimilmente mais grave do que os precedentes.

Será isso? Sobre sua cabeça paira uma nova acusação louca? Por que não? Com todas as pessoas que nos últimos tempos sentiram a premência de acusá-lo de alguma coisa, é plausível que tenha aparecido um novo detrator.

A verdade é que as respostas buscadas por Leo estão no bolso direito de sua calça. Foi ali que ele enfiou a cópia do mandado de prisão que lhe foi entregue de manhã, quando foram buscá-lo. Ali está escrito tudo. Ali está explicado por que o trouxeram para esse lugar.

Mas algo o impede de meter a mão no bolso e de dar uma olhada naquele par de folhas. Prefere não saber. Sente que seu estado nervoso é tão precário que basta uma vírgula fora do lugar para fazê-lo cair no abismo. Portanto, nada de papéis, e bendita ignorância.

Uma coisa é certa: Leo está aqui dentro há horas, e nem sombra de Herrera. Talvez não o tenham avisado. Ou talvez sim, avisaram, mas ele, sabe-se lá por qual razão, não se apressou. Talvez tenham avisado, ele veio, mas não lhe permitiram vê-lo. Ou talvez tenham avisado, ele veio e agora está trabalhando para tirá-lo dali. Provavelmente aquele velho astuto está conferenciando com o magistrado.

Pois é, o magistrado. Sabe lá quem é o magistrado? Desde quando tudo começou, Leo sempre teve dificuldade de imaginar os seres humanos que estavam lhe fazendo isso. Sempre achou inacreditável que quem estava lhe causando tanto mal fosse uma pessoa como todas as outras: mulher, filhos, cachorro, hipoteca e tudo o mais.

Um dos rapazes da polícia judiciária aludiu ao magistrado referindo-se a ele com o epíteto de "doutor". Com respeito ou com sarcasmo? Quem sabe?

"O doutor chegou?", havia perguntado, enquanto entregava ao colega carcereiro o pacote chamado "Leo Pontecorvo". Justamente nessa hora Leo tinha lido o próprio nome escrito em maiúsculas no dossiê que o policial repassava ao outro. Eis o que ele se tornara: um dossiê. Não havia nada que descrevesse melhor sua atual condição do que aquela papelada amarfanhada. E isso, para um homem que, por toda a vida, se mantivera ao largo de toda minúcia burocrática. Em suma, quando um dos dois sujeitos perguntou ao outro se o "doutor" havia chegado, a resposta fora das mais vagas: "Nem sei se ele vem hoje."

Não sabe se ele vem hoje? Como assim, não sabe se ele vem hoje? Há o risco de ele não vir até segunda-feira? Ou mesmo de que não venha até considerar conveniente se apresentar? Significa que Leo deverá ficar sentado nesse colchão por sabe-se lá quanto tempo (está morrendo de sede). Deverá ficar aqui, olhando o asqueroso pavimento da cela na qual eles estacionam transitoriamente os detidos, à espera de que sejam explicitadas as formalidades de entrada na prisão.

(Isso mesmo, "transitoriamente", o mais previdente dos advérbios.)

Que horas são? Leo não sabe. Na entrada, junto com um punhado de outros objetos pessoais, tiraram-lhe o relógio. A julgar pelo calor que afrouxou as tenazes e pela luz da tarde avançada que se filtra pelas altas janelas trancadas, devem ter se passado ao menos oito horas. Leo está trancado ali dentro há um tempão, com um monte de pessoas ao redor. E ainda não dirigiu a palavra a ninguém. Um verdadeiro recorde. Leo é o tipo de gente que, quando enfrenta uma longa viagem de trem ou de avião, acaba sentindo a exigência de incomodar o vizinho com alguma frase feita: "Temos turbulência", ou "Por acaso você sabe o horário previsto para a chegada a Milão?". Mas quais são as perguntas convencionais a dirigir a um companheiro de cela? Quantos você matou? Quantas velhinhas assaltou no último fim de semana? Coisas desse tipo... Melhor calar. Continuar remoendo os próprios pensamentos. Esperar. Alguma coisa vai acontecer, afinal alguma coisa deve acontecer.

E, de fato, alguma coisa acontece.

Leo se alarma com o tumulto vindo do lado esquerdo da cela. Ergue os olhos e reconhece alguém. Coisa que, considerando o contexto, é realmente incrível.

É ele mesmo? Vê-lo deixa você feliz. Mas claro, é ele, meu Deus, o sujeito que, no início de todo ano acadêmico, é flagrado tocando punheta nas salas lotadas de jovens e sonolentos calouros. Será por acaso que jogaram você numa cela com um tarado patético desses? Ou seria essa a seção tarados-da-sociedade? Ou talvez eles saibam, sim, sabem quem é esse sujeito, o papel marginal e ainda assim especial que ele exerceu em sua vida precedente! E o programa reeducativo inclui até essa diabólica retaliação?

Leo o reconheceu pelo modo circunspecto de se sentar. Viu-o ali no seu cantinho, impalpável como um fantasma, e o reconheceu. Se sua ocupação principal é masturbar-se em salas lotadas de alunas, é normal que, com o tempo, você adquira a justa circunspecção. E uma postura elegante. Até para saber tocar punheta em público são necessárias alguma prática e alguma dignidade. E esse rapaz, em cujo interior a vida corre depressa demais, com excessivo ardor, bem, esse rapaz tem dignidade para dar e vender.

Leo teve certeza de que era ele mesmo graças a toda aquela circunspecção e toda aquela dignidade ao se masturbar. De fato, percebe que nunca o encarou de frente. Que nunca o levou em consideração como interlocutor. Esse rapaz é um dos tantos emissários de um mundo em cuja existência real Leo sempre resistiu a crer. Como se esse sujeito fosse um figurante pago por alguém para dar cor à vida. Para trazer uma pontinha de desordem às severas salas universitárias. A Leo basta olhá-lo para ouvir os gritos de repulsa das moças, seguidos pelos insultos e pelas ameaças dos protetores colegas delas. Revê o sujeito fugindo todo encolhido, com as mãos à altura do cinto para não deixar cair a calça aberta. Mas, sobretudo, recorda o modo brilhante pelo qual ele (naquela época, ainda o fantástico professor Pontecorvo) encerrou um daqueles incidentes, com uma tirada que agradou muito aos estudantes: "Ora, não foi nada, não foi nada... é justo que em uma aula de medicina vocês possam assistir ao martírio da fisiologia!"

E tudo bem, todos riram. Sua ironia, sua indulgência, sua elegância. Tudo muito professoral. Mas eram de fato tão divertidas assim as tiradas com que o professor cheio de charme – os mocassins com borlas, sob a calça em risca de giz azul – deliciava aqueles fedelhos impregnados de fogo sagrado e de indignação? Ou eles riam só porque não há nada mais divertido do que a degeneração humana em sua forma mais inócua, plástica, trivial?

Sim, deviam tê-lo posto ali, em sua cela, de propósito. E aquele bendito rapaz (deve ter 25 anos no máximo) não perdeu o vício, nem na prisão. Convém dizer que isso depõe a favor de seus dotes de imaginação e de sua coragem. Para não deixar de se masturbar em um lugar desses, diante daqueles energúmenos, você deve ter um monte de motivações. Consciente, além disso, do fato de que não poderá desfrutar do mesmo tratamento, afinal inócuo, que os estudantes lhe reservaram anteriormente.

Faz algum tempo que os companheiros de cela resmungam insultos. Mas agora estão realmente enfurecidos. Um deles chegou a socar a maciça porta de ferro, gritando: "Vão tirar daqui este merda, ou nós mesmos cuidamos disso?"

Leo está impressionado pelo puritanismo dos detentos. Mas por que se espantar? Se há um moralista na sociedade, esse é o bandido. Essa poderia ser uma máxima de Herrera. Herrera, Herrera... onde você está, Herrera?

Ainda bem que não me reconheceram, pensa Leo. Ainda bem que esses senhores não leem o jornal e não veem o noticiário da televisão. Se apenas suspeitassem que, entre as torpezas cometidas por aquele almofadinha petrificado sobre seu colchão, inclui-se a de molestar uma garota... E se soubessem que aquela garota era a namoradinha do filho dele... bem, a coisa acabaria mal.

Mas, graças a Deus, não sabem de nada. Decerto notaram que Leo não pertence ao mundo deles. Isso deve ter gerado desconfiança, que por sorte não se traduziu em nenhum gesto hostil. Evidentemente, o texto na parede, bem acima de sua cabeça, que Leo notou de imediato – EU CUIDO DA MINHA VIDA E VOCÊ CUIDA DA SUA –, pertence ao decálogo do detento. Uma filosofia de vida que, nesse *détour* de sua existência, Leo sente que aprova. Um mandamento que, por infelicidade, os companheiros de cela estão claramente transgredindo agora. Pois continuam insultando o pobre onanista. Ameaçando-o.

Leo está apavorado. Não sabe até que ponto esses sujeitos podem chegar. Não sabe nada sobre eles. É a primeira vez em que entra em contato com semelhante humanidade. Sente-se levado a crer que, neles, o limite da inibição situa-se um tantinho abaixo daquele dos indivíduos que está habituado a frequentar. Do contrário, por que estariam aqui?

É provável que não tenham sido criados entre as discretas comodidades de que ele dispõe. Que jamais tenham sido fotografados em cima de um cavalo, vestidos de babacas, nem com os tacos na mão em um campo de golfe. Que jamais se tenham inscrito em um clube de velejadores. É provável que não tirem habitualmente uma semana de folga e não possuam uma segunda casa debruçada para uma romântica laguna toscana. É provável que não calcem luvas de pelica antes de dirigir seu Jaguar. É provável que jamais tenham dirigido um Jaguar, a não ser naquela noite de sábado em que roubaram um. Não sabem nada nem de jazz nem de música lírica. Não compartilham sua paixão pela história romana. Tampouco suas ideias políticas, marcadas por um reformismo cauteloso e laico. Não comentam resmungando os sensatos editoriais do *Corriere* e do *La Repubblica*. Não cultivam seu mesmo entusiasmo por Bettino Craxi, pelo projeto de renovação da esquerda. Não se comovem sempre que lhes ocorre recordar os caídos no massacre de 1944 nas Fosse Ardeatine. Não sabem o que significa reler, a cada verão, *É isto um homem?*, achando-o cada vez mais aterrorizante...

O fato é que, até aqui, tudo isso (toda essa ignorância) não desagradou a Leo. Pelo contrário, o que necessita é estar com indivíduos que tenham o bom gosto de não compartilhar absolutamente nada com ele e com sua vida. O que mais admira nesses energúmenos é a capacidade sobre-humana de não ficarem constrangidos. Realmente, ainda é preciso inventar a coisa que possa constranger esses malandros. Que lição magistral! A mais sensata, a mais libertadora que lhe foi dada nos últimos tempos.

Pena que, justamente quando havia começado a admirá-los, eles tenham perdido o controle. Bastou o jovem onanista para enfurecê-los. Leo está transtornado pela ideia de que estejam para linchar aquele coitado. Ver um homem espancado, ao vivo, não é uma coisa tolerável. Leo tem vontade de gritar. Vontade de chamar alguém. Mas não consegue. Depois se lembra do carcereiro e compreende que está certo em não chamar ninguém: há o risco de o carcereiro se unir à festa. E de trazer consigo até o cassetete. E mais algum cavalheiro de sua laia.

– PAREM COM ISSO, CARALHO! QUEREM DEIXAR EM PAZ ESSE COITADO, CARALHO? PODE-SE SABER QUE MAL ELE ESTÁ LHES FAZENDO, CARALHO?

Foi Leo quem berrou a frase que reproduzi acima em maiúsculas. Foi ele quem a recheou de todos esses "caralho" redundantes.

Por mais absurdo, incrível e desagradável que possa parecer, foi ele quem os emudeceu, foi ele quem saiu a campo em defesa de um desconhecido, foi ele quem arriscou a própria incolumidade por um pervertido sexual que talvez, pensando bem, mereceria uma boa lição.

O problema é que nosso herói se arrependeu um segundo depois de ter feito isso. Justamente quando todos emudeceram e ele viu uma pequena delegação de facínoras vir ao seu encontro.

O chefe, além de porta-voz, da delegação é aquilo que ninguém espera. O líder certo seria aquele grandalhão com um antebraço grande como a coxa de Leo. Ou então o sujeito careca e de torso nu, com uma tatuagem que ocupa seu busto por inteiro e retrata Mussolini fazendo a saudação romana. No entanto, esses são os paus-mandados. O chefe é um magricela com a pele tão vermelha e marcada que lembra uma bola de basquete. De sua boca, sempre mais próxima à de Leo, provém um odor nojento de podridão. O sotaque bastardo, que denuncia uma indefinível origem de alguma localidade central da Itália, não é menos desprezível do que a epiderme e o hálito. E as palavras que ele está dirigindo a Leo não são menos ameaçadoras do que aquelas reservadas até alguns minutos antes ao onanista (que nesse intervalo retomou sua ocupação preferida):

– Por que defende esse veado? Estou falando com você! Por que defende esse veado? Talvez porque é veado. Cara de veado, isso você tem. E está vestido também como veado...

Veado é a palavra-chave. Isso Leo já entendeu. Assim como entendeu que a insistência sobre a suposta veadagem não promete nada de bom.

– E o que os veados fazem?

Essa última pergunta não foi feita a Leo, mas a um dos paus-mandados. Especificamente, ao fã de Mussolini. Que evidentemente, porém, acha a questão difícil demais.

– E então, o que os veados fazem? – repete o bexiguento, dessa vez dirigindo-se à cela inteira.

Mas ninguém é suficientemente esperto para saber o que os veados fazem. E, por outro lado, o veado em questão também está um tantinho confuso.

– Os veados chupam os outros veados. É isso que os veados fazem. Muito simples.

É realmente inacreditável o que se segue a essa explicação, aliás indiscutível, oferecida ao auditório pelo bexiguento, sobre o tema: o que os veados fazem?

Leo sente uma mão agarrá-lo pelo pescoço e arrastá-lo do seu colchão. Mas não é esse o fato inacreditável. Entre todas as coisas desconcertantes que lhe aconteceram nos últimos meses, aquela que está para ocorrer é sem dúvida a mais desconcertante. Leo sabe que nunca esteve mais incrédulo do que agora: agora que esses truculentos, depois de agarrá-lo – excitados pelas incitações oraculares do bexiguento, *os veados chupam os outros veados... os veados chupam os outros veados...* –, estão arrastando-o até o onanista. E nem sequer é esse o fato mais incrível. O fato mais incrível é que, depois de levá-lo para perto do onanista, estão empurrando a cabeça de Leo para o ventre do onanista. *Os veados chupam os outros veados... os veados chupam os outros veados...*

Leo está apavorado. Enquanto os detentos o empurram para as partes baixas do rapaz, que por sua vez não se mostra muito espantado, Leo está cada vez mais aterrorizado. Opõe resistência. Mais, porém, para cumprir o roteiro de uma cena cujo previsível epílogo ele intui do que com a esperança de sair ileso de tudo isso.

Pense! Pense se seus alunos o vissem agora. Pense no que os alunos sentiriam ao ver uma cena destas: o Luminar que está para tomar na boca o membro do Pervertido, impelido à força por essa cambada de Tártaros. Que cena magnífica. Que cena instrutiva. Que lição magistral. Sua melhor aula. Sem dúvida a mais iluminada e a mais trágica.

A cabeça de Leo está cada vez mais próxima da intimidade do pervertido, que só agora começa a mostrar alguma reserva pudica no instinto do corpo que se crispa.

Esse é o pior odor de todos. E, quanto mais Leo se aproxima, mais o odor se torna repulsivo. Leo é um médico. Está habituado a certos odores. Sabe que o corpo humano, deixado em estado selvagem, produz miasmas infernais. Leo sabe que quanto mais se avizinha das zonas nevrálgicas do corpo, mais os odores se tornam nojentos. Tais odores, em si, não o transtornam em absoluto. Nem o repugnam. Mas uma coisa é não se deixar transtornar por certos odores, outra é tomar na boca aquilo que segrega odores desse gênero. Leo quer tapar o nariz e a boca. Mas a única coisa que lhe permitem é fechar os olhos.

Os veados chupam os outros veados... os veados chupam os outros veados...

Está convencido de que nunca mais tirará da cabeça essa cantilena. De que ela vai lhe martelar os tímpanos pelo resto da eternidade, como um martírio. Associada à lembrança do que ele está prestes a fazer. Daí sua surpresa quando a cantilena se interrompe, substituída por ruídos confusos. Ruídos de um tumulto em ação. Como se, entre os detentos, a frente do consenso tivesse sido rompida por algum objetor de consciência. Agora, Leo também sente que a pressão de todas aquelas mãos em seu pescoço diminui. De repente, está livre. Livre para reerguer a cabeça. Embora não ouse fazê-lo. Ouve o rumor de golpes surdos, aos quais correspondem gritos quase simultâneos. Em seguida reconhece a voz do sinistro carcereiro, que insulta e ameaça. Que xinga e resmunga.

Vieram salvá-lo. Pronto, levantaram-no. Leo agora está de pé. Seguram-no, graças aos céus, do contrário ele cairia, sente as pernas lhe faltarem. O coração está prestes a explodir. Tem os cabelos encharcados de suor. Abre os olhos. Vê o fã de Mussolini com o supercílio ensanguentado. Vê o bexiguento caído no chão, em um canto, visivelmente machucado. Vê a horda de seus carrascos domada. Cabeças baixas, faces suadas e sofridas.

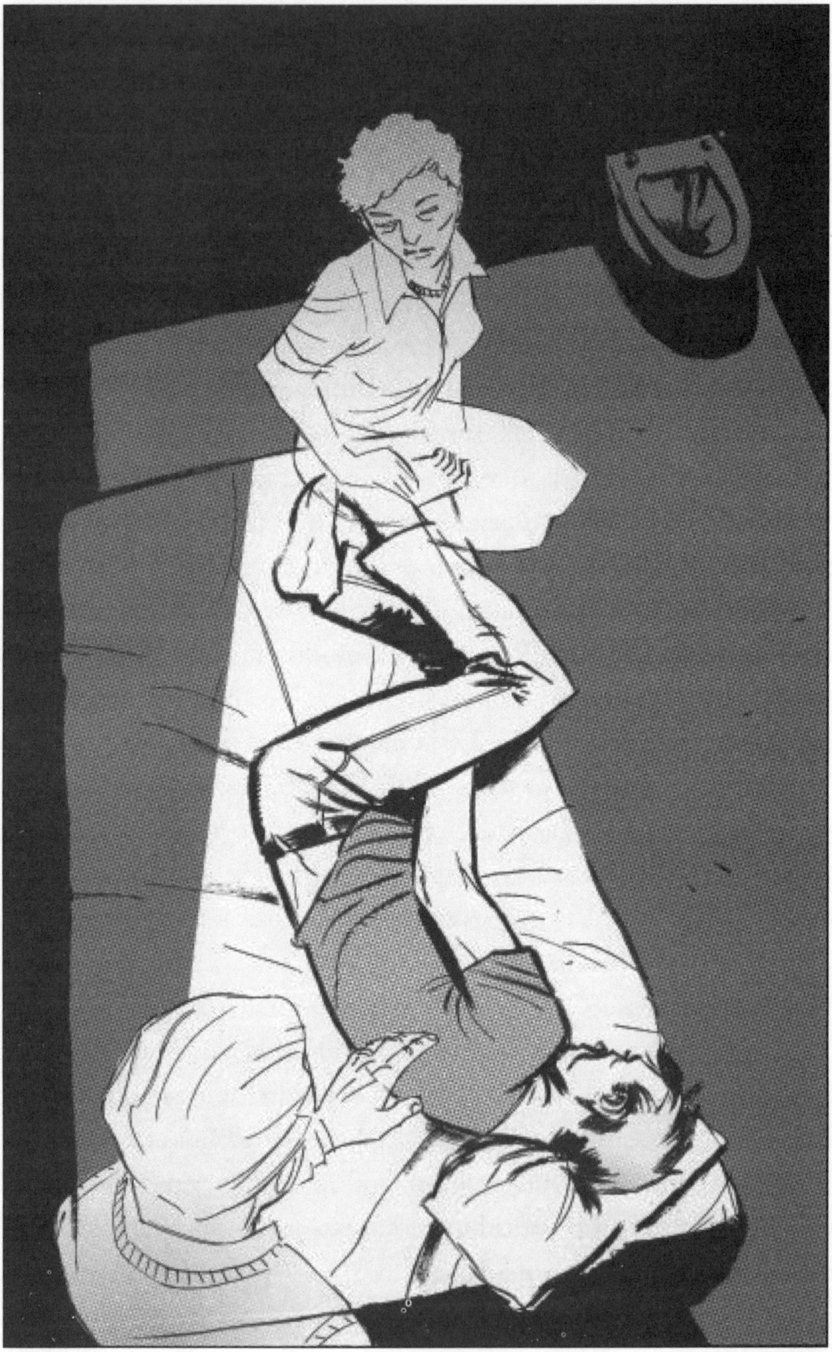

– Cristo, eu sabia que isso ia acabar assim! O doutor tinha mandado botar esse aqui na solitária. Agora vai nos foder, você vai ver...

– Ânimo, chefe, nenhum problema. Não aconteceu nada com ele... Pode deixar, vou cuidar disso. Tudo normal. Quarto individual para esse senhorzinho!

E agora Leo está conversando sem parar com seu pai e sua mãe. E já faz um bom tempo. Foram encontrá-lo ali: em seu "quarto individual" inundado pela leitosa luz lunar. Devem ter chegado voando, do não muito distante cemitério monumental. Foi lá, em um arruinado jazigo neoclássico do velho cemitério hebraico, que Leo os sepultou, à distância de uma década entre um e outro. Era lá, naquela tumba em cujo frontão está escrito *Pontecorvo-Limentani*, para significar que está lotada de Pontecorvo e de Limentani putrefatos, que até algumas horas atrás seus genitores repousavam em santa paz. Talvez, ao verem o filho em dificuldade, tenham decidido despertar. (Leo imagina que foi a mãe quem tomou a iniciativa e puxou o marido pela manga – ou o que restava dela.) E, depois de um breve conciliábulo, voaram até ele.

Ao que parece, não querem lhe dar conselhos como antigamente. Nem querem repreendê-lo. Pelo contrário, fazem aquilo que jamais souberam fazer em vida: escutam-no. Ficam ali, seráficos e sorridentes, a ouvi-lo. Há horas. Convém dizer que na cela não se respira a sombria atmosfera de sabá que acompanha o rei morto diante do jovem Hamlet, nem Leo se sente aterrorizado como Don Giovanni quando vê o fantasma do Comendador. Nem um pouco. Como eu dizia, a atmosfera é relaxada. Tanto que Leo não só não tem medo como também nunca foi tão loquaz. Faz tempo que não sentia tanta vontade de fumar um belo charuto. Não o tem, mas é como se tivesse.

Embora não faça frio, Leo sente arrepios. Arrepios agradáveis. É a terceira noite que passa ali dentro. Sozinho. E aqueles arrepios, antes da chegada dos pais, são a coisa mais emocionante que lhe aconteceu desde quando está em isolamento. Conseguiu até dormir umas horinhas. Talvez porque, nesse ínterim, aprendeu a arte de não pensar precisamente em nada. A arte da ataraxia. Da não esperança. Artes preciosas, capazes de redimensionar, ou mesmo de anular, o peso do tempo. Sempre que lhe trazem a comida ou que vêm lhe perguntar se quer sair para dar um passeio no pátio, Leo tem um sobressalto. A porta de sua cela emite um rumor sinistro que o faz se sobressaltar.

No entanto, afora esses instantes de pânico, a permanência na cela é inesperadamente inócua. Desde que tudo começou, é a primeira vez em que ele já não pensa no que está lhe acontecendo. Não liga para o que Herrera está fazendo. Já não se pergunta sequer como é possível que, depois de quatro dias de detenção, o advogado não tenha aparecido. Já não se pergunta se Herrera o esqueceu ou se alguém (sabe-se lá por quê) o impede de ver seu assistido. Leo não pensa em tudo o que as pessoas dizem dele. As pessoas não existem. O mundo não existe. Uma desolada charneca vazia. Eis o que se tornou o universo. Não pensa no magistrado, o famigerado "doutor": aquele que não tem pressa e que Leo, em sã consciência, duvida de que um dia se reapresente no trabalho. A assinatura para a detenção de Leo. Esse foi o último ato do "doutor" antes de se aposentar. Antes de sair de cena. Leo não pensa sequer em Rachel, em Filippo, em Samuel. Começa a se perguntar se eles algum dia existiram. Se existem, como é possível que não lhe estejam próximos? Como é possível que permitam que isso aconteça? Que pervertida intransigência, que alterado senso de justiça pode tê-los induzido a demonstrar uma tão glacial indiferença a ele?

Sim, ali se sente finalmente protegido. Ninguém pode lhe fazer mal. Ele percebeu que sua infinita gentileza, seu comportamento manso induzem os carcereiros que vêm lhe trazer a bandeja de refeições a uma estranha e preciosa condescendência. Faz tempo que ninguém era tão gentil com ele. Em suma, Leo se sente bem ali dentro. Não faz senão cochilar. Tem muito sono a recuperar. Começa mesmo a crer que o cárcere é subestimado.

Até que mamãe e papai se apresentam. Deve ser muito tarde. A lua e as estrelas tratam de iluminar o interior da cela. De fora chega um magnífico perfume de noite romana: umidade de rio, frescor de eucalipto. E Leo não para de falar.

Aqui, a comida é realmente um nojo, está dizendo agora. E não só a comida. Tudo é um nojo. Este odor é um nojo. Para você entender, mamãe, trata-se de um odor muito, mas muito mais nojento do que aquele que saiu da minha mala quando voltei do acampamento da UGEI. Lembra, mamãe? Quando lhe deu uma fixação pela UGEI? Unione Giovani Ebrei Italiani. Havia chegado o tempo de seu filho se socializar. De conviver com gente à qual pertencia. Era um menino tão bonito, seu filho, tão precoce intelectualmente, tão exuberante atleticamente, mas ainda freado pela condição de filho único. E por um temperamento solitário. E talvez por toda aquela hiperproteção judaica da qual era objeto. Aqueles anos na Suíça salvaram a vida dele, certo, mas também o atrasaram um pouco. Era esse o gênero de discurso que a partir de certo momento você, mamãe, começou a fazer à mesa. Eu e papai comíamos e você falava. Não parava de falar. E era incrível que fosse justamente você a dizer certas coisas. Você, a inspiradora da minha misantropia precoce. Você, a única responsável pela minha antissociabilidade forçada. Você, que fez de tudo para me proteger do número exorbitante de ciladas que este planeta esconde. Mais eis que, em um de seus extemporâneos lampejos, decide que chegou o tempo da emancipação. E que essa emancipação deve passar pelos vínculos de sangue. E o que existe de melhor para emancipar um filho mimado, a não ser mandá-lo para um belo acampamento judaico de verão? Lembra como eu fiquei desesperado? Como me agarrei a você? Lembra como eu chorava? E não queria sair do carro?

"Vamos, ursinho, veja que vista linda se tem daqui. Veja o mar, e todos esses garotos. Aqui há muita diversão. Amanhã chega seu amigo Herrera. E também a mamãe e o papai estão somente a uma hora de carro."

De fato a vista era belíssima. As cores, muito vivas. O amarelo da terra, o azul do mar. E, sim, Herrera, a despeito do que faz hoje, estava para chegar. Sinto um arrepio ao me lembrar, mamãe. Mas fazia um calor terrível. Para não falar dos mosquitos, da sujeira, do desleixo! A vida naquele acampamento se assemelhava à de um *kibbutz*. E talvez fosse essa a ideia básica: um pedaço de socialismo real traduzido em uma pequena colônia de garotos judeus acampados em um pinheiral maremático. Os maiores se ocupam dos menores. Os menores respeitam os maiores. Mais cedo ou mais tarde, cabe a todos o turno na cozinha. Ou nas latrinas. Mais cedo ou mais tarde, cabe a todos fazer a vigilância noturna. Vigilância noturna? Exatamente. As tochas, os bastões, os sussurros... Como se os judeus não se sentissem em segurança nem mesmo na Toscana. Uma coisa realmente ridícula, mas muito excitante.

Sim, mamãe, eu comecei a me divertir. Como sempre, você estava com a razão. Depois da primeira perplexidade, depois de vencer a batalha contra os meus melindres de garotinho privilegiado, comecei a me sentir melhor. E como me diverti! Todos aqueles garotos, mamãe. E todas aquelas garotas, papai. E Herrera, tão comicamente zangado... Umas férias magníficas. E vocês se lembram agora do susto que levaram quando foram me buscar? Aquele não era o seu filho. Aquele não podia ser o seu filho. Seu filho não era tão magro, tão porco e tão desmazelado. Seu filho não era um menino de rua. O que acontecera a ele? Aqueles austeros *'ngevrim** não tinham lhe dado comida suficiente? Tinham-no feito trabalhar demais? Não se preocuparam com sua higiene? Maldita UGEI!

"Nunca senti um fedor desses."

Foi você, mamãe, quem me disse isso, depois de abrir minha mala. Depois de duas semanas na colônia. Como se naquela mala estivessem todo o suor e toda a sujeira de uma vida. Lembra-se daquele fedor, mamãe?

Bom, não é nem comparável ao fedor que existe aqui. Sei que vocês não gostam que eu lhes fale dessas coisas. E de modo tão explícito. Mas, se eu não falar com vocês, com quem vou falar? No fundo, foi por isso que vocês vieram me ver, não? Foi por isso que me procuraram. Por isso reencarnaram. A fim de que eu possa finalmente me desafogar. A fim de que eu possa lhes dizer, ou melhor, informá-los sobre o que está acontecendo ao seu filho. O que estão fazendo com seu filho. Fiquem sabendo que por pouco não me brutalizaram. Um sujeito horrendo, papai, um sujeito com sotaque e um hálito monstruoso tentou me brutalizar. Ele e seus paus-mandados tentaram me infligir uma tortura que não sei nem descrever. E eu achava que aquilo era o pior. Quando os carcereiros me salvaram, quando me tiraram daquele pesadelo, pensei: Isso foi o pior. De agora em diante, tudo só poderá melhorar. Agora, vou ter o pequeno prêmio de misericórdia que se deve a quem sofreu tanto. E tão injustamente. Isso era o que eu pensava depois de ser arrancado daquele pesadelo. Que ingenuidade. O pesadelo havia apenas começado. Agora, era a vez de os carcereiros se divertirem.

---

* "Judeu" em hebraico romanesco. (N.A.)

Entendam, eles não fizeram nem mais nem menos do que o previsto pelo regulamento carcerário. Para começar, o fichamento: as fotos identificatórias, as impressões digitais. Depois mandaram que eu me despisse completamente. Confiscaram a correntinha de ouro que você me deu pelo *Bar Mitzvah*, a aliança e até o seu relógio, papai. Depois me levaram, completamente nu, coberto só por um pano, até um quartinho superquente. Ali me deixaram um tempão. Não tinham pressa. Algum tempo depois, voltaram. Não estavam sozinhos. Com eles havia um médico. Um médico, jaleco branco e luvas de látex, que me apalpou o corpo todo. Sim, até no ânus. Meteu dois dedos no meu ânus, papai, como se estivesse examinando minha próstata. E os outros ali, me olhando. O médico e dois carcereiros. Olhando-me com uma expressão estranha. Como se não lhes bastasse minha nudez. Como se quisessem me despir ainda mais. Se dependesse deles, da vontade deles, iriam me esfolar vivo. Não, não, o médico não era nada grosseiro. O médico era gentil. Um sujeito mais moço do que eu, careca e magricela. Para alguém que, por ofício, enfia as mãos no ânus dos presos, ele era até afável, mas havia algo de repugnante em toda aquela afabilidade. Não se pode acolher um ser humano em um tal aposento superquente, fazê-lo esperar aquele tempo todo, depois entrar e, como se não fosse nada, meter-lhe a mão no ânus, e além disso com tanta afabilidade jovial. Essa amabilidade tem algo de demoníaco. A amabilidade é a pior coisa. O verdadeiro pecado mortal.

Ainda bem que, depois, me colocaram aqui. E me deixaram um pouco em paz. Vocês não imaginam a surpresa que tive ao vê-los. Sabem? Eu morria de saudade. Nunca tive tanta saudade de vocês. Talvez porque não haja nada que vocês não me perdoariam. Ser filho é a coisa mais bonita do universo: porque não há nada que não possa ser perdoado a um filho. Você, mamãe, sempre me dizia brincando, quando eu aprontava uma das minhas: “Seus filhos farão minha vingança." Nem imaginava o quanto teria razão. Talvez nunca pudesse sequer imaginar a intransigência dos seus netos (sobre sua nora, alguma suspeita você alimentava; isso eu admito). A falta de misericórdia deles. O problema de quando a gente se torna pai e marido é que, então, não lhe perdoam mais nada. Verdade, papai? A gente não goza mais de nenhuma imunidade plenária. Estão todos ali, prontos a nos dilacerar. Todos ali, apontando o dedo. Não veem a hora de você tropeçar. Sim, parecem não esperar outra coisa. Esperam apenas que o paizinho e maridinho apronte uma bela mancada. Uma mancada que será cobrada bem caro. Com um ressentimento irremediável.

Agora, Leo está falando ao pai e à mãe do documentário ao qual assistiu alguns meses atrás, justamente com os meninos. Um dos últimos programas vistos com Fili e Semi. Quando, para aqueles dois, era um privilégio ver televisão com o pai.

O programa se chama "Quark", sabem? Vocês não podem conhecê-lo. É apresentado por um certo Piero Angela. Um sujeito elegante, competente, irônico. Daqueles de quem você gostaria, papai. Aqueles com quem se sentiria à vontade para conversar sobre política e sobre sociedade. E você também, mamãe. Ficaria enlouquecida com um tipo como Piero Angela. Ele a subjugaria com seu fascínio britânico.

Em suma, eu estava assistindo com seus netos a um documentário produzido pela BBC e impecavelmente apresentado pelo doutor Angela. Devo dizer que me impressionou de imediato o título do documentário. Um título de fato literário:

A NATUREZA: HISTÓRIAS DE GENITORES E FILHOS.

Estava tudo no título. Um título exaustivo. Um título magnífico. Vocês também não acham que a natureza está toda nisso? Nessa relação infinita. Que se repete. Que não para de se renovar. Vocês precisavam ver que imagens! A leoa com os leõezinhos. A gazela com os bebês. Até animais repugnantes, como a jiboia e a rã, mostram-se tão amorosos com seus filhos... Tudo expressava um só sentimento. Um feroz e desesperado desejo de proteger e de ser protegido. Entendam, meus queridos, um desejo de proteger e de ser protegido. Essa é a coisa mais importante. A coisa de que eu mais sinto falta... Sim, sei que vocês me entendem... Viram? Vocês não me abandonaram. Estão aqui. Vieram ao meu encontro. Não podia ser diferente. De fato, não podia ser diferente... Mas não fiquem aí, aproximem-se. Sim, justamente como naquela época. Justamente como quando eu tinha medo e me metia na cama de vocês. Sabia que iriam protestar. Eu amava aqueles protestos. Mas também sabia que, no final, vocês cederiam. Ficava eletrizado pelo poder absoluto que exercia sobre vocês e que vocês exerciam sobre mim... ficava eufórico por uma cama que me parecia tão grande. Pelo seu colchão de lã. Pronto, isso, então venham. Ajeitem-se aqui. Até porque vocês não pesam nada. São levíssimos.

E assim Leo adormeceu encolhido como um recém-nascido, ou como o recheio de um sanduíche, nos abraços da mãe e do pai. Que não paravam de acariciá-lo. De acalmá-lo. Que continuavam a lhe sussurrar: Não se preocupe, está tudo bem, você não está sozinho, não trema. A mamãe e o papai estão aqui. E Leo dormiu muito bem. Profundamente. A loção pós-barba do pai, o odor canforado da mãe. Dormiu docemente. Como não lhe acontecia havia muito tempo.

Eram pelo menos cem as faces e os corpos que Leo, naqueles meses, havia atribuído de modo totalmente arbitrário ao magistrado responsável pelo inquérito (ou ao grupo de magistrados) que estava (ou estavam) lhe fazendo tudo isso.

Sua imaginação se empenhara muito! Ele tinha feito o máximo, escalado montanhas. Às vezes imaginava o “doutor” como o gorducho pálido e infeliz que não vê a hora de chutar o saco de um tipo bonitão como Leo. Depois, como um varapau desconjuntado e bilioso. Depois foi a vez do esbirro ignorante e sarado. Logo substituído pelo dândi irascível, pelo imberbe recém-diplomado e fanático pela Lei. E uma multidão de outros tipos humanos mais ou menos implausíveis que de vez em quando se revezavam.

Mas não soubera imaginar nada semelhante ao sujeito que viu à sua frente, quando afinal, na manhã do quinto dia de detenção, dois carcereiros foram buscá-lo e o conduziram, através de um excesso de corredores, àquela sala abafada e desordenada na qual o cinza, o bege e o amarelo conviviam de modo malsão.

Diante da porta do promotor público, Leo encontrou Herrera à sua espera. Um Herrera irritado. Um Herrera contrariado. E mais, muito mais: um Herrera furioso!

De início, ao ver os olhos demoníacos de seu advogado e constatar o estado de balbuciante agitação em que este se encontrava, Leo acreditou ser o objeto de tanta fúria. Por que não? Estava se habituando às pessoas que se enraiveciam com ele sem motivo. Aqui está mais um, pensou, mas sem dar muita importância ao fato, com o estoicismo que o cárcere lhe ensinara em tão poucos dias.

No entanto, ao se aproximar, percebeu que as tartamudeadas invectivas de Herrera – "É uma coisa intolerável, inaudita. Não faz sentido. Não faz nenhum sentido!" – não se dirigiam ao seu assistido, mas aos papéis que ele segurava. E que Leo reconheceu de imediato. Eram a cópia do mandado de prisão. Um clone daquele que ele ainda trazia no bolso e evitara consultar. Ali estava tudo aquilo que Leo procurara não saber durante sua detenção. Ou seja, por que o tinham detido. Com qual acusação. Por que o tinham deixado na solitária. Por que o haviam impedido, durante cinco dias, de ver seu advogado ou qualquer outro ser humano...

O incrível era que Herrera, bem longe de se interessar pelas condições de seu cliente, estivesse tão absorvido por aqueles papéis. Como se fossem uma certificação de impotência e uma afronta pessoal feita a ele. O fato de Leo estar recebendo sua primeira e traumatizante ração de cárcere parecia interessar a Herrera apenas secundariamente: a prisão de Leo era só um efeito colateral (um dos muitos) da aberração representada pelos papéis que Herrera agitava com selvageria.

Quando a porta se abrisse, haveria o risco de Herrera agredir o magistrado com a impulsividade pela qual parecia tomado naquele momento? De se deixar levar pelo seu ressentimento nanico?

Naturalmente, Leo esperava que não. Era só o que faltava! Afinal, o tempo todo Herrera lhe recomendara frieza e compostura... e agora era ele quem perdia o controle?

De repente Leo se sentiu como o garoto que é levado por um pai furioso a um temido diretor escolar. Um pai que deseja expressar toda a sua indignação pelo tratamento reservado ao filho pela professora de matemática. Um pai tão arrastado pela própria fúria a ponto de não perceber que aquela sua atitude poderá ser paga com juros, mais tarde, pelo filho.

Leo não gostou daquela atitude. Não lhe agradava o fato de Herrera se encontrar naquele estado: eu não diria *pronto* a explodir, mas, pior, *já* explodido.

Foi mais ou menos então que Leo Pontecorvo recordou ser Leo Pontecorvo. E se reapropriou rocambolescamente de sua identidade e de seu lugar no mundo. Foi então que Leo começou a tremer. E que sentiu o cólon contrair-se em espasmos repentinos e sorrateiros. Cada vez mais consciente de que, além daquela soleira, estava a coisa mais importante do mundo. De que, dali a poucos segundos, iria consumar-se a principal cena de toda a sua vida. Para a qual eram necessários um desempenho excepcional e, por conseguinte, uma condição geral diferente daquela na qual ele se debatia.

Tudo isso enquanto seu advogado falava pelos cotovelos: "Esse merda me sacaneou. Mas não se preocupe. Agora eles vão ter de nos explicar que palhaçada é essa, agora têm de nos dizer por que o impediram de ver seu advogado, como se você fosse um mafioso. Fique tranquilo, Leo. Deixe que eu aja. Fique olhando para mim. Pense antes de responder. Ou melhor, responda o mínimo possível. Se em algum momento a pergunta lhe parecer insidiosa, significa que não merece resposta nenhuma. Entendeu?"

E esse era o grande advogado? O advogado infalível? O tubarão do fórum? Esse gnomozinho todo agitado que não sabia fazer nada melhor do que intoxicá-lo com sua tensão? Não deveria tranquilizá-lo? Uma das razões pelas quais ganhava tanto dinheiro não era justamente sua capacidade de não perder o controle em momentos como aquele?

Talvez o problema de Herrera fosse Leo. Por que não? Sempre havia sido. Digam o que disserem, as pessoas não mudam nunca. Se na adolescência um indivíduo suscita em você sentimentos ambíguos, é provável que também continue a suscitá-los em plena maturidade. Não basta uma carreira exemplar nem o consenso obtido, não bastam as mulheres, não basta o dinheiro para emancipá-lo definitivamente do menino amedrontado e rancoroso que enlanguesce dentro de você. Sobre isso Leo poderia escrever um tratado.

Sem dúvida não havia sido um bom momento, aquele em que Leo retomou a posse de suas faculdades. Não era de grande ajuda o fato de justamente naquele instante a ataraxia, a indolência, a estoica aceitação de seu destino, que o tinham protegido até poucos segundos antes, terem ido embora. Ele não se alegrou por ter voltado a ser Leo. Leo diante do seu drama. Leo diante da prova mais temerária.

A prova mais temerária, isso mesmo. O exame mais difícil e angustiante. Sobre isso não havia dúvida.

Não se podia dizer que Leo fosse um animal de exames. Nunca fora. Tudo aquilo que havia obtido, de certo ponto de sua vida em diante, ele tivera de conquistar com fadiga. Tivera de manter sob controle uma emotividade explosiva e de lutar contra uma apatia congênita. Tivera de harmonizar a inclinação para a contemplação criativa com um feroz espírito competitivo. E, a propósito de competição, a família da qual provinha, no que concerne ao rendimento escolar, não toleraria do único pimpolho nenhuma incerteza.

É verdade, certas coisas lhe vinham naturalmente. As versões de grego, por exemplo. Estas, sim, ele sabia fazer. Nos tempos do liceu, bastava-lhe topar com um texto escrito em grego antigo para sentir as palavras adequadas emergirem, com inusitada espontaneidade, de um lugar profundo e desconhecido de sua consciência. O resto era simples. Bastava pegar aquelas palavras, enchê-las de sentido, passá-las a limpo na página e esperar a aprovação entusiástica de um professor admirador. Um verdadeiro talento, aquele de Leo para o grego. Uma destreza tão fantástica quanto veleidosa. De que servia saber traduzir textos escritos numa língua morta havia muito tempo, que celebravam as proezas de homens putrefatos havia milênios? De nada.

A matemática. Esta, sim, era uma coisa útil. Ou pelo menos todos pensavam que fosse: pena que, para ela, Leo não tivesse nenhuma vocação. O bicho-papão que o perseguira ao longo de um decoroso, mas nem um pouco exemplar período de estudos.

É que, quando via diante de si todos aqueles números e todos aqueles sinaizinhos, era invadido por uma sonolência bovina, quase invencível. Seguida de angústia. Qual era o sentido de se empenhar tanto por um exercício de tão desumana abstração? Ele não parava de se perguntar isso. Uma primeira resposta a essa questão filosófica lhe viera na quinta série do ginásio, da professora de matemática, que o deixara em recuperação. Eis que a esse preguiçoso de 15 anos era dada a oportunidade de meditar por todo o verão sobre a indispensabilidade daquela matéria soporífera. E também de refletir sobre como era desonroso, para um Pontecorvo, ficar em recuperação. De fato, por todo aquele trimestre estival, enquanto a mácula não foi removida, sua temporada no balneário foi escandida por olhares cheios de desaprovação e por decomposições polinomiais. Três meses cansativos e humilhantes. Três meses de cadernos quadriculados. Sem sair, sem jamais ir à praia, sem sequer o passeio noturno para tomar sorvete com os amigos, porque devia saldar até o fim sua dívida com a sociedade. Mas, sobretudo, três meses durante os quais aprendeu que seus pais, embora em outras coisas tendessem à indulgência, naquele particular não admitiam passos em falso. A escola, não. Com essa não se brinca. Você não entende a matemática? Significa que não fez o suficiente para entender. Ficou em recuperação em matemática? Significa que não se sacrificou o bastante. Que não se pôs à prova até o fundo. Que desistiu cedo demais.

Essa foi a mais importante lição aprendida por Leo durante aquele verão. Muito mais do que equações, instantaneamente desaparecidas de sua mente. O que ele aprendeu foi que devia merecer tudo o que tinha (e tinha muito). E que aquela chantagem implícita era a base da educação que estavam lhe ministrando. Educação burguesa. Velho estilo. Mais draconiana do que um preceito bíblico. Cujo único mandamento estabelecia solenemente: "Deverás ser melhor do que teu pai e pôr no mundo indivíduos que façam tudo para ser melhores do que tu."

Ele era um cavalo de raça, e devia se comportar como tal.

Uma lição da qual se lembrou no primeiro ano de universidade, quando precisou enfrentar um novo obstáculo intransponível. O exame de química. De novo aquela sonolência. De novo aquela sensação de vacuidade. De novo aquelas fórmulas que se misturavam desordenadamente em sua cabeça, impossíveis de memorizar. Que suplício! Mas àquela altura o cavalo havia sido domado. Àquela altura Leo já conhecia o comportamento a adotar. E fez tudo para passar no exame mais difícil do primeiro ano de medicina, com o professor mais filho da puta. Aquele velho maluco que exigia que você decorasse o manual. Que fazia de tudo para não o deixar à vontade. E pensar que era um querido amigo do pai de Leo. Mas aquela mesma moralidade burguesa, que impunha a um estudante privilegiado como Leo retribuir aos pais com um rendimento universitário impecável, impedia o pai de recomendar o filho a um velho amigo.

Leo recordava o dia em que fora prestar o exame. O mormaço feroz de julho. O filho da puta que, sabe-se lá por quê, não suava. Recordava quando o sujeito lhe perguntou, com inédita condescendência, se por acaso ele era filho de seu querido amigo Gianni Pontecorvo. Leo recordava ter respeitado as orientações paternas e respondido que não, não era filho daquele Pontecorvo. Era filho de outro Pontecorvo. O filho de um qualquer, que, para passar naquele exame árduo, devia partir de onde todos os outros partiam.

Deus do céu, o estado desamparado em que se sentiu quando mentia àquele famigerado filho da mãe sobre sua identidade. Sua mente estava vazia. Ou, melhor dizendo, tão lotada de fórmulas e de maus presságios que se tornava inutilizável. Ele vinha de quatro meses de estudo intenso. Sentia náusea. Havia passado insone as duas últimas noites, e também tomado um monte de pílulas para ficar acordado. Sentia-se à beira de um desmaio. Quem dera tivesse diante de si um texto de Tucídides para traduzir. Ou um fragmento de Safo a interpretar, e ao qual dar um sentido. Então, sim, poderia fazer-se valer, mostrar de que estofo era feito. Leo pertencia àquele tipo de atletas que se exaltam quando jogam em casa e se deprimem mais do que o necessário quando estão fora. E não havia nada que se assemelhasse mais a um jogo hostil, fora de casa, do que aquela sala abafada em forma de anfiteatro, na qual o canalha e seus assistentes canalhinhas passavam entre si os estudantes com a sistemática indiferença de um pelotão de execução às voltas com uma represália.

E Leo conseguiu. O triunfo da abnegação. Saiu vivo e triunfante de um confronto desigual. Daquela vez, conseguiu. E desde então não houvera exame que ele não enfrentasse e superasse, sempre apostando na força de vontade e na eficácia do sacrifício.

Mas o que teria acontecido se ele não tivesse passado no exame de química? O que teria acontecido se, por acaso, traído pela emoção ou pela inépcia, tivesse dito alguma tolice? O que teria acontecido se de repente o canalha, com um gesto que lhe era próprio, lhe jogasse a caderneta na cara, dizendo: "Voltaremos a nos ver daqui a seis meses"?

Não teria acontecido nada. Nada mais grave do que aquilo que acontecera alguns anos antes, quando ele ficara em recuperação em matemática. Seria constrangido a uma cota suplementar de estudo. Deveria adiar por alguns meses o diploma e, por conseguinte, a emancipação perante a família. Deveria enfrentar o nervosismo dos pais. A decepção deles. A cólera deles. Só isso? Só isso.

E agora, então? Agora, o que aconteceria se, no interrogatório ao qual seria submetido dali a pouco, não desse as respostas certas?

Bem, Leo está prestes a descobrir.

Então, era este o inimigo. Esta a sua face, este o seu corpo. Ou seja, a julgar pelo indivíduo de pé do outro lado da escrivaninha, aquilo que Leo havia procurado imaginar durante todos aqueles meses não se aproximava nem um pouco da realidade.

Com que então, este era o perseguidor. O Grande Inquisidor. O Torquemada da vez.

Por uma série de coincidências (nada casuais?), o homem que veio abrir a porta e que os fez entrar, o homem gentil mas nem um pouco cerimonioso que os intimou a sentar-se diante da escrivaninha, era o titular da maioria das numerosas investigações de que Leo era objeto. Significava que, havia quase um semestre, uma parte notável de sua vida de trabalho era dedicada a recolher provas adequadas a demonstrar que Leo Pontecorvo era um ladrão, um malfeitor, um pervertido. Significava também que havia sido ele a assinar o documento graças ao qual Leo tinha vivido os cinco dias mais absurdos (não certamente os mais terríveis) de sua existência: o documento que Leo ainda trazia no bolso e cujo conteúdo ele teimava em ignorar.

Quando Leo havia recorrido a Herrera, este apresentara um requerimento pedindo a instrução formal do processo. O promotor havia rejeitado a petição e, antes que Herrera conseguisse dar entrada no seu recurso ao juiz instrutor, mandara deter Leo.

"Esse babaca me furou!", eram essas as palavras que Herrera continuava a balbuciar, rangendo os dentes.

Por que tanto zelo? Por que cismar com ele daquele jeito? Por que se deixar obsedar por uma aventura humana não muito diferente, no fundo, daquela de outros pais de família, de outros médicos eminentes, de outros professores? Leo se perguntara isso uma infinidade de vezes.

Mas agora que o via à sua frente, agora que poderia ter uma resposta, não se perguntava nada disso. Agora, parecia-lhe que tudo era perfeitamente linear e consequente. Aquele era o trabalho do inquisidor. Que aquele homem desempenhava com não menos empenho e não menos dedicação do que os destinados por Leo, a seu tempo, às próprias atividades.

Leo relembrou todas as conjeturas feitas com Herrera. O qual, como muitos advogados de sua geração, estava convencido de que tudo partia de um preconceito político.

– Aquele sujeito odeia você – repetia-lhe Herrera.

– Por que você diz isso?

– Pelo estilo com que redige as medidas, percebe-se que ele o odeia. Odeia o que você é. Odeia o que você faz. Odeia sua maldita coluna no *Corriere*. Odeia o seu Jaguar. Odeia a casa de bonecas onde você se fechou. Odeia Craxi e o patético idealismo craxiano que você cultiva.

– Mas por quê? Pode me explicar por quê?

– Porque sim!

Mas agora, agora que aquele sujeito estava diante dele, Leo achou de uma trivialidade revoltante o "porque sim" de seu advogado. Este, sim, era o sinal de um preconceito político.

O aspecto são do inquisidor depunha sobre sua perfeita boa-fé. Ele agia assim porque não poderia agir de outro modo. Se um magistrado toma conhecimento de alguns delitos, tem o dever de se ocupar disso e de perseguir quem os cometeu. É o que manda o Código Penal, mas também o bom senso. E não adiantava saber, como Leo sabia, que muitas acusações a ele dirigidas eram infundadas para deixar de apreciar o escrúpulo com que esse homem cumpria os encargos que a sociedade lhe confiara.

Leo recordou a vez em que havia perguntado a Herrera se ele já lidara alguma vez com aquele sujeito.

– Claro. Sem falar que tive de encontrá-lo várias vezes em decorrência do seu caso. Mas, antes, já o conhecia de fama, todo mundo o conhece. Ele acaba de ser transferido para cá, ou pediu transferência, não sei.

– De onde?

– Calábria. Mais precisamente, Aspromonte. Estava na trincheira. Lá eles não brincam. E parece que o nosso amigo se distinguiu naquelas bandas por certa pertinácia, digamos assim. E, também lá, enquadrou muita gente. Por isso lhe deram uma escolta bem-nutrida. Ameaças, intimidações, cartas com bombas não explodidas. Em suma, a costumeira mercadoria macabra, com que os bandidos deixam claro que você já encheu o saco. Talvez o tenham transferido por isso. Ou ele pediu transferência. Sabe aqueles piemonteses idealistas, rochosos, cujo sonho, desde os tempos da universidade, consiste em poder finalmente ir para o Sul a fim de restaurar a legalidade? Pois é, algo assim. Boas leituras. Melomania. Em suma, o clássico tipo com quem se deve tomar cuidado.

– Mas, afora isso, como é ele? Como magistrado, quero dizer.

– Como é ele? Um tipo à Adolf Hitler: severo mas justo.

Assim, com uma de suas flechadas cínicas e hiperbólicas, Herrera dera a entender ao seu cliente que aquele era um assunto tabu. Tratava-se de uma questão na qual Leo não devia se envolver em absoluto. Coisa de advogados, e não de clientes. Mas aquela tirada sarcástica surtira o efeito de transfigurar ulteriormente, aos olhos de Leo, a essência do homem que ele tinha agora à sua frente. O nome de Hitler desaparecera. Restavam os dois adjetivos: severo mas justo.

Se de fato o magistrado era assim – severo mas justo –, bem, então Leo não tinha nada a temer.

Exceto por aquelas saudações murmuradas, o inquisidor ainda não dirigira a palavra nem a Leo nem a Herrera. Por enquanto, ocupava-se em dar indicações, em voz baixa, àqueles que deviam ser seus colegas, assistentes ou subordinados. Um deles, pouco mais que um rapaz, sentado diante de uma máquina de escrever, provavelmente se ocuparia do depoimento. O outro, mais maduro, vigiaria o funcionamento correto do gravador de grandes bobinas, pousado sobre um movelzinho ao lado da escrivaninha. Deviam ser da polícia judiciária. Dois auxiliares. Intuía-se neles uma grande mas ao mesmo tempo afetuosa deferência em relação ao inquisidor. Leo imaginou que, para uma repartição pública, ali se respirava um ar de colaboração e de entrosamento. Como se se tratasse de uma bela família, mantida unida por um genitor *severo mas justo*.

Por fim, havia uma mulher. Também jovem. Cuja feiura e cuja irritante magreza eram admiravelmente resumidas em um rígido coque castanho-escuro. Talvez a assistente do magistrado. Agora, os dois estavam cochichando. Provavelmente ela participaria do interrogatório.

Leo reconheceu naquela atmosfera grávida de concentração e de expectativas a mesma emoção que se respirava antes de uma intervenção cirúrgica. Embora não fosse cirurgião, ele gostava de assistir às operações às quais com muita frequência seus pequenos pacientes eram submetidos. Ao menos para se assegurar de que aqueles açougueiros não fizessem bobagem. Portanto, era assim que uma criança devia se sentir um minuto antes de ser sedada, no meio de todos aqueles adultos que falavam entre si, que organizavam, trocando recomendações. Aqueles adultos fantasiados de astronautas que dentro em pouco estenderiam as mãos para elas.

Até a luz ali dentro, tão gritante e artificial, evocava uma sala de cirurgia.

Ao notar o modo como a jovem olhava o promotor, Leo se convenceu de que ela era apaixonada por ele. Claro, estava caidinha! Mais apaixonada do que aquilo, a pessoa morre. E como podia ser diferente? Quem não se apaixonaria por um homem daqueles? Finalmente, Leo se permitiu observá-lo com atenção. Detectar os elementos de um fascínio tão inequívoco. O sujeito ainda estava voltado para a mulher.

Existem homens nos quais a calça, em virtude da magreza do traseiro, cai com uma precisão impecável e, justamente por isso, insuportável. Em geral, tais homens sem bunda são desprovidos de misericórdia, escassamente dotados de recursos afetivos e, sobretudo, frios, precisos e sem mistério como enigmas resolvidos. Eis o que revelava a bunda achatada e feroz do inquisidor: dizia tudo quanto à severidade desse homem jovem, mas bem pouco sobre seu temperamento.

Quando o outro finalmente se voltou para ele, Leo ficou impressionado pela radiosa virilidade. Não mais que um metro e setenta e cinco, enxuto ou mesmo atlético, o inquisidor envergava uma camisa azul-clara, discretamente aberta no colarinho, e com as mangas arregaçadas displicentemente até acima dos cotovelos. A calça estival de algodão cor de creme era parte de um terno cujo paletó repousava sobre uma cadeira. A cabeça perfeitamente esférica e não menos perfeitamente careca e cintilante recordou a Leo a do ator que tanto agradava a Rachel, como se chamava mesmo? Ah, sim, Yul Brynner. E também havia os olhos, cujo tom celeste exibia uma limpidez flamenga.

Uma dolorosíssima nostalgia de vida. De sua vida. Leo se sentiu invadido por ela. Ao ver um homem tão à vontade, em sua calça sem cinto. Ao ver um homem a quem ainda era permitido exercer o próprio trabalho com liberdade. Ao ver um homem no máximo da energia, no auge da eficiência e do poder, Leo sentiu uma enorme inveja. Viu-se desejando por um segundo – dolorosamente, com ardor – o que lhe fora tirado: tudo o que lhe haviam roubado bem na sua frente. Pensou, a esmo, no guarda-roupa, nos alunos, nas emergências no hospital; pensou nos sucessos e nos insucessos, nas conferências e nos *coffee break* entre uma conferência e outra; pensou em Rachel, em Filippo, em Samuel, e até em Flavio e Rita; pensou no perfume da *torta caprese*, recém-saída do forno, preparada por Telma; pensou nas férias, na laguna, na neve, nos sábados, nos domingos, mas também nas terças-feiras; pensou no grande Ray, na voz do grande Ray, pensou sobretudo nela... Em um instante, tudo voltou. Tudo aquilo que ele havia perdido. Junto com o terror. Terror pelo rito sinistro que estava prestes a se consumar, no qual lhe haviam atribuído o incômodo papel de protagonista. Adeus estoicismo. Adeus fatalismo. Esta era a vida. Em sua forma mais densa e inequívoca. Aqui o fatalismo não tinha nenhuma utilidade, a filosofia era uma inútil perda de tempo.

O que fora feito de Herrera?

Depois de desafogar toda a sua raiva diante da porta, uma vez lá dentro ele parecia ter se acalmado. Isso não desagradava a Leo. O que mais o angustiava era que seu advogado, diante do magistrado, parecesse um ser impotente, desamparado, tão desprovido de autoridade.

– Advogado Del Monte – disse o inquisidor, com uma voz decepcionante, não à altura do aspecto; não muito firme, não muito calorosa, nem um pouco de grande homem. Com alguns irritantes agudos a mais. E extenuada de modo inconfundivelmente turinense.

– Advogado Del Monte, se o senhor não tiver nada em contrário, vou começar.

– Está bem, mas primeiro eu gostaria... – replicou Herrera, com uma calma e uma severidade que agradaram e ao mesmo tempo desagradaram a Leo.

O inquisidor logo o interrompeu, como se não tivesse escutado:

– Advogado, se o senhor não tiver nada em contrário, podemos dar por lidas a imputação e as provas. Imagino que tanto o senhor quanto o professor Pontecorvo tiveram tempo de... E, em matéria de tempo, já perdemos bastante.

Podemos dar por lidas a imputação e as provas? Que expressão bizarra. Leo intuiu que provavelmente pulariam preliminares e formalidades e partiriam diretamente para o principal. O interrogatório. Sem passar pela leitura da imputação. O que não fazia senão postergar ainda mais o momento em que ele descobriria o crime do qual o acusavam e pelo qual o tinham lançado ali dentro. Leo voltou a aflorar com delicadeza o bolso da calça onde estavam os papéis.

– Não, nada em contrário, doutor.

– Professor, como seguramente seu advogado lhe disse, alguns dias atrás estive em sua casa para outra busca...

– A respeito disso... – interveio de novo Herrera – o senhor compreenderá que, na realidade, eu e o professor Pontecorvo não tivemos tempo para falar de nada... em suma, eu esperaria...

Mais uma vez, o tom de Herrera alarmou Leo. Pareceu-lhe ressentido, como o de quem está prestes a explodir mas não pode. Exatamente o contrário do que deveria ser, além do exato oposto daquele do magistrado, que exibia uma calma seráfica.

No entanto, Leo estava contente com que ambos se referissem a ele chamando-o de "professor". Isso lhe pareceu uma coisa de cavalheiros. De pessoas que pertenciam ao mesmo nível. O Magistrado, o Advogado e o Professor. Que belo trio. Quanto mais permanecia ali dentro, mais Leo sentia que deveria confiar naquele homem. E responder-lhe à altura. Porque se tratava de um tipo leal. Lembra? Severo mas justo. O gênero de pessoas com quem Leo gostava de lidar. Não um inimigo, mas um antagonista. Não a engelhada professorinha de matemática que, a seu tempo, o deixara em recuperação. Não o filho da puta que ensinava química na universidade. Não Camilla, nem sequer o maldito pai daquela maldita garota. Não o anônimo e obsessivo distribuidor de ameaças telefônicas. Não todos os jornalistas venais que se obstinavam em ultrajar sua integridade. Em suma, não todas as pessoas que lhe queriam mal, das quais este vasto mundo parecia repentinamente lotado. Um homem severo mas justo. Em busca da verdade.

Tanto que Leo gostaria de puxar seu advogado pela manga e dizer: Agora chega, pare com isso, não fique aí cavilando, faça o inquisidor falar. Vamos esclarecer essa situação e voltar para casa.

– Doutor, o senhor admitirá que eu e o professor, não tendo podido nos falar nem nos ver nesses últimos dias... – começou Herrera, como se estivesse aludindo a um impedimento qualquer, e não à decisão que o proibira de entrar em contato com seu cliente por cinco dias e cinco noites.

– Então, o que pretende fazer, professor? Quer se valer do direito de não responder? Admite a acusação? Ou quer se desculpar? – perguntou o inquisidor. E Leo não soube decifrar se o tom era sarcástico ou perfeitamente atinente. Nem se escondia alguma ameaça. A única coisa que ele sabia era que não estava gostando e que, mais uma vez, o tom do magistrado havia sido desencadeado pela cavilação de Herrera.

– Digo apenas que... – insistia Herrera.

Por que dar tantas voltas?, perguntou-se Leo. Por que irritar o inquisidor, que parecia tão tranquilo? No fundo, Leo sentia uma vontade tremenda de responder. Jamais tivera tanta vontade de responder como naquele momento. Agora que finalmente via diante de si um homem com as perguntas certas, às quais poderia dar as respostas certas.

– E então, advogado, começamos ou não?

E, com o rabo do olho, Leo viu que Herrera estava assentindo, sempre com aquela atitude cheia de circunspecção.

Enquanto isso o promotor se voltava para a moça, a qual, sem demora, lhe entregou uma pasta bastante volumosa. Decerto alguma documentação recolhida ao longo de todos aqueles meses.

– Em suma, professor, ontem à tarde foi feita uma busca em sua casa. Coordenada por mim. Durou algumas horas e foi realizada na presença de sua mulher.

Disse essas coisas de modo extremamente impessoal, como se estivesse lendo um depoimento. Embora fosse evidente que ele não estava lendo nada.

Rachel? O inquisidor e Rachel haviam se conhecido? Tinham estado nos mesmos aposentos por algum tempo? Dirigiram-se a palavra? Enquanto ele apodrecia na solitária? Era algo que de fato não conseguia imaginar. Desde que se sentara diante daquele homem, pela primeira vez Leo sentiu por ele um impulso de hostilidade.

De que se tratava? De ciúme? De vergonha? Ou de ambos?

O fato é que Leo tinha certa dificuldade de visualizar Rachel e o inquisidor circulando pela casa, metendo as mãos nos seus objetos. Perguntou-se como Rachel havia enfrentado aquela enésima humilhação. Depois de dois meses sem ter qualquer contato com a esposa, Leo podia afirmar com certeza que já não fazia a mínima ideia de quem era aquela mulher. É assim que funcionam as coisas. Tinha levado vinte anos para conhecê-la e esquecera tudo em poucos meses. Seria por isso que encontrava tantas dificuldades em imaginar como Rachel havia reagido à violação da intimidade doméstica por um grupo de energúmenos chefiados pelo inquisidor? Um pensamento louco o levava a considerar que ela, em sua absurda solicitude, tivesse chegado a ajudá-los, com o mesmo escrúpulo com que ajudava marceneiros e estofadores. Outro, não menos irracional, lhe sugeria que ela havia protestado. Gritando, encolerizada, que eles não podiam se permitir, que não era possível, que não podia tolerar aquilo. Outro ainda (talvez o mais verossímil) era o de que ela se submetera docilmente à vontade daquelas pessoas. Seu marido era um criminoso apavorante, seu marido *os* colocara naquela posição com uma irresponsabilidade digna apenas de sua perversão: era justo que ela deixasse aquela gente fazer uma coisa tão grave e mortificante. Porque só uma coisa tão grave e mortificante poderia lançar um pouco de luz sobre aquele caso escabroso e interminável.

Uma busca e apreensão. Existe no mundo algo mais desprezível? Leo pensou no dia de janeiro de alguns anos antes, quando, ao voltarem das duas semanas em Anzère, ele, Rachel, Telma e os meninos haviam encontrado a casa de pernas para o ar. Durante sua ausência, ladrões tinham entrado e esvaziado tudo. Leo recordava o agudo choramingo de Telma, que não parava de dizer: "Patroa... patroa..." Mas também recordava a sensação de raiva e de humilhação que o invadira. A sensação de raiva e de humilhação que invadira todos eles. Uma incredulidade cheia de rancor. Como haviam se permitido? Meter as mãos nas coisas deles? O dinheiro, os quadros, a prataria, as joias de Rachel, a televisão dos garotos, seus relógios, até alguns discos, e muitos outros bens. Mas os objetos eram o mínimo, podiam ser comprados de novo. E, se não fosse possível, podia-se viver tranquilamente sem eles. O problema era a violação. A escandalosa violação. Aquelas mãos por toda parte. As mãos no lugar mais terno de todos. No lugar construído com ternura para acolher e proteger os Pontecorvo. Essa era a coisa pavorosa.

Um espasmo de angústia contraiu o estômago de Leo e encheu-lhe a boca de saliva, quando ele imaginou o magistrado e seus serviçais remexendo tudo, diante do olhar tristemente condescendente de Rachel.

A essa altura o promotor, que até então se comportara de maneira impecável, fez um comentário que Leo considerou decididamente fora de lugar.

– Devo dizer, professor, que o senhor tem uma coleção de discos realmente notável.

Como se permitia? Estava bancando o espirituoso? Ou falava seriamente? Tanto em um caso como no outro, tratava-se de um comentário de vergonhosa inoportunidade. Mas como? Você me joga aqui dentro, depois de me despedaçar, e agora começa a falar de discos? Dos meus discos? Da minha mulher e dos meus discos? Como se quisesse sublinhar que, enquanto eu apodrecia aqui, você se divertia na minha casa, com a minha família, com meus gêneros de conforto? Por um instante, Leo foi até aflorado pelo pensamento surreal de que bem cedo – com ele já posto fora de jogo – o inquisidor assumiria seu lugar na vida, se instalaria como o mais arrogante dos Prócios em sua residência, a escutar seus preciosos discos importados. Mas logo expulsou do cérebro aquele absurdo.

No entanto, Leo ainda esperava não ter escutado bem. Talvez estivesse equivocado. Estava preparado para ouvir a pergunta: "Onde o senhor estava naquela tarde, a tal hora?" Estava preparado para ouvir: "Alguém pode testemunhar que naquela tarde o senhor se encontrava nesse lugar?" Estava preparado para ouvir todas as perguntas que havia lido nos romances policiais da Mondadori, que adorava quando jovem. Mas não estava preparado para falar de discos. E também se sentia muito surpreso porque Herrera, até aquele momento tão solerte em intervir despropositadamente, ainda não tinha posto na linha esse filho da puta. O qual, de fato, prosseguia imperturbável em suas elucubrações.

– Sua coleção de Ray Charles: realmente inestimável. Há discos incríveis.

Não, o incrível não era que a tia Adriana, ao longo dos anos, tivesse lhe mandado dos Estados Unidos alguns discos de Ray Charles de valor "inestimável". O incrível era que esse sujeito – o feroz perseguidor de mafiosos e camorristas, o incorruptível inquisidor – não parasse de falar de discos. E que seu advogado (o tubarão do fórum), como única resposta, permanecesse teimosamente em silêncio. E que o auxiliar, impassível, continuasse a transcrever cada palavra do inquisidor sem olhá-lo com suspeita e estupefação. Eis o que era incrível. Muito mais do que discos de valor inestimável.

Era uma brincadeira? Ou uma técnica de interrogatório nova em folha, recém-importada dos Estados Unidos, para fazer *cantarem* tanto os culpados quanto os inocentes? Primeiro você os entretém sobre as paixões deles e depois os arruína? Olho vivo, Leo. Olho vivo.

– Muito obrigado, senhor promotor – sibilou Leo, tentando imprimir à voz todo o sarcasmo de que era capaz. Esperando que isso irritasse tanto o inquisidor quanto Herrera. Ou pelo menos os impelisse a voltar aos trilhos.

– E também os livros, devo dizer. Realmente excelentes. O senhor tem bom gosto, professor.

E Herrera, nada ainda.

– Dei uma olhada nos livros, sabe? – prosseguiu o outro. – Ou melhor, nós todos demos – retificou, abraçando com um só olhar as pessoas ao redor, como se não estivessem todos numa salinha apertada dentro de uma prisão de segurança máxima, mas em um sofisticado Clube do Livro. – E fizemos ideias muito precisas sobre seus gostos. E sobre suas predileções. Verdadeiramente refinadas, professor.

Leo já não tinha ânimo para agradecer nem para replicar. Professor. Professor. Aquilo que no início lhe parecera um sinal de respeito, um reconhecimento de seu papel social, agora começava a ser exasperante.

– Notamos que o senhor tem, até mesmo, o hábito de sublinhar os livros. Com lápis, naturalmente. Claro, claro, com caneta seria uma verdadeira barbárie. Com lápis, pode-se também eliminar os sublinhados.

– E daí? – disse Leo, tomando coragem. E logo depois se sentiu puxado por Herrera. Como se este o chamasse à ordem. É verdade, recordou, Herrera lhe recomendara: "Nunca diga nem sim nem não. Não faça comentários. Fale o mínimo possível." Repetira isso até cansar. Mas essa não era uma circunstância normal: o inquisidor falava de livros. De livros sublinhados a lápis. Seria possível que Herrera não tivesse autoridade para reconduzir o interrogatório a uma lógica? Seria possível que Leo fosse o único a sentir como era despropositado tudo aquilo que estava acontecendo?

– Pois é, professor. Destaquei algumas frases que o senhor sublinhou e que me parecem muito interessantes. Que merecem um comentário, uma reflexão. Por exemplo, escute isto. Um trecho sublinhado pelo senhor num livro muito famoso. "A norma da lei romana com base na qual uma menina podia se casar aos 12 anos foi adotada pela Igreja e ainda está em vigor, em geral tacitamente, em certos estados da América. A idade de 15 anos é legal em toda parte. Não há nada de errado, afirmam ambos os hemisférios, se um bruto quarentão, abençoado pelo padre local e cheio de álcool, arranca a roupa íntima encharcada de suor e entra com tudo na jovem esposa. Nos climas temperados e estimulantes (...) as jovens amadurecem por volta do fim de seu décimo segundo ano." Interessante. Não acha interessante, professor?

– Para falar a verdade, não entendo por que o senhor me lê essas coisas. Não sei do que está falando. Não sei nem de que livro isso foi tirado.

– Não entende, hein? Então, deixe-me ler outro trecho sublinhado pelo senhor. Mesmo livro, mesmo autor. "O matrimônio e a coabitação antes da puberdade não são excepcionais em absoluto, ainda hoje, em certas regiões da Índia. Entre os Lepcha, velhos oitentões copulam com meninas de 8 anos e ninguém se preocupa com isso. Afinal de contas, Dante se apaixonou loucamente por Beatriz quando ela estava com 9 anos..."

O inquisidor não parava de ler. E Leo começava a compreender aquilo que já deveria ter compreendido desde algum tempo antes. Nem era tão difícil assim. Aqueles trechos, evidentemente sublinhados por ele, eram, segundo o inquisidor e sua tropa, um prova de sua perversão. Era isso que o homem tinha nas mãos? Era essa uma das razões pelas quais o havia detido? Porque ele havia sublinhado certas passagens de um livro? Se tivesse sublinhado outras, que falassem da carnificina contra os armênios, eles o incriminariam por genocídio? Era isso que estava lhe acontecendo?

– Doutor – interveio finalmente Herrera –, não vejo a relação de tudo isso com...

– Não vê a relação, advogado? E o senhor também não, professor? Nem mesmo o senhor a vê? Então, aqui está mais um dos seus livros. Também muito famoso. Escute. Também foi sublinhado: "Um quarentão desonra uma garota de 10 anos: por acaso foi o ambiente que o impeliu a isso?"

– Continuo não entendendo – dizia Herrera. – O que o senhor quer saber do professor?

– É evidente – comentou Leo, já indiferente a qualquer cautela e cada vez mais furioso. – Não entendeu, Herrera? O senhor promotor está fazendo insinuações. O senhor promotor está habilmente, ou talvez só desajeitadamente, reconstituindo o perfil psicológico do depravado.

– Cale-se – disse Herrera. – Fique calado, pelo amor de Deus.

– Não, não se cale, continue falando. Diga. É isso que o senhor acredita que eu estou fazendo? O que nós estamos fazendo? Um perfil psicológico? Muito interessante. De fato, muito interessante. Bom, a propósito. Aqui estão outras belas coisas que encontramos em seu estúdio no semissubsolo. Estavam escondidas atrás dos seus preciosos discos.

O inquisidor recebeu da moça outra pasta, da qual extraiu algumas revistas pornográficas um tanto amarrotadas. Que Leo reconheceu de imediato. Comprara-as durante uma longa e solitária viagem de conferências nos Estados Unidos. Revistas eróticas e pornográficas. Que em comum tinham nomes alusivos à jovem idade das modelos, nelas retratadas em poses mais ou menos explícitas. *Just Eighteen*, *Barely Legal*, *Lolita's* etc.

Para Leo, ver aquelas revistas, que desde alguns anos antes jaziam atrás dos seus discos, foi um verdadeiro golpe. Mas não porque tivessem algum significado, não porque provassem sabe-se lá o quê. Todos, ali dentro, sabiam tratar-se de revistas perfeitamente legais. Revistas para adultos, que qualquer adulto poderia comprar. E que um adulto responsável como ele tomara o cuidado de subtrair à visão de seus filhos menores, escondendo-as.

A razão pela qual Leo ficou tão abalado é que lhe veio à mente a cena do encontro daquele material pornográfico, ocorrida presumivelmente na presença de Rachel. Leo pensou na humilhação de Rachel. Ora, todas as esposas dignas desse nome sabem que de vez em quando seus maridos precisam daquele tipo de material. Todas as esposas de bom-senso sabem que uma coisa é o sexo conjugal e outra são as punhetas. E que, embora sejam aviltantes, as punhetas são mil vezes preferíveis a qualquer adultério, habitual ou ocasional. Mas a ideia de que Rachel tivesse visto aquelas revistas. A ideia de que tivessem sido encontradas diante dela. A ideia de que, após o achado, ela tivesse sido encaradas com reprovação. A ideia de que ela pudesse ter imaginado o marido no banheiro, masturbando-se com aquelas imagens. Com aquelas garotinhas. Bem, essa era uma ideia insuportável. Que o humilhava, o aniquilava e o deixava ainda mais enfurecido.

– E estas seriam prova de quê, senhor? Quer me perguntar se um respeitado e respeitável professor de 48 anos, com uma bela mulher e dois belos filhos, ainda toca punheta? Pois bem, sim, ainda toca. Qual é o problema?

– Não creio ter falado de problemas. Não há problema algum. O senhor é quem está fazendo tudo. Faz e desfaz. Eu estou me limitando a lhe mostrar algumas coisas que se referem intimamente à sua pessoa. Como estas aqui.

Dessa vez, o inquisidor pegou um catálogo artístico e um fotográfico.

– O que me diz deste material? Também lhe pertence. Estava na sua estante.

– O que eu lhe digo? Deixe-me ver. Este aqui é o catálogo de uma mostra que eu e minha mulher vimos na Suíça, alguns anos atrás. De um dos mais celebrados artistas contemporâneos. Balthus. Já este outro... vejamos. São cartões-postais. Também de alguma exposição. Trata-se de fotografias tiradas por um grande escritor. Um escritor injustamente considerado um narrador para crianças. Na realidade, um artista excelso, cuja fraqueza era a de fotografar meninas em estado púbere. Eu cuido da saúde delas. Já ele as fotografava. Chamava-se Lewis Carroll. Eu me chamo Leo Pontecorvo. Esta foto, se não me engano, retrata Alice Liddell fazendo papel de mendiga. Desta que finge tocar violino, não sei o que lhe dizer. Mas me parece muito bonita, muito expressiva. Acho bastante sugestivas tanto a cor sépia da foto quanto a expressão triste da menina. É assim que imagino *Alice no País das Maravilhas.* Exatamente assim. Sempre adorei esse livro, sabe? Até obriguei meus filhos a lê-lo. Mas imaginava tudo, tudo, menos que um dia me veria no País das Maravilhas. Porque é assim que se chama este lugar, não? O País das Maravilhas? O senhor o conhece, doutor, o País das Maravilhas? Mas claro que conhece. O senhor é um homem refinado, promotor. Sabe muito bem que as fotos de Lewis Carroll não têm nenhum significado. Assim como sabe muito bem que um catálogo de Balthus não quer dizer nada. Balthus só pinta mocinhas nuas? Carroll as fotografa? Experimente prendê-los, se for capaz. Experimente, também o senhor, entrar no País das Maravilhas.

– Professor, não lhe cabe estabelecer quem eu devo ou não devo prender. Além disso, tenho outras coisas para lhe mostrar.

– De que se trata dessa vez? Quer me fazer ouvir um coro de vozes angelicais? Ou o último disco do Zecchino d'Oro?

Leo continuava fazendo sarcasmo, e Herrera não intervinha. Herrera estava absorto, como se vivesse um pesadelo. Imerso em algo sobre o qual não conseguia exercer nenhum controle.

– Não creio, professor, que o senhor esteja em condições de fazer graça – disse o inquisidor, glacial. Fez uma pausa, puxou de um envelope algumas fotos e espalhou-as sobre a mesa diante de Leo.

– Foi o senhor quem bateu estas?

Leo pegou uma, demonstrando cada vez mais desapontamento e sarcasmo. Em seguida, todas as outras.

– Sim, fui eu. E então?

Eram as fotos de um aniversário de Samuel... as do ano anterior. Para sermos ainda mais precisos, eram as fotos que Rachel o obrigara a tirar e que, se dependesse de sua vontade, ele jamais teria feito. O que há de criminoso nisso? O que há de ilegal em ceder às manias de uma esposa insistente? Quantos casais existem desse tipo? À primeira vista, Leo não compreendeu. Não compreendeu aonde o inquisidor queria chegar. Aquelas fotos não significavam nada. A não ser que sua mulher era fixada em suvenires. Rachel era assim: queria sempre que houvesse uma foto para toda ocasião por ela considerada, de alguma forma, um evento. Seu horror pelo transcorrer inexorável das coisas, sua idolatria pequeno-burguesa levavam-na a documentar tudo. Levavam-na a acumular relíquias inúteis e a nunca jogar nada fora. Bastava que um dos filhos usasse paletó e gravata para ir a uma festa e eis que ela pedia a Leo que fizesse do embaraçado janota uma reportagem fotográfica. Bastava que os Pontecorvo se vestissem todos nos trinques para ir à Ópera ou ao *Bar Mitzvah* do filho de algum amigo para que Telma ou qualquer outra pessoa à disposição fosse intimada a imortalizar aquele momento elegantíssimo. Leo não ousava sequer pensar o que faria aquela mulher quando um dos seus pimpolhos se diplomasse, se laureasse, se casasse ou, sei lá, se tornasse ministro!

Até que, percorrendo velozmente o montinho de fotos que o inquisidor lhe mostrara, Leo percebeu que o autor daqueles flagrantes se demorara de modo no mínimo suspeito sobre a namorada do aniversariante. Então compreendeu. Eis o ponto. Eis a cilada. A armadilha reservada para ele. O enésimo indício. Talvez Leo devesse explicar ao inquisidor que havia sido justamente o aniversariante a insistir em que o pai-fotógrafo se dedicasse sobretudo à namorada dele. O que havia de escabroso nisso?

Nada. Realmente nada.

Mas o fato terrível de todo esse episódio é que a Leo – embora, desde alguns minutos antes, ele estivesse sentado na cadeira diante do inquisidor e ao lado de um Herrera abobalhado – ainda não tinha sido dirigida nenhuma acusação específica. Nenhuma pergunta relativa aos seus supostos crimes. Somente insinuações. Somente uma coleção de estrambóticos indícios recolhidos por um bando de burocratas incompetentes, fixados demais em psicologia para serem considerados pessoas sérias. Em suma, de que o acusavam? Leo estava certo de que eles deviam ter provas mais significativas. Se não as tivessem, decerto não o teriam arrastado até ali. Não, jamais se permitiriam destruir a vida de um ser humano sem ter nas mãos nada além daqueles vestígios insensatos e superestimados. Leo estava seguro de que havia algo mais. Só podia haver algo mais. Então, por que essa tortura? Por que esse prólogo infinito? Por que não entrar logo no principal? Por que não abordar o assunto? Onde estava a carta na manga? Eis o que Leo não conseguia compreender, eis o que estimulava seu sarcasmo e sua indignação.

No fundo, pensando bem, a única pergunta que lhe haviam dirigido até então – ninguém a fizera em termos explícitos, tudo bem, mas era disso que se tratava – era um tanto sinistra e metafísica, e soava quase assim: por que você é Leo Pontecorvo?

Era isso que o inquisidor gostaria que Leo esclarecesse. Era o que o inquisidor estava lhe perguntando havia um bom tempo, tergiversando, sem criar coragem. Era como se o inquisidor implicasse com ele só porque ele era ele. E sem dúvida era difícil desculpar-se por um crime desses. O crime de ser Leo Pontecorvo. O crime de ter vivido até então como Leo Pontecorvo e, se necessário, de se preparar para morrer como Leo Pontecorvo. Como uma pessoa se desculpa de um crime desses? O resto – toda aquela mercadoria que continuavam a colocar sob seu nariz – era um puro pretexto, uma divagação acessória, uma ociosa perda de tempo.

Por um instante, Leo se sentiu cansado. Por um instante, faltou-lhe a vontade de explicar. Por um instante, tudo lhe pareceu muito vazio, muito informe, muito mistificado. Perguntou-se se era verdade que no mundo existiam tantos indícios de sua perversão ou se, muito mais simplesmente, não havia indivíduo cuja história pessoal não pudesse ser de igual modo manipulada capciosamente.

– Professor – disse de repente o inquisidor –, conhece Donatella Giannini?

Donatella Giannini. Claro que conhecia Donatella Giannini. Por um instante esse nome de mulher o transportou para um lugar impecável, asséptico, eficiente, algo totalmente diverso do lugar onde ele se encontrava agora. Donatella Giannini. Era uma das enfermeiras do Santa Cristina. Uma das melhores. Uma das mais diligentes e colaborativas, das mais austeras, das mais empreendedoras. Um ponto de referência para o setor: adorada pelos pacientes, pelos pais dos pacientes, pelos médicos, pelos seus colegas enfermeiros e pelos seus subordinados. Por todos, em suma. Uma enfermeira-chefe doce e carismática, que se dedicava ao trabalho com ardor e discrição.

– Sabe o que Donatella Giannini nos disse? – perguntou o inquisidor, puxando do enésimo envelope o enésimo papel.

– Como eu poderia saber?

– Ela nos disse que o senhor, em seu setor, favorece a promiscuidade sexual entre os menores doentes.

– Mas não é isso... não é isso... Donatella não pode ter dito uma coisa dessas... A não ser que tenha aludido àquela história... uma coisa que aconteceu alguns anos atrás... mas eu falei por falar... Dois garotos foram encontrados juntos por Donatella... ela veio me contar... estava transtornada... e eu disse apenas que... mas não naquele sentido... não do jeito que ela entendeu... Donatella não pode ter dito... É verdade, houve uma discussão, nós discutimos o assunto. Eu disse umas coisas, mas assim, por dizer... de maneira abstrata. Uma provocação.

À palavra "provocação", Herrera achou que devia intervir energicamente.

– Agora chega, Leo. Cale-se... Chega, doutor. Meu cliente se vale do direito de não responder... agora chega. Realmente.

– Não, não chega, de jeito nenhum, Herrera. Você não entende. Não entende o que estão fazendo comigo. Não entende como é terrível o que estão fazendo comigo. É tudo muito absurdo. E você não entende e não diz nada. Paguei uma fortuna para você dizer alguma coisa. Eu o enriqueci para você me defender. Mas você fica aí, abobalhado. Não diz nada...

– Leo, eu já disse que chega.

– E eu digo que você não compreende! Ninguém pode compreender. Se você não está metido nisso até o pescoço, se não se afoga, não compreende. Esses sujeitos aqui não fazem senão me falar de coisas absurdas. De livros sublinhados, de catálogos de exposições, de discos. E você finge que não é nada. Aquela ali me encara como se eu fosse Mengele. E aquele outro escreve... e eu... o absurdo é o mais terrível. A coisa mais odiosa é a mesquinhez da invenção.

– Por favor, vamos, pare... Senhor promotor, paramos por aqui.

– Pois eu não vou parar! – disse Leo, levantando-se.

– Professor, devo lhe pedir que se mantenha sentado. E que baixe o tom de voz.

Leo ouviu atrás de si alguém abrir a porta e entrar. Um carcereiro alarmado?

– Não, não vou parar – repetiu em voz baixa, sentando-se de volta. – Mas como? E todas as nossas estratégias? Todas as nossas conversas? E agora você não diz nada? Fica aí, todo caladinho? Você sempre tem conselhos a me dar. Tem sempre alguma coisa a me repreender. Sempre sabe o que fazer. Menos dessa vez. Dessa vez, não sabe...

– Por favor, Leo... Realmente, vamos parar por aqui.

– Não vamos parar coisa nenhuma. Não vamos parar coisa nenhuma, entendeu? Faz meses que eu não falo. Faz meses que escuto, como um menino humilhado e de castigo. Faz meses que confio em tudo o que me é dito, que finjo que tudo o que está me acontecendo tem um sentido. E que, de algum modo, eu o merecia. Faz tempo que me deixo tratar por você com sarcasmo e deixo que essa gente me torture. E não suporto mais. Não aguento. Estou vindo de dias infernais. Você não sabe. Não sabe o que acontece aqui dentro. Seria bom fazer uma investigação sobre o que acontece aqui dentro... E você, Herrera, de que lado está? Posso saber de que lado você está?

Dessa vez foi Herrera quem se levantou, produzindo nos presentes um efeito bem menos ameaçador.

– Leo, se você continuar assim, serei obrigado a abandonar a causa...

– É essa sua única preocupação? Abandonar a causa? Não se misturar comigo, com o que está me acontecendo? Teme que eu o arraste para o meu inferno? Bem, fique tranquilo. Isso só diz respeito a mim... Faça o que achar melhor. Mas, pelo menos, quero lhe dizer o que penso.

– Não agora, não aqui, como posso lhe explicar? Escute, senhor promotor, é melhor que...

– Eu tinha dito a você, Herrera. Tentei lhe explicar. Eles fodem a gente com as fotos. Botam na sua frente algumas fotos e acreditam ter compreendido tudo sobre você. Acreditam saber tudo sobre sua personalidade. Para eles, aquelas fotos são a verdade. Se ao menos fosse possível viver sem deixar rastros! E se ao menos vocês soubessem quanto são enganosos os rastros deixados por mim. Se ao menos eu conseguisse lhes explicar o que significa ser posto em xeque por uma garota de 12 anos...

– O que pretende dizer, professor, com "ser posto em xeque"?

Capciosidade, nada mais do que capciosidade. Voltamos ao início. É enlouquecedora a ambiguidade das palavras. O poder destrutivo de tal ambiguidade. Quanto mais você se justifica, mais afunda. Quanto mais esclarece, mais tudo fica turvo. Disso ninguém sai, talvez Herrera tenha razão: o melhor é calar. Mas eu já não consigo me calar. Nunca tive tanta vontade de me exprimir.

– "Ser posto em xeque", doutor, significa "ser posto em xeque". Não sei como lhe explicar de outro modo. Sentir-se ameaçado, chantageado, à mercê de algo enorme, pavoroso e incontrolável...

– Está falando de suas pulsões, professor? É disso que está falando?

– Não, não estou falando das minhas pulsões. Não creio ter pulsões incontroláveis. Não creio que já tive algum dia. Não mais do que qualquer ser humano dotado de distanciamento e de bom-senso. Estou falando do comportamento feroz, odioso, insensato, mantido por uma putinha de 12 anos que, não sei por qual motivo, decidiu destruir minha vida. Aniquilar tudo o que construí, tudo o que amo. Assim, de maneira deliberada, satânica...

Leo estava ofegante e tinha vontade de chorar. Mas também sentia haver finalmente empreendido o rumo certo. Estava dizendo a verdade. Não é o que fazem as pessoas de bem? Dizer a verdade.

– E quem seria a "putinha", professor? Quem é que o senhor define como "putinha"?

– Leo, por favor, pare com isso! Leo, estou dizendo, não responda...

– O senhor sabe muito bem, doutor, quem é a putinha. Não consigo nem falar o nome dela. E digo mais. Fico aterrorizado com a ideia de dizer esse nome. Aqui estou, sou adulto e grandão. Tenho quase dois metros e não consigo pronunciar o nome daquela putinha.

Embora sentisse a boca seca, as costas encharcadas e uma perniciosa taquicardia, Leo ainda estava suficientemente lúcido para perceber que, sempre que pronunciava a palavra "putinha" (e só Deus sabe com que timbre libertador a pronunciava), o corpo franzino da jovem assistente do inquisidor estremecia, como se fosse sacudido por uma gélida descarga elétrica. Leo percebia os olhos daquela moça – sim, moça, devia ter pouco mais de 30 anos – fixados nele com indignação e incredulidade. Por que a palavra "putinha" a perturbava tanto? Ela era assistente de um promotor público. Devia ter escutado e visto coisas muito piores. Leo desconfiou que se tratava de uma daquelas feministas frustradas tão odiadas por Rachel. Aquelas desequilibradas paranoicas que interpretam até o mais conciliador gesto masculino como uma agressão intolerável. Aquele tipo de moças desprovidas de senso de humor que sentem nos próprios ombros ossudos o peso de todos os ultrajes milenares sofridos pelas mulheres.

O que aquela moça pensava dele? Não era muito difícil compreender: ele era o inimigo atávico a ser abatido. O dado irônico era que, lá fora, começavam a ser realmente numerosas as pessoas que o consideravam o inimigo-atávico-a-ser-abatido. O que era realmente incrível, considerando o gênero de vida que ele havia levado, considerando sua bonomia, seu bom caráter, seu raríssimo talento de *não* odiar ninguém. Pois é, talvez fosse essa a razão pela qual tanta gente o odiava. Odiavam-no porque ele era incapaz de odiar, e quem não odeia não sabe se defender. Sua deficiência de ódio era imperdoável. Sim, talvez isso explicasse um monte de coisas.

Assim, ao ver a assistente estremecer a cada "putinha", Leo se perguntou se por acaso Camilla não estava destinada a se tornar uma mulher daquele tipo. E se tudo o que ela fizera não seria o aprendizado para se tornar esse tipo de mulher. Uma mulher que odeia. Era a primeira vez em que ele pensava realisticamente no motivo que levara Camilla a aprontar o que havia aprontado. Nos últimos meses, estivera tão ocupado em se defender do assédio desencadeado por aquela garota psicopata que nunca se perguntara o que passava pela cabeça dela por todo aquele tempo. O que havia armado sua mão. Amor? Ódio? Maldade? Vingança?

A única coisa certa, agora, era que o ódio da assistente do inquisidor se avolumava a cada "putinha" pronunciado por Leo. Cada "putinha" era uma chicotada. Isso o agradou. Como se ele percebesse o poder do qual finalmente dispunha. O poder de levá-la à exasperação. O poder de repugná-la e de fazê-la ficar cada vez pior. Tal vantagem induziu Leo a insistir naquele epíteto, a enfiá-lo quase de duas em duas palavras, de maneira premeditada:

– Não, não me peçam que o pronuncie. O nome da putinha é de fato impronunciável para mim. Nem sequer me lembro dele. Só me ocorre putinha, putinha, putinha...

Tudo para ver sofrer aquela mulher, aquela perfeita Camilla!

Foi então que o inquisidor decidiu falar, dessa vez com solenidade, escandindo bem as palavras e sacudindo escancaradamente mais um papel. E o fez com a satisfação com que um professor de matemática escreve no quadro o resultado exato de uma equação difícil:

– A menina de 12 anos que o senhor chama por um epíteto tão imperdoavelmente trivial, professor, é por acaso a mesma que o acusa de tentativa de estupro?

Portanto, era essa a acusação. Portanto era por isso que o tinham detido. Esse portanto estava escrito no papel que Leo guardava no bolso e que, por cinco dias, não tivera coragem de ler. Camilla o acusara de fazer a enésima coisa que ele jamais tinha feito e jamais sonhara fazer. Camilla, como garota diligente e conscienciosa que era, havia levado a termo sua obra-prima.

Quarta parte

Ele o vê de imediato, ainda fresco, desenhado no lado interno do muro da casa (embelezada, nesse ínterim, por um outono vermelho e temperado) durante sua ausência, provavelmente numa das noites passadas, por algum delinquente. Ninguém teve o bom gosto de removê-lo: é um grafite que reproduz de modo infantilmente estilizado a figura de um homem a cavalo. Um Marco Aurélio traçado pela mão de um lactente. Tanto o homem como o animal trazem uma corda no pescoço.

Até isso? Então o querem morto? E não só ele, mas também sua montaria imaginária? O cavalo daquela maldita foto. Leo é tentado a comentar com Herrera que, afinal, tinha razão. Que aquela foto teve lá sua importância. Mas, quando está prestes a falar, percebe que isso não importa mais. Persuadir Herrera. Dissuadir Herrera. Discutir com Herrera. Que sentido tem?

Para Herrera, não foi fácil obter a soltura. Não depois do desastroso interrogatório. Não depois das execráveis cóleras de Leo. Não depois que tiveram de levá-lo a muito custo de volta à cela. Ali, Leo permaneceu confinado por mais vinte dias. Assim lhe disseram: vinte dias. Embora sua percepção lhe diga que tanto poderiam ser vinte minutos como vinte anos. Fosse como fosse, Herrera acabou conseguindo. Finalmente acertou uma.

E, não contente, Herrera foi buscá-lo. Apresentou-se vitoriosamente, ou vaidosamente (é só trocar ou suprimir algumas letras e tudo muda), diante do bastião do cárcere em seu Mercedes 500, cor de pompas fúnebres. Tudo deve ser grande. A grandiosidade é a fraqueza de Herrera. Lá está ele ao volante, no vastíssimo interior daquela espécie de transatlântico sobre rodas. Um daqueles carros chamativos e angulosos que envelhecem depressa e depois de alguns anos se tornam apanágio de ciganos refinados e de medíocres malfeitores.

E agora ali estão os dois, um ao lado do outro, olhando em silêncio para o muro.

– Vou chamar alguém para apagar.

– Não, não. Esqueça. Não importa.

A mansidão está se tornando para Leo uma espécie de vício, mas não pode impedi-lo de bater com violência a porta daquele carro monumental quando desce para se encaminhar, sozinho, rumo à entrada do semissubsolo.

A coisa singular é que aquele desenhinho logo se revelou a presença mais terna que sua casa teve condições de lhe oferecer. De fato, como era de esperar, Leo não encontrou a família à sua espera. Imaginem. Com tudo o que aconteceu. A prisão, as novas acusações torpes que pesam sobre sua cabeça. Se Leo precisa de calor humano, é bom que se contente com o grafite do homem enforcado.

E foi o que ele fez. Afeiçoou-se ao desenho, como uma criança a um bicho de pelúcia todo puído. Cada vez mais frequentemente, sobe num banquinho e dali, de seu estúdio-prisão, através da janelinha costumeira, fica olhando o novo amigo.

Passam-se dias, semanas. Leo emagrece mais, não para de emagrecer, exibe uma barba solene: branca, espessa, hierática, digna de Moisés. Essa barba é a sua resposta. A vaidade misticizante é o antídoto contra o inexorável e o inextricável que o estão intoxicando. O *look* se amolda ao novo teor de vida; o novo teor de vida, à nova concepção do mundo. Até o modo de vestir, desde que Herrera conseguiu tirá-lo da cadeia, tornou-se mais severo. Ele enverga um macacão de felpo, daqueles que jamais usaria nos bons tempos. Sinalizando um caminho indômito e rigoroso rumo à redenção.

O inverno está chegando. Depois de uma marcha triunfal iniciada nos Urais, um exército de nuvens escuras, infladas, espectrais, avançou pelas vastidões do Norte da Europa, cruzou os Alpes e os Apeninos, chegou à casa dos Pontecorvo e agora estaciona ali, no horizonte, pronto para atacar. Trouxe consigo a primeira friagem e muita umidade. O caramanchão de hera-americana, que até algumas semanas antes exibia uma viçosa folhagem de vermelhos e laranjas, agora está completamente desnudado, reduzido a um nodoso emaranhado de galhos, como uma floresta petrificada.

Leo, apavorado com a temperatura em queda, sabe que não pode contar com a misericórdia de Rachel. A qual, como sempre, está economizando no aquecimento (economizará pelo menos até meados de dezembro). Mais tarde, impelida até pelos protestos dos garotos, abrirá a mão. Assim, cada vez mais frequentemente Leo sente calafrios, sobretudo de manhã cedo ou no final da tarde. Ali embaixo, a umidade é ameaçadora. Quando o frio é muito grande, ele coloca por cima do macacão um velho agasalho de esqui que achou num cubículo onde Rachel conserva as roupas velhas e já inusáveis (termos libertadores, como "jogar fora" ou "doar", não pertencem ao vocabulário genético nem ao dicionário emocional da dona da casa). O agasalho cheira demais a naftalina, mas isso não desagrada a Leo. No cubículo achou também um engraçado gorro de lã pesada. Como aqueles que os atletas usam quando fazem footing, ou com que os pescadores protegem as orelhas quando partem de madrugada. Parece feito especialmente para cobrir suas têmporas agora grisalhas. Às vezes lhe acontece adormecer à noite e acordar de manhã com aquela touca enfiada na cabeça. O que lhe dá uma estranha euforia de lobo do mar.

Herrera não precisou se esforçar muito para convencer seu cada vez mais lacônico assistido a não ir ao tribunal (nesse ínterim, o processo começou). Melhor não aparecer, explicou-lhe Herrera. É mais prudente que sejam julgados os atos de um indivíduo, e não o indivíduo em carne e osso... e blá-blá-blá... Essas lenga-lengas já não enganam Leo, essas estratégias o repugnam. Herrera permaneceu o paroleiro de antigamente. Teve sua oportunidade de mostrar de que estofo era feito. Desperdiçou-a. Agora, pode dizer ou fazer o que lhe der na telha. Pode explicar ou se calar. A Leo não interessa.

O único pedido que fez ao seu advogado foi o de ser detalhadamente informado sobre cada sessão no tribunal. Herrera lhe telefona à noite e Leo exige que ele conte tudo: enquanto isso, com meticulosidade escolar, toma notas. Tem sempre consigo uma espécie de bloco (outro artigo oferecido pelo quartinho de despejo de Rachel), no qual registra com extrema precisão os relatórios de seu advogado. E, enquanto Herrera fala, Leo imagina a sala onde corre o processo, onde aquelas pessoas debatem sobre o que ele disse e sobre o que não disse. Onde se realiza o processo? Em uma das muitas salas do Palácio da Justiça. Leo imagina o horrendo e grandiloquente edifício, o inútil fervilhar de pessoas, o cheiro de cappuccino das maquininhas. Uma agitação digna de um formigueiro. Um imenso formigueiro. Onde todos falam: em voz alta ou cochichando. Nunca normalmente.

Pelo modo como Herrera o descreveu, o interior do tribunal é falso como um set de Cinecittà. O calçamento é de *sampietrini*, aqueles paralelepípedos de pórfiro em tudo semelhantes aos que poderiam ser encontrados no século XVI em qualquer rua romana. E os lampiões também são os típicos de uma praça romana. A praça, justamente. O fórum. A retórica do fórum. O local onde o povo se reúne. O local onde o povo debate. O local onde, em nome do povo, são tomadas decisões determinantes para a vida do indivíduo.

"Todos os cidadãos têm a mesma dignidade social e são iguais perante a lei, sem distinção de sexo, de raça, de língua, de religião, de opiniões políticas, de condições pessoais e sociais."

Sirvam-se, é o artigo 3º da nossa Constituição. Esplêndido, inflexível, muito bem-intencionado. Leo o imagina reproduzido de maneira sintética na inscrição dourada sobre a *boiserie* que se interpõe entre a cadeira vazia do acusado contumaz e os juízes:

A LEI É IGUAL PARA TODOS.

O que, em princípio, é verdadeiro, mas também desalentadoramente irrelevante. Quem liga para a lei? A lei pode até ter os melhores propósitos deste mundo. Mas o que importa é o que as pessoas pensam sobre as pessoas. O que as pessoas fazem das pessoas.

E, por falar em pessoas, o caso Pontecorvo, segundo Herrera, atrai cada vez menos público. Mas isso não interessa a Leo. Ele quer saber tudo o que é dito. Herrera quase sempre o contenta fazendo minuciosos relatos.

E Leo, escutando-os, já não se enfurece com as calúnias que, em sua ausência, chovem sobre sua cabeça. Desenvolveu uma espantosa tolerância às mentiras e, num estranho paradoxo, uma aversão à verdade. Basta pouco, basta Herrera lhe contar haver apresentado ao tribunal o comprovante da passagem aérea que atesta que em determinado dia o acusado não podia estar onde sua mais esperta acusadora afirmava que ele estivera, pelo simples fato de ter comparecido a um congresso de oncologia em Antuérpia... E basta Herrera lhe dizer que, após exibir aquele comprovante, ameaçou levar para depor uns trinta indivíduos dispostos a declarar que o professor Pontecorvo (assim Herrera se obstina em chamá-lo) estava lá, no congresso, num encontro mundano com prestigiosos colegas, tomando scotch e fumando charutos cubanos oferecidos por magnânimas indústrias farmacêuticas. Basta a intrusão, na sala do tribunal, de um dado certo e indiscutível de seu passado equívoco e inconstante para que Leo sinta uma vertigem. É como se a verdade lhe devolvesse um ego com o qual ele já rompeu há muito. Portanto, à merda a verdade, concentremo-nos na mentira.

Leo continua se alimentando à noite. Alguma alma gentil lhe deixa a comida pronta no forno, e ele, como um ladrão na própria casa, sobe para se abastecer. Nas primeiras vezes em que encontrou ali aqueles víveres em porção individual, preparados para ele, perdeu o apetite, afugentado pela comoção por um gesto gratuito de bondade que não acredita merecer e do qual jamais conhecerá o anônimo artífice. Mas, com o passar do tempo, até isso se torna um hábito, e o nó na garganta desaparece. Diariamente, pouco antes da meia-noite, ele entra na cozinha, abre a porta do forno, pega o que lhe deixaram e desce de volta ao seu antro.

Quando come a contragosto aqueles alimentos tépidos, Leo às vezes pensa na morte, e se esforça por fazê-lo misturando o velho materialismo de homem de ciência ao consolador panteísmo de certos indivíduos que antes de morrer se convertem a alguma abstrusa filosofia oriental.

Vou simplesmente me desmanchar, diz a si mesmo. Sim, só vai me acontecer isto: me desmanchar. O que significa que não desaparecerei; em vez disso, as células que compõem meu corpo sairão passeando alegremente por aí. Flutuantes como pólen. Que maravilha! Será por uma espécie de instinto cheio de afeto que permanecerão nos arredores. Estou aqui, Rachel, minha adorada, meu amor, não a abandonei. As cinzas em que estou prestes a me transformar velarão sobre você, sobre nossos filhos... os átomos do meu corpo em putrefação estarão sempre aqui com vocês. Irão acompanhá-los. Acariciá-los.

Em geral é essa macabra forma de sentimentalismo que o induz a largar o garfo e tomar da pena. E escrever. Por esses tempos, ele não faz outra coisa. Sobretudo à noite, como os poetas de antigamente. Escrever quando as coisas vão mal é típico dos indivíduos de sua classe. Jamais um homem no auge do sucesso começa a escrever para magnificar sua vida satisfeita. Vai comparar com uma semana em Bora Bora e com a pesca de alto-mar? Escrever? Que nada, só se lembram disso quando as coisas tomam um rumo feio. Escrever é coisa de fodidos. Escrever para rearrumar as coisas. Escrever para deixar rastros. A fim de que toda essa vacuidade ganhe forma em um objetivo. Agora que seu caso perdeu a novidade e todos estão se esquecendo dele, Leo já não precisa de um advogado que o reabilite. Já não precisa de uma reabilitação pública. E visto que, dado o comportamento de sua família, não pode esperar sequer uma reabilitação particular, então mais vale tentar escrever.

Em última análise, essa poderia ser a última oportunidade que ele tem para reconstituir a verdade.

Mas, a Leo, a verdade não interessa mais.

Eis por que, em vez de se sentar à escrivaninha e, com todo o ímpeto, redigir um memorial cheio de ódio e de indignação para botar os pingos nos is; em vez de usar a caneta à maneira de clava, como teria o direito de fazer; em vez de colocar sua arte retórica a serviço de uma batalha contra a falsidade e a favor da decência; em vez de escrever sobre como um bando de burocratas do hospital o envolveu em obscuros enredos; em vez de escrever sobre como um assistente, por ele ajudado, primeiro o ludibriou, extorquindo-lhe dinheiro com mentiras, e por fim o denunciou por usura; em vez de escrever sobre como uma molequinha o acuou e como o pai daquela molequinha manipulou satanicamente as cartas para fazê-lo parecer ao mundo um pervertido; em vez de escrever sobre como todo um sistema midiático-judiciário mistificou sua história para fazê-lo parecer uma espécie de emblema da corrupção moral do país; em vez de escrever sobre como sua esposa, a quem ele amou, respeitou e nunca traiu, a quem deu todo o conforto que uma mulher pode esperar de um consorte, condenou-o sem apelação a uma vida de réprobo; em vez de escrever sobre como seus filhos o cancelaram da face da Terra... Sim, em suma, em vez de escrever aquilo que teria o direito e o dever de escrever, Leo passou a refletir sobre Leibniz.

Sim, o nosso babaquinha meteu-se a filosofar, requentando velhas noções aprendidas nos tempos do liceu. Entre todas as coisas que suas vicissitudes poderiam lhe ensinar, a única que Leo sente haver aprendido é que os homens são mônadas "sem portas nem janelas".

E... sim, talvez seja verdade, as mônadas, como afirma Leibniz, não têm portas nem janelas. Mas o semissubsolo no qual ele se encerrou por conta própria, bom... tem pelo menos uma porta (embora cada vez mais intransponível) e também uma fileira de janelas, ainda que pequenas, instaladas no alto e das quais se pode desfrutar uma vista bastante parcial do mundo lá fora.

Aquelas duas janelinhas, aquelas duas vigias, constituem a única ligação com aquilo que, apesar de tudo, Leo se obstina em amar cada vez mais: Rachel, Filippo e o seu Semi. Pena que as únicas coisas que as duas frestas lhe possibilitam ver sejam os pés e as pernas das pessoas amadas. Os momentos mais gloriosos de seus longos e metódicos dias são aqueles em que vê as pernas dos filhos e da esposa caminhando pela pequena alameda em direção ao carro. São sete da manhã. Leo, depois de uma noite quase insone, instala-se na janela para ver aquelas pernas e aqueles pés amados que percorrem a alameda, ziguezagueantes e cansados, com sol ou com chuva. E depois dão um salto para entrar no utilitário de Rachel. E por fim Leo vê o Land Cruiser cinza manobrar no pátio de pórfiro em frente ao jardim e transpor o portão. É um momento de grande euforia para ele. De teor emocional totalmente oposto àquele que o assalta quando o mesmo Land Cruiser retorna no fim do dia, e as pernas e os pés de Filippo e Samuel, bem mais dinâmicos do que pela manhã, saltam do veículo e correm para a entrada. Ou então se detêm por um instante para jogar bola um pouquinho, enquanto Rachel adverte benevolamente: “Hora de fazer os deveres de casa. Não lhes bastou o tênis? Não lhes basta nunca?” E eles gritam: “Cinco minutos!”

Tudo normal: ninguém se ocupa do galeote que está lá embaixo, no calabouço. Como se ele não existisse mais. Como se tivessem conseguido cancelá-lo. Até algum tempo antes, os meninos tinham alguma reserva. Não se deixavam ver, jogavam bola com grande circunspecção. Com o passar dos dias, mostram-se cada vez menos alertas. Sim, parece mesmo que esqueceram onde vive o pai.

E é nesses momentos, ao anoitecer, quando sua família volta para casa, que Leo sente não aguentar. Percebe estar à beira de algo terrificante. Se ao menos pudesse dar ouvidos ao seu corpo, abriria aquela porta, subiria a escada, voltaria a viver com eles. Mas está tão transtornado a ponto de temer que não o reconheçam. Ou, pior ainda: que não o vejam. Como se, enquanto isso, ele tivesse virado um espectro.

Até o Natal passa. Pela pequena vigia, ele vê os abetos e as magnólias dos seus vizinhos enfeitados para a festa, as luzinhas pisca-pisca, as alamedas varridas pelo jardineiro paquistanês Mohammed, que presta serviço a toda a vizinhança. Vê mães saírem furtivamente dos carros com sacolas cheias de presentes. Leo não consegue acreditar que tudo começou exatamente um ano atrás. O pensamento sobre a quantidade de coisas que, desde então, poderiam ter corrido diferentemente é insuportável demais para que ele não olhe de novo o grafite do homem enforcado e encontre assim um pouco de conforto.

Não devo me esquecer de você. Você é toda a minha vida, quando me sinto assim. Quando penso no passado, devo apenas olhar para você, e tudo volta a ficar bem. Tudo se rearruma.

Chega o Ano-Novo. E Leo, sempre com a cara grudada à vidraça, vê o céu da meia-noite explodir com luzes coloridas que iluminam intermitentemente o grafite do homem enforcado: banhado por toda aquela luz variegada e psicodélica, ele ganha vida e quase parece que afinal se decidiu a lhe dizer alguma coisa. Fortes estouros de foguetes. Os cães uivam e latem desesperados. E por fim, após as quatro e meia da manhã, um longo silêncio. É 1987. Talvez as coisas se ajeitem. Talvez 1987 seja outra história bem diferente. Talvez o problema fosse justamente 1986. Talvez Rachel tenha apenas esperado que o ano terminasse. Certas coisas são importantes para ela. Superstição. Cabala.* Essas coisas, para ela, são tudo. E talvez Rachel tenha razão. Talvez sempre tenha tido razão. Dentro de alguns minutos, tenho certeza de que entrará aqui com os meninos. Vão me fazer essa surpresa. Virão me cumprimentar. E então recomeçaremos a lutar. Todos juntos, como sempre fizemos.

Leo transcorre o 1º de janeiro de 1987 esperando que alguém entre. Mas não chega ninguém.

E os dias continuam passando.

O único milagre presenteado pelo novo ano é a neve. Neve em Roma. Leo está ali, olhando para fora, e eis que de repente a paisagem que ele conhece melhor – o cantinho do cosmo recortado pela vidraça de uma das duas janelinhas – se transfigura. A valsa lenta e flutuante de um maná imaculado que tem o poder de retardar o tempo e imobilizar o espaço. Uma imagem de lancinante perpetuidade capaz de comover o nosso barbudo poeta-filósofo. O cenário lhe parece tão estranho e imprevisto que ele não sente nem a costumeira necessidade de atribuir-lhe significados esotéricos. O mundo, por si só, quando se empenha, demonstra quanto sabe ser cândido, belo e inofensivo. Só isso. Nada mais a dizer, nada mais a explicar.

Por horas e horas, Leo não desgruda os olhos da janela, assistindo à doçura implacável com que a neve consegue transformar cada coisa – alameda, jardim, ladrilhos de terracota, pátio de pórfiro – em uma extensão branca e vaporosa. Suavizar as arestas, reduzir as asperezas:

* A tradição místico-esotérica do judaísmo. (N.A.)

eis o saudável efeito daqueles trinta centímetros de neve. Os únicos elementos de descontinuidade na brancura cada vez mais macia e uniforme são os ressequidos canteiros de Rachel, que a neve transformou em cândidas crateras lunares.

A neve resiste por alguns dias. Depois começa a derreter. E o que resta, após o derretimento, é uma paisagem de brutalidade deprimente.

Como um corpo humano esfolado.

Uma noite – devem ser três e meia (uma hora que Leo sempre considerou desagradável) – o ruidosíssimo alarme do palacete começa a entoar um lamento percussivo, agudo, penetrante. Sobressaltado, Leo se ergue do sofá-cama. Desde que o instalaram (no ano anterior, quando algumas casas da vizinhança haviam sido assaltadas), aquele troço está tocando pela primeira vez. Leo recorda o instalador, um rapazelho aluado que na época lhe explicou que o mecanismo, embora fosse confiável, podia às vezes começar a soar sem motivo. "Sem motivo como?", perguntara Leo. E ouviu: assim, por nada, desencadeado por uma imponderável intemperança ou instigado por alguma calamidade natural – chuva, raios, trovões, vento. Leo se divertira com o fato de o sujeito tratar aquela geringonça como um organismo vivo, sujeito a repentinas mudanças de humor.

Mas, ao ouvir agora o agudo vagido no meio da noite, parece compreender do que falava o rapaz. O som lembra o guincho de um porco degolado, de uma lagosta imersa em água fervente. Um assovio lancinante.

O que quer que tenha acontecido, o alarme está tocando. Se houver ladrões em casa, aquele barulho os afugentará (ou já os afugentou). Mas, se for um falso alarme, tanto melhor: Rachel ou um dos garotos tratará de desligá-lo. Eles também estavam presentes quando o instalador explicou o funcionamento. Por outro lado, enquanto ninguém for desativá-lo, o troço continuará a vibrar, depois se calará para recomeçar alguns minutos depois. E tudo isso em volume máximo.

À primeira interrupção, Leo dá um suspiro de alívio. Mas, quando o alarme recomeça a apitar, apavora-se. O que está acontecendo? Onde estão Rachel, os meninos, Telma? Será que não sabem como desligá-lo, ou que o equipamento enguiçou? Ou talvez... Não, isso ele não quer nem pensar... Talvez tenham sido feitos reféns por algum marginal (e, na mente de Leo, o marginal logo adquire as feições do sujeito pavoroso que o maltratou na prisão).

Leo havia decidido adquirir o alarme antifurto – desafiando a opinião contrária de Rachel (hostil à tecnologia e não inclinada a aceitar a hipótese de que o crime pudesse ameaçar a ela e à sua família) – depois de ter lido no jornal sobre aqueles três filhos da puta irrompidos certa noite em um palacete à via Cassia, não muito distante de uma das entradas da Olgiata. Leo ainda recorda todos os detalhes do assalto. O proprietário amarrado e amordaçado, o butim obtido à base de ameaças e pancadas. E, só para tornar a afronta ainda mais inesquecível, o estupro, cometido diante dos olhos do homem amordaçado, da mulher dele e da filha de 16 anos. E as fumegantes cagadas sobre a cama conjugal.

Enquanto isso o alarme não para de tocar e ninguém trata de desligá-lo. E o conteúdo angustiante daquela matéria lida no ano anterior volta a incomodar a mente de Leo, junto com o rosto do sujeito da prisão. O que está acontecendo? Os ladrões entraram? Estão ameaçando, espancando sua família? Talvez violentando Rachel, ou Telma, ou um dos meninos? E ele, o que deve fazer? Criar coragem, abrir a porta, subir, dar-se conta da situação, intervir? Por um segundo, um pensamento mesquinho se apodera dele. Um gesto heroico. Sim, talvez isso ajeitasse as coisas. Se os salvasse, ganharia na mesma hora aquele tipo de reabilitação na qual há muito tempo desistiu de ter esperança. Valeria a pena, mesmo que morresse no empreendimento. Reabilitação póstuma.

Até que o alarme se cala de novo. O silêncio repentino e puro não é menos assustador do que o barulho. Leo encosta o ouvido à porta. Nada. Nenhum rumor. Ninguém parece ter percebido nada.

Talvez finalmente o tenham desligado e voltaram para a cama. Pronto, esse é o momento certo. Eu poderia subir e dar uma olhada. Se me flagrarem, tenho uma justificativa pronta. Desculpe, Rachel, direi sem que minha voz trema, vim conferir se está tudo bem. Só queria me assegurar... Sim, essas seriam as palavras adequadas se ele conseguisse se mover, abrir aquela porta, subir ao térreo e dar uns passos pela sala. Essas eram as palavras a dizer se topasse com Rachel, sonolenta e de camisola.

Justamente enquanto Leo fantasia sobre esse encontro noturno e esclarecedor, eis que o alarme dispara outra vez. Não, não o desligaram. Não o ouviram? Talvez, mesmo tendo ouvido, não estejam em condições de desativá-lo. E, mais uma vez, um surrado torvelinho de pensamentos angustiantes. Interrompidos por uma nova ideia.

Ou talvez tenham saído. Sim, eis a explicação. Quem pode afirmar que não se ausentaram? De fato, nos últimos dias a casa esteve mais silenciosa do que de costume. Nenhuma enceradeira de manhã, nenhum ruído de passos. É a primeira semana de fevereiro. Faltam poucos dias para a festa de São Valentim. O período do ano em que Rachel leva os meninos para uma semana de esqui. Talvez estejam esquiando. Pois é, estão esquiando. Tudo explicado.

Mas, então, quem deixou para ele a comida no lugar de sempre? Talvez Rachel tenha encarregado alguém de deixar a comida do marido. Um dos seus homens. É assim que ela os chama: "homens." É engraçado ver aquela mulherzinha que todos respeitam dando ordens aos seus "homens" com uma gentileza cheia de autoridade, e é evidente o afeto que eles sentem por ela. Eis por que, faz alguns dias, só comidas frias. Ontem à noite, um pouco de queijo. Hoje, carne-seca. Deve ser por isso...

Um ruído. Leo acredita ter escutado um ruído. Um ruído o mergulha de novo na angústia. O que é preciso fazer, no fundo? Basta abrir a porta, subir alguns degraus. Você fez isso milhares de vezes. Por que não consegue?

Embora, por toda a noite, aquele maldito alarme tivesse continuado a se ativar e a se desativar a intervalos regulares, embora ele estivesse furioso consigo mesmo e com o mundo, embora sua mão não se afastasse da maçaneta, por todas aquelas horas Leo ficou ali, petrificado, bochecha e ouvido grudados na porta, mastigando o amargo bocado de sua covardia. Adormecendo e acordando continuamente.

Até que alguns rumores vindos do jardim acordaram-no definitivamente. Em um instante, ele recorda tudo o que aconteceu. E se levanta. Sente uma dor enorme no flanco, depois da noite passada no chão, apoiado à porta. Caminha claudicante até a janela e olha para fora, e a cena lhe aperta o estômago como uma mordida quente.

As pernas e os pés das três pessoas a quem ele mais ama e que não querem mais vê-lo ainda estão ali. Caminham displicentemente pela trilha, rumo ao Land Cruiser. Leo vê a mão de Filippo segurando os tabletinhos de chocolate ao leite que Rachel lhe dá todas as manhãs, desde quando ele era muito pequeno. Depois vê um pedaço de jaqueta vermelha e as meias cinzentas de ginástica de Semi, que correm afobadas em direção ao carro.

O que havia acontecido durante a noite? Por que, se agora estavam ali, ninguém se dera o trabalho de desligar o alarme antifurto? Por que ninguém se mexera? Por quê? Por quê? Leo jamais saberia.

Outro dia – e, lá fora, os verdes rebentos de hera-americana eram uma exuberante promessa de primavera –, Leo foi repentinamente invadido por uma esperança. Vaga, absurda, fora de hora. Mas, ainda assim, uma esperança. Fazia muito tempo que ele não esperava mais nada. Talvez porque, ao longo do caminho, aprendera a apreciar o informe, inerme e leve conforto oferecido pelo desespero. Um desespero que induz você a gestos e escolhas consequentes e cheios de dignidade.

Desde várias semanas antes, havia parado de escutar os detalhados relatos sobre o processo fornecidos por Herrera quase todas as noites. Durante os quais Leo silenciava. Prestar atenção em tudo aquilo deixava-o enjoado. Todas aquelas acusações que lhe eram dirigidas. Cinco acusações. De fato, era demais. Toda aquela atenção sobre ele. Todo aquele empenho em meter as mãos no entulho de sua vida, não muito diferente, no fundo, do entulho de qualquer outra vida. A coisa toda era asquerosa.

As prolixas sessões processuais deviam ser muito brutais. De uma insultante repetitividade. De grande burocracia mentirosa. Por que falar tanto daquilo? Por que falar de novo? Por que prolongar tanto? Ninguém compartilhava sua náusea por toda aquela situação? Como se podia viver falando só daquelas coisas? Como se podia viver tentando estabelecer os erros e os acertos de Leo Pontecorvo?

Sua vida contada por aqueles velhotes na sala de audiências devia ser muito tenebrosa. Não menos do que aquela contada por Herrera devia parecer virtuosa de maneira totalmente retórica. Para todos, isso era satisfatório? Pois bem, para ele, não. Ele não aguentava mais. Estava exausto.

Mas não, não é que cismasse com o comportamento daqueles homens da lei. Não havia nada de escandaloso em cumprir da melhor maneira os deveres impostos pela profissão. Não havia nenhum mal em que eles fossem tão assépticos. No fundo, se pensasse em sua existência precedente, Leo bem via como também tinha vivido tranquilamente por vários anos, ao lado de tantos doentes terminais e tantos cadáveres. De tantas pessoas que sofriam e tantas outras que choravam por esses sofrimentos. Também para ele, fora uma conquista o fato de uma tal convivência com a dor não influenciar seu teor de vida. Ele não era o doente, não era aquele que estava para morrer, era só o médico responsável, que com muita frequência devia se render ante o poder da natureza: o desejo da natureza de renovar-se através da destruição. É algo duro de aceitar. Mas, se você faz um trabalho desses, deve aprender a aguentar esse peso antes que ele apareça à sua frente na idade em que lhe resta pouco tempo de vida. Deve aprender desde jovem. Ou seja, logo. Assim que entrar para o hospital. Cinismo? Chamem como quiserem. Espírito de sobrevivência, bom-senso. Assim Leo aprendera a chamá-lo.

Depois de algum tempo, a morte deixara de interessá-lo. Tornara-se um trabalho. Como um carrasco, um coveiro, um soldado, Leo conseguira separar aquelas duas partes da sua vida. A felicidade de um lado, o horror do outro. Como um psicopata. Como diz o famoso adágio bastante em voga entre os lixeiros: "É um trabalho sujo, mas, afinal, alguém deve fazê-lo."

Leo recordava muito bem a noite em que voltara para casa particularmente abalado pela perda de um paciente. No entanto, não era a primeira vez que via um garotinho morrer nem que assistia à dor dos pais. Disputar as crianças com a morte era seu trabalho. Tampouco era a primeira vez em que isso acontecia sob sua jurisdição médica. Ele era um oncologista de 35 anos. Já trazia às costas uma bela coleção de experiências apavorantes. E pensar que não se tratava de um menino em especial... Então, por que ficar tão mal justamente por aquele menino? Leo não sabia. Mas, na verdade, aquele menino desencadeara alguma coisa. Na verdade, aquele menino não havia sido, para ele, como todos os outros. E tinha começado a ser diferente de todos os outros na medida em que sua luta fracassara. Assim como estava claro que, se ele, o professor Leo Pontecorvo, não acertasse as contas com aquele menino ali, não poderia cuidar de todos os que viriam em seguida.

Chamava-se Alessandro, tinha 9 anos. E era um garotinho cheio de vida, daqueles que riem na sua cara. Daqueles que dão a você uma lição, com um misto de bom humor e resistência. Daqueles atrevidos, que gostam de falar com você do que lhes está acontecendo e do que lhes poderia acontecer, com uma lucidez que você não esperaria nem de um adulto corajoso. Alguém que sabia lidar com as enfermeiras, um garoto realmente esperto.

Tinha uma doença do sangue, não das mais devastadoras. E talvez uma das razões pelas quais Leo se afeiçoou a ele fosse justamente a possível remissão da doença. E Leo parecia ter visto certo: Alessandro melhorava. Sua doença estava batendo em retirada. Leo concordou em dar alta àquele garoto com certa satisfação. Sentindo-se um deus.

No entanto, poucos meses depois, os pais de Alessandro trazem-no de novo ao pronto-socorro. Estavam de férias na praia quando o sangue havia começado a jorrar pelo nariz de Alessandro e os pais não tinham conseguido contê-lo. Em seguida, a repentina prostração.

O delírio. O cérebro quase fervente, tão alta é a febre. Leo recebe um telefonema. Também está na praia, passando o fim de semana. Deve ir imediatamente para o hospital. Os pais de Alessandro precisam dele. Alessandro precisa dele.

Leo não teve de esperar os exames para compreender que se tratava de uma coisa grave. Uma recidiva. Violentíssima, impiedosa como todas as recidivas. E extemporânea. Dessa vez, o tratamento não fez efeito. As coisas se precipitaram. Por quê?, perguntou-se o jovem médico. Simples: porque as coisas se precipitam. Porque nenhum caso se assemelha ao outro. Porque nenhum paciente se assemelha ao seu vizinho de leito. Porque toda aventura é uma aventura distinta. Porque buscar conforto na estatística é uma perversão cientificista à qual um médico dotado de bom-senso e de experiência jamais deve ceder. Um médico consciente deve conhecer seu inimigo. Um médico consciente deve saber que seu inimigo é aquela coisa caprichosa e incognoscível que se chama corpo humano. E deve saber que não há nada mais frágil do que um corpo humano em seus primeiros passos. As pessoas dizem que a psique é incognoscível, é um mistério, mas, se existe uma coisa incognoscível e misteriosa, bem, essa coisa é o corpo.

Assim foi que, algumas semanas mais tarde, depois de comunicar aos pais que o filho deles não era mais nada – àqueles mesmos pais a quem, apenas poucos meses antes, havia dito que Alessandro estava fora de perigo, teria uma vida diferente daquela de todos os outros, sob a ameaça daquele mal traidor, mas ainda assim teria uma vida –, Leo despiu o jaleco, voltou para o carro e seguiu para sua casa na praia, com vista para uma laguna belíssima, e ali encontrou à sua espera uma jovem esposa que cuidava do segundo filho, recém-nascido, e repreendia um travesso filho mais velho. Uma cena que celebrava o triunfo da vida.

Uma cena tão perfumada e tão fedorenta. E ele se sentiu culpado. Sentiu-se sujo. Por um instante, foi tentado pelo atalho moralista de não aderir à alegria de sua casa, à alegria de sua vida. Mas depois compreendeu que se enganava: seu trabalho era seu trabalho, sua vida era sua vida. Com frequência, as duas coisas se encontravam. Conviviam sobre um fio delgadíssimo, suspenso a milhares de metros do solo, e sob o qual se abria o abismo. Mas, se a pessoa não quisesse enlouquecer, convinha mantê-las separadas.

Pois é, o mesmo valia para a sala do tribunal. Ela se assemelhava ao seu setor. A batalha era inexorável. Estranhos falavam com pomposa gravidade de coisas que não mudariam o curso da vida *deles*. E, dessa vez, a única vida em questão era a sua: era ele o doente terminal nessa circunstância. O menino que arriscava a pele. Tudo o que havia ao redor era encenação.

Agora compreendia aqueles doentes que não lutam mais, que parecem ter encontrado uma paz interior. Que não têm sequer a força de se lamentar. Cujas únicas intolerâncias se referem aos tratamentos de que são objeto, os quais não têm nenhuma utilidade, a não ser agudizar a agonia e postergar de maneira cruel o tempo do nada. O que ele estava sofrendo na sala do tribunal era apenas excesso terapêutico. A certa altura, não o suportou mais e desligou a tomada.

Por isso se mantinha em casa, no seu buraco. Placidamente resignado.

Ao menos até aquele dia.

Aquele dia em que uma esperança absurda o capturou, paradoxalmente desencadeada pela enésima notícia ruim. Um telefonema para seu número particular. Herrera. Camilla havia pedido ao promotor para ser ouvida uma segunda vez, tinha novas revelações a fazer.

Significava que estavam prontos para o confronto final: os pais dela ou a psiquiatra iriam fazê-la declarar coisas penosas e perturbadoras.

– Por que você diz isso?

– Temo um agravamento da acusação. Eles poderiam inventar outros absurdos: quero que você esteja preparado. Poderia ser uma coisa realmente terrível para você e para sua família. Se aquela garota maluca fizer revelações de certo tipo, os refletores da imprensa podem se reacender.

– De que tipo de revelação você está falando?

– De algo ainda mais grave.

– Como assim, mais grave?... O que pode ser mais grave do que aquilo de que me acusam? O que vão inventar dessa vez? Que fizemos uma festinha? Que eu levei cocaína? E que ela se apresentou com alguma apetitosa amiguinha da creche?

– Leo, não diga bobagens. Não brinque. E, por favor, não ao telefone. Não sei o que há de novo. Só sei o que lhe disse. É um rumor. Mas convém se preparar. Convém ficar frio.

Leo escutou com calma a enésima loucura. O sarcasmo com que acolheu aquela novidade testemunhava sua calma. Depois da reprimenda de Herrera, não fez outros comentários. A não ser quando Herrera disse que passaria para encontrá-lo, que conversariam a respeito. Então Leo se limitou a murmurar que não o queria nos seus calcanhares.

Mas eis que, logo depois de desligar, uma antiga fúria se apossou dele. O único sentimento que ainda conseguia experimentar era um desprezo frustrado. O que mais queriam lhe fazer, aquela putinha e aquele cafona do pai? Tudo aquilo não bastava? Quando se aplacaria a fome de vingança deles?

Vingança. Não seria talvez, para ele, a hora de se vingar? Foi então que Leo se sentiu invadido por uma ânsia de vingança contra aquela garota. Era justamente a gratuidade da loucura e da crueldade que continuava a indigná-lo até mesmo no Aventino emocional para onde se retirara.

Convém dizer que a fúria de Leo não tinha nada de positivo. Era toda consagrada à negatividade. Tinham acabado os momentos em que ele se deleitava imaginando a escalada rumo à reabilitação pública. Fazia muito tempo que já não fantasiava a cena em que desceria os degraus de mármore diante do Palácio da Justiça, sob uma chuva de rosas, aplausos e lágrimas. Fazia uma infinidade de tempo que já não imaginava os rostos cheios de orgulho de Rachel e dos meninos pelo resgate finalmente obtido. A esperança fora se rarefazendo, digamos assim, até desaparecer. No fim do túnel não havia à sua espera nenhum virtuoso *happy end*. No fim do túnel só havia outro túnel. No fim deste, mais um. E assim por diante.

Mas agora, agora que a fúria se reacendia, também se reacendia a esperança, que ressurgia aos seus olhos menos nobre, porém mais entusiasmante. Ele queria ver aquela garota desmentida, aniquilada. Queria ver Herrera esmagá-la publicamente. Só uma cena tão cruenta poderia lhe dar um pouco de alegria. Em suma, o que reacendeu o fogo da esperança foi o rancor. O que o mantinha aceso era o desejo de vingança.

E dizer que as horas anteriores ao telefonema de Herrera tinham sido passadas na reflexão macabramente confortadora sobre o modo mais higiênico de escapulir às pressas deste mundo, se possível na ponta dos pés... Não exatamente um pensamento específico, era mais um passatempo com o qual ele já se entretinha havia diversas semanas. Para uma necessidade como a sua, existia uma palavra: suicídio. Mas lhe parecia muito enfática. Muito literária... ele preferia pensar em uma interrupção instantânea.

Se pelo menos eu fosse como o pai de Camilla, um daqueles fascistões com pistola... se pelo menos morasse no último andar de um daqueles belos e enormes edifícios... se pelo menos tivesse escutado daquela vez o que Luigi, o anestesista, dizia sobre uma combinação letal de fármacos... se pelo menos eu tivesse coragem de me enforcar...

Não que Leo estivesse farto da vida. A vida lhe agradava. Agradava, e como. Certas vezes ainda lhe acontecia ter sonhos nos quais voltava miraculosamente a vestir os trajes do homem que havia sido antes de aquela história obscena lhe deturpar a existência. O bom deus dos sonhos é testemunha de quanto Leo se divertia, no papel dele mesmo antigamente. Os prazeres, os muitos, inócuos e subestimados prazeres do indivíduo civilizado, de um ficha limpa qualquer. Não havia um só instante de sua nova vida no qual Leo tivesse cometido o erro de desconhecê-los. Não havia um só instante no qual não os tivesse celebrado com fervente nostalgia. As noites de sexta-feira, quando Rachel ia buscá-lo no hospital: ele estava muito cansado para dirigir, então deixava o automóvel no estacionamento. Tirava a gravata e entrava no carro de Rachel, que em geral se apresentava com alguns minutos de atraso. Chegavam ao cinema em cima da hora. Entravam afobados, quase sempre por último, alcançavam seus assentos tropeçando nos joelhos do vizinho.

Depois do filme iam comer sempre no mesmo lugar: no mundo só existia a Berninetta. Leo pedia uma caneca de cerveja gelada, um *fritto misto* vegetariano, uma pizza margherita grande e aquela insuperável *crostata alle visciole*, ou torta de ginja (o segredo está na massa podre, explicava ele a cada vez à esposa). Depois vinham o charuto e o café, nessa ordem, por favor. No carro, a caminho de casa, Leo cochilava.

Eis o que quero dizer com prazeres da vida. Cochilar no carro, ao lado da sua Rachel, após uma noitada perfeita e uma semana de trabalho massacrante.

Não, Leo não menosprezava o poder daquelas delícias. Não implicava com a vida em geral, mas com o rumo peculiar que a sua havia tomado nos últimos tempos. Os pensamentos suicidas que alimentava não eram mais do que fétidas escórias do cansaço mental. Seu cérebro estava extenuado pelo mais ocioso dos pensamentos: tudo o que ainda poderia existir se as coisas tivessem corrido de outro modo. O peso específico desse pensamento era de fato muito absorvente para um cérebro só. Leo queria desligar o cérebro ao menos um pouco. Queria cochilar no carro ao lado de Rachel, esperando que o trajeto para casa durasse pelo menos um ano inteiro. Mas, como isso já não era possível, só restava a opção B. O plano de reserva. Uma opção e um plano que, justamente porque ele conhecia tão bem a morte e em sua vida tinha visto centenas de cadáveres, provocavam-lhe um calafrio de terror.

Estava tomado por aquele horror quando o telefone havia tocado. E bastara-lhe trocar poucas frases com Herrera para sentir aquele horror desaparecer. Substituído por uma feroz vontade de viver: uma vitalidade sob a forma de desprezo por aquela babaca e sua loucura. E de um desejo ardente de massacrá-la.

Foi então que lhe ocorreu que talvez, em algum lugar da casa, houvesse uma carta de Camilla, uma das mais apaixonadas e mais ameaçadoras. Leo não conseguira lê-la inteira, até o fim. Mas tinha certeza de que bem no início aquela psicopata havia escrito que sentia ter chegado o momento de entregar-se ao homem a quem amava. Ou seja, a ele. Pena que aquela carta tivesse sido escrita umas duas semanas depois, em relação à suposta violência carnal de que o acusavam. (Ao menos assim lhe parecia.) Em suma, aquela carta não só o livrava da acusação mais imunda como, ao mesmo tempo, demonstrava a loucura da garota, suas intenções malvadas... ou seja, fazia desabar toda a estrutura da acusação. Como em um flash, Leo recordou a noite em que encontrara aquela carta, no lugar de sempre. Havia começado a ler. Talvez por causa da irritação e do medo que aquela oferta sexual lhe provocavam, não percebeu que Rachel estava entrando no quarto.

– O que você está lendo? – perguntara ela.

– Nada, uma circular que chegou da direção do Santa Cristina...

– Deram para escrever as circulares com caneta de tinta fúcsia?

– Na realidade, é só o rascunho da circular, que o diretor me mandou revisar antes de passá-la a limpo e enviar aos outros – cortara ele com firmeza.

E sem pensar muito, sem sequer terminar a leitura, escondera a carta em algum lugar. Sim, mas onde? Estava sentado na cama. Portanto, talvez a tivesse escondido no lugar mais próximo naquela hora, dentro da gaveta do criado-mudo, dentro de uma pasta cheia de outros papéis. Sim, era ali que ela devia estar. Onde mais seria? Difícil lembrar agora. Será que, dessa vez, sua bonomia, sua desorganização poderiam lhe trazer um benefício? Sim, a carta ainda devia estar ali. Prova inegável da loucura daquela garota. A carta demonstraria que, se naquela história alguém tinha sido violentado, brutalizado, bem, esse alguém era ele.

Ficou muito contente com a oportunidade que a vida repentinamente lhe oferecia, muito ansioso por recuperar aquele achado ameaçador. Muito euforizado pela ideia da vingança. Mas, ao mesmo tempo, nosso pobre baratão estava muito apavorado pela perspectiva de fazer o trajeto que o exporia ao risco de topar com alguma das três pessoas no mundo, uma só que fosse, a quem menos desejava encontrar... Por isso, não conseguia senão ficar ali, aparvalhado: os sentidos tensos e os nervos prestes a se despedaçar. Com o tempo, seu medo de se ver cara a cara com Rachel, Filippo e Samuel se tornara uma superstição. Leo sabia que o único espaço doméstico concedido a ele – segundo um acordo tacitamente obtido com seus imperturbáveis carcereiros – era a cozinha. À qual lhe era permitido subir somente em horário noturno e extremamente restrito, mais ou menos entre onze e meia e uma da manhã. O que era mais do que suficiente, pois a escada que partia de seu estúdio-prisão desembocava diretamente na cozinha. Que, àquela hora, estaria vazia, limpa e arrumada.

Por isso agora estava ali, junto da escada, indeciso sobre o que fazer, tomado pelas palpitações e invadido por aquele tipo de náusea que a excitação por uma missão perigosa provoca. Desejava apurar o mais depressa possível se aquela carta ainda estava lá. Passara-se muito tempo. Muitas coisas podiam ter mudado. Ninguém podia garantir, por exemplo, que seu quarto ainda existisse tal como ele o recordava. Também podia ser que, desde então, Rachel tivesse feito uma limpeza geral e decidido se livrar de todas as coisas do marido. Sim, essa hipótese não era excluível *a priori*.

Por fim, Leo – exatamente como na noite em que o alarme se desencadeara – deixou que a prudência e a pusilanimidade levassem a melhor: a decepção que sofreria se não achasse a carta seria muito mais dolorosa do que aquela suscitada pela dor de não poder ir até lá. Mais uma vez, sua covardia se revelava extraordinariamente protetora.

Ou, pelo menos, assim foi até a quinta-feira. Se, na vida de seus familiares, as coisas não tivessem mudado, então a quinta-feira era o dia propício. À tarde Telma saía, Rachel levava os meninos à aula de tênis e, em geral, depois ia ao cabeleireiro. O que significava ao menos três horas para que ele levasse a termo sua missão.

Assim, às quatro e meia de uma tarde de final de primavera, Leo sobe ao andar de cima. Viola os limites que há meses se obriga a não ultrapassar: a soleira que separa a cozinha do resto da casa. Encontrar-se no lugar que por muito tempo constituiu o cenário garantido de sua cotidianidade não lhe suscita a forte emoção imaginada. Em vez disso, há algo de fastidiosamente lutuoso na exibição de tanta imutabilidade. Ele se sente insultado por toda aquela limpeza. Ora, aqui dentro eles sabem que vivem sobre a toca de uma barata, não? E não sabem quem é essa barata? Incrível como as famílias se habituam depressa à própria hipocrisia. Como pouco basta para *se tornarem* essa hipocrisia. Tudo o que ele vê ao redor demonstra que, após a noite de julho na qual a bomba explodiu, cada coisa retomou seu rumo de sempre. Leo não se sente nervoso. Está tão decepcionado que já não experimenta nenhum medo. E se alguém entrar? Pois que entre. Sou um homem adulto, saberei como enfrentá-lo.

Finalmente está em seu quarto. Basta-lhe abrir a porta para reconhecer a penumbra azulada na qual Rachel quer manter aquele aposento. E dessa vez a emoção é forte. Há algo de suave e relaxante nesse ambiente. Talvez as régias poltronas cor de laranja ao lado da janela, ou talvez os dois abajures *art déco* comprados à rue de Seine, em Paris, na volta da lua de mel, ou talvez a colcha de algodão em tons caramelados, os tacos do piso de jacarandá... quem sabe o quê... mas tudo isso contribui para conferir ao quarto uma doçura acolhedora que Leo não recordava. E é como se justamente agora sentisse sobre os ombros o peso de toda a insônia acumulada naquele ano de vida-não-vida. Gostaria de levantar as cobertas e meter-se embaixo delas. Gostaria de adormecer em sua cama e não acordar mais. Fica

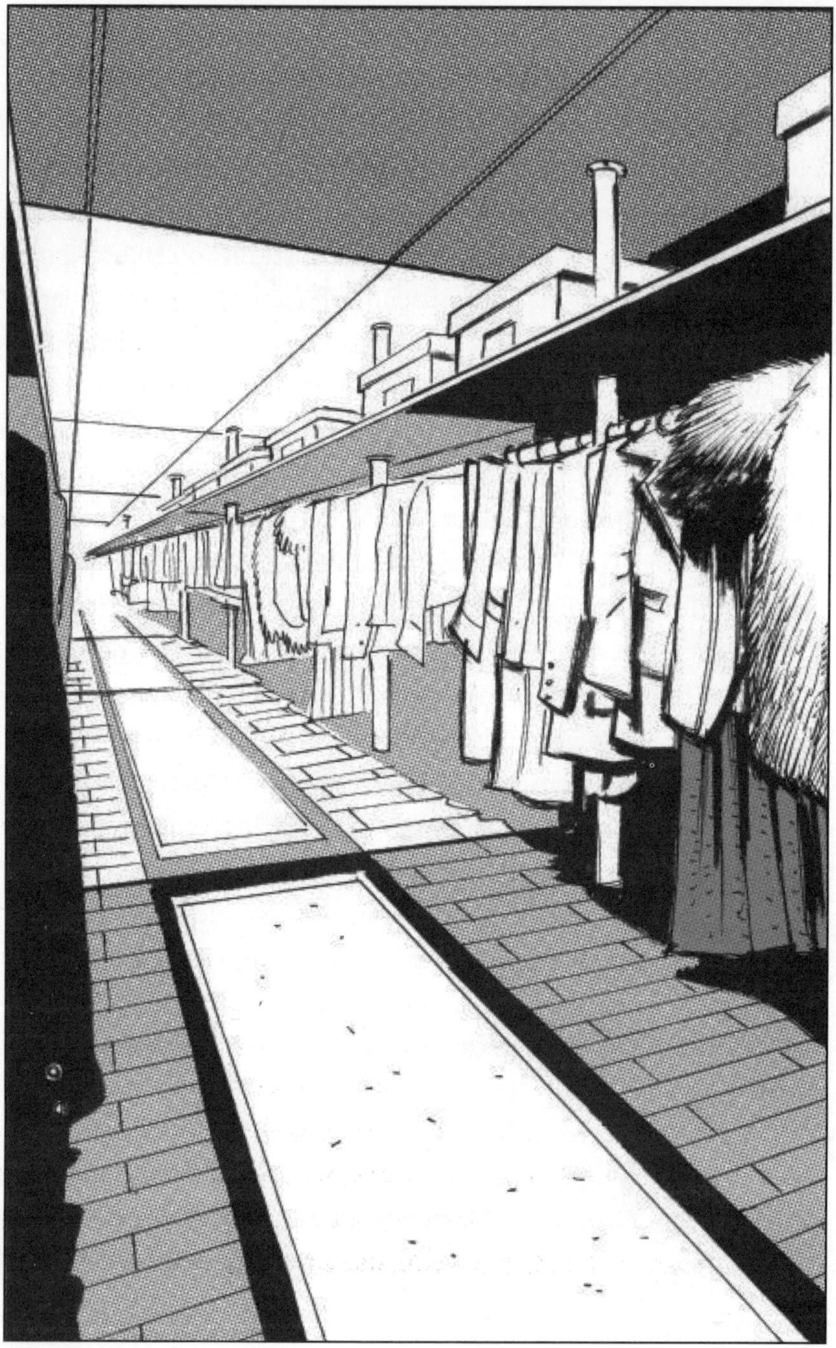

tão emocionado que quase esquece a razão pela qual está ali: a carta, o processo, Camilla, toda aquela imundície...

Para se distrair, e ao mesmo tempo para renovar a sensação de exultante surpresa que está se enfraquecendo, entra no quarto de vestir. Mas, dessa vez, a surpresa é de sinal oposto. Se, antes, Leo se sentiu ofendido por tudo o que não mudou na casa, agora chegou o momento de se ofender por tudo o que mudou. O pequeno aposento que serve de closet, com dois grandes espelhos que se confrontam de paredes opostas, foi esvaziado de qualquer vestígio de sua presença terrena. Que fim levaram seus ternos em risca de giz, seus paletós de *tweed*, seus sapatos, os cachecóis, os casacos, os chapéus, as luvas?... Não há mais nada. Esse é o quarto de vestir de uma senhora, de uma divorciada, de uma viúva. Leo sente um ódio absurdo por Rachel. Por sua eficiência de arrumadeira. Por sua maldita têmpera moral. Por sua obstinação. Por sua mania de higiene... Porque foi a higiene que a impeliu a cancelar daquele closet qualquer rastro do marido. Onde antigamente ficavam as roupas dele, agora estão somente – pendurados à barra de latão que corre de um lado a outro do quartinho – os blazers, os casacos, as calças, as saias de Rachel, que, vistos assim em sucessão, parecem um bando de elegantes senhoras na fila do correio.

A visão de suas tantas esposas – que o jogo dos espelhos reproduz zombeteiramente – causa-lhe uma tontura. Então ele se senta num gaveteiro baixo. Junto com tanta decepção, sente subir uma estranha e decididamente imprópria beatitude. Algo que tem a ver sobretudo com os sentidos. Enquanto isso, respira com grande circunspecção. Não quer em absoluto se acostumar ao odor reencontrado. O odor de sua mulher. O odor de uma intimidade repentinamente quebrada, que, pensando bem, completará vinte anos dentro em pouco. Para mantê-lo vivo, Leo contém a respiração por alguns segundos, e em seguida mete o nariz na manga de um velho impermeável de Rachel. Está desesperado. E, como quando ficava desesperado na juventude, sente uma inoportuna vontade de se masturbar. Há quanto tempo não ejacula? Demais. Sua sexualidade, sua brutalidade masculina foram oprimidas pelo excesso de humilhações sofridas. A permanência do embaraço foi o seu sedativo.

E eis que agora se vê desejando Rachel de modo novo, impensável, e até mais premente do que nos primeiros tempos, quando ela, como brava moça judia, não se entregava. Sim, Leo nunca desejou Rachel com tanta extenuada paixão. Nem mesmo no início do namoro, quando, no carro, ela se esquivava, e a calça do nosso jovem professor se inflava com veemência contida. Nem mesmo então.

Leo sente que, como um menino, pouco lhe bastará para gozar. Bastará ceder ao impulso, puxar o membro para fora, tocá-lo um pouco. Está muito excitado e muito desesperado. Sua mente não faz senão selecionar e isolar instantes desfrutados na longa lista de lembranças de amplexos conjugais. Não há nada mais terrificante do que a nostalgia do sexo conjugal. Não há perversão mais homicida do que manusear o pênis pensando na própria mulher. É nisso que Leo pensa. E também nas primeiras vezes com Rachel. A beleza das primeiras vezes. As barreiras que os dois tinham superado em todos aqueles anos. Quando ele a deflorou, poucos dias antes do casamento. A primeira vez que ela o chupou. A primeira vez que ele a convenceu a gozar em sua boca. A primeira vez que lhe fez minete. A primeira vez que a possuiu por trás. Sim, todas as primeiras vezes condensadas em uma só imagem, em um só instante, impregnado nas fibras daquele impermeável inútil. Todo aquele material de nitroglicerina está ali, em sua mente, em seu corpo. Leo não fez nada para acioná-lo. E para mantê-lo vivo basta pouco: só precisa pressionar com mais força a manga do impermeável contra o nariz e inspirar cada vez mais violentamente.

Mas agora outro pensamento o persegue. Algo que se assemelha ao ciúme. Como Rachel se comportou naqueles meses? Outros homens? Uma relação estável? Tudo o que aconteceu a Leo nos últimos tempos demonstra-lhe que realmente não há nada que não possa acontecer. Que o impensável está atrás da esquina, esperando-o sorridente.

O que o faz capitular é o ciúme que começa a atormentá-lo. Por fim, Leo não resiste: tira para fora o pau, que dá provas de uma reatividade adolescente. E começa a manuseá-lo como todo homem sabe fazer. Como todo homem aprende a fazer aos 13 anos e depois não esquece mais. Nada de estranho. É assim que são feitos os machos. Há sempre uma punheta a tocar no momento mais inconcebível e nos lugares menos oportunos. Desde o início, desde quando seu corpo descobre a glória daqueles espasmos pegajosamente misteriosos e não pede outra coisa além de fazê-los repetir-se mais e mais e mais... desde então você encara naturalmente aquela sincopada ginástica solitária como um exorcismo. Um modo de reequilibrar as forças do universo. O último e depravado recurso dos seus nervos para não ceder.

É como para os judeus que, quando saem de um cemitério após a visita anual ao parente morto, têm a obrigação e sentem a necessidade de comer alguma coisa. É a vida reclamando seus direitos. A vida exigindo respeito e dedicação. Mas também o único modo que resta a você para desafogar a frustração e enfrentar a calamidade. Uma nota ruim na escola? Sua namorada o corneou só porque aquele outro camarada pousava a bunda em um Porsche Carrera? Você está angustiado pela ideia de uma nova glaciação ou pela inelutável desertificação do planeta? Nada de medo, meu rapaz. Corra ao banheiro para manuseá-lo. Toque uma punheta. Desafogue-se. Com ardor e virulência. É o melhor modo para sair disso. Um gesto sacro, ao mesmo tempo bendizente e amaldiçoante. Um instinto selvagem e ancestral como o do cão que urina sobre as raízes de uma árvore. Dá-se o caso de que dessa vez a árvore de Leo seja seu velho *boudoir* conjugal, órfão de sua preciosa coleção de roupas e saturado pelo lancinante odor de Penélope.

No entanto, justamente quando está prestes a gozar, é distraído por alguma coisa, um rumor às suas costas. Alguém o está observando? Ele vira de chofre a cabeça e não vê ninguém. Outro rumor. Débil como o de um tecido deslizando sobre um pavimento. Pânico. Alguém o viu? Alguém o viu enquanto ele tocava uma punheta sobre o impermeável da mulher? Era Telma? Ou um dos meninos? Era a própria Rachel? Era um fantasma? Não era ninguém? Mais uma vez, o embaraço desativa sua virilidade. Depois de se recompor às pressas, Leo corre a enterrar-se de novo.

Não sairei mais. Juro. Não, essa foi a última vez.

Depois veio o verão: com um mês de antecedência em relação ao calendário, como às vezes acontece em Roma. Os dias de Leo Pontecorvo eram acompanhados por dois sentimentos contrastantes: um renovado e meditabundo fatalismo e a sensação de estar sendo espiado por alguém, durante as vinte e quatro horas do dia. Uma sombra. Um duende. Algo de sobrenatural. Essa impressão permaneceu dentro dele desde que tivera de abandonar seu projeto masturbatório sobre o impermeável da mulher. A excitação desaparecera, mas não a presença que a tinha afugentado.

Já não sentia muita vontade de comer. Por alguns dias, nem sequer foi à cozinha para pegar o alimento de que necessitava. No quinto dia em que não se nutria, encontrou a bandeja com os víveres do lado de fora de sua porta. E, daquele dia em diante, assim continuou. Gostava que aquela bandeja estivesse ali e se perguntava se quem a colocara havia sido a presença que ele sentia ao seu redor ou algum familiar que preferia manter-se no anonimato. Queriam-no vivo. Evidentemente aquela coisa não queria sua morte, não queria seu definhamento. Evidentemente aquela coisa precisava que Leo resistisse, que Leo vivesse. Apesar disso, a cada dia ele comia um pouco menos. Estava descobrindo o prazer de não comer.

Depois chegou o verão de verdade. E estava dando o melhor de si, na tepidez perfumada que vinha do jardim. Os meninos acabavam de entrar em férias, e um dos maiores divertimentos de Leo era espiar, pela janelinha, as pernas deles jogando bola no jardim. Reconhecia tanto as de Filippo quanto as de Samuel. Era tão emocionante reconhecê-las... Assistir ao milagre de gestos obsessivamente repetidos, que Leo não se cansava de olhar. Sentia uma fisgada de dor sempre que a partida acabava e os times de quatro contra quatro, que todas as manhãs seus filhos e os amigos deles disputavam, dissolviam-se para marcar encontro ali, à mesma hora, na manhã seguinte.

Samuel jogava na defesa. A fúria em defender, o ímpeto com que se atracava ao adversário e não o largava contrastavam com seu caráter tão descontínuo e caprichoso. Embora, na vida, até então tivesse tido êxito em tudo o que fazia, Samuel não dava nunca a impressão de ser um garoto capaz de se empenhar profundamente em alguma coisa. A contrapartida que você paga se sua vida funciona bem demais. Se não fosse por aquele belo presentinho que Leo e Camilla lhe tinham dado no ano anterior, a vida dele estaria próxima da perfeição. Ao menos pelo que o pai podia saber.

Este se interrogara muitas vezes sobre o que se escondia dentro da cabecinha dos seus filhos. O que sentiam? O que queriam? Quem eram? A distância entre as pessoas que se amam é um mistério não menos profundo do que os abismos oceânicos. Que belas frases o nosso galeote concebia! Samuel, o seu Semi, assim parecia a Leo, nascera sob uma boa estrela. Por isso era surpreendente que se empenhasse tanto ao jogar futebol: não era o tipo de empenho que você espera de uma pessoa a quem as coisas sempre correram bem. No fundo, o estilo de jogo de Filippo também não representava em absoluto a vida dele. Filippo, quando jogava, era régio e carismático. Mas sua vida não era assim. Ele sempre dera, ao viver, uma péssima prova de si, desde o princípio, eu diria.

Justamente durante uma daquelas partidas aconteceu um episódio que submeteu à prova, pela enésima vez, os nervos de Leo. Assim como sua coragem e sua covardia. Foi uma disputa de bola. Entre Filippo e Semi. Eles nunca jogavam no mesmo time. Semi não suportava as críticas de Filippo, tanto quanto Filippo não suportava a falta de classe e o excessivo ardor do irmão. Por isso, era opinião difundida naquela tribo de atletas adolescentes da Olgiata que os irmãos Pontecorvo deviam jogar sempre um contra o outro. Foi exatamente o ímpeto de Semi, tão indigesto para Filippo, que provocou o desastre. Semi entrou de sola no tornozelo do irmão. E, a julgar pelo modo como Filippo se debatia agora e pelos seus ganidos chorosos, era bem possível que o tivesse fraturado. O gemido agudo que parece misturar o pranto ao riso, cheio de horror e de incredulidade, que os atletas, sobretudo os mais jovens, emitem quando se encontram diante da escandalosa impotência de um osso quebrado. Leo via muito bem, daquela que ao menos dessa vez se revelava uma posição privilegiada, o pé balouçante do filho. Assim como via o outro filho, desesperado, que não parava de chamar: "Mamãe... mamãe! Corra aqui... corra..."

Leo, não menos desesperado do que os filhos, mas, se possível, ainda mais frustrado, até naquele momento achou o modo de conceber um pensamento automortificante: ao constatar que nem mesmo nessa circunstância Samuel o invocava. Nem sequer diante de uma emergência. Por um instante, foi atravessado pela ideia louca de estar morto: talvez estivesse morto e fosse o único a não saber. Talvez a morte seja justamente isso. Você se obstinar em se acreditar vivo enquanto todos os outros ao redor se conformam à sua inexistência. Recordou um filme em preto e branco ao qual assistira certa vez, sobre um morto que ignorava estar morto. Talvez a presença em torno de si não fosse senão o vestígio deixado pela sua vida já transcorrida. Talvez ele mesmo não fosse senão um vestígio. O vestígio de um vestígio.

Mas que nada, não estava morto. Simplesmente sua família o tinha esquecido. Para seus entes queridos, entre ele e aquela aranha próxima à janela, que estava fazendo ginástica em sua própria teia, não havia nenhuma diferença. Mais uma vez, sentiu-se tentado pela ideia de sair. Ir socorrer o filho cujo tornozelo estava quebrado. Confortar o outro, convencendo-o de que não era culpa dele. De que não devia esquentar a cabeça com isso. De que são coisas que acontecem. E, enquanto pensava no que dizer a Samuel para consolá-lo, ocorreu-lhe que, para falar a verdade, certos acidentes aconteciam sobretudo a Filippo. Ele era freguês assíduo da catástrofe. Se, naquele dia, o Onipotente havia decidido sacrificar o osso de um garoto que jogava bola no jardim de casa, bem, você podia apostar que aquele osso pertenceria a Filippo Pontecorvo.

Uma difícil relação com o universo. Um divórcio perante o mundo. Essa era a característica de Filippo. Seria seu medo do universo que o tornara um ser tão circunspecto e silencioso?

Quando tinha 4 ou 5 anos, a única coisa que o alegrava, e da qual não queria ser separado nunca, eram os grandes álbuns que Rachel lhe dava no aniversário: aquelas imaculadas, bíblicas monografias de Walt Disney, de títulos egotistas como *Eu, o Pato Donald*, *Eu, o Mickey*, *Eu, o Tio Patinhas*. Filippo consumia aqueles livrões como um rabino consome a Torá. Folheava-os centenas de vezes. Parecia que tudo o que convinha saber sobre a vida pudesse ser revelado por certas aventuras do Tio Patinhas no Klondike. Por certas ternas inaptidões de Donald. Ou pela temerária arrogância de Mickey em resolver enigmas.

Nos primeiros tempos, era Rachel quem se encarregava da leitura noturna dos enormes tomos. Uma história a cada noite. Esse era o pacto. E Filippo olhava as figuras e escutava a mãe como se a cada vez o encantamento se renovasse, como se houvesse sempre uma surpresa. Depois de algum tempo, Rachel poderia recitar aqueles livros de cor. No entanto, ao filho isso ainda não bastava. Tanto que volta e meia, durante o dia, agarrava-os com enorme esforço (eram quase do tamanho dele) e começava a folheá-los com paciência, como se visualizasse cada detalhe de cada pequeno fotograma. Como se se concentrasse sobre a gota de suor do Pato Donald ou não estivesse farto dos "sgrunt!" do Tio Patinhas. De vez em quando ria, e às vezes fazia uma expressão triste.

A certa altura, no ano anterior à entrada de Filippo no ciclo elementar, Leo havia tentado ensinar o filho a ler. Queria que ele estabelecesse com os sagrados livrões uma relação totalmente autônoma. Queria que seu filho lesse sozinho aqueles quadrinhos que já sabia de cor. E certamente não o queria por estar cansado de lê-los para ele, ou porque quisesse aliviar Rachel daquela tediosa incumbência. Não, queria que Filippo os lesse para fazê-lo descobrir o prazer eletrizante da autonomia.

Leo ficara perturbado não só pela espantosa incapacidade de aprender revelada pelo filho como também pela recusa que este opunha a uma atividade tão prosaica. Como se a escrita e a leitura fossem, para Fili, uma derrota. Como se cancelassem o encantamento no qual aqueles desenhos o imergiam quase automaticamente. Sim, depois de pouco tempo Leo tivera de render-se ao fato de que o único exercício de compreensão realizado pelo filho maior era assimilar as figuras, nutrir-se das imagens. Filippo era como um homem pré-histórico, inábil para a escrita, mas com uma sensibilidade muito desenvolvida para as formas.

Seu problema com a escrita e com o alfabeto – problema do qual Filippo daria provas no ano seguinte, na primeira série elementar, quando uma professora um tanto de vanguarda reconheceu nele os sinais inequívocos da dislexia – não era senão o último distúrbio manifestado naquela grande guerra contra o mundo que, até então, havia sido sua jovem vida.

Foi justamente a solerte professora da escola americana (naquele tempo, a burguesia romana costumava enviar os filhos para aquela instituição estrangeira) quem convocou Rachel para informar-lhe que Filippo tinha problemas com o alfabeto. Entre outras coisas, ela se perguntava se era prudente, dadas as circunstâncias, colocá-lo em uma escola onde não se falava a língua materna dele. Miss Dawson pertencia à categoria daquelas robustas senhoras da New England que, embora com um sotaque decididamente marcado, falam um italiano correto, articulado numa sintaxe irrepreensível e guarnecido de um rico vocabulário.

– Como a senhora deve saber, para ele já é mais difícil do que para os outros. Pelo menos oitenta por cento das crianças que frequentam esta escola têm como língua materna o inglês. Normal, portanto, que os restantes vinte por cento, nos quais se inclui Filippo, encontrem alguma dificuldade. Mas, se a esse *handicap* ainda se acrescenta um problema com o alfabeto, então...

– O que a senhora quer dizer?

– Que para Filippo não existe nenhuma diferença entre um "p", um "b" ou um "d". E, por mais que eu tenha tentado sugerir isso a ele, parece que não há jeito de fazê-lo entender. De qualquer modo, não é, em si, uma coisa muito preocupante. É um distúrbio sobre o qual se pode intervir. Conheço pessoas de grande talento e grande sucesso que sofreram disso...

Rachel não extraiu nenhum alívio das tranquilizações genéricas de Miss Dawson. E muito menos do marido, que só fez um comentário, quando ela lhe relatou as palavras da professora:

– Pensando bem, o "p", o "b" e o "d" são muito parecidos. Sempre achei que Filippo não é dos que ficam sutilizando.

Era assim que funcionavam as coisas entre Leo e Rachel: quando ela se mostrava preocupada, ele bancava o gracejador, e vice-versa. Até hoje Leo sabia como aquela tirada, na época, fora mais útil a ele do que à mulher. Mas, afinal, o que aquele menino tinha? Por que havia sempre um problema? Por que aquilo que era natural para os outros, para ele se tornava confuso?

Por outro lado, Leo havia intuído, antes de Miss Dawson, que algo não funcionava, embora, incapaz de enfrentar os problemas, tivesse impedido que a suspeita chegasse à consciência. Distinguir o "b" do "d". Então começou a empenhar-se com mil exemplos para explicar ao filho que eram duas coisas muito diferentes.

– O "b" parece um homem com um barrigão – dizia. – Já o "d" é um homem com um bundão. – E, para ser ainda mais claro, apontava ao garoto a própria barriga e a bunda. Mas Filippo, embora risse dessa brincadeira (as crianças acham muito engraçadas a anatomia e a escatologia), não aprendia a reconhecer a diferença entre as duas consoantes. Evidentemente, era algo grande demais para ele. Uma proeza.

A professora havia dito não saber mais o que fazer. Até porque tal incapacidade tornava Filippo extraordinariamente agressivo com os colegas, os quais, àquela altura do ano, já tinham aprendido o alfabeto. E, ao mesmo tempo, enchia-o de sombria vergonha.

– Um dia desses, bateu num colega – contou Miss Dawson a Rachel.

– Bateu? Como assim bateu? Por quê?

– Acho que o garoto estava zombando da dificuldade dele para escrever.

Quando Rachel contou isso a Leo, este se lembrou de uma terça-feira em que havia perguntado a Filippo, enquanto o levava para a escola:

– Você gosta de brincar com Francesca? – Francesca era a logopedista.

– Sim – respondera Filippo –, mas não quero mais brincar com ela de manhã.

– Por quê?

– Porque depois chego atrasado à escola.

– Mas é até bom, não? Qual é o problema? Você leva a justificativa. Quem dera que eu, na sua idade, tivesse uma justificativa para entrar com uma hora de atraso. Quem dera a tivesse até mesmo agora...

– Mas, se eu chego atrasado, eles me dizem que estou doente.

– Quem diz que você está doente? Por que dizem assim? Você está superbem.

– Dizem que estou doente porque chego atrasado. E também porque brinco com Francesca.

Então Leo havia pensado que alguma mãe de merda devia ter dito ao próprio filho de merda que Filippo Pontecorvo chegava atrasado às terças e quartas porque estava mal. Que ele tinha problemas na aprendizagem do alfabeto. Então Leo se enfurecera. Mães desgraçadas. Meninos desgraçados. Humanidade desgraçada. E também desgraçado o meu pequeno Filippo.

Porque Leo sabia, recordava bem: a dislexia fora apenas o último alarme lançado por Filippo. No começo, havia sido a linguagem.

Leo e Rachel tinham precisado esperar quatro anos até que Filippo lhes desse a satisfação de pronunciar uma frase de sentido completo. Se solicitado, respondia com pequenos grunhidos e monossílabos. De início, eles atribuíram seu atraso na fala, em comparação com outras crianças, a uma questão de timidez e de reserva. Filippo fora um recém-nascido excessivamente tranquilo, um daqueles que choram pouco e dormem muito. O que autorizara os pais a acreditarem que aquele silêncio obstinado era um novo sintoma de sua capacidade de ficar por conta própria. Filippo se calava simplesmente porque não tinha nada a dizer. Isso era o que Leo e Rachel contavam a si mesmos nos primeiros tempos. Não enfatizar a coisa era a atitude certa: como pais responsáveis, como pais modernos. Filippo demorava um pouco mais do que o necessário a se expressar através da palavra. Não era um grande problema. Para aquilo de que ele precisava, bastavam os gestos, as palavras viriam. Filippo era assim. Alguém que não se apressava.

Mas, depois de algum tempo em que se iludiam com aquela historieta, Rachel e Leo haviam parado de acreditar nela. Filippo tinha quase 3 anos e só Deus sabe quanto os pais torciam para que ele pronunciasse, nem que fosse uma só vez, as duas fatídicas palavras: "mamãe" e "papai".

Estavam cansados de se contentar com o monossílabo "ta", que na extraordinariamente primitiva linguagem de Filippo parecia querer designar todos os adultos dotados de alguma autoridade: pais, avós, baby-sitter.

Para Filippo, eram todos "ta".

Não havia jeito de fazê-lo dizer mais. E a cada vez, tentavam: "Meu amor, diga pelo menos ta-ta, sim, duas vezes, duplique, ta-ta. Basta isso, já será um belo passo à frente."

Era típico de Leo fazer esses discursos articulados a um filho que não parecia muito predisposto à conversa. Era também o modo como ele se atinha às orientações de Loredana, a qual, antes de lhe dar o telefone de uma logopedista, havia dito: "Conversem muito com ele. Não se cansem nunca de conversar com ele. Ouvi-los falar é tudo de que Filippo precisa. E você verá, no fim ele acaba se desbloqueando."

Então, lá começava o pai solerte a entreter o filho com longas e inúteis especulações. Naqueles momentos, Filippo o encarava estupefato. E, se Leo insistia exasperado: "Ta-ta, ta-ta, não é difícil", o menino congestionava seu rostinho angelical. Virava-se consternado e começava a bater a cabeça na parede, ritmicamente.

Filippo se envergonhava.

Tinha plena consciência daquilo que estava lhe acontecendo. Tanto da diferença em relação aos outros meninos, loquazes, quanto da dor que causava aos pais. E isso o deixava envergonhado. Assim, quando o pai insistia demais em que ele falasse, acabava prorrompendo em um daqueles gritos terrificantes, pré-históricos, que os surdos emitem. E batia a cabeça na parede.

A vergonha. Tal sentimento demonstrava a Leo que seu garoto era um tipo realmente sensível. A vida era uma coisa competitiva demais para alguém como Filippo. Tudo parecia magoá-lo.

E a fúria que certas vezes o invadia – a exasperação raivosa de que ele dava provas sempre que não conseguia fazer as coisas que os outros faziam naturalmente – contrastava muito com sua beleza angelical. Quem não era apaixonado pela sua beleza? Cabelos finos e louros, olhos azuis, um rostinho rosado e redondo. Era a atração de supermercados e restaurantes. Um astro para as jovens mães que o detinham por onde ele passasse, encantadas com sua graça: "Mas que menino deslumbrante", "Mas que anjinho", "É irresistível, dá vontade de enchê-lo de beijos."

Aonde quer que o levassem, no seu carrinho, com aquele rosto de príncipe e as roupinhas elegantes e sóbrias com que seus jovens e abastados pais o exibiam, as pessoas se detinham para olhá-lo e às vezes parabenizavam Leo e Rachel, ambos frementes de orgulho. Mas ele, nada. Filippo não reagia a todo o amor, a toda a admiração, a toda a ternura que era capaz de suscitar. Não cedia à vaidade que costuma afetar as crianças bonitas demais. Ficava ali, indiferente, impenetrável, tomado por si mesmo, por aquela espécie de sentimento intenso e excludente no qual parecia sempre imerso. Tal inexpressividade tinha o efeito de solicitar nos adultos que o contemplavam com tanta admiração um ulterior impulso de ternura. Aquele garotinho não se exibia. Aquele garotinho possuía também uma beleza interior. Se a vida fosse só liberdade e autossuficiência, pensava Leo às vezes, Filippo teria um futuro radioso. Mas, infelizmente, além da liberdade e da autossuficiência existiam outras coisas: a sociabilidade reclamava seus direitos, o mundo queria ser levado em consideração. Ninguém, nem mesmo um menino tão bonito, pode se permitir não responder às infinitas solicitações do universo. Por isso era necessário que ele falasse, assim como um dia seria necessário que aprendesse a escrever.

No entanto, aquele espetáculo de liberdade e autossuficiência era muito entusiasmante. Quase todas as crianças, quando dentro do carro, são choraminguentas. Não têm nenhuma paciência. Depois de algum tempo, tornam-se intolerantes, manhosas, insuportáveis. Protestam, esperneiam, reclamam atenção com gritos selvagens. Filippo não fazia parte da categoria das crianças molestas. No carro, assumia um ar sério e contemplativo, diríamos até melancólico. Olhava pela janela, sisudo como um poeta. Você o chamava, ele olhava você por um segundo, sem mudar a expressão, e em seguida voltava a olhar para fora. Uma atitude que Leo e Rachel achavam ao mesmo tempo encantadora e elogiável.

No fundo, Filippo sempre havia sido um tipinho independente.

Leo recordava quando de manhã, ao sair do banheiro, encontrava aquele diabrete, com sua franja loura ("de afiliado à juventude hitlerista", gracejava nosso pai, orgulhoso, com os amigos), engatinhando alegremente. Naquela época, seu passatempo mais especial, do qual não queria se separar, eram as cuecas do pai. Ele as olhava, enfiava-as na cabeça, esfregava o piso com elas. Podia brincar durante horas com aquelas cuecas. Não havia brinquedo que o divertisse mais do que aquelas cuecas. Leo o chamava. Mas Filippo dava os primeiros sinais de sua timidez e de sua dificuldade em se comunicar. Quanto mais você o chamava, mais ele imergia em seu mundo particular, às voltas com as cuecas.

Essas haviam sido as primeiras vezes em que Leo se vira enfrentando a estranheza do filho. Só então tinha começado a prestar uma atenção doentia a todos os outros meninos, aos coetâneos de Filippo.

E só então notou como Filippo era simplesmente diferente de tudo o que era normal. E isso encheu de vergonha seu coração. Uma vergonha que Leo se envergonhava de sentir. À qual Rachel parecia opor não somente um grande orgulho (tudo bem, o filho era estranho, e daí? O que havia de tão belo na normalidade?) como também um desejo de não o esconder, mas, ao contrário, de ostentá-lo.

Leo recordava com dor o dia em que Filippo completou 4 anos. Rachel, incitada pela logopedista ("Convém imergi-lo em uma atmosfera de afetuosa sociabilidade"), havia organizado uma festa no jardim. Filippo nascera em maio: naqueles dias o jardim oferecia um magnífico e viçoso espetáculo de cores e perfumes, e o clima era particularmente adequado a acolher festas infantis. Leo quis estar presente, levado também pela curiosidade de ver como Filippo se arranjava com seus coetâneos.

A verdade é que Leo não estava contente com aquele aniversário. Para ele, aquilo representava a confirmação definitiva da estranheza do filho. Todo mundo vivia lhe dizendo que até os 4 anos é normal não falar. Que, até os 4 anos, não há motivo de preocupação. Pronto, agora Filippo tinha 4 anos e continuava sem abrir a boca. Tudo bem, nesse ínterim havia aprendido a dizer "mamãe" e "papai". Mas Leo não se contentava. E finalmente sentia ter o direito de se preocupar. Tinha o direito de apregoar aos quatro ventos a sua preocupação. Pena que tal oportunidade, generosamente oferecida a ele pela sorte, não lhe desse nenhum alívio.

Aquela maldita festa de aniversário. Que ansiedade!

Era a primeira vez em que Leo o via em ação. Desde que Filippo começara a frequentar o jardim de infância na escola americana, Leo sempre conseguira inventar uma desculpa diante de Rachel e de si mesmo para faltar às ocasiões em que o filho estaria envolvido em uma das numerosas atividades recreativas. Não comparecera à tradicional festa vespertina do Halloween (muitos anos antes de que essa festa se tornasse popular também na Itália), poupando-se assim da visão de um absorto zumbi que se mantinha sentado num canto, mordiscando docinhos de todo tipo. Nem tinha querido assistir à apresentação escolar de Natal, quando o filho havia interpretado (segundo Rachel, "magistralmente") uma tulipa imóvel, a qual, contrariando o roteiro, à entrada do inverno em cena se recusara a murchar junto com as outras, proporcionando ao público uma grande hilaridade e, na mãe, o enésimo embaraço permeado de comoção.

E Leo não tinha participado de nenhuma daquelas festas para crianças justamente para não se expor àquilo que, durante o aniversário, ele não poderia eludir: ou seja, o espetáculo da horrendamente precoce inadequação do filho. O fato de ele ficar deslocado até quando o mundo inteiro se mobilizava para homenageá-lo. Sua desarmonia, sua extravagância.

Foi de fato desagradável constatar como o seu Fili, mesmo na presença de tantos colegas barulhentos, se mostrava à parte, fechado em um permanente jogo particular. Sempre com aqueles livrões nas mãos. Maldito Pato Donald, malditos Huguinho, Zezinho e Luisinho! O que eles têm que nós não temos? Por que, meu garotinho, você fica sempre com eles e não vem um pouco aqui fora, conosco, que o amamos tanto?

A certa altura as mães das outras crianças, percebendo o desconforto suscitado pelo comportamento aéreo do festejado, puxaram seus filhos e os levaram para perto de Filippo.

– Venham, não querem brincar um pouquinho com ele? – disse uma. E Leo sentiu uma grande dor. Na voz daquela senhora havia uma nota insultantemente compadecida. Depois de alguma insistência, três garotos se reuniram em torno de Filippo. As mães voltaram às suas conversas. Leo observou como os três conversavam desenvoltamente, e como tentavam envolver Filippo de algum modo. Mas ele, nada. Ficava ali, com seus botões. Até que um dos meninos, impaciente, dirigiu aos outros uma frase que Leo nunca mais esqueceria:

– Deixem para lá, ele não entende nada. Filippo é pateta.

Que filhinho da puta! A crueldade das crianças. A desenvoltura das crianças. Foi um enorme choque para Leo. Aos diabos a "sociabilidade afetuosa". Não, não há nada de afetuoso na sociabilidade. A sociabilidade é cruel. E ele, Leo, bem sabe disso.

Quando você tem um filho muito pequeno (sobretudo se esse filho é o primeiro), tende a transfigurar qualquer problema dele, imaginando que, exatamente como os problemas dos adultos, está destinado a não se resolver... E quase não percebe que, enquanto você fica ali se torturando com a suspeita de que seu filho não falará nunca – porque, se não aprendeu até agora, provavelmente não aprenderá mais, porque evidentemente é uma coisa de fato muito complicada –, eis que ele, quase de um dia para outro, começa a falar com desenvoltura. Mas eis também que no horizonte surge um novo problema, que a você, pobre pai apreensivo, não parece menos insolúvel do que o anterior. Assim aconteceu também com Filippo.

Afinal, Rachel tinha razão: depois de algum tempo, Filippo havia começado a falar. No início com dificuldade, distorcendo as palavras de maneira terna e ridícula. Dizendo "não goto" em vez de "não gosto". Confundindo-se em algumas flexões verbais. Você lhe dizia: "Estou errado ou hoje o meu Filippo comeu um pouco demais?" E ele, todo comportado e ofendido, respondia: "Estou errado, estou errado!" Depois, adquirindo uma impressionante propriedade de linguagem.

No entanto, com a chegada das palavras, sempre mais nítidas e precisas, e antes que Filippo denunciasse suas incapacidades com o alfabeto, apresentou-se outra estranheza, que perturbou Leo e Rachel de maneira diversa, talvez, mas não menos incisiva.

Eles notaram que Filippo adquirira o hábito, para adormecer, de bater violentamente a cabeça no travesseiro. E, em geral, no ritmo da música. Tudo começou quando Rachel adquiriu um toca-discos multicolorido para crianças, feito especialmente para os de 45 rpm, que estavam muito em alta naqueles anos. E Leo inaugurou o equipamento colocando nele um velho *single* de Ricky Nelson, um daqueles discos inencontráveis que a velha tia americana de sempre mandava de vez em quando para Leo, seu sobrinho italiano, quando ele era rapaz.

O disco remontava a 1957. Naquela época, Ricky Nelson era o que se chama um "teen idol". E o *single*, intitulado *Be-Bop Baby* (que aliteração ousada!), ficara por algumas semanas no topo da lista dos mais vendidos nos Estados Unidos. O que impelira a prestativa tia Adriana a adquiri-lo e enviá-lo para o sobrinho. Tratava-se de uma cançoneta eufônica, típica da época. Leo sempre gostara dela. Talvez porque ligada a alguma lembrança guardada naquele escrínio romântico que havia sido sua juventude. Sem dúvida, não podia supeitar que tal cançoneta se tornaria indigesta para ele, por causa das centenas de vezes em que o filho o obrigaria a escutá-la de novo. Para Filippo, só existia aquela canção. Toda a história da música, para ele, se exauria naquela canção. Ai de quem quisesse fazê-lo escutar outra. Ainda que do mesmo período. Ainda que com os mesmos acordes. Ainda que do mesmo autor. Então ele se enfurecia. Só queria *Be-Bop Baby*. E mais nada. Era sua nova obsessão. O novo modo excogitado para excluir todo o resto.

Tudo bem, é verdade, dizia-se Leo, as crianças são assim: obsessivas e conservadoras. Uns reacionários cabeçudos em miniatura. Mas a obsessão de Filippo por aquele disco parecia prodigiosamente patológica. Assim como o modo como ele batia a cabeça no travesseiro por várias horas consecutivas, interrompendo-se a cada vez para repor o disco desde o início. Onde encontrava tanta energia? E qual era o sentido de tanto trabalho por nada?

A babá de Filippo e Semi chamava-se Carmen. Era uma cabo-verdiana rude e cheia de orgulho, que os meninos adoravam e na qual Rachel, ao menos naquele tempo (antes que Carmen desse sinais de desequilíbrio), confiava totalmente. Carmen foi a primeira a dar um nome àquela estranheza. Antes do boa-noite, um instante após apagar a luz no quarto dos "seus" meninos, ela recomendava a Filippo: "Não *trabalhe* demais." Em seguida, pedia ao irmãozinho que jazia na parte inferior do beliche: "E você, Semi, não o imite."

Trabalhar. Era esse o modo como Carmen havia definido aquela mania de Filippo de bater a cabeça no travesseiro. De fato, algumas noites, Leo e Rachel, voltando de algum jantar e passando diante do quarto dos meninos antes de irem dormir, quando ouviam aquele sinistro ruído rangente sentiam uma estranha ternura por seu pequeno trabalhador. Rachel pensava em certas fileiras industriais que produzem a noite inteira. E Leo em *Tempos modernos*, de Charlie Chaplin.

Um dia, Leo supôs:

– Talvez seja uma espécie de atavismo judaico.

– Em que sentido?

– Bem, ele faz como os *chassidim* no Muro das Lamentações. Move a cabeça como eles. Talvez tenhamos finalmente um grande rabino na família.

– Não banque o idiota. A logopedista diz que pode se tratar de uma forma leve de autismo. Afirma que isso não é tão alarmante assim, mas poderia até explicar a dificuldade dele em se relacionar com o mundo...

Seria possível que sempre houvesse mais alguma coisa? Que de vez em quando aquele bendito garoto se saísse com uma nova particularidade? Que todos aqueles médicos tateantes no escuro tivessem sempre a exigência de dar um nome às estranhezas dele?

Quando, depois de uma chamada noturna, voltava para casa ao amanhecer, Leo gostava de ir ver os meninos dormindo. Entrava no quarto e era invadido por aquele comovente odor de biscoitos recém-saídos do forno. Tomava muito cuidado para não acordá-los: sentava-se primeiro no leito inferior, no qual Samuel dormia como um anjinho, acariciava-lhe a mão, ajeitava-lhe a coberta. Depois se levantava e repetia os mesmos gestos com Filippo. Mas bastava tocá-lo para acionar aquela máquina infernal. Eis que Filippo, mesmo sem acordar, recomeçava a dar cabeçadas no travesseiro. Uma coisa que produzia sempre certa angústia em Leo, induzindo-o a sair depressa do quarto, como se não quisesse assistir à enésima demonstração de que seu filho não era totalmente normal. Mas, de mistura com aquela inquietação, havia também muito orgulho. Pelo caráter e pela determinação com que Filippo encarava as coisas. Por sua sabedoria e por sua paciência. Atributos muito pouco infantis.

Uma coisa que impressionava Leo era a resistência do menino. Sua extraordinária compunção em aceitar tudo o que os pais o obrigavam a fazer. Não havia uma só vez em que se lamentasse. Dava provas de enorme estoicismo. Como se, à força de ser submetido àqueles tratamentos, tivesse desenvolvido uma aceitação passiva da própria imperfeição. Todo aquele esforço para aprender a falar. Todo aquele esforço para aprender a escrever. Todo aquele esforço para tentar adormecer sem dar cabeçadas rítmicas no travesseiro, porque aquilo inquieta demais a mamãe e o papai. Todo aquele esforço, em suma. Para quê?

Talvez eles estivessem apreensivos demais. Talvez fosse o caso de autorizar Filippo a se abandonar às suas inócuas imperfeições. Mas o que Leo podia fazer se, em certos assuntos, tanto ele quanto Rachel tinham um espírito intervencionista? E se a docilidade de Filippo tornava tudo ainda mais simples? Filippo não era o tipo de criança a quem é preciso repetir continuamente: fazemos isso para o seu bem. Em seu cérebro devia haver algo que o induzia a crer que a vida de um menino era uma contínua e obstinada operação destinada a corrigi-lo. Já devia estar convencido de ser uma criatura cheia de defeitos de fábrica.

Mas era realmente tão normal e necessário passar suas tardes infantis com a mãe em alguma sala de espera, aguardando ser atendido pelo enésimo especialista? Era realmente indispensável submetê-lo a tudo isso? Ou estaria o pequeno Fili apenas pagando o preço de ter nascido numa época horrendamente perfeccionista, e de ser filho de dois médicos com um fraco pela revisão dos desacertos? Dois burgueses burilados, incapazes de aceitar que o filho se expressasse de modo diferente da mais medíocre norma e da mais banal excelência?

Às vezes Leo se perguntava se não estaria se submetendo demais à vontade de Rachel. Sabia quanto ela se orgulhava do estoicismo do filho. Era assim que ela havia sido educada. Para considerar o sacrifício pessoal uma espécie de atestado de humanidade: as pessoas se sacrificam sem reclamar. E, sem dúvida, para ela a falta de lamúrias de Filippo devia ser realmente elogiável. Com muita frequência, à noite

Rachel contava a Leo o modo irrepreensível como o filho se comportara com a logopedista ou com a psicóloga.

– Fica ali, quietinho, sem dizer uma palavra. De vez em quando me sorri. Folheia todo concentrado suas histórias em quadrinhos. Observa espantado os outros meninos na sala de espera. E, com o olhar, parece me perguntar: "O que estes aqui têm para reclamar tanto?" É um pequeno doutor, o nosso Filippo.

– Onde você o levou para comer? – perguntava Leo, para mudar de assunto, e sabendo que o pacto estabelecido entre mãe e filho era o seguinte: se Fili se comportasse quando ela o buscava na escola após o meio-dia, a fim de conduzi-lo a uma de suas médicas, Rachel se comprometia a levá-lo para comer em um lugar do agrado dele. Filippo adorava comer. Tinha um grande apetite. E preferências ferozmente infantis: sanduíches comuns, *tramezzini*, batatas fritas, Coca-Cola, leite espumante, biscoitinhos de chocolate, profiteroles com creme...

– Fomos à Hungaria. Ele comeu todo o hambúrguer e todas as batatas. Depois fomos à doutora. E, durante o trajeto, ele me leu os jornais. Ou pelo menos se esforçou para isso. De vez em quando pronuncia palavras estranhas, que não existem, mas basta você pensar um pouco e percebe que se trata de uma palavra de uso comum, na qual ele estropiou uma sílaba e mudou uma vogal...

Tais relatos, que Leo pedia quase todas as noites – não pelo prazer de ouvi-los, mas cultivando a cada vez a esperança (indefectivelmente frustrada) de que Rachel lhe dissesse: "Tudo bem, finalmente Filippo está lendo com a calma, a classe e a dicção de Vittorio Gassman" –, tinham sobre ele um efeito terrível. Às vezes o enfureciam, outras o enterneciam de maneira insana. O certo é que nunca o deixavam indiferente. O fato de seu filho passar a maior parte das tardes da única infância que lhe era concedida sendo torturado pelos médicos o enchia de raiva e o fazia reconsiderar toda a opção intervencionista feita por ele e por Rachel.

A docilidade de que Rachel lhe falava, a voracidade com que Filippo devorava hambúrgueres, os despropósitos e os erros frequentes e ridículos na leitura do jornal, tudo isso o chocava muito. Claro, claro, deveria ser mais compreensivo. Afinal, não era ele o médico das crianças gravemente enfermas? Mas a questão é que aquelas crianças, sem ele, não sobreviveriam. Com muita frequência, nem assim sobreviviam. Já Filippo, sem seus logopedistas e seus psicólogos, iria se arranjar, e como.

E também, fosse como fosse, as crianças das quais Leo tratava não eram seus filhos. Com o tempo, ele conseguira suportar que seu trabalho consistisse em ver inocentes sofrendo. Era até por isso, ou melhor, justamente por isso, que não aguentava ter uma criança sofrendo em casa. Não, a ele o estoicismo de Filippo não agradava, tanto quanto não lhe agradava a perseverança de Rachel. Paradoxalmente, preferiria de ambos um pouco mais de laxismo. Isso mesmo, o laxismo lhe pareceria uma reação totalmente natural.

Além disso, Leo sabia que se não tivesse um metro e noventa de altura, se não fosse o homem elegante que era, se não tivesse obtido com o tempo um lugar tão eminente na sociedade, se não fosse obrigado a manter certa contenção diante da mulher, provavelmente, ao escutar os relatórios de Rachel sobre os comportamentos cotidianos do filho, feitos de docilidade, resignação e de tão infinitas dificuldades, ele se abandonaria ao pranto.

Santo Deus, o seu Fili às vezes parecia tão inerme, tão incapaz de reagir, mesmo diante do mínimo obstáculo!

Certa manhã, na praia, na casa em Maremma onde os Pontecorvo passavam um mês todos os verões, Rachel tinha encontrado Filippo na cama do quarto de empregada, onde habitualmente dormia a babá, que naqueles dias estava de folga.

Rachel o achara ali, imóvel, ainda usando os tênis, a camiseta e o shortinho de futebol, e exalando o odor salgado e caprino de quem, depois de fazer esporte, não tomou banho. Ficou impressionada não só por encontrá-lo ali, mas também por ele ter se mostrado tão exageradamente feliz ao vê-la. Filippo estava à beira do choro. Na noite anterior, Leo e Rachel, voltando de um jantar em casa de amigos, não tinham percebido que o menino não estava dormindo no quarto que dividia com Semi. Agora, Filippo lhe explicou que, depois de voltar de uma partida na praia, deitara-se por um instante naquela cama, a cama de Carmen. E adormecera, para acordar algumas horas depois em uma escuridão pesada, absoluta e terrível.

– Bom, meu amor, mas você não podia ter buscado a companhia do seu irmão?

– É que eu achei que havia ficado cego.

– Como, cego? Por que cego?

– Porque estava tudo escuro. Fiquei de olhos abertos a noite inteira para ver se havia um pouco de luz, mas nada.

– As persianas estão abaixadas. Estamos no meio da laguna. Normal que a noite seja mais escura do que em Roma. Mas, afinal, você não podia acender a luz?

– Sim, pensei nisso. Fiquei com a mão em cima do interruptor por toda a noite.

– E por que não ligou?

– Porque, se a luz não se acendesse, então era porque eu estava cego mesmo.

– Mas veja só esse meu cretininho...

Mais uma vez, a imagem do filho cortejando o interruptor por uma noite inteira sem decidir apertá-lo por medo de ter ficado cego produziu em Leo um sentimento menos hílare do que o suscitado na esposa. Ali estava mais uma demonstração do medo e da incapacidade de reagir do menino. Pobre Filippo, devia ter sido realmente um pesadelo acreditar-se cego por todo aquele tempo. Mas por que não os chamara? Por que não gritara para convocá-los? Simples: porque a chegada deles, tanto quanto o ato de apertar o interruptor, poderia confirmar sua efetiva cegueira. Por conseguinte, melhor esperar angustiosamente a vinda do amanhecer! O que significava todo esse medo? Que valor tinha? Que impedimentos comportaria? E, sobretudo, seria esse o efeito da mensagem que ele e Rachel haviam transmitido ao filho? A mensagem subliminar que dizia: você, meu garoto, é um menino defeituoso. Um menino que está se quebrando, destinado a adoecer e a cair em pedaços.

– Mas você sabe, meu anjo, quanto é difícil ficar cego? – explicara-lhe Leo mais tarde. – Sabe por que muitas pessoas não se matam, mesmo querendo?

– Por quê?

– Porque, apesar do que as pessoas acreditam, morrer é difícil. Adoecer é difícil. Nosso corpo é uma estrutura maravilhosamente organizada para resistir e se adaptar. Sobretudo na sua idade.

E, depois de pronunciar essas sensatas palavras, Leo se perguntou se eram apropriadas para um menino de 8 anos.

A Leo também acontecera perguntar-se o que podia significar para um menino daqueles o fato de ter um irmão que parecia seu exato contrário. Que havia aprendido a falar precocemente, que dormia com quieta profundidade, que escrevia e lia com destreza, e cuja atividade preferida parecia a de ser o primeiro na escola, nos esportes e no agradar aos outros. O que significava, para um irmão mais velho tão complicado, ter um irmão caçula que se divertia nas festas de aniversário organizadas para ele pelos pais? Um garotinho leve, a quem a vida havia poupado da tortura de logopedistas, psicólogos, neurologistas. Semi era o filho que todos gostariam de ter: alegre, desenvolto, engraçado. Talvez menos bonito do que Filippo: sua beleza era conspurcada por algumas distorções nos traços. Mas eram essas imperceptíveis imperfeições que o tornavam, se possível, ainda mais simpático.

Era admissível que os dois se odiassem. Que brigassem para valer. Quando Semi era recém-nascido, havia sempre alguém para tomar conta dele. Rachel temia que Filippo, que já dera alguns sinais de estranheza, quisesse fazer justiça com as próprias mãos sobre o irmãozinho. Tudo conspirava para que entre os dois nascessem competições e invejas.

Mas que nada! Eram os irmãos mais unidos e solidários que Leo já vira (e de crianças ele entendia). De manhã, iam juntos para a escola. Assim como, à tarde, voltavam juntos. O mais velho havia contagiado o mais novo com seu amor pelos quadrinhos, enquanto o menor tinha iniciado o maior no colecionismo de camisas de futebol. Com o passar dos anos (e a cada ano um pouco mais), os dois elaboraram uma linguagem cifrada só deles. Que servia para excluir os outros, é verdade, mas também para tornar aquela solidariedade fraterna algo de místico, de esotérico.

E agora um não podia ficar sem o outro. Tudo com uma morbosidade que em Leo suscitava certo desconforto, mas que Rachel sabia reconduzir a uma dimensão doméstica e razoável. A vida iria acabar separando-os, tornando-os independentes um do outro. Um espírito de emancipação não menos inelutável (e em certo sentido não menos triste) do que aquele que um dia levaria tanto Filippo quanto Samuel a deixar seus pais. E a formar, quando o destino lhes oferecesse a ocasião para tal, novos núcleos familiares totalmente independentes do original. Não é essa a grande tragédia da vida?

Cerca de dois anos antes de se ver diante da enésima encruzilhada moral – sair do seu antro para correr em socorro do filho que se debatia no gramado com um tornozelo fraturado, ou ficar ali paralisado na janela? –, Leo tinha convidado Rachel para acompanhá-lo, junto com os meninos, a um congresso de oncologia em Londres, no início de dezembro. Sua comunicação estava prevista para a noite da quinta-feira, explicara ele a Rachel, na intenção de aliciá-la. Isso significava que teriam à disposição um longo fim de semana para se divertir em uma cidade da qual ele – como gostava de se vangloriar – conhecia "cada poça de água". Como todas as famílias burguesas, também os Pontecorvo eram devotamente anglófilos. Como todas as famílias burguesas (exceto as inglesas, imagino), também os Pontecorvo tinham uma ideia do mundo britânico ridiculamente oleográfica: áspero como o *tweed*, forte como o tabaco Dunhill, macio como os bigodes de um almirante da Real Marinha Britânica e elegante como um aforismo de George Bernard Shaw...

Por isso Leo se sentia especialmente feliz por sua já decenal amizade com o professor Alfred Hathaway, um oncologista de voz cativante e aspecto bonachão que trabalhava numa grande estrutura hospitalar na parte ocidental de Londres. Todos os anos Alfred organizava, por conta da Royal Holloway University, um congresso no qual Leo ocupava sempre o lugar de protagonista. Leo considerava o colega, o professor Hathaway, uma espécie de companheiro de armas na grande guerra civil que, justamente naquela época, a oncologia pediátrica estava enfrentando para elaborar estratégias e protocolos comuns.

Naquele ano, com o Natal chegando, bem... não seria magnífico ir com os meninos? Fariam as coisas bobas que agradam aos turistas e todas aquelas *à la mode* dos frequentadores assíduos. Fariam compras e comeriam coisas estranhas e cheias de gordura.

Já estava tudo pronto quando Rachel, por culpa de uma gripe repentina, roeu a corda.

– E agora?

– Agora cá estou eu, no meu último sudário.

– Vamos, não banque a tola, o que faremos?

– Meu programa para o fim de semana é ficar na cama, invejando mortalmente todos os *scones* que vocês vão comer sem mim!

– Sem você, o que eu faço? Na quinta-feira estarei o dia inteiro no congresso. À noite devo ir jantar com Alfred e os outros maiorais. Não posso levar os meninos. E também seria ótimo se você estivesse presente.

– Você vive reclamando que não os vê o bastante. Que nunca pode conviver direito com eles. Que estão crescendo embaixo do seu nariz... Pronto, aí está sua oportunidade. E a mim não fará mal ficar alguns dias sem tê-los nos calcanhares. E também eles querem muito fazer essa viagem. Samuel está todo excitado; um dia desses eu o ouvi devanear ao telefone sobre não sei que calça ou par de sapatos a comprar. E Filippo, felicíssimo, porque assim poderá adquirir *Secret Love* ou lá como diabos se chama.

Era típico de Rachel estropiar os nomes de livros, filmes, histórias em quadrinhos. Tal prática exercia um papel importante naquela estratégia iconoclasta, tipicamente romana, à qual se opunha o rigor filológico do marido, que de romano tinha bem pouco. No caso específico, a história em quadrinhos a que Rachel aludia, e com que Filippo a atormentara nos últimos dias, era *Secret Wars*, de Jim Shooter, evento editorial da Marvel, publicado na Inglaterra e nos Estados Unidos justamente naquele ano e sobre o qual fantasiava-se muito (a edição italiana sairia quando Leo, já desde bem antes, não era mais deste mundo).

– Além disso – continuou Rachel –, faz alguns verões que nós os mandamos viajar sozinhos! Imagine se não podem ficar um dia em um confortável hotel londrino e dar um belo passeio pelos arredores. Não se preocupe.

– Meu amor, é uma pena que você... – comentou Leo, com voz lamurienta.

Algumas semanas antes dessa conversa, quando falaram da organização da viagem, Leo e Rachel tinham discutido sobre a compra das passagens aéreas. Filippo já voara uma vez, sempre com o pai, no curto trecho Roma–Milão. Samuel, ainda não: outro motivo de excitação.

A passagem de Leo, a cargo do congresso, era na classe executiva: assim a Alitalia, na esteira de outras companhias aéreas, havia denominado aquela que antigamente se chamava, de modo bem mais classista, "a primeira". Mas, exceto pela denominação diferente, as coisas não tinham mudado muito: poltronas verdes um pouco maiores que as da classe turística, serviço e *catering* mais acurados, comissárias de bordo mais bonitinhas, e preço pelo menos quatro vezes mais alto. Leo gostaria de levar consigo a tribo inteira na parte mais nobre do avião. E, naturalmente, Rachel se opôs, indignada.

– Não me parece o caso.

– Mas você não acha ridículo irmos em classes diferentes? Vamos repetir a fábula do grão-senhor e seus familiares?

– Não quero que meus filhos entrem pela primeira vez num avião como senhorzinhos esnobes. Acho isso repulsivo. Inadequado. Deseducativo.

– Que saco! A história de sempre. Por que você nunca me surpreende?

– Eu poderia lhe perguntar a mesma coisa.

– Pelo menos dessa vez, vamos fazer algo todos juntos. Afinal, é a *primeira* viagem de Semi num avião. Eu gostaria de compartilhar essa experiência com ele.

– Nada o impede.

– Sim, mas só depois da decolagem.

– Paciência. Significa que seu filho decolará sem você e comerá com talheres de plástico.

– Mas a decolagem é o momento mais...

Não lhe foi permitido dizer "mais" o quê.

– Nem pensar. Se você comprar passagens na primeira classe, irá a Londres sem mim.

– Não é a primeira. É a executiva.

– O nome não importa.

– Tudo bem, então. Vou pedir à secretária do congresso que compre minha passagem também na turística...

– Não, o que tem a ver? Você está sendo pago. Vai viajar a trabalho. Deve chegar fresco e repousado. Tem um dia a dia pesado e merece algumas comodidades a mais. É outra coisa. Mas gastar tanto dinheiro por duas horas e meia de voo, isso me parece contrário a qualquer...

Rachel não soube dizer "a qualquer" o quê. Lógica? Moralidade? Senso de oportunidade? Nunca saberemos.

O fato é que, embora sobre a questão das passagens Rachel houvesse levado a melhor, e portanto já não tivesse nenhuma razão para não ir, no final a gripe decidiu por ela.

E assim Leo se viu no aeroporto, na fila do check-in, com os filhos um tantinho amuados pela ausência da mãe e o abacaxi dos assentos no avião para descascar.

– Se vocês prometerem que não contam à mamãe, faremos uma última tentativa.

– Senhor Pontecorvo – disse a atendente –, só temos um assento livre na executiva.

– E então?

– Então, só posso fazer upgrade para um dos seus filhos. Do contrário...

Leo olhou para os meninos. Que fossem eles a decidir. Filippo, com um gesto que lhe era habitual, deu de ombros, como quem diz: Pode dar o lugar a ele, não estou nem aí... Enquanto o rosto de Semi, aquele maníaco por luxo, se iluminava.

A única coisa que Filippo pediu foi um assento junto da janela. Não foi difícil contentá-lo. E agora ali estava ele, com os fones de ouvido do walkman Sony – uma bugiganga hoje fora do comércio, mas, naquela época, de vanguarda, que Leo havia comprado tempos antes em Hong Kong –, a testa apoiada no vidro, o olhar que somente uma pontinha da asa impedia de se perder na imensidão.

Já o comportamento de Semi, uns vinte assentos adiante, não foi igualmente contemplativo. Típico de um verdadeiro *parvenu*, pensou Leo com ternura: não houve um só opcional disponibilizado pela Alitalia para os clientes VIP que Semi recusasse. A começar pela taça de champanhe, oferecida por uma bela e jovem comissária de bordo, que o menino aceitou com uma leve e educada inclinação de cabeça.

Leo, piscando o olho para a aeromoça uniformizada e tirando a taça das mãos do filho, disse: "O champanhe não é suficientemente forte para ele, é melhor dar um pouco de uísque. Naturalmente, on the rocks." Ao que a *hostess*, compreendendo a indireta, entregou ao garoto um copo de Coca-Cola com três pedras de gelo.

Depois Semi curtiu a decolagem, contraindo o corpo em um espasmo de emoção e pavor no instante heroico em que as rodas se destacavam da pista. O céu matinal de dezembro era de uma nitidez impiedosa. Leo, apoiando o queixo no ombro do filho, cujo rosto estava voltado para o oeste, viu a linha de demarcação entre o mar e a costa ir ficando cada vez mais evidente. O fantasioso *patchwork* criado pelos quadriláteros amarelos, bege, verdes, marrons dava à terra uma espécie de cintilação pontilhista. As riscas brancas e afuseladas de duas embarcações que adentravam impávidas o mar aberto fizeram-no pensar em dois saracoteantes espermatozoides em busca de uma oportunidade. A essa altura, Leo voltou às suas ocupações. Puxou da pasta suas anotações. Precisava se concentrar.

Pena que Semi não ficasse parado um só instante. Foi bem umas três vezes ao toalete. Desembalou ruidosamente o fone de ouvido oferecido pela mesma *hostess*. E encarregou-se de desembalar também o do pai. Manipulou teclas e botões do sistema de som. Sua excitação alcançou o ápice quando chegou a bandeja do almoço. Leo não comia nunca em aviões. Mas era evidente que seu caçula não imitaria esse costume paterno. Pelo contrário! Semi passou manteiga nos dois pãezinhos que tirara da cesta oferecida pela *hostess*, e ainda no que estava na bandeja de Leo. Traçou literalmente a lasanha e depois cortou em mil pedacinhos o rosbife, sem, no entanto, tocá-lo. Devorou o *plum cake* e ainda quis que este fosse acompanhado por uma porção dupla de sorvete de creme. Por fim, a aeromoça, com uma cafeteira de estanho na mão, perguntou a Leo:

– Café para os dois, senhor?

E Leo:

– Sim, mas, por favor, dilua o dele com um pouco de água quente.

Justamente quando, mais ou menos à altura da Côte d'Azur, Semi parecia ter se acalmado e Leo, alcançado o grau adequado de concentração, eis que o pequeno importuno voltou à carga:

– O que você está fazendo?

– Repassando a lição. Tenho dever de casa para amanhã – disse Leo, querendo ser espirituoso. – O papai vai ter de falar de improviso e em inglês, e, bem... é sempre melhor falar na própria língua.

Leo havia adquirido de seu pai o hábito de falar de si mesmo aos filhos na terceira pessoa. O pranteado doutor Pontecorvo lhe ensinara que a um filho convém falar dessa maneira. O papai faz isso, o papai faz aquilo... Tratava-se de uma modalidade expressiva que em sua impessoalidade e em sua eficácia pedagógica se tornava quase pomposa.

– Mas as anotações estão escritas em italiano – observou o filho, pedante.

– As anotações, sim. Para o papai, assim fica mais fácil. Mas depois vou ter de falar em inglês.

Samuel sempre perguntava o porquê. Desde que começara a falar, não parava nunca de fazê-lo. "Por que os passarinhos voam?", "Por que os carros se movem?", "Por que as formigas estão comendo aquela borboleta?", "Por que a televisão funciona?", "Por que nós dormimos?", "Por que nós comemos?", "Por que a mamãe tem cabelos louros e o papai, pretos?..." Eram essas as perguntas com as quais Semi havia começado a incomodar qualquer adulto que estivesse ao seu alcance. Perguntas enormes, além de inúteis, que mereceriam respostas tautológicas: "Porque sim", "Porque é assim que anda o universo". Mas que, em vez disso, obrigavam Leo e Rachel a inventar respostas detalhadamente instrutivas. "Os carros se movem porque o homem inventou uma coisa chamada motor a explosão", "Nós comemos e dormimos porque, do contrário, não sobreviveríamos", "As formigas, como nós, precisam se alimentar. Para elas, justamente como para nós, a comida é garantida pelo funcionamento da cadeia alimentar. Provavelmente a borboleta bateu em algum lugar e caiu por acaso perto do formigueiro: o acidente fez dela a refeição ideal das formigas..."

O fato é que Semi era incontentável. Não havia resposta que não o autorizasse a outra pergunta, se possível mais metafísica do que a anterior. E isso, embora fosse exasperante, testemunhava certa vivacidade dialética.

Se, para o irmão mais velho, a linguagem havia sido uma conquista fatigante e dramática, Semi queimara etapas: sua precocidade em apropriar-se das expressões parecera aos pais quase miraculosa. E, desde os primeiros anos de vida, ele os atormentara com suas duas grandes paixões: o desejo de criar uma relação entre as coisas e o gosto por fazer perguntas. Essas duas vocações conjugadas tinham feito dele um entrevistador incansável e um comparador frenético. "Quem nada melhor, Filippo ou eu?", "Quem andou mais vezes de avião, a mamãe ou o papai?", "Quem é mais forte, eu ou o meu amigo Giacomo?"

– E isto, o que é? – perguntou Semi, indicando um ponto do papel que o pai segurava.

– O título da minha exposição.

Então Semi, com o nariz enfiado nas anotações do pai e escandindo bem as palavras, leu:

As três fases da comunicação da diagnose aos pacientes oncológicos em idade pediátrica: progressos e desdobramentos.

Após um instante de hesitação, perguntou:

– O que quer dizer?

– Já falei. É o título da minha exposição.

– Sim, mas o que quer dizer?

– Há alguma palavra que você não entendeu? Ou é a frase inteira?

– As duas coisas.

– Por exemplo, qual palavra você não entende?

– Diagnose.

Então, nosso helenista frustrado começou a pontificar:

– É uma palavra de origem grega. Como, aliás, quase todas as palavras usadas pelos médicos. Vem de *dia*, que significa "através", e *gnosis*, uma palavra belíssima, que quer dizer "conhecimento". É o modo como os médicos determinam e classificam a patologia pela qual o paciente é acometido, depois de submetê-lo a uma série de exames.

Ao ver Semi com o olhar ainda perplexo, Leo continuou:

– Sabe quando você está com febre, quando tem os ossos doloridos e a boca quente, e a mamãe não o manda à escola?

– Sei.

– Pois é, se você me procura e diz: "Papai, estou com febre, com os ossos doloridos, a boca quente", antes de mais nada o papai lhe cobra um monte de dinheiro. Depois, provavelmente, considerando esses sintomas, diz que você está com gripe. Isso é uma diagnose, ou um diagnóstico, a que se chega *através* dos sintomas que o paciente declara. A gripe é a diagnose. A única diferença é que as diagnoses que o papai deve fazer são mais complicadas e mais, como direi?... dramáticas.

– Por que dramáticas?

– Porque são mais difíceis e porque se referem a doenças mais graves e mais sorrateiras do que a gripe. E porque induzem no paciente e nos parentes do paciente algumas reflexões muito desagradáveis.

– E "pacientes oncológicos", o que significa?

– São exatamente os pacientes atingidos pelos males dos quais o papai se ocupa.

– E "idade pediátrica"?

– Significa que se trata de crianças.

A razão pela qual Leo se perdia em todo aquele palavrório e se refugiava em todos aqueles floreados eufemismos era uma peculiar e arraigada dificuldade de falar do seu trabalho com os filhos. Não que quisesse protegê-los de uma profissão que para todos os efeitos podia ser considerada extrema. É mais exato dizer que, se falasse do assunto com eles, temia supersticiosamente contaminá-los. Torná-los mais vulneráveis. Assimilá-los a todas as outras crianças do planeta, ou seja, a todas as delicadas criaturas expostas aos caprichos do acaso, passíveis de adoecer e morrer de um momento para outro.

Leo – filho de genitores hipocondríacos – havia decidido não ser por sua vez um pai hipocondríaco. Lembrando-se de como fora insuportável carregar nos ombros as tenebrosas apreensões deles, resolvera aliviar seus filhos e a si mesmo daquele fardo. Mas, para aderir totalmente àquela opção, precisara convencer-se de que, ao contrário de qualquer outro, Filippo e Semi não participavam do ciclo da vida: imunes a qualquer patologia, assim permaneceriam enquanto ele vivesse. Era sobretudo essa a razão pela qual sempre evitava falar de seu trabalho na presença deles. A mesma contenção que adotava ao falar deles com alguém do hospital. Não desejava criar nenhuma ligação. Preferia administrar sua vida assim: em compartimentos estanques. Seus filhos não estavam "em idade pediátrica". Seus filhos eram seus filhos e pronto.

– Afinal, o que você vai dizer no congresso? – perguntou Semi, abrindo a enésima latinha de Fanta.

– Vou apresentar os resultados obtidos nos últimos dois anos graças às inovações que, com a ajuda de alguns colegas esclarecidos, o papai conseguiu fazer no seu setor. Resultados verdadeiramente animadores.

– Tipo?

Dessa vez Leo hesitou um pouco antes de responder. Não tanto porque lhe faltassem os eufemismos, mas porque o filho, com essa pergunta, obrigava-o a pensar em todas as batalhas que precisara travar nos últimos anos contra um sistema esclerosado, para poder finalmente trabalhar do modo que lhe parecia mais adequado e mais correto.

Inovação. Eis uma palavra malvista pelos burocratas do Santa Cristina. Inovação. Eis o motivo pelo qual ele se consumira tanto nos últimos anos, pelo qual havia discutido, brigado, pelo qual tinha quase corrido o risco de se imolar e de aniquilar sua carreira. Eis a obstinação pela qual talvez um dia o fizessem pagar, mas que por enquanto dera resultados extraordinários, que Leo estava ansioso por discutir com os colegas de outras nações.

A principal novidade terapêutica inaugurada por Leo, cerca de um lustro antes, em seu protocolo de tratamento (com alguns anos de atraso em relação aos outros contextos europeus e americanos mais vanguardistas), era o cateter venoso central: um equipamento graças ao qual ele podia injetar com facilidade, no corpo de seus pacientes, não só o veneno da químio mas também as chamadas "terapias de conforto", necessárias a mantê-los vivos e a fazê-los se sentirem melhor. Tudo isso sem ter de atacar as pequenas veias ainda tão jovens, ameaçando estragá-las para sempre.

Uma revolução não menos determinante havia sido, precisamente, a comunicação do diagnóstico ao paciente. Para introduzi-la, Leo tivera de desafiar um inimigo ainda mais insidioso: os pais e sua desesperada vontade. Eram eles, os pais, a não aceitar a ideia de que os médicos comunicassem aos filhos o diagnóstico. Que necessidade havia disso? Já não era suficientemente chocante o fato de eles estarem doentes? Não bastava submetê-los àquelas terapias pavorosamente destrutivas? Agora deviam também ser informados sobre o mal que estava tentando matá-los, dos riscos que corriam, dos tratamentos extremos aos quais seriam submetidos?

Pois bem, sim, pensava Leo. E com ele toda uma escola de pensamento. Por sua vez coadjuvada e apoiada por um grupo bastante amplo e combativo de psicólogos infantis.

Bastava-lhe relembrar todos os disparates que havia contado aos seus pacientes nos primeiros anos; bastava-lhe relembrar como era difícil ter em mente todos aqueles disparates e exercer sobre eles um controle; bastava-lhe relembrar a desconfiança com que seus pacientes o encaravam, sobretudo os adolescentes, quando ele lhes contava todas aquelas lorotas... bastava-lhe relembrar tudo isso para se sentir nauseado.

Leo ainda recordava o garoto no qual havia diagnosticado (ou melhor, fingido diagnosticar) uma infecção no abdome que se resolveria rapidamente com algum medicamento *um tantinho* doloroso, administrado por via endovenosa. O menino tinha a mesma idade de Semi hoje. Pois bem, uma vez aquele garoto, durante uma consulta, ao ver os pais mantendo-se a uma devida distância, havia cochichado no ouvido de Leo: "Doutor, por favor, não diga à minha mãe que eu tenho câncer. Ela acha que estou com uma infecção."

Pois é, por quanto tempo ainda seriam toleradas semelhantes hipocrisias perversas? O diagnóstico devia ser revelado aos pacientes. Por menores que fossem, eles tinham esse direito. Claro, claro, junto com os psicólogos seria estudado o modo de tratar cada pessoa como um caso em si: entre um garotinho de 6 anos e um adolescente, as diferenças são abissais. A extração social do paciente é determinante, o grau de cultura também. Não se pode tratá-los do mesmo modo, seria obtuso até imaginar isso. Cada paciente é um indivíduo. E cada indivíduo é um tesouro único e inimitável.

Leo se apoiara em tais princípios, na verdade muito hebraicos, quando declarara guerra às velhas diretivas e ao velho *establishment*. Seria capaz de tudo, para introduzir essa nova prática em seu setor. Eis por que, depois de fazer isso, recorria a uma equipe de psicólogos que o orientavam ao longo daquele percurso denominado "fases da comunicação do diagnóstico aos pacientes oncológicos em idade pediátrica".

E, por mais que isso lhe parecesse absurdo, talvez por ter sido tomado de surpresa ou talvez por estar voando a dez quilômetros de altura sobre o mar gélido e tempestuoso da Mancha, agora Leo estava explicando as razões daquela batalha, e dos efeitos benéficos da vitória naquela batalha, ao filho caçula. Ou seja, a um dos dois únicos garotos no mundo a quem ele decidira não contar as coisas como realmente são. Um dos dois únicos garotos que o professor Pontecorvo havia desejado poupar do peso da verdade, refugiando-se na cômoda concha da lei do silêncio:

– Leve em conta que, graças aos céus, a enfermidade da qual o papai se ocupa é muito rara entre as crianças. Em relação aos adultos que adoecem disso, não dá nem para comparar. No meu centro deve haver ao todo uns sessenta pacientes. No centro de Riccardo, o amigo do papai, os pacientes devem ser no mínimo uns mil. Isso me oferece a possibilidade, negada a muitos colegas meus, negada a Riccardo, de cuidar pessoal e diariamente de quase todos os meus pacientes internados. Eu considero a oportunidade de poder cuidar deles *pessoalmente* e *diariamente* um fato substancial. É o segredo de tantas remissões da doença. É disso que o papai vai falar amanhã para os colegas.

– Por quê?

– Porque é necessário, tanto para o meu trabalho quanto para o deles, confrontar meus resultados com os obtidos pelos médicos de todo o mundo. Isso se chama "estudo cooperativo".

– O que quer dizer "cooperativo"?

– Bem, cooperativo é a palavra-chave. Significa que todos temos de cooperar, ou melhor: que nos convém cooperar.

– Sim, mas o que significa?

– Significa colaborar. Eu e os meus colegas – eu e, por exemplo, Alfred – colaboramos. Sem colaboração, é impossível exercer esse ofício com sucesso.

– E seus pacientes sempre querem saber o que têm?

– Bela pergunta, Semi. Realmente uma bela pergunta. Também nesse aspecto, as coisas são bastante complicadas. Há quem queira saber e quem, ao contrário, nem sequer entenda o que significa "saber" ou "não saber". Depende de muitas coisas. Mas, em última análise, isso nem é tão importante assim.

– E o que é importante?

– É importante organizar um sistema – nós o chamamos protocolo – que ajude a dar a nós mesmos, aos pais dos pacientes e, naturalmente, aos pacientes a chance de tratar e de ser tratados da melhor maneira possível. E assim decidimos articular o protocolo em três fases. Antes de mais nada, escrevemos o diagnóstico. Não o comunicamos sem primeiro tê-lo escrito. Depois o comunicamos aos pais e dizemos a eles qual é o protocolo que nos parece mais adequado para intervir oportunamente e da maneira mais eficaz.

– O que quer dizer "protocolo"?

– Os tratamentos. Os tipos de tratamento que o paciente deverá receber. Informamos os pais sobre as probabilidades de sucesso daquele tipo de terapia sobre aquele tipo de patologia. Depois da conversa com os pais, avisamos que é necessário comunicar o diagnóstico também aos filhos. E esse, eu lhe garanto, é um dos momentos mais difíceis. É quase pior do que quando se diz aos pais que os filhos estão mal. É como se toda a raiva e o desespero que até então eles conseguiram controlar explodissem ao mesmo tempo. Às vezes, com uma veemência terrível. Volta e meia até acontece de algum deles lhe dizer que você não pode se permitir, que não tem o direito, ou então o xinga de torturador, de Mengele.

– Quem é Mengele?

– Mengele era um nazista.

– O que é um nazista?

Também sobre o assunto nazistas, os cônjuges Pontecorvo preferiam não falar. No fundo, dispunham de todo o tempo para ensinar aos filhos os riscos que os judeus corriam neste estranho planeta pelo simples fato de serem judeus.

– Muita coisa ao mesmo tempo. Outra hora eu lhe digo quem são os nazistas. Estávamos falando da reação de alguns pais.

– Ah, sim, a reação dos pais.

– Pode ser muito violenta. É então que intervêm os psicólogos. Confia-se a eles a tarefa de fazer os pais compreenderem por que é correto, tanto no plano ético quanto no terapêutico, que seus filhos sejam informados sobre o que têm e sobre os riscos que correm.

– E sempre conseguem convencê-los?

– Eu diria que sim. Os psicólogos têm grande capacidade de persuasão. É nesse momento que começa a terceira fase. Quando a pequena delegação – composta por mim, pelo *staff* de psicólogos e pelos pais – se dirige à criança. E garanto que, paradoxalmente, essa é a fase mais simples, porque em geral a criança é receptiva. Porque, ao contrário dos pais, deseja saber. Porque, a despeito dos pais, ainda está habituada a aceitar as desgraças que se abatem sobre ela. Quando são muito pequenas, não compreendem exatamente aquilo que você está lhes dizendo e logo se distraem e param de ouvir. Já os adolescentes choram. Em geral, choram.

– E o que você diz para fazê-los chorar?

– Digo que encontramos em seu corpo algumas células doentes, digamos, no abdome. Que existe o risco de essas células más convencerem outras células a se amotinarem contra o corpo deles. E que, para afastar essa hipótese, convém fazer isto, aquilo e aquilo outro. Claro, não fazemos essa comunicação com a brutalidade com que estou lhe contando agora. Dizemos aos poucos. Na primeira vez, dizemos uma coisa. Na segunda, mais uma. E assim por diante. Dizemos que estamos à disposição, que eles podem nos perguntar o que quiserem e que nos comprometemos a responder a todas as perguntas.

– E depois, o que acontece?

– Acontece que o paciente começa a confiar em você. Sabe que você não vai enganá-lo. No fundo, já espera ter algo de grave. Com todos os exames aos quais o submetemos, com toda a preocupação que os pais, querendo ou não, jogaram em cima dele nas últimas semanas... bem, agora ele quer um pouco de sinceridade. Tem direito a um pouco de sinceridade.

– Mas por que contar a todo custo?

– Primeiro, a estatística demonstra que o tratamento é muito mais eficaz em um paciente consciente do que em um paciente que não sabe de nada. Além disso, há uma questão de princípio. Todos temos o direito de saber o que pode nos acontecer. Só para dar um exemplo bobo: se você, depois de tudo o que comeu, agora estivesse com espinafre nos dentes, ia querer que o papai avisasse, ou preferiria que todos vissem e rissem, sem você saber por que o estão ridicularizando?

– Eu ia querer que você me avisasse.

– Pronto, é a mesma coisa. Dizendo a ele, a mensagem que você passa é que não está contando lorotas. Que ele pode confiar em você. Que entre os dois existe uma relação de colaboração. Mesmo quando administramos certo fármaco, avisamos quais são os efeitos. Dizemos: "Veja, este aqui pode lhe dar dor de barriga... este outro pode lhe provocar na boca umas aftas desagradáveis...", e assim por diante.

Com que eloquência Leo contava tais coisas ao filho! E com que participação! A eloquência e a participação de um homem que colocava o trabalho acima de tudo, até mesmo de uma família tão amada e tão amável. Talvez porque a segurança que Leo experimentava trabalhando não era ameaçada pelas incômodas incertezas que às vezes o atenazavam em casa.

Em seu setor de oncologia pediátrica, o professor Pontecorvo não tremia nunca, não errava um alvo, conseguia ser sintético e eficaz.

Aliás, a expressão "seu setor" deve ser entendida literalmente. Não só porque Leo, com o respeitável apoio de seu mestre, o professor Meyer, havia contribuído para fundar o setor, mas também porque com apenas 39 anos tinha herdado a direção deste. Tornara-se um médico-chefe com muito pouca idade. Um médico-chefe empreendedor e resoluto. Um médico-chefe que não delegava nunca e preferia botar as mãos na massa. Que não se poupava, não erguia barreiras intransponíveis: localizável pelos pacientes a qualquer hora do dia ou da noite.

Convém dizer que essa dedicação ao trabalho havia sido favorecida pela atitude condescendente de Rachel. Sem dúvida, ela não era o tipo de mulher que vive reclamando do marido sempre ausente, do marido que trabalha demais e só pensa na carreira. E não tanto porque nutrisse ambições específicas pela profissão de Leo, mas porque era uma adepta da religião do trabalho inculcada nela pelo pai: o trabalho de um homem é uma coisa sagrada. Uma mulher, uma boa esposa, tem o dever de aliviar ao máximo o marido de todo compromisso não estritamente ligado ao trabalho. Um marido não é para trocar fraldas, levar os filhos à escola, ajudá-los nos deveres de matemática. Um marido não deve pensar em outra coisa que não o trabalho. E a família dele deve se comportar de modo que lhe garanta o direito a tal virtuoso egoísmo.

Rachel bem sabia disso, pois o aprendera na prática, desde quando, tendo perdido a mãe e a irmã, tornara-se por assim dizer uma espécie de esposa postiça do pai. Então, aquilo que já lhe fora infundido virou lei: seu dever de filha (tornada repentinamente "única" por uma tragédia) era aliviar o pai de qualquer incômodo supérfluo. Havia dias em que, por culpa de uma imperiosa encomenda de um cliente importante, o senhor Spizzichino permanecia na fábrica até tarde. Pois bem, em tais circunstâncias ele nem se preocupava em telefonar à filha.

Esta, por outro lado, simplesmente o aguardava sentada na cozinha: a água da massa já fervendo, o molho pronto, os pratos emborcados e, no ar, um aroma de amoroso fatalismo.

O mesmo que se respiraria no belo palacete dos Pontecorvo alguns anos depois, nas noites em que Rachel esperava que Leo voltasse do hospital. Tinha dado comida aos meninos e colocado os dois na cama. Depois, a certa hora, mandara também a empregada dormir. Evitando, enquanto isso, beliscar até mesmo um pedaço de pão (uma questão de princípio). Assim, acontecia de ao menos cinco ou seis vezes por mês os cônjuges Pontecorvo se verem comendo sozinhos na cozinha à uma da manhã. Leo silenciava, Rachel circulava em torno dele, não menos taciturna, lidando com conchas e sopeiras fumegantes.

Mas não só: nos primeiros anos de casamento, Rachel havia lutado para debelar o hábito do marido de levantar-se tarde. De fato, as regras do perfeito trabalhador obrigavam um homem com as responsabilidades de Leo a ser o primeiro a chegar ao hospital e o último a sair. É assim que se comporta um chefe. É assim que um chefe exerce o controle sobre seus subordinados e, ao mesmo tempo, dá-lhes o exemplo.

Em suma, tinha sido essa atitude de Rachel a permitir que Leo dedicasse atenções maníacas ao setor, desde a fundação. E, considerando que para Leo o tratamento do enfermo começava no momento em que este transpunha a soleira do hospital, não havia decisão, até a mais aparentemente secundária, sobre a qual ele não se sentisse autorizado a dar palpite. A começar pela decoração dos interiores. As cores das paredes e do piso. Nenhuma palhaçada. Nenhuma tinta exuberante. Nenhum papel de parede parodisticamente infantil. Afinal, não estamos na Disneylândia.

O que convinha era um ambiente luminoso e sóbrio. Organizado e hospitaleiro. No qual os pais e as crianças se sentissem tranquilos.

E que, ademais, não favorecesse a extraviante ilusão de que ali dentro os esperava um alegre passeio no campo. Leo havia lutado para conseguir que os três grandes aposentos comunicantes destinados à quimioterapia dessem para o único jardinzinho à disposição do hospital. Oliveiras, salgueiros-chorões, magnólias: era isso que as crianças tinham o direito de contemplar, enquanto você as envenenava.

Outra fixação de Leo eram os odores.

"Aqui dentro é taxativamente proibido o fedor de hospital", repetia sempre a enfermeiros, serventes e faxineiros. Morrinha de desinfetante, de frango ensopado, de maçã cozida: eis o que Leo entendia por "fedor de hospital". Ai dos encarregados, se de manhã, ao entrar no setor, ele sentisse pairar aquele odor desencorajante e fúnebre. O homem mais calmo do mundo perdia as estribeiras. Enfurecendo-se de modo que pareceria incrível a quem estava habituado a vê-lo em outro contexto. Em seu setor, Leo era um déspota. Um suíço. Abandonava-se ao vício do detalhismo e não era complacente com ninguém. Não tolerava ingerências, imprecisões e nenhuma forma de negligência. Havia lutado contra a administração, contra o sindicato, contra a entropia do sistema hospitalar romano para ter a última palavra sobre a contratação do pessoal paramédico e para regular a rotatividade deste (Leo sabia que é difícil tolerar por muito tempo um trabalho daqueles sem se tornar louco ou cínico). A proverbial gentileza com que habitualmente tratava os subordinados era equilibrada pela ferocidade com que os apostrofava quando estes aprontavam "uma das deles". Leo gostaria de obrigar todo o pessoal a um corte de cabelos marcial, à escovinha. Como não podia impor isso, conseguira introduzir a obrigação das toucas. E não por questões higiênicas, mas até e sobretudo por espírito de solidariedade humana. Já era um trauma gigantesco, sobretudo para as meninas, perder os cabelos; só faltava que se sentissem ridicularizadas pelos penteados pirotécnicos de alguma enfermeira desavisada.

Em suma, a incúria de Leo pelas questões burocráticas não encontrava nenhum correspondente na organização prática do seu setor, que era, para dizer o mínimo, inflexível. Como se no mundo existissem dois Leo Pontecorvo: um relapso e indeciso, outro resoluto e acurado até a pedanteria.

E essa era só uma das contradições.

A despeito de tanta intransigência na organização e de tanta negligência administrativa, na verdade Leo, no exercício das artes médicas (gostava de chamá-las assim), dava provas de uma inaudita flexibilidade e de um admirável ecletismo. Inimigo de todo integralismo terapêutico, não tinha nenhum *parti pris* a defender, adequava-se às situações como um camaleão. Tinha assimilado bem a lição recebida em seu aprendizado parisiense: o câncer é uma doença diferente de todas as outras, o que ataca o corpo não é um agente externo, mas uma parte do próprio corpo: uma parte rebelde e autodestrutiva, alguém da família que resolveu se suicidar. O câncer não é uma parte de nós. O câncer somos nós. Eis por que cada câncer específico de cada indivíduo específico merece um tratamento específico. E merece respeito. Porque existe um para cada organismo. Por isso, cabe aos protocolos de tratamento adequar-se ao paciente, e não o contrário.

Quando via que um garotinho não suportava mais uma terapia, Leo fazia tudo para mudá-la ou para aliviá-la. Quando via uma menina devastada pela aplasia medular, um dos efeitos mais horrendos da químio, dava-lhe algumas semanas de descanso. Esperava que a medula óssea recomeçasse a funcionar normalmente, a produzir o número de glóbulos brancos de que o sistema imunitário necessita. Porque o professor Pontecorvo não esquecia nem por um segundo que os tratamentos mais eficazes criados pelo homem contra o câncer – ou seja, a quimioterapia e a radioterapia – são, cada um de modo diferente, venenos ultranocivos. A serem manipulados com a mestria de um alquimista.

Havia sido justamente a forma de humanismo que Leo aplicava ao tratamento do câncer que o tornara tão sensível, antes de muitos outros colegas, ao aspecto psicológico da questão. Seu setor fora o primeiro, na Itália, a munir-se de um *staff* de psicólogos. Leo estabelecera uma ligação especial com a coordenadora do *staff*, a doutora Loredana Soffici: ela o iniciara nos mistérios da psicologia infantil.

Dizer a verdade aos pacientes. Torná-los responsáveis. Não alimentar ilusões. Fazê-los participar da luta. Ao mesmo tempo, contudo, estimulá-los a seguir em frente da maneira mais normal possível. Essas eram as palavras de ordem da doutora Soffici. Leo compartilhava com aquela mulher a vontade de que os pacientes pudessem desfrutar das melhores oportunidades para continuar a viver, para brincar e para estudar. Entre os brinquedos de vanguarda que Leo comprava no exterior para Filippo e Semi, sempre escapava um para a sala de jogos do setor. Que, de fato, em vez de parecer o cemitério dos brinquedos abandonados de um orfanato, tinha o aspecto luxuriante do quarto de um garoto mimado.

Leo depositava em Loredana uma confiança extraordinária. Gostava de participar dos seminários organizados por ela para os professores da escola que funcionava dentro do setor. Gostava de ouvi-la falar. Constatava como as sucintas explicações daquela mulher encontravam sua contrapartida na experiência de muitos anos que ele desenvolvera na prática. Loredana convidava os jovens e assustados docentes a prestar atenção a cada detalhe comportamental e a não subestimar nada. E tal convite, mesmo em sua genericidade, parecia inteligentíssimo a Leo.

"Vocês devem entender que, se uma criança é inconstante por essência, uma criança submetida dia e noite a esse estresse pode demonstrar uma inconstância devastadora. E não subestimem o rancor. O ressentimento. A cólera. Não subestimem a inveja. A inveja dos doentes pelos saudáveis. Vocês são saudáveis, eles são doentes. Concordem comigo em que isso é algo quase inatural. Um desequilíbrio que desmente qualquer justiça. E não pensem que eles não têm consciência de tal iniquidade. Têm consciência, sim, e como. E por isso podem odiar vocês. Não há nada mais terrível do que o rancor de um doente por uma pessoa saudável. Principalmente numa idade na qual a esfera emocional tem um domínio incontestável sobre a racional. No entanto, apesar disso, apesar do risco permanente de que uma frase ou uma atitude de vocês possam insultá-los ou fazê-los sofrer, eles merecem a verdade. Se um colega não pode mais comparecer à aula, porque está muito mal ou porque não resistiu, bem, não faz sentido que vocês mintam sobre o destino dele. Não alimentem ambiguidades, não contem lorotas. Saibam que eles estão mais preparados para morrer do que vocês."

Foi escutando esse tipo de discurso que Leo formou suas convicções. Em contato com uma personalidade como a de Loredana Soffici, ao mesmo tempo piedosa e intransigente, lúcida e visionária, Leo compreendeu a indispensabilidade da comunicação do diagnóstico ao paciente. E era em nome de um espírito não menos honesto e não menos equânime que agora, no voo para Londres, estava tentando explicar ao seu caçula por que a hipocrisia não é menos nociva do que o câncer.

Depois aconteceu algo estranho. Justamente quando o avião iniciava as manobras de aproximação do aeroporto de Heathrow, justamente quando a voz irradiada pela *hostess* intimava gentilmente os passageiros a voltar aos seus lugares, colocar a mesinha em posição vertical, levantar o encosto da poltrona e atar o cinto de segurança. Justamente nessa hora, Semi, com uma agitação que impressionou Leo profundamente, porque não combinava com o temperamento daquele garoto sempre tão luminoso, perguntou ao pai:

– Então, se eu tivesse alguma coisa, se de repente me acontecesse alguma coisa, você me diria? É verdade, papai, que você me diria?

Diante de toda a angústia comunicada pelo tom, antes mesmo que pelas palavras do filho, Leo ficou atônito, indeciso entre responder sinceramente ou, com um gracejo qualquer, desviar toda a conversa para um registro menos comprometedor. Por fim, refugiando-se no exemplo do espinafre, disse:

– Juro que você não tem nada grudado nos dentes.

Mas essa tirada não bastou a Semi, que não desistiu. Continuou, imperturbável:

– Você promete, papai, promete?

– Prometer o quê? – perguntou Leo, impaciente e arrependido de ter se deixado levar, iniciando o filho em alguns segredos escabrosos do seu ofício.

– Que me diria. Que, se me acontecesse alguma coisa, você me diria. Promete, papai, promete?...

E Leo, irritado pela insistência de Semi e sem conseguir encará-lo – com o olhar dirigido para os cada vez mais próximos subúrbios londrinos –, prometeu.

(É naquela promessa, naquela agitação que Leo pensa agora, enquanto observa Semi, o qual, não menos agitado do que então, está socorrendo o irmão mais velho cujo tornozelo ele acaba de quebrar. Leo se pergunta se aquele garoto, agora com 14 anos, ainda faz a si mesmo todas aquelas perguntas. Espera que não. Espera que ele não as faça mais. Com todo o coração, espera não ter se tornado, aos olhos do filho, a interrogação mais importante. A mais insidiosa e perturbadora. Aquela que jamais terá uma resposta.

Leo quase não consegue respirar. É o que acontece ao nosso corpo quando é invadido simultaneamente pela pena e pela culpa.)

Numa tarde de quarta-feira, no início de dezembro de 1984, os três varões Pontecorvo, transidos de frio, transpuseram a porta giratória do Brownstone Hotel, acolhidos no saguão pelas mesuras de um estranho sujeito vestido num uniforme de veludo verde com franjas e alamares dourados, e um cilindro engraçado na cabeça.

Uma plaquinha na recepção (fundo preto, caracteres de ouro) avisava ao cliente que aquele velho palacete em arenito, no bairro de Belgravia, havia sido transformado em hotel pelo mordomo de Lorde Byron, em meados do século XIX. Leo se hospedara ali pela primeira vez quase trinta anos antes, com o pai, e desde então o escolhera como refúgio londrino. Gostava do lobby pequeno, acolhedor e felpado, do aroma de torradas e de café, dos puxadores de latão luzidio, do modo como o espesso carpete cor de malva, as *boiseries* marrom-escuras e o fogo crepitante na lareira de mármore rosado atenuavam os ruídos do tráfego.

Leo estava satisfeito com que os filhos o vissem num lugar assim, no auge de suas capacidades mundanas. Se havia uma coisa que lhe dava prazer era ser admirado por eles. E naquele velho hotel podia exibir diante dos dois intimidados fedelhos todo o *seu saber estar no mundo.* Que consistia, por exemplo, em ter sido reconhecido pelo engraçado pajem que os recebera no lobby. Ou pelo servil: *Welcome, Mr. Pontecorvo!* dirigido a ele pelo recepcionista, um magricela de cabelos cor de mostarda e faces avermelhadas por uma rede de capilares prestes a explodir.

Em seguida coube a Leo, cujo inglês era tudo, menos impecável, encadear as duas ou três frases de efeito que havia preparado, para recordar ao recepcionista, em tom quase aborrecido, que o senhor Pontecorvo desejava às 6h30 da manhã um café americano quentíssimo, *muffins*, o *Corriere della Sera* e o *Times*. Em seguida, mantendo na voz aquela inflexão entediada, perguntou aos filhos (e, sabe-se lá por quê, em inglês) o que desejavam para o desjejum.

Até aqui, foi tudo uma festa. Mas Leo nem tivera tempo de meter a chave na fechadura da porta da minissuíte do quarto andar quando, tomado pela ansiedade de ter os filhos nos calcanhares sem a assistência de Rachel, sentiu-se repentinamente inadequado. Como um marido virgem na noite de núpcias.

Vários anos tinham transcorrido desde o tempo em que Filippo havia constituído o problema principal dos cônjuges Pontecorvo. Aquele havia sido o período em que Leo estivera mais próximo dos filhos, sobretudo de Filippo, mas, por osmose, também do caçula. Desde que Filippo deixara de ser uma urgência, a relação dos dois havia decididamente mudado. Tornando-se cada vez mais formal. Leo, por outro lado, estava no auge daquela idade da vida em que os homens de sucesso sacrificam a família no altar da profissão. Seus dias eram uma convulsão de compromissos: hospital, consultório, universidade, congressos, escrever artigos para jornais e revistas especializadas... Restava pouco tempo para os filhos. Que, nesse ínterim, não haviam achado nada melhor do que se arranjar por conta própria, de ano em ano, com uma pertinácia dadaísta.

E agora ali estavam, repentinamente entrados, sem bater e sem que o pai tivesse percebido, na adolescência. E só agora ele se dava conta disso, em um quarto de hotel londrino? Quem eram esses dois seres humanos? O que Leo sabia deles? Além de alguns dados de registro civil e de alguma qualidade totalmente exterior, o que sabia desses meninos com os quais compartilhava o sobrenome, algum parente morto e o patrimônio genético? Filippo era um garoto angelical de 13 anos com um probleminha de peso, doido por quadrinhos e desenhos animados, não era um grande atleta, mas um meio-campista com magnífico toque de bola, e exibia um rendimento escolar um tanto fraco. Semi estava com 11 anos. Era exuberante, cheio de amigos, precocemente hedonista. Na escola, era um ás. A vida para ele era leve, assim como era leve seu corpo saltitante.

Isso era tudo o que Leo sabia dos filhos: um monte de gente devia saber muito mais sobre eles. E agora ali estavam, dois alienígenas a descobrir de uma só vez.

Também no plano físico as coisas haviam mudado. Leo tinha sido um pai muito carnal, sobretudo com Filippo. Quando este era um lactente, ele adorava tomá-lo nos braços. Gostava de importuná-lo, tocar-lhe as bochechas, acariciar as perninhas lisas e torneadas, meter o nariz gelado na tépida e perfumadíssima concavidade entre pescoço e face. Gostava de acordá-lo, quando lhe acontecia retornar do hospital no meio da noite, depois de ter ido atender a uma emergência, e de entreter-se com aquele recém-nascido belíssimo, morninho e sempre um pouco ausente. Mas com o tempo, como é natural que seja, aquela promiscuidade física desaparecera. Leo não era um pai que se fazia beijar nem, por sua vez, que beijava. Claro que sentia o desejo de apertar contra si um dos seus filhos. Mas havia intuído que eles, por uma questão de pudicícia viril, não gostavam. Então, evitava.

A impressão que ele tinha agora, depois de entrar na minissuíte do Brownstone Hotel, era que seus filhos estavam desagradavelmente diferentes em relação às suas expectativas naturais. Havia neles algo de espinhoso que Leo, afeiçoado à imagem mental de uma fragrante maciez infantil, estava notando pela primeira vez. A voz de Semi era baixa e rascante como todas as vozes dos garotos na idade do desenvolvimento. No queixo e nas têmporas de Filippo havia despontado uma penugem lanuginosa. O corpo de ambos desprendia o odor salobro dos organismos em plena revolução hormonal.

Assim, Leo, para controlar o nervosismo, refugiou-se na hiperatividade. Começou a abrir a bagagem, intimando os filhos, com uma atitude quase despótica, a fazerem o mesmo. Mostrou didaticamente como se reconstitui o vinco da calça depois de tirá-la da mala (porta do banheiro fechada, água quente aberta, vapor, calça pendurada no cabide). Em seguida, só para ganhar tempo, encomendou ao serviço de quarto um lanche hipercalórico.

Por fim, para não compartilhar com eles nem mesmo a espera da comida, despiu-se e encheu a banheira, depois de jogar dentro um denso sabonete cor de esmeralda, brinde do hotel. E imergiu até o pescoço. Mas nem todo esse relax aliviou o pensamento angustiante de ter de se ocupar deles. Para não ouvir o que estavam fazendo do outro lado da parede, Leo abriu a água quente e mergulhou a cabeça. Ali dentro se ouvia um som grave e abafado de cascata, que, no entanto, não conseguia desviá-lo da imagem mental dos seus filhos, para além da parede, que o aguardavam intimidados e silenciosos.

Mas eis que ao sair da banheira, impregnado pelos vapores aromatizados e metido no roupão de felpo com monograma dourado no bolso, viu-os de cueca, na cama, disputando o controle remoto.

Com alívio, Leo disse a si mesmo que talvez a mudança dos filhos tivesse aspectos positivos: por exemplo, tornara-os muito mais independentes do que ele imaginava. Não precisavam do pai para viver e se divertir.

Finalmente, a campainha.

Uma saltitante coreana vestida de governanta oitocentista, de touca e avental, empurrou o carrinho para dentro do quarto. Com gesto teatral, levantou uma tampa de estanho sob a qual se destacavam, como dobrões de um tesouro, uns doze *club sandwiches* gorduchos, afogados num mar de batatas fritas e alface. A miúda oriental abriu as garrafas de Coca-Cola. Por fim, entregou ao homem de roupão um estojo de couro com a fatura, que ele assinou com um rabisco distraído.

O langor pós-refeição, unido ao entorpecimento provocado pelo banho quente, tinha deixado Leo definitivamente nocauteado. Mal apoiou a cabeça no travesseiro, ele sentiu as forças lhe faltarem. Mas ainda não havia conseguido relaxar como gostaria. Persistia aquela sensação de agitação.

– Papai, podemos pedir também uma torta?

A voz de Samuel.

Por que não?, pensou Leo. Peçam o que quiserem.

– Papai, podemos pedir uma torta? – repetiu Samuel.

Leo abriu os olhos. Sorriu. E fez um gesto de assentimento.

No fundo, refletiu, finalmente mais calmo, a ausência de Rachel também tem suas vantagens: sem aquela mulherzinha parcimoniosa, posso ensinar a esses fedelhos como se vive.

– Podem fazer o que quiserem – ouviu-se dizer, como Willy Wonka ao acolher as crianças em sua exclusivíssima fábrica de chocolates. A fábrica de chocolates de que Leo dispunha era Londres: uma Londres gélida, iridescente e autoirônica, lotada de mercadorias e de todo tipo de delícias: uma cidade em forma, que sabia o que significava comemorar o Natal. Desse modo, tudo mudava. A ausência de Rachel deixava de ser uma perda para se tornar uma bênção. Eis o que faremos, pensou Leo, faremos o que nos der na telha. Que alegria! Que divertimento!

Começou a fantasiar sobre os quatro dias magníficos que os aguardavam. Dias em que Leo poderia reviver com os filhos aquilo de que desfrutara, anos antes, com a mulher: o gosto de iniciar aqueles dois diletantes nos prazeres da compulsão consumista.

Mais uma vez, porém, Leo foi um profeta otimista demais. E o fato estranho é que o impedimento para que aquele longo fim de semana fosse memorável foi o espetáculo belo e inquietante do vínculo apaixonado que unia inextricavelmente os seus filhos. Leo teve um primeiro sinal disso justamente naquela noite. Depois que Filippo chamou o serviço de quarto para pedir as tortas, Semi perguntou ao pai se ele pretendia manter a promessa.

– Que promessa?

– Você prometeu que nos levaria ao teatro para ver um musical.

– Eu já lhe disse – retrucou Leo, cada vez mais satisfeito –, podemos fazer tudo o que desejarmos.

Então, mandou Filippo ir reservar com o *concierge* os ingressos de *Gentlemen Prefer Blondes* para aquela mesma noite. Em seguida, tirou da pasta uns papéis e sentou-se numa grande poltrona de couro vermelho.

E ali estava ele, de roupão branco na poltrona vermelha, fazendo a lápis algumas modificações na palestra para o dia seguinte, quando Semi lhe perguntou, com uma voz que tentava disfarçar uma indisfarçável angústia:

– Que fim levou Filippo?

De início, Leo atribuiu aquela ansiedade à preocupação de que não houvesse mais ingressos. E tranquilizou-o:

– Sossegue, *Gentlemen Prefer Blondes* tem sessões todas as noites. Se estiver esgotado hoje, ainda temos tempo. Prometo que consigo os ingressos, nem que precise envolver Alfred.

Mas depois, com o canto do olho, notou que suas palavras não haviam em absoluto acalmado Samuel, o qual tinha começado a caminhar de um lado a outro do quarto como o marido de uma parturiente na sala de espera, torturando-se enquanto aguarda o nascimento do primogênito. Até que, criando coragem, Semi perguntou de novo ao pai por onde andava Filippo.

– Já lhe disse que não sei! Deve ter entrado numa fila. Deve ter ido ao bar para tomar alguma coisa. Ou encontrou um amigo, a mulher da sua vida... ou pode ter saído para dar uma volta.

– E não nos avisa?

– Por que deveria? Seu irmão é quase um adulto.

– Mamãe sempre quer que a gente avise.

Então Leo se lembrou de uma discussão que tivera com Rachel algum tempo antes, e à qual não dera grande importância. Ela havia dito que não estava gostando da excessiva apreensão de Semi: "Ele vive se preocupando, sobretudo com o irmão. Basta Filippo sair um instantinho e ele fica nervoso. Começa a imaginar as coisas mais terríveis. Uma noite dessas, chegou até a acordar Filippo de madrugada por medo de que ele estivesse morto."

Era esse o ponto fraco do filho mais feliz? Era essa a invisível rachadura no vaso mais nobre e polido de sua coleção? A apreensão, a suspeita de que as coisas bem encaminhadas pudessem acabar mal, a expectativa nem um pouco seráfica pelo mais devastador evento trágico...

Enquanto Leo recordava aquela conversa com Rachel, eis que Filippo voltou com seu habitual passo indolente. E Semi se jogou em cima dele cobrindo-o de perguntas, como uma esposa ciumenta que esperou por toda a noite o retorno do marido:

– Por que você demorou esse tempo todo?

– E daí? Que merda você quer, seu frouxo?

Embora Samuel parecesse transtornado, ao mesmo tempo intuía-se nele um contentamento exasperante. Como se o irmão fosse o único sobrevivente de um desastre aéreo. Quando Filippo se deitou, Semi se encolheu junto dele com o jeito felino de uma gueixa. A minissuíte era formada por duas *king beds*. Uma era aquela onde Leo estava reclinado (papéis e lápis na mão), e a outra era para os garotos.

Filippo mergulhou na leitura do guia de Londres e o irmão começou a importuná-lo. De um jeito molesto, que parecia uma tentativa de reduzir o pavor pela demora de Filippo e de celebrar o contentamento pelo seu retorno.

Em seguida, mais uma estranheza.

– Posso cheirar sua barriga? – pediu Semi a Filippo. E Leo se perguntou se havia escutado bem. Filippo, como se respondesse à mais natural e costumeira das perguntas, disse:

– Se você for pegar gelo para a Coca, eu o deixo cheirar meu braço por cinco segundos, frouxinho.

E agora? Que história era aquela?, perguntou-se Leo. Seus filhos se farejavam? E por quê? Isso lhe parecia algo meio estranho, animalesco, ou pior: coisa de veados. Uma coisa que não o agradava nem um pouco e, no entanto, demonstrava a relação dos garotos, que até fisicamente podia ser considerada doentia. Do contrário, por que Samuel teria reagido com tanta violência ao atraso de poucos minutos do irmão? E por que estavam sempre um grudado no outro? E sobretudo: o que era aquilo de se cheirar? Como podia um, em nome daquele odor, chantagear o outro?

Agora que Leo via seus filhos em ação, sem Rachel, sem a proverbial ironia da qual ela dava provas com os meninos, sem a capacidade de Rachel de desdramatizar, eles realmente lhe pareciam estranhos. E isso o irritava bastante. Não, a estranheza dos filhos não o agradava. Pensando bem, não o agradava a estranheza em geral. Em todas as suas formas. Sempre tivera medo dela. A originalidade é uma coisa boa, certo, desde que você não ultrapasse o nível de guarda, desde que não caia na extravagância. Leo sempre calibrara seus comportamentos com base em uma norma que aspirava à exuberância e até à excelência, sim, mas que evitava a bizarria. Existe algo de muito reassegurante no conformismo! Existe algo de muito natural em ser simplesmente aquilo que todos gostariam de ser e aquilo que todos esperam que você seja. Qual é a necessidade de provocar o próximo? Por que ser estranho, se não para esconder alguma tara? Se não para esconder algum defeito absurdo?

Certas vezes, nos anos em que Filippo mostrava seus primeiros desequilíbrios, Leo havia sido até aflorado pelo mesquinho pensamento de que se tratava da conta salgada que a genética lhe cobrava, por ele ter misturado seu sangue ao de uma mulher de outro ambiente.

Eis que agora, depois de tanto tempo, voltavam-lhe à mente as palavras que a mãe lhe dirigira, quando ele comunicara a ela a intenção de desposar Rachel: "Você vai ver!" Sim, era o que a mãe tinha dito. *Você vai ver!* Uma espécie de maldição, na qual Leo havia pensado na época em que seu primogênito dera problemas e na qual pensava agora, diante do estranho comportamento dos filhos. Seria isso que a mãe queria significar, quando lhe dissera que ele ia ver? Você, meu filho, que odeia tanto a estranheza, está se consagrando a ela. E por isso será sepultado pela estranheza, será circundado por ela dia e noite.

Leo foi despertado de seu devaneio pelo som argênteo da risada de Semi, que se contorcia na cama, embaixo do irmão, o qual lhe fazia cócegas. A aversão por aquela cena foi tão radical e insuportável que, contrariamente aos seus hábitos, ele levantou a voz em tom belicoso:

– Bom, agora chega, puta merda! Não estou achando graça.

Logo depois de falar, sentiu-se um pouco mortificado. Leo não gostava de repreender os filhos. Não gostava de repreender ninguém. Achava desagradável o efeito produzido pela própria voz alta e era vítima de um arraigado complexo de culpa.

Eis por que, pelo resto daquela noite, depois de levá-los ao musical no Queen's Theatre e em seguida para comer na Bombay Brasserie, Leo, além de tentar expulsar da mente a visão de seus filhos empenhados naquelas estranhezas, fez de tudo para reconquistar a compromissada benevolência deles. Constatando com prazer a volúpia com que Semi curtira *Gentlemen Prefer Blondes*, sem tirar os olhos por um só instante de Olivia Newton-John no papel de Lorelei Lee, interpretada no cinema por Marilyn Monroe. Sem perder uma só palavra, uma só nota, um só passo daqueles atores dançarinos e cantores. Extasiado. Batendo o pé no ritmo da música. Terminado o espetáculo, Semi fora o primeiro a pular de pé e o último a parar de aplaudir. Com as palmas das mãos vermelhas e os olhos cintilantes. No caminho para o restaurante, não parava de cantarolar *Bye Bye Baby*, uma melodia superirritante daquele musical, e, mantendo a cabeça baixa para ler e reler a lista de canções da fita que ele obrigara o pai a comprar, quase acabou se chocando contra um poste.

Se a reação de Filippo ao musical havia sido bem mais morna do que a do irmão, seu entusiasmo pelo frango tandoori foi tão transbordante que o induziu a pedir uma porção suplementar, depois de traçar a primeira com algumas garfadas vorazes.

Em suma, tudo parecia ter se ajeitado. Leo voltou a ser o genitor consciencioso e brilhante que não gritava nunca e eles, dois garotos privilegiados, no limiar da adolescência, que desfrutavam dos benefícios disponibilizados por um pai adorável e munificente.

Mas, na hora de ir dormir, a atmosfera se deteriorou de novo.

O filho maior não tinha perdido o vício de adormecer todas as noites com os fones de ouvido do walkman, escutando a mesma música anacrônica e executando seus rituais noturnos. Era algo que ele não podia dispensar. Por isso, depois de apagar a luz e de dar boa-noite, Leo não disse nada quando ouviu aquele rumor desagradável, sinal de que Filippo estava batendo a cabeça no travesseiro.

Só começou a se irritar quando percebeu que Samuel, levado por um incompreensível espírito de emulação, estava fazendo o mesmo. Ei-los ali, seus filhos, que em uníssono, em vez de dormir, dão cabeçadas, fazendo a cama ranger, como dois malditos veados se divertindo. Um faz isso porque não pode evitar. O outro, por um insano instinto mimético. E Leo não conseguia realmente estabelecer o que era pior; só sabia que tudo isso lhe era insuportável. Mas sabia também que devia se controlar. Não queria repreendê-los de novo. Então, para não os escutar, primeiro levou as mãos aos ouvidos. Depois meteu a cabeça embaixo do travesseiro. Depois se refugiou no banheiro. Depois voltou para a cama. Até perceber que a coisa que o irritava não era a bagunça produzida pelos seus filhos, mas tudo o que aquela bagunça implicava. Não lhe bastava evitar ouvi-los: queria que eles parassem de ser estranhos. Foi isso que o impeliu a intervir. Acendeu o abajur. Levantou-se. E gritou:

– Já chega! Parem com isso, puta que o pariu! Parecem dois dementes!

Se para Samuel não foi muito difícil interromper aquilo que para ele era natural não fazer, para Filippo deve ter sido um suplício. No entanto, desde aquele momento e até o fim da viagem, ele não o repetiu uma vez sequer. Ficou ali, imóvel. Seguramente teve dificuldade de adormecer. Sem dúvida foi invadido pelas suas angústias.

Mas não foi o único a passar uma noite horrível: Leo se macerou no sentimento de culpa. Todas as coisas que psicólogos, pedagogos, mestres, professores, logopedistas lhe haviam dito para não fazer desde que Filippo nascera ele as fizera naquela noite. Impedira Filippo de se expressar. Mortificara o filho. Enfatizara sua estranheza. Dera um nome a ela. E fizera-o compreender como aquilo o indispunha.

Mas já era tarde para voltar atrás. Se, naquela primeira noite, Leo ficou tão aborrecido pelo fato de Filippo se entregar aos seus cerimoniais grotescos, nas noites seguintes atormentou-se com a ideia de que o filho fazia tudo para não se abandonar a eles. Gostaria de dizer a Filippo: "Tudo bem, meu anjo, não tem importância. Recomece de onde você interrompeu." Mas como podia? Só conseguiria piorar a situação.

E assim, o fim de semana que Leo gostaria que fosse arquivado pela memória dos seus garotos no item "recordações inesquecíveis" foi catalogado no das grandes ou pequenas "oportunidades perdidas". O resto da viagem foi insidiado pelo céu sombrio do mau humor. As noites insones de Filippo eram visíveis em sua cara, assim como o rancor mudo, que tomava forma em um comportamento respeitoso e em uma ostentada falta de entusiasmo. Talvez por tudo aquilo que havia sofrido, talvez por temperamento, mas aquele rapazelho sabia ser realmente duro e obstinado! OK, parecia dizer ao pai, à noite eu não vou mais bancar o palhaço, mas durante o dia você terá ao seu lado uma estátua de sal. E só Deus sabia quanto Leo estava aprendendo amargamente aquela lição.

Desde então, haviam acontecido várias coisas: Anzère, as primeiras imputações, as torturas de Camilla, a clamorosa desmoralização pública, a ruptura definitiva com sua família, a prisão, o processo, aquela reclusão de barata... Seria possível que só agora Leo relembrasse aqueles dias, o modo como não conseguira seduzir seus filhos como gostaria, o modo como havia errado tudo? Seria possível que só agora relembrasse o aborrecimento provocado pelo espetáculo da morbosidade deles? Ver que se farejavam, que batiam a cabeça no travesseiro para adormecer, que eram tão difíceis de contentar e tão fáceis de transtornar.

Devia ter sido o acidente de Filippo a fazê-lo recordar Londres e tudo o que a viagem significara. Agora que via seus filhos ali, a poucas dezenas de metros dele, entregues à enésima crise, entregues ao enésimo trauma: o maior com a perna pendente e o menor, apavorado pela dor do irmão, além de seguramente cheio de sentimento de culpa por tê-la provocado.

A pungente lembrança daqueles dias londrinos – e de sua irresolução naquela oportunidade – o impelia à ação. Finalmente um pouco de ação, depois de tantos meses de inércia. Estava pronto, em suma: prestes a sair. Para ir salvá-los. Tinha uma vontade absoluta de fazer isso. Mas, justamente quando estava para dar o primeiro passo (o mais difícil), eis que Rachel aparece. No momento em que sua mulher se ajoelhava, inclinando-se para a perna de Filippo com o conhecimento de quem tem um diploma em medicina, Leo finalmente viu o rosto dela. Deu-se conta de que, entre uma coisa e outra, fazia quase um ano que não via seu rosto. Rachel lhe pareceu belíssima, não menos do que seus filhos.

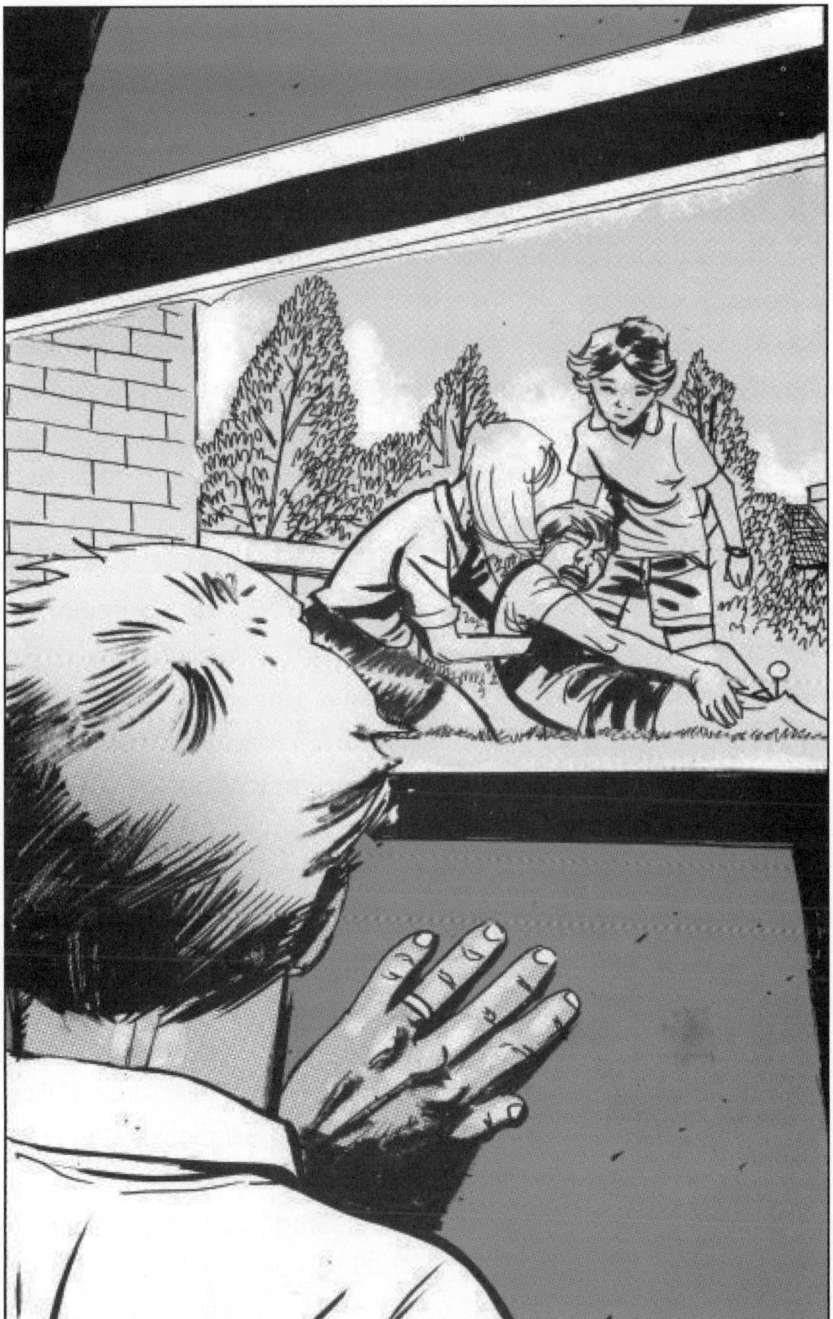

Não, não emporcalharia toda aquela beleza (uma mãe socorrendo o filho) com a feiura que ele representava. Não, não o faria. A última ocasião oferecida a ele pelo Pai Eterno de tentar reatar com sua família foi destruída em poucos segundos. Com Rachel levantando Filippo, que choramingava de dor, e Samuel continuando a perguntar, com uma petulância que Leo não desconhecia: "É verdade, mamãe, que não aconteceu nada?"

Esse foi o último desenho a chegar. Exatamente como todos os outros, alguém o fez deslizar por baixo da porta. Imperceptivelmente.

Já conhecemos Leo o bastante para imaginar que a visão de um desenho daqueles o transtornaria e o indignaria. Quem o concebera e realizara – depois de ter concebido e realizado todos os outros – estava realmente pegando pesado. Arrastando para dentro daquele jogo perverso as pessoas que Leo queria deixar de fora: era a primeira vez em que ousavam retratar sua família. Como interpretar esse envolvimento repentino? Um prelúdio a desdobramentos subsequentes? Uma mudança de perspectiva e de ambições? Uma advertência? Uma intimidação? Cansados de massacrá-lo, agora dobravam a aposta, ameaçando aquilo que Leo mais amava?

Sim, aquilo que ele mais amava. Embora àquela altura Leo tivesse direito ao desamor, era-lhe impossível não amar Rachel, Fili e Semi, até à danação, se necessário. Leo Pontecorvo não era um homem ressentido nem vingativo. Essa esfumatura peculiar de seu caráter me impele a dizer que, diante desse desenho, ele reagiria muito mal. Talvez se enfurecesse. Talvez encontrasse até a força para sair a descoberto e reapossar-se de sua vida. Por outro lado, só me resta levantar hipóteses: na verdade, a visão desse desenho lhe foi poupada, e o nosso recluso não pôde avaliá-lo com o cuidado que havia dedicado a todos os outros.

Embora eu tenha me preocupado até aqui, ao longo de toda a narração, em disseminar esses desenhos de maneira didática, convém dizer que, com a única exceção do último, os outros haviam chegado a Leo em ordem esparsa e sem nenhum respeito pela cronologia. Aquele do absorvente abandonado no banheiro, na montanha, fora o primeiro, entregue poucos depois que ele saiu da prisão. Seguido, à distância de poucas semanas, por aquele que o retratava fugindo pela escada, todo apressado. Mas não é esse, dou-me conta, o dado mais desconcertante da história. O que havia começado a minar a confiança de Leo na firmeza de suas faculdades mentais era a impressão de ter posado como modelo inconsciente para um quadrinista invisível.

Havia alguma coisa ou alguém que o espiava? Alguma coisa ou alguém de olho nele? Que nunca o deixava sozinho? Uma testemunha silenciosa dos instantes culminantes de sua degeneração humana, de sua decapitação social? Uma presença que queria fazê-lo compreender que agora, na vida dele, ela era a única coisa que nunca faltaria?

Desde o princípio, os desenhos e seu misterioso artífice haviam amedrontado Leo como todas as coisas que não têm sentido amedrontam. Mas, com o passar das semanas e dos meses, ele acabara aceitando quase serenamente a ideia daquela presença ao seu redor. Às vezes fora até tentado a interpelá-la. A pedir-lhe uma opinião. Outras vezes, a posar para ela. Embora logo tivesse compreendido que retratá-lo posando não a interessava. O único objeto que a interessava era seu modelo em atitude ansiosa. Não havia desenho realizado por ela que não pudesse ser intitulado EMBARAÇO.

Embora aquela presença talvez não fosse tão mentirosa e tão zombeteira quanto ele tinha sido naturalmente levado a crer. Talvez esse fosse o único recurso que lhe restara. Quando apareceu o desenho que representava a visita de sua mãe e seu pai na prisão, Leo chegara até a se perguntar – um pouco enternecido e um pouco angustiado – se o quadrinista oculto não seria um dos seus genitores.

Várias vezes Leo se perguntara se não devia àquela presença a refeição noturna que o vinha mantendo vivo. E, por outro lado, fora impossível não se perguntar se não havia sido ela a desencadear o alarme que o torturara por uma noite inteira. Era ela aquele alarme? Era ela reclamando um pouco de atenção? E o que dizer do grafite do homem enforcado, que o acolhera no muro de casa quando ele saíra da prisão? Por mais que o estilo fosse decididamente diferente, aquilo podia ser atribuível à mesma mão?

Fosse como fosse, logo quando aquele último desenho deslizava silenciosamente por baixo da porta, as narinas de Leo, ainda imersas em um tormentoso meio-sono, foram estimuladas por um forte aroma de café.

E foi como se algo dentro dele explodisse em uma vibração de incongruentes boas-vindas. Talvez porque fizesse um bom tempo que o perfume de café não ia ao seu encontro. Provavelmente porque Rachel e os garotos haviam viajado de férias, como se aquele fosse um agosto qualquer. E agora, no restinho daquele agosto qualquer, eis que eles reapareciam: voltando a ocupar os espaços domésticos com uma displicência que beirava o desaforo, sem se preocuparem por bater a porta do carro, por chamar Telma em voz alta, por caminhar ou até correr sobre a cabeça do inquilino recluso e indesejado, debilitado (isso eles não podiam saber, mas pelo menos poderiam imaginar) por semanas de umidade tropical que, na cidade, havia ceifado um monte de vítimas.

Em suma, se a escuridão havia restaurado o silêncio, o clarão da alvorada havia trazido de volta o odor de café. Fazendo o organismo de Leo exultar de bem-estar. Uma sedução que nem mesmo o ato de abrir os olhos para o habitual teto angustiante conseguiu dissipar. Ao contrário: para não deixar fugir aquele pequeno dom matutino, Leo fechou-os de novo e, abraçando o travesseiro com a paixão de uma *teenager* enamorada, readormeceu.

O odor de café fala a você de toda a sua vida, de modo bem afetuoso. Por muitos anos, ele foi o anúncio do fim das hostilidades noturnas, o retorno da mamãe à sua vida depois de horas de insônia. Àquela hora da manhã, talvez por causa do *déshabillé* ou da ausência de maquilagem, a angulosa beleza crespa de sua mãe tinha algo de libanesa. Aquela era a sua mãe, a mãe que você preferia, a mãe que nas manhãs de junho, quando você entrava na cozinha, já estava sentada à mesa no meio da qual reinava, como um ídolo da Antiguidade, uma grande *moka* enegrecida, resistente, escapada ao assédio de chamas plurianuais. Dela, daquela estátua de forma incomparável, daquela obra-prima do design italiano, emanava o fustigante e, no entanto, suave odor matinal: a vida que se descerra e recomeça a caminhar. Um sentimento copioso, suscitado pela bebida que então lhe era vetada. E que os anos transformariam no combustível necessário para todas as suas atividades.

A obrigação de acordar cedo para assistir às aulas de anatomia que o professor Antinori ministrava às seis da manhã.

"É essa a hora em que trabalham os médicos-legistas. É essa a hora dos anatomopatologistas. A hora em que os vampiros e os lobisomens vão dormir e nós atacamos!", dizia aquele maluco, metendo as mãos na caixa torácica de Mickey. Era esse o nome com que os alunos do terceiro ano chamavam os cadáveres a cuja dissecção se dedicavam diligentemente, como se se tratasse sempre do mesmo. Um velho cadáver, assim rezava a lenda, desde tempos imemoriais posto à disposição dos institutos de anatomia patológica e de medicina legal.

O velho e prezado Mickey tinha uma longa história às costas. Dizia-se que era uma das numerosas heranças da última guerra. Fosse como fosse, agora era propriedade do professor Antinori, aquele sádico filho da puta, cujo esporte predileto parecia consistir em impressionar os calouros de seu curso plantando-os diante daquele viscoso e repugnante mistério da vida e da morte que se chamava Mickey. Quem lhe dera o afetuoso apelido de Mickey parecia ter sido um estudante ítalo-americano. Porque o cadáver se assemelhava a um tio dele do Queens. Tio Mickey.

Agora você recorda o sabor que sentia antes de entrar no reino de Antinori e do Tio Mickey. Café. Aquele do bar da universidade, no átrio de solene arquitetura fascista, quase completamente vazio àquela hora da manhã. Um café sujo, oleoso, que deixava um sabor de merda, mas eficaz justamente em virtude de ser tão desagradável.

Totalmente diferente daquele, bem mais delicioso, que caracterizava sua vida conjugal. Uma das exigências do jovem, fascinante e fiel marido referia-se à qualidade do café. Sobretudo nisso, Rachel não devia regatear. Os arábicos mais preciosos, a torrefação mais fina. E sobretudo o frescor. Convinha comprá-lo todas as semanas, para tê-lo sempre fresco e cheiroso.

Aquele café tão perfumado lhe fala dos domingos: sim, os domingos, quando você não vai trabalhar. Fica na cama e sente vir de longe o estardalhaço dos meninos. É Rachel que está lhes dando banho. E eles não podem evitar cair em pueris reclamações. Filippo tem 5 anos, Semi tem 3. Rachel mete os dois na mesma banheira. É o único dia da semana no qual você permite que alguém entre no seu banheiro. Aquele imperial, que você organizou à sua imagem e semelhança quando a casa foi construída: maiólicas brancas, perfume de lavanda, grandes toalhas de linho cor de ferrugem, e sobretudo a banheira no centro, imensa e rotunda como se pertencesse a um procônsul romano. É ali, naquela piscininha, que Rachel enfia Filippo e Semi para as abluções dominicais. A cada vez, antes de entrar, eles reclamam muito, mas depois, uma vez dentro, é quase impossível tirá-los. Os dois chapinham em sua banheira enquanto você chapinha em um suave e saboroso meio-sono.

Mas eis que aquele odor o penetra, aquele odor lhe dá corda. Rachel vem se aproximando com a bandeja do café. Você sente suas têmporas se sobressaltarem, uma leve sacudida nos ombros, e a boca quente se inundando de saliva. É como um reflexo pavloviano. A droga chega: perfumada cafeína diluída em água. Também nesse caso a cena se repete todas as vezes, de modo deliciosamente imutável. Rachel chega com a bandeja, escoltada por Filippo, amuado e com a pele avermelhada pelo vapor da água quente da qual acaba de sair, em seu roupão de felpo azul-celeste tamanho júnior.

– Leo, Semi também queria vir lhe trazer o café. Mas não estamos conseguindo encontrá-lo. Desapareceu...

Palavras de Rachel, sempre as mesmas. Naturalmente, Semi está ali, atrás dela. Perfeitamente visível: o único a acreditar não estar sendo visto. Toda aquela ingenuidade é um direito dos seus 3 anos. Por isso você entra no jogo. Com o pouco fôlego que tem na garganta, começa a invocar o nome dele como se estivesse realmente preocupado:

– Semi, Semi, cadê você? Onde se meteu esse menino?

Mas Semi não responde, embora você perceba que ele está rindo de alegria.

– Filippo, você viu Semi?

E Filippo exibe um sorriso cúmplice, como se dissesse: "Eu e você sabemos onde ele está, mas, se ele gosta de acreditar que não está sendo visto, então vamos deixá-lo acreditar..." E eis que Semi, contornando o obstáculo representado pelas pernas da mãe, e ainda todo molhado, se joga em cima da cama. Depois dele, é Filippo quem se joga.

– Não molhem o papai. Saiam, deixem que ele tome o café em paz.

Seus filhos estão ali em sua cama, não ousam abraçá-lo nem tocá-lo, explodem de energia, estão encharcando o lado de Rachel na cama. O quarto ainda está imerso em uma penumbra amarelo-azulada. Rachel pousa a bandeja sobre o criado-mudo e acende o abajur. Você sabe, sua mulher não suporta o escuro. Se dependesse dela, a casa ficaria sempre iluminada.

– Não, meu amor, por favor, o abajur não. Pode abrir as cortinas, se quiser, mas não ligue o abajur.

Finalmente o café. Os meninos desceram da cama e a contornaram, agora estão junto do criado-mudo. Brigam para resolver quem serve a costumeira colherinha de açúcar de que você precisa. A briga é ruidosa demais para seu gosto, você quase perde a paciência. Graças aos céus, Rachel intervém:

– Bom: Filippo serve o açúcar e você, Semi, mexe. Certo?

Certo. É o que eles farão. Até que Rachel fala de novo:

– Chega, Semi, assim está bom. Não mexa demais, senão esfria.

Você segura a xicrinha com uma das mãos e, com a outra, o pires. Está para levar a bebida aos lábios. Fili e Semi ocuparam de novo a parte de Rachel na cama e estão se embolando. Rachel, com um gesto suave do quadril, fez você entender que quer se sentar ao seu lado. Você se deslocou o suficiente para que ela possa se acomodar. Agora, enfim, o café. Não está excelente. Um pouco frio, no palato uma sensação de queimado.

Mas é a sua vida. Como essa cama. É a sua vida, toda a sua vida.

Assim Leo descobre repentinamente, sem sequer ter lhe dado um nome, a intensidade que a nostalgia pode alcançar. Uma lufada infinita e primordial de vitalidade. Leo quer tudo, deseja tudo. Gostaria que seus filhos voltassem a ser pequenos, menores ainda. A cena muda: agora já não é domingo de manhã, agora é sexta-feira à noite, tardíssimo, inverno. Está faltando luz, lá fora se desencadeia o temporal. A claridade dos relâmpagos que atravessa as grandes vidraças da casa transformou-a no set de um filme de terror, mas daqueles bem corriqueiros. Você está na cama e sabe que é só uma questão de tempo. De fato, cá estão eles. Um atrás do outro, Filippo e Semi fazem de tudo para disfarçar o pavor. Sem sequer pedir licença, enfiam-se na cama entre você e Rachel. São doce e irresistivelmente incômodos. Readormecem quase de imediato. E depois de alguns minutos ficam ali, a respiração regular, lânguidos, dourados...

Tudo isso desapareceu para sempre. Pronunciar, embora interiormente, num estado semiconsciente, aquelas duas palavras proibidas, "para sempre", enche-o de um grande sentimento de agitação. Algo que tem certo sabor de felicidade e um pouco de desconforto. Algo a que ele não sabe dar nome. A sensação estranha é que o grande leito que ele imagina agora – seu leito conjugal, aquele que sob um ponto de vista espacial fica apenas a um andar de distância, e sob o ponto de vista temporal lhe parece colocado em outra era geológica – está se alargando.

Agora, naquele leito, não estão somente seus filhos pequenos. Também está ele, ainda menino. Acarinhado, mimado, amadíssimo menino dos anos 1940. A mãe não faz senão cuidar dele. Nunca o abandona quando é noite. Fica de vigília, esperando que seu Leo adormeça. Aquele leito agora é enorme. Contém toda a sua família, toda a sua história, toda a sua desventura. Gerações e gerações de

Pontecorvo. Leo tem os olhos brilhantes, sente-se tão congestionado que quase não respira. Gostaria de subir ao encontro de seus filhos e de Rachel, pedir-lhes para fazer as pazes, para chegar a um acordo. Queria gritar na cara deles: "Esta é a felicidade. Vocês não podem dar uma bofetada na felicidade. A felicidade é tudo. Eu sei disso. Agora sei, aprendi. Tarde demais, mas sei."

Agora ele compreende também o que é aquela presença que há dias o obseda. Aquela presença que não o abandona nunca. É Deus. Porque deve existir um Deus. O último e infernal ano de sua vida é Deus. O abandono em que viveu. O fato de ter sido progressivamente ignorado. As culpas que lhe atribuíram. A delação. Camilla. Tudo isso tem um nome. Esse nome é Deus. Todas as coisas pavorosas e indecentes que aconteceram autorizam a hipótese de Deus.

O café. O odor do café é Deus.

Eis que Leo, que nunca conseguiu ficar sozinho, que sempre viveu sob tutela, não consegue morrer sozinho. Não tem coragem. Deus está com ele exatamente como sua mãe esteve, e exatamente como Rachel. Agora que as duas mulheres de sua vida o deixaram só, apodrecendo ali dentro, ele precisa de algo mais. Não consegue crer que os homens possam viver em semelhante silêncio. Que os homens possam viver sem ser constantemente lembrados e acudidos. Essa solidão é uma coisa inconcebível. Assim é que, no semissubsolo da casa dos Pontecorvo, insinua-se Deus, com toda a Sua quieta luz de porcelana. Deus é uma Grande Mãe. Deus é uma Grande Esposa.

E é assim que Leo sonha morrer: nos quentes, inexistentes braços de Deus. E, enquanto sonha morrer, é impregnado pelo odor do café. Envolto nas cobertas sobre um grande leito imaginário. O mais cafona dos sudários. Pena que nada disso consiga neutralizar o penoso embaraço que, a julgar pela sua densidade, nem mesmo aquele sonho de morte e de paz conseguirá dissipar totalmente. Pena que nem mesmo em sonho Leo tenha conseguido aprender a lição mais importante: a de que não existe nenhuma lição a aprender.

Um som não muito diferente do de um despertador longínquo, entrando sorrateiramente em um atormentado meio-sono, e que, por motivos de coerência narrativa, o nosso sonho transforma no ruído de uma campainha ou dos latidos de um cão que nos ataca.

Assim que ele abriu os olhos, o som se tornou mais nítido e, por assim dizer, mais iminente. Era o telefone. Seu número particular. Talvez o décimo toque, supôs Leo. De pé, sentiu uma tontura intensa: como se acabasse de descer de uma montanha-russa. Cambaleou até a escrivaninha. Sem acreditar que alguém ainda o procurasse, que alguém ainda se interessasse em falar com ele, levantou o fone e perguntou: "Quem é?", com circunspecção e com uma voz que aos seus ouvidos soou cavernosa, como se viesse do além-túmulo.

– Professor Pontecorvo, sou eu! Luca. O pequeno Luca. Luchino.

– Luchino?

– Professor, não me diga que não se lembra! Luca, Luchino, eu lhe telefono todos os anos. No mesmo dia. Vinte e oito de agosto. O dia em que...

– Ah, sim, Luchino.

Ah, sim, Luchino. Qual Luchino? Luchino e pronto. Aquele Luchino ali. Que, havia vários anos, a cada 28 de agosto, de onde quer que se encontrasse telefonava a Leo Pontecorvo para renovar-lhe toda a sua gratidão. Luchino era movido pelas melhores intenções. Acreditava ser gentil por ligar todos os anos e extremamente diligente e correto por fazê-lo no mesmo horário. Achava que Leo gostava disso. Ou talvez não: como todos os indivíduos impertinentes, o único prazer que o interessava era o próprio. E se havia uma coisa que o fazia feliz era levantar o fone, todo 28 de agosto, às oito e meia em ponto, e chamar o doutor que um dia o salvara.

Se Leo bem lembrava, um osteossarcoma dos mais homicidas, que havia agredido a perna direita de Luchino, o qual tinha na época uns 15 anos. O diagnóstico de Leo fora implacável: Talvez salvemos o rapaz, mas certamente não a perna. Naquela época, não havia sutilezas. Naquela época, os cirurgiões amputavam alegremente tudo o que estivesse ao seu alcance.

Leo se enganara. O otimista Leo havia pecado por pessimismo. Após uma terapia extenuante, após uma cirurgia extraordinariamente conservadora executada pelo professor Ricciardi, Luchino saíra do pesadelo. Certo, levemente claudicante, condenado pelo resto da vida a usar bengala – podia tirar da cabeça a ideia de se tornar velocista –, mas pelo menos vivo e forte, de novo na estrada.

Desde então, Luchino não parara de ligar a cada 28 de agosto: ou seja, o dia em que tivera alta do setor do professor Pontecorvo.

Não que Leo se lembrasse de tudo isso. Quem tratava de se lembrar era Luchino. Que desejava mostrar ao Salvador (gostava de chamá-lo assim) como era eterna a sua gratidão e como se sentia feliz por ainda estar aqui. Entre nós. Ah, e a propósito, desejava que o Salvador soubesse que desde então sua vida vinha sendo maravilhosa. Que aquela experiência o ensinara a desfrutar até do momento mais insignificante. Que gostaria muito de apresentar-lhe os dois filhos que tivera. Até porque, em certo sentido, aqueles filhos também eram seus. Seus de quem? Seus, professor. Seus, do Salvador. Luchino estava educando os dois pimpolhos para o culto ao Salvador. “Sabe como o chamam, professor? Tio Salvador. Com respeito, claro. Com grande respeito. Isso o desagrada, se eles o chamam de tio Salvador?”

Tal demonstração pífia de melosidade, temperada por chavões revoltantes, renovava-se a cada 28 de agosto, mais ou menos às oito e meia da manhã, havia quase quinze anos, e, além de produzir em Leo um tédio que beirava a repugnância, abalava cada vez mais sua paciência e os alicerces sobre os quais se apoiava o edifício da impecável educação recebida. Tanto que o tratamento por ele reservado a Luchino – gélido compêndio de impaciência e contrariedade – se tornava mais desagradável a cada repetição. Mas tal vilania, bem longe de desencorajar Luchino, parecia surtir o efeito de torná-lo mais incômodo e insistente. A cada ano, a mesma cantilena. A cada ano, o mesmo convite, repetido quase com as mesmas palavras:

"Por que não vem nos visitar, professor? Inclusive com sua senhora, claro. Em nossa casa. No campo. Uma casinha. Muito pequena. Bem simples. Nada de luxuoso. Mas uma casa feliz, cheia de gente honesta. Aqui a temperatura é fresquinha, não é como na cidade, onde ainda se morre de calor. Temos um vinho bom, daqueles de verdade. Minha mulher é uma cozinheira extraordinária. E deseja muito conhecê-lo. Isso, para não falar dos meus filhos. Para os meus filhos, professor, o senhor é Deus."

Leo, bastante desajeitado nas recusas, sempre declinava do convite com grande dificuldade, inventando desculpas esfarrapadas. Sem conseguir dissimular de modo algum a irritação que a voz melíflua de Luchino lhe provocava. É que antipatizava demais com aquele homem. Assim como lhe eram indigestas a coleção que ele exibia de lugares-comuns pedestres e sua familiazinha bucólica. As afetações de modéstia. A retórica das coisas simples. A cultura camponesa. Santo Deus, Leo tinha vontade de gritar. A cada vez, saía ofegante e furioso daqueles telefonemas. E a cada vez ainda devia aguentar as zombarias de Rachel, que naturalmente havia tomado Luchino sob sua asa protetora.

– Você conseguiu! Conseguiu recusar também dessa vez. O que inventou?

– Esqueça. Este ano ele estava mais insistente do que de costume, parece que refinou suas técnicas persuasivas. Deve ter tomado aulas de retórica. Muito provavelmente, por correspondência.

– Bem, claro, por correspondência. Porque não pode se permitir estudos regulares. Porque não pode frequentar a Sorbonne, como o nosso professor.

– O que você quer dizer com isso? Eu também não estudei na Sorbonne.

– Você me entendeu muito bem. Esse é o seu ponto fraco. Qualquer forma de melancolia o irrita. Você banca o grande democrata, vive enchendo a boca de palavras como "tolerância", "liberalidade", mas nunca deixa de ser o esnobe de sempre. É bem o filho de sua mãe. Um classista. A única diferença é que ela pelo menos não se esforçava nem um pouco para disfarçar.

– Engana-se. Você está sendo injusta. Não sinto nenhum ódio preventivo, nenhum ódio de classe por ninguém, e muito menos por esse verme rastejante.

– Verme rastejante? E isso não seria classismo?

– Não, não é classismo. É um juízo de mérito baseado no estudo comparativo de pelo menos umas doze conversas que tive com esse senhor. É um homem impossível. Para não falar dos pais dele.

Os pais de Luchino, justamente. Dignos dele: um concentrado de falta de educação e intrometimento. Leo não esquecera as promessas deles ao padre Pio. Como poderia? Não faziam senão falar disso.

"Imagine", dissera-lhe uma vez a mãe de Luchino, "que, desde que nosso filho ficou mal, meu marido não bebe mais nem uma gota de vinho. Nem no jantar. Uma promessa ao padre Pio."

Como podia tudo isso não aborrecer o nosso irredutível cientificista? Classismo coisa nenhuma. Leo detestava aquele tipo de gente. Não menos do que detestava os santos e as promessas. Leo apostaria toda a sua fortuna como os pais de Luchino eram antissemitas. Tinham todas as condições para ser. Aquele recurso obsessivo à religião. A obscena devoção a certas superstições rupestres. Um fervor religioso tão oportunista. Realmente, era essa a ideia que faziam de Deus? Realmente, era assim que pretendiam enganá-Lo? Não bebendo vinho? Senhor dos céus, juro que renuncio ao meu copinho e o Senhor, em troca, me concede uma graça. Era o que pensavam? Se Leo fosse Deus, responderia de bom grado: "Não estou nem aí para seu etilismo. Pode se matar com álcool. Por que eu vou me importar?"

Infelizmente, Deus não era o único beneficiário das homenagens dos pais de Luchino. Havia também os presentes *in natura* que a cada dia eles levavam para o médico de seu único filho, como agradecimento: embutidos, laticínios, cogumelos, ovos, garrafas de vinho a granel. Transformaram o setor de Leo em um mercado, santo Deus. Uma vez ele até os repreendeu, ainda que educadamente. Não é assim que as pessoas se comportam num hospital. Não tem nenhum sentido apresentar-se num lugar desses com tantos gêneros! Por algum tempo, Leo teve a ilusão de que eles haviam assimilado aquela liçãozinha. Até que começou a receber tudo aquilo em casa. Como diabos tinham conseguido seu endereço? Como se permitiam?

Nos últimos anos, fora sempre Rachel a interceptar aqueles telefonemas. Era típico que ela aliviasse Leo daquelas incumbências mais aborrecidas. A cada início de ano, quando fazia a chamada "mudança da agenda" (um ritual muito importante para ela), uma das primeiras anotações era aquela relativa a Luchino e ao indefectível 28 de agosto. Um escrúpulo inútil: ela não precisava consultar a agenda para saber, quando atendia ao telefone às oito e meia do dia fatídico, que era Luchino na linha. E quem mais seria? Rachel o tratava com muito mais paciência e delicadeza do que o marido jamais conseguira tratar. Deixava Luchino falar, desafogar toda a sua obsessão por celebrar a grandeza de Leo. Em seguida Rachel respondia a algumas perguntas mais específicas sobre a vida do Salvador. E por fim indagava a Luchino como iam seus filhos – tanto o menino como a menina –, dos quais, naturalmente, ela recordava os nomes e o ano de nascimento. E, depois de declinar do enésimo convite em nome do marido (infelizmente envolvido em um congresso no exterior ou chamado com urgência ao hospital), livrava-se do chato com grande classe.

– Luchino? Como você conseguiu este número? – Essa foi a única pergunta que Leo conseguiu articular, com a língua e o palato travados e engrolados, como os de um francês que precisa se exprimir em inglês.

– Foi sua senhora quem me deu. – Sim, Luchino era do tipo que usava expressões antiquadas, como "sua senhora". Mas sem dúvida não foi essa obsoleta opção léxica que golpeou Leo no esterno, a ponto de obrigá-lo a conter um engulho.

– Minha mulher lhe deu? – perguntou, com a boca mais seca ainda.

– Sim, professor, dois minutos atrás.

Leo teve assim a confirmação de que Rachel voltara. E de que o aroma do café que desencadeara seu pomposo delírio metafísico não era (ao menos esse) um sonho.

"Dois minutos atrás", dissera Luchino. Isso significava que ao menos até dois minutos antes (o que acontecera depois Leo não podia saber) ele estava presente na mente de Rachel. Até poucos minutos antes a esposa tivera cognição do fato de que Leo não só ainda existia em algum lugar do universo como também que estava no semissubsolo, alcançável por um simples lance de escada ou por um telefonema para o número particular. Alguns instantes antes, Rachel falara dele com Luchino. E provavelmente o fizera com naturalidade. Como se, desde a última vez em que Luchino havia telefonado, nada tivesse mudado.

Então Leo tentou imaginar a esposa, embrulhada no descontraído roupão estival – um presente dele –, que, recém-saída do chuveiro, tendo ainda na boca o sabor do café, atendia ao telefone instalado sobre o criado-mudo de seu quarto (do quarto deles) no andar de cima. Leo fez tudo para imaginar uma cena tão banal. Mas não conseguiu. É incrível como às vezes certas coisas totalmente naturais podem nos parecer extraordinariamente inconcebíveis.

A incredulidade de Leo não era muito diferente daquela de um adolescente que, durante o recreio, enquanto perambula no longo corredor em frente às salas, de repente é saudado pela garota mais bonita da escola, a qual, além de lhe sorrir, tem até a sublime gentileza de recordar o nome de batismo dele. Esse adolescente, no auge da alegria e da perplexidade, não para de repetir a si mesmo: Então ela sabe quem sou, então sabe que existo, então para ela eu não sou um fantasma.

Ou seja, o mesmo tipo de constatações estupefatas com as quais Leo estava às voltas agora.

– Não imagina, professor, o prazer que tenho em lhe falar. Faz muito tempo que isso não ocorre. A cada ano o senhor está ocupado. Ainda bem que desta vez eu o encontrei. Ainda bem que o senhor já voltou das férias, que não está em um congresso, ainda não saiu de casa, não ficou no hospital para uma emergência...

Leo se perguntou se por acaso Luchino estaria fazendo ironia. Caso em que isso seria uma grande perfídia. Se Luchino sabia o que Leo estava passando, o que havia passado no último ano (e como poderia não saber? Quem, lá fora, não sabia?), então aquela ironia era de fato insuportável: maldade pegajosa e gratuita.

– Desta vez o senhor não me escapa, professor.

– Não, desta vez estou aqui, Luchino. – A voz de Leo exprimia uma solene resignação.

– Muito me alegra que o senhor tenha atendido justamente desta vez. E sabe por quê?

– Não, Luchino, não sei.

– Porque eu tenho uma proposta para o senhor. Uma coisa que quero lhe pedir. Uma coisa para a qual se o senhor, professor, nos honrasse com sua presença, seria para nós um presente maravilhoso.

– De que se trata, Luchino?

– Uma ideia magnífica, professor. E também extremamente original.

– Como assim?

– Um prêmio, professor.

– Um prêmio?

– Sim, um prêmio.

– De que tipo de prêmio se trata?

– Um prêmio para as artes e as ciências.

– Um prêmio para as artes e as ciências?

– Sim, um prêmio para as artes e as ciências, professor. E sabe como queremos chamá-lo?

– Quando você usa o plural, Luchino, a quem se refere?

– A mim, à minha família, aos cidadãos da pequena aldeia onde vivo. Ainda precisamos falar com o prefeito, mas é uma formalidade. Temos certeza de que ele vai se entusiasmar... Em suma, professor, sabe o nome que queremos dar a esse prêmio?

– Não, Luchino, não faço a mínima ideia. Mas posso levantar hipóteses. Garibaldi? Padre Pio? Madre Teresa de Calcutá?

– Não, professor. O nome de um ser humano que não tem nada a invejar nesses três que o senhor acaba de mencionar.

– Ou seja?

– O senhor, professor. "Prêmio Leo Pontecorvo para as Artes e as Ciências."

Esse era o famigerado cúmulo dos cúmulos. Leo só precisava estabelecer se Luchino estava atingindo o ápice da sutileza maldosa ou, mais banalmente, o cume da obtusidade. Em tal dicotomia parecia apoiar-se o destino daquele telefonema, que a Leo não parecia menos surreal do que todas as coisas que lhe haviam acontecido nos últimos tempos. Por um instante, ele chegou a se perguntar se até o telefonema de Luchino não seria o jocoso produto de sua paranoia. A enésima peça pregada nele pela tal presença, que àquela altura estava de fato exagerando. Por um instante, viu-se de fora, falando ao telefone com um ser inexistente, criado por uma imaginação cada vez mais fervidamente persecutória. Talvez esse fosse o último ato. O último ato da perseguição. Porque depois do trágico há sempre o grotesco. Depois do drama, só resta a paródia.

– O senhor entenderá, professor, que a essa altura sua presença é indispensável. Que desta vez não pode me dizer não, não pode recuar. Imaginei um belo modo para convidá-lo a vir aqui. Pensamos em montar uma comissão de jurados e gostaríamos que o senhor a presidisse. Uma comissão de grande respeito, composta por magistrados, jornalistas, mas também por homens de ciência como o senhor, professor. Nem preciso dizer que qualquer conselho que o senhor queira nos dar será bem-vindo. Qualquer um.

Sim, talvez fosse tudo uma gozação. Uma comissão formada por magistrados, jornalistas e homens de ciência? Só podia ser uma zombaria, uma zombaria bem arquitetada por um homem que jamais dera provas de tanta sutileza.

Ou então, não. Ou então não era uma brincadeira. Talvez Luchino não assistisse aos noticiários da TV. Ou talvez não os tivesse visto justamente nos dias em que haviam se esbaldado com o caso Pontecorvo. E talvez Luchino nem lesse os jornais. Por que deveria? Ele já sabia tudo o que precisava saber. Por que se informar sobre o que acontecia no mundo se a única fatia do universo que lhe interessava estava ao seu redor, ao alcance do olhar? Não, talvez Luchino não soubesse de nada. E talvez tampouco seus conterrâneos soubessem de alguma coisa. Até podia ser que um deles houvesse ouvido falar, meses antes, da história daquele médico pervertido, mas, nesse ínterim, tivesse esquecido o nome do protagonista daquele escândalo. De modo que, quando Luchino, um conterrâneo tão empreendedor, um verdadeiro vulcão de ideias, um entusiasta, havia decidido dar lustro àquela sua aldeola de merda com um belo prêmio, e pensado em dar a esse prêmio o nome do médico de quem vivia falando, o seu salvador, certamente àquele sujeito nem ocorrera que a identidade do eminente professor idolatrado por Luchino pudesse coincidir com a do médico pervertido.

Em suma, estavam zombando dele ou falando seriamente? Leo não sabia o que esperar. Uma coisa era certa: quer Luchino soubesse e o estivesse ridicularizando, quer Luchino não soubesse e estivesse falando sério, não havia motivo para se alegrar. Luchino estava tirando de Leo até a satisfação de considerar a própria história como uma coisa interessante. Uma história demencial, certo, mas pelo menos emblemática, paradigmática. Uma história que todos tinham na cabeça e que ninguém esqueceria, um novo *affaire* Dreyfus, um novo caso Enzo Tortora. E em vez disso a história de Leo, a saber, a absurda sucessão de fatos que haviam transformado sua vida em um pesadelo insuportável, devia ser considerada no máximo uma movimentada *tranche de vie* relativa a um indivíduo pelo qual ninguém, afora as pessoas envolvidas, sentia interesse.

Um episódio de crônica: ou seja, a coisa mais insignificante do universo. Uma daquelas experiências nas quais um monte de gente incorre. Não havia nada de trágico em sua história. Nada de épico em sua dor. Eis por quê, muito provavelmente, se Luchino levasse a termo o seu projeto, ninguém se oporia. Porque a indignidade civil de Leo não era suficientemente célebre para poder suscitar o desprezo de ninguém. Cristo santo, até o motivo pelo qual ele vivia recluso, pelo qual jejuava havia dias, até aquilo que o estava matando não tinha importância nenhuma.

Pois é: a perpetuação de sua lembrança terrena seria confiada não certamente à devoção póstuma de sua prole, mas a um prêmio vagabundo em homenagem à memória de um Senhor Ninguém. Isso, sim, era dramático. Talvez a coisa mais dramática entre todas as que lhe haviam acontecido. E Leo sentiu isso com uma intensidade tão precisa que tudo o que conseguiu fazer, depois de olhar o próprio pulso por alguns segundos e constatar que ele estava delgado e frágil como o de um esqueleto, foi desligar na cara de Luchino. E deixar o telefone tocar ininterruptamente pelas duas horas seguintes, enquanto o trovejante contracanto de uma tempestade elétrica – prelúdio de um temporal que lá fora todas as coisas vivas pareciam invocar – disparava os últimos e inúteis cartuchos.

Foi Telma, alguns anos depois, quem me contou – aos poucos, não sem filipinas reticências, para falar a verdade – o que a impeliu, naquela manhã do final de agosto, a abrir a porta proibida do semissubsolo. A violar o reino do professor Pontecorvo.

"Foi a água", me disse ela, "aquela água toda". Provavelmente, efeito da tempestade de verão que – anunciada durante toda a tarde da véspera por trovões impetuosos e descargas elétricas –, mais ou menos às oito da noite, havia fragorosamente encerrado o assédio de pelo menos dois meses de mormaço homicida.

No fundo, não era de espantar. O escoamento no semissubsolo sempre dera problemas. Sobretudo nas semanas de novembro, nas quais chovia sempre, acontecera que a água se derramasse sobre o pavimento do semissubsolo. Desde que os Pontecorvo moravam ali, desde que a casa fora construída, aquele pavimento havia sido trocado ou restaurado pelo menos umas doze vezes.

Então fica explicado por que Telma, quando abriu a porta da cozinha que dava para a escada do semissubsolo, como fazia quase todas as manhãs, e percebeu que lá embaixo, no piso do pequeno vestíbulo em frente à outra porta, boiava toda aquela comida, em um laguinho de uns dois centímetros de profundidade, não ficou nem muito surpresa nem muito perturbada.

Isso também explica por que, fiel à sua eficiência doméstica, ela desceu com um balde e um pano de chão para limpar aquele mingau nojento.

Mas isso explica sobretudo por que, depois de repor o pano dentro do balde e de ver mais água suja saindo sorrateiramente por baixo da porta, ela finalmente se deu conta de que, desde alguns dias antes, já não ouvia nenhum rumor vindo daquele aposento secreto.

Telma me disse que, toda apavorada, experimentou bater. Primeiro com circunspecção, depois empregando cada vez mais energia. Por fim, decidiu reforçar os golpes rítmicos e secos dados na porta com imperceptíveis chamados: "Patrão... patrão..." Nenhuma resposta. E de novo: "Professor... professor..." Nada: silêncio e um odor lacustre eram tudo o que vinha lá de dentro.

Não teve coragem de tentar entrar. Não se atreveu. Pensando bem, nada a impediria. Não tinha recebido ordens a respeito. Em todo aquele tempo, ninguém lhe dissera: "Telma, ali não se pode entrar", a patroa nunca fora muito explícita sobre a questão. Embora isso não significasse nada, já que dona Rachel nunca mandava você fazer as coisas. Esperava que você as fizesse. Devia ter uma espécie de poder telepático, aquela mulher, ou, melhor dizendo, era você quem deveria ter, para compreendê-la. A telepatia era o instrumento através do qual a patroa conseguia comunicar a todos os componentes da família (Telma inclusive) o que convinha e o que não convinha fazer. E se havia uma ordem que, desde o verão anterior, e depois ao longo de todo o ano, mesmo sem jamais ter sido expressada, parecera a todos perfeitamente inteligível, era que ali dentro não se devia entrar. O semissubsolo era *off-limits*, território inimigo.

Telma gostava de se sentir alguém da família. Embora não fizesse muito tempo que estava a serviço dos Pontecorvo, e embora tivesse substituído Carmen (a babá histórica dos meninos, da qual, sabe-se lá por quê, ninguém falava nunca), havia sido acolhida naquela casa com grande naturalidade. E isso não era garantido, pensava Telma, para uma mulher – que desde bem antes já não era uma mocinha – catapultada à Itália sem balbuciar uma palavra em italiano e sabendo apenas umas duas em inglês; uma mulher de 37 anos, nada bonita, muito baixinha, de uma timidez neurótica, nascida e crescida em um vilarejo miserável do interior, a uns cem quilômetros de Manila, o qual devia sua fama e sua economia à exorbitante densidade de galinhas por quilômetro quadrado. Um vilarejo onde as mulheres se esfalfavam na roça, enquanto os homens se embriagavam e fumavam ininterruptamente. Um odor terrível aquele no qual Telma crescera e ao qual se acostumara docilmente.

Um odor cujo caráter pavoroso ela só percebeu ao compará-lo retrospectivamente com o aroma inebriante pelo qual fora acolhida ao chegar à Olgiata. Um lugar com perfume de paraíso, em todas as estações do ano. No verão, jasmim-estrela, poeira, cloro e grama recém-cortada. Durante o outono, um aroma úmido de musgo e de cogumelos se misturava ao eflúvio crocante de folhas mortas; no inverno, pairava dominante o cheiro crestado das caldeiras a todo o vapor e das lareiras acesas. E na primavera, bem, na primavera era difícil distinguir, mas muito fácil se deixar impregnar: jasmim-dos-poetas, heliotrópio, lavanda... Era bonito viver ali, acordar de manhã e ir para a cama à noite, embora se tratasse de um lugar distante de tudo.

Sobretudo da praça no outro lado da cidade, onde, todo domingo, antes da santa missa, boa parte da população filipina de Roma se reunia. Pobre mulher, os três ônibus que ela devia tomar levavam quase uma hora e quinze para chegar àquele ponto de encontro. Aliás, fora trocando opiniões com todos aqueles seus compatriotas, companheiros de trabalho e de desventura, que Telma havia compreendido como, em última análise, gostava de trabalhar para os Pontecorvo. Conversando com seus amigos e colegas, Telma entendera o quanto, no fundo, era sortuda.

Claro, os Pontecorvo tinham um monte de defeitos. Eram estranhos, exigentes, eram judeus. Essa última coisa, sobretudo, era insólita. Ela jamais imaginara que no mundo existiam indivíduos que não acreditavam em Cristo, que não comemoravam o Natal ou a Páscoa (ou, pelo menos, não aquela certa). E não era sem surpresa que todo ano, durante as festas religiosas, Telma ajudava Rachel a arrumar a casa do modo apropriado e a cozinhar aqueles pratos típicos, nem sempre apetitosos. E, no entanto, mesmo aquilo, o judaísmo, não era um grande problema na casa dos Pontecorvo. Telma tinha uma amiga que trabalhava para uma família na qual a patroa, uma judia fervorosa, a impedira de pendurar em seu quarto o crucifixo. Já dona Rachel jamais se permitiria semelhante arrogância.

Os Pontecorvo nunca eram descorteses, nunca tinham crises histéricas, nunca mostravam nenhuma intemperança. Não acusavam você injustamente, por culpas que não eram suas. E isso era uma sorte. Havia muitos patrões malucos. Principalmente as senhoras entediadas, essas eram imprevisíveis. As colegas contavam a Telma certas atitudes daquelas senhoras e sobretudo dos filhos delas. Descomposturas, tirania, insultos... Mas os garotos Pontecorvo, não. Estes eram gentis, quase afetuosos. Dona Rachel, aquela diretora de orquestra, educara-os bem. Não queria que os meninos jogassem bola nas horas quentes do início da tarde, quando Telma ia descansar. Repreendia os filhos se eles dessem à doméstica uma ordem de maneira premente e sem acrescentar "obrigado" ou "por favor".

Meu Deus, dona Rachel. Telma adorava aquela mulher. Em certa época a patroa lhe emprestara uma boa quantia, a ser enviada para as Filipinas porque o telhado da casa onde moravam seus quatro irmãos desocupados tinha sido literalmente arrancado por uma ventania de monção. Para não falar daquela vez em que Jasmine, a jovem e desregrada prima de Telma, havia sido flagrada roubando a carteira do patrão. Pois bem: Rachel não só havia convencido a empregadora de Jasmine a não prestar queixa, restituindo-lhe do próprio bolso todo o dinheiro, até o último centavo, como até permitira que Jasmine passasse uns tempos na casa dos Pontecorvo.

Não, dona Rachel não se parecia em nada com todas as outras patroas que de vez em quando frequentavam a casa dos Pontecorvo, nem com aquelas para as quais as amigas e as primas de Telma trabalhavam. Dona Rachel não era uma preguiçosa. Daquelas que acordam às dez da manhã, com dor de cabeça e de mau humor. Quando Telma se levantava, já a encontrava ali, na cozinha, bebericando seu café em um copinho de vidro. Era uma pessoa que organizava. Que anotava as coisas a fazer durante o dia. Rachel lhe dizia frases do tipo: "Acho que hoje é minha vez de usar boné de taxista." Frases sibilinas, cujo sentido Telma custava a entender. Tanto que se limitava a sorrir, tomando o cuidado de não responder nem comentar. Por fim, aliviava a patroa da tarefa daquele momento: um prato que ela estava lavando, um copo que ela estava enxugando, uma *moka* que ela estava enchendo. Telma a substituía e a patroa a deixava agir.

O comentário sobre o boné de taxista talvez aludisse à jornada de Rachel, que seria inteiramente consagrada a carregar gente pela cidade afora. Acompanhar os filhos até a escola, buscá-los, levá-los para a natação, o tênis, o dentista, o oculista; fazer supermercado, ir à seguradora, ao banco, ao tabelião. Devia levar sapatos para o conserto. Devia ir fazer companhia à velha tia atacada de demência senil, e que a cada vez tomava Rachel por uma ladra e a cobria de insultos pavorosos. Mas, sobretudo, aquela longa peregrinação pela cidade era a serviço de um marido que à noite, quando voltava do trabalho, devia ser cumulado de delícias. Por exemplo, sempre que o professor retornava a Roma depois de uma viagem, Rachel encarregava Telma de fazer um ensopado especial, para que ele se fartasse. O professor, além disso, desejava que os lençóis e as toalhas fossem trocados quase todos os dias. O professor, que não parecia nem um pouco um homem severo, era mais fixado com o alimento. À noite, queria comer bem. E se por acaso, naquele dia, a carne-seca ou o salame de ganso não estivessem bem saborosos, ou se os tomates não estivessem bem gostosos, ou se a massa passasse do ponto... bem, ele não mandava recado, reclamava diretamente.

Eis por que, no último ano, a vida da patroa parecera a Telma tão descentrada. Algo de terrível acontecera àquela família. Algo de que todos falavam. Algo que Telma preferia ignorar, não aceitando as provocações de suas amigas informadas. Algo que havia revolucionado de maneira imprevisível toda a gestão da casa. Certo dia, o professor tinha ido se esconder no semissubsolo. E Telma não compreendia se ele fizera isso por livre e espontânea vontade ou se havia sido obrigado. Aquilo lhe lembrou de uma vez em que, em seu vilarejo, explodira uma epidemia de meningite e de repente haviam desaparecido das ruas os velhos e as crianças, todos confinados em casa.

Umas duas vezes tinha vindo a polícia, que virara tudo de pernas para o ar, e Telma ficara muito apavorada. Certa manhã, ao arrumar o quarto da patroa, percebeu que as roupas do professor haviam sumido. E não só as roupas: qualquer referência banal à existência dele se volatilizara. O que havia acontecido? O que o professor tinha aprontado? Telma custava a crer que aquele homem tão bonito e tão gentil, o qual, sabe-se lá por quê, sempre se dirigia a ela em inglês, aquele homem que emanava respeitabilidade por todos os poros, aquele homem que tinha um modo de viver tão simples e tão elegante, houvesse feito algo tão terrível. Embora estivesse habituada a se limitar aos seus próprios assuntos, embora seu italiano não fosse suficientemente sofisticado para lhe permitir entender todas as nuanças das frases trocadas entre a mãe e os filhos durante as refeições, várias vezes, servindo ou tirando a mesa, Telma compreendera que o professor não havia sido banido somente da vida dos seus familiares, mas também das conversas deles. E isso a deixara mortalmente apavorada.

Eis por que agora, enquanto a água continuava a afluir por baixo da porta, Telma não sabia o que fazer. Não conseguia decidir se entrava, se ia chamar a patroa ou se deixava para lá, como fizera todas as outras vezes. Não esquentar a cabeça.

Por fim, resolveu. Foi procurar alguém. O salão parecia desoladamente nu. No início do verão, como todos os anos, havia sido despojado dos tapetes e das cortinas que o adornavam durante as outras estações do ano. Faltavam poucos dias para setembro. Depois do desastroso temporal da véspera, tão semelhante àqueles que despencavam em seu país, o ar se refrescara. Já não havia tantos mosquitos. Bem cedo a casa seria invadida pelas moscas, mas, por enquanto, estava livre de insetos. E não só de insetos. Não havia ninguém.

Telma deu uma olhada no jardim. Na cozinha. Na sala de jantar. Depois, criou coragem e entrou na zona noturna da casa, onde ficavam os quartos da patroa, dos garotos e dos hóspedes. Se não fosse pelo vento que havia espalhado folhas de jornal por toda parte, o dormitório da patroa pareceria, como sempre, de marmórea impecabilidade.

Não se podia dizer o mesmo do quarto adjacente, o de Filippo e Samuel. Telma abriu a porta, depois de bater demoradamente. Tinha sempre medo de encontrá-los nus. Quando afinal decidiu entrar, foi agredida pelo odor e pela bagunça habituais. Filippo e Semi acabavam de voltar de um curso de férias na Inglaterra. A patroa, naquele ano, não tinha ido para a praia: transferira-se por algumas semanas para a casa da velha tia, a fim de cuidar dela. De qualquer modo, dona Rachel tratara de evitar que os filhos perdessem o hábito do curso de férias. Eles haviam retornado na véspera, emagrecidos e superexcitados como sempre. As malas estavam ali, no chão, ainda sem desfazer de todo, cheias de camisetas sujas, meias desencontradas, tênis deformados. Havia três toalhas molhadas e um roupão jogado sobre a cadeira. Um monte de discos, presumivelmente adquiridos na Inglaterra. As condições do banheiro não eram menos desastrosas. Quase parecia que os garotos haviam decidido que era melhor tomar banho fora da banheira, e não dentro.

Então Telma se sentiu realmente desesperada. Abandonada. Voltou ao jardim, decidida a chamar alguém, mas não havia ninguém. Choramingando de si para si, desceu de novo a escada que levava ao semissubsolo. A situação estava pior ainda, o que induziu Telma a tentar mais uma vez: bateu, bateu, bateu, cada vez mais forte. A certa altura teve a sensação de que, do outro lado da porta, alguma coisa se movia, mas talvez fosse só uma lufada de vento.

Até que, desafiando a proibição, transfixada de angústia, continuando a invocar Jesus como se só ele pudesse dar-lhe coragem e ao mesmo tempo perdoá-la por essa violação, experimentou abrir a porta, mas convencida de que a encontraria trancada a chave.

Estava aberta.

O aposento era um verdadeiro pântano. O odor devia ser aquele úmido e podre que Telma aprendera a conhecer nos arrozais de seu país longínquo.

O corpo do professor estava ali, no chão, de bruços, a face e o peito imersos no palude do qual emergia somente um dorso encolhido, muito semelhante ao de um aligátor de tocaia.

Temo, porém, que essa última comparação deva ser debitada a mim. Não, certamente a Telma, que, dadas as circunstâncias, só conseguiu emitir o clássico grito horrorizado em que abundam os romances policiais de todo o mundo.

E, enquanto Telma não para de gritar, eu me pergunto se, agora que Leo não existe mais, o mundo não se tornou de repente um lugar melhor. Agora que o erro foi debelado. E com ele o vício, a corrupção, o narcisismo, o delito. Para não falar da leviandade, da insipiência, do otimismo irresponsável, da confiança irrefutável na benevolência do destino. Bem, agora as coisas seguramente vão melhorar.

Sim, eu sei, estou fazendo ironia. E até mesmo vulgar e barata. Faço isso a fim de que quem deve entender entenda. Porque é com vocês que estou implicando. Toc, toc, estão me ouvindo? É com vocês mesmos: os três imaculados e intransigentes habitantes do andar de cima. Os incorruptíveis guardiães da moralidade pública, que o deixaram apodrecer aqui embaixo. É verdade, é verdade, admito, Leo levou tempo demais para morrer. Mas, agora que finalmente isso aconteceu, cabe a vocês fazer a limpeza e pagar a conta.

CONTINUA...

Agradecimentos

Minha gratidão vai sobretudo para Marilena Rossi pela extraordinária bravura e pela dedicação à causa.

Agradeço ao professor Luca Cordero a entrevista que me concedeu sobre oncologia pediátrica.

Agradeço a Giovanna Ichino e Antonello Patanè os conselhos sobre o procedimento penal vigente na época dos fatos.

E, por fim, agradeço a Simone, que me forneceu a logística deste romance e do próximo, e a Saverio, que me acompanhou passo a passo.

Impressão e Acabamento
Markgraph